U0937640

蜜蜂之死

〔德〕汉妮·明策尔 著　梅毅民 译

Hanni Münzer

南海出版公司

新经典文化股份有限公司
www.readinglife.com
出　品

献给西蒙——一位在尘世间短暂逗留过的小天使

蜜蜂之死

从前有群蜜蜂，
精力旺盛、吧嗒吧嗒从中吸，
花丛盛放时，贪婪无饱意。
与大自然结盟，
琥珀金的蜜糖，芳香且纯净。

众生喜悦面天神，
女王傲视统众生。
尊贵女王黛博拉，
聪慧美丽不可近，
竟至太阳失光芒，
追随群蜂欢快舞。

忽然空中飘来异香，
何方生灵昭示坟场？

人啊，这大自然的暴君，
是他们，屠戮万物生灵，
金色的蜂群从此默默不语。

唯女王躲过劫戮，
苦思冥想寻复仇。
大仇虽有得报之日，
她却落得惨死收场。

时至今日暗影耸立，
叹昔日天空逝。
想从前群蜂欣欣向荣，
而如今只能失魂落魄，
视复仇胜于生命者——愚不可及。

——拉法埃尔·瓦雷里阿尼

起先，邪恶的欲望只是匆匆的过客；

继而，它成了座上客；最后，竟变成了灵魂的主人。

——《塔木德　苏卡箴言 52》

目 录

Contents

序幕

据说，真相的重量比上帝所能承受的还要沉重。

而真相总遵循着自己的物理特性。倘若你根本没有预料到真相，

那它就会如一个气泡般浮出水面，以示谴责。

当外婆离开人世，而母亲在当天消失无踪的时候，

这样的事情就发生在了我们家里。

东西就收藏在被遗忘且早已褪色的匣子里，唤起对往事的追忆。

往昔的岁月追赶上了我们。

第一部

—

费丽丝蒂

当前

第一章

2012 年 5 月，美国华盛顿州，西雅图

“你确定自己的决定是正确的？”奥利维亚问道。费丽丝蒂感觉过去一小时里，这个问题已经被提过上百次了。不过这会儿奥利维亚声音中的怒气已经多少消散些了，费丽丝蒂便也懒得回应她。

费丽丝蒂专心地将行装放入一个《圣经》大小的箱子。箱子是她那不谙世事又不切实际的妈妈送给她的礼物。

奥利维亚趴在床上，一边啃苹果，一边带着恼怒的神情注视着好友的一举一动。

费丽丝蒂知道奥利维亚绝不会善罢甘休。没错，问题又来了。“我真没想到你会做出这种事来，而且还背着我。你到底是怎么想的？”

这才说到点儿上！费丽丝蒂忍住没笑出声来。不是她做的事情令奥利维亚生气，而是她做这件事竟然瞒着这个最要好的朋友，同时也是这个星球上最好奇的人！

同刚才一样，费丽丝蒂没有接茬。她啪的一声合上箱子，喊了一句：“完毕！”箱子盖合上的清脆声响充满决绝，似乎在宣布话题结束。

可奥利维亚没完没了，此刻她亮出了手中的王牌：“做这样的决定，

你可有一分钟想过理查德？”

费丽丝蒂转过身，这个问题的确触及了她的痛处。理查德为人可靠，天资聪颖，前途光明，而且相貌英俊。他是奥利维亚的哥哥，大了她十岁。她们俩大学毕业证书还墨迹未干，刚刚开始行医的时候，他就已经是一名颇有声望的外科医生了。

西雅图儿童医院全体女职员都对理查德崇拜得五体投地。而她，费丽丝蒂，却要离他而去，跑到别的大洲，和他从此天涯两隔！

“他爱你，你知道吗？”此刻，奥利维亚的语气相当温柔。

“知道。”昨天和他告别时，他就是这么说的。理查德百般劝说她留下，甚至向她求婚。她此时不愿也不能去想他被拒绝时那悲伤的表情和失望的眼神。与他分别也令费丽丝蒂心如刀割。从昨天分手那一刻起，她便觉得胸口好像堵了一堆厚厚的、无形的东西。她觉得自己无法理喻，可又别无选择。

她一直如此。是内心的茫然推动着她不断前行。其间，她也怀疑过自己的天性能否被改变。成为医生曾是她最高的目标，她曾希望，一旦达成这个目标，内心的茫然与冲动就会平息。可毕业和最终的考试越来越近，她内心的茫然与冲动也越发强烈。这股冲动在驱使她放弃平坦的职业之路，寻找新的方向。

她渴望到达某个地方，找到属于自己的生活，然后安定下来。然而付诸行动的时候，她却好像总是受完全相反的力量驱使，听命于灵魂深处的惶恐不安。她看似想要某种生活，却又不得不待在另一种生活中。她的内心总是在挣扎，总是在和自己对话。昨天她试图向理查德解释。可是，一个人又怎能向别人解释连自己都没弄明白的事情呢？她悲伤地放弃了，最终和理查德不欢而散。

一句忧伤的诗句无端浮上心头：我将永无可能迈入那爱的圣地。想着这句诗，失落和一丝淡而无味的恐惧袭上心头。

“你刚才说什么？”奥利维亚惊愕地看着费丽丝蒂。

费丽丝蒂没有意识到，她刚才显然将这句诗大声说了出来。她恍然记起，是谁曾对她说过这句诗。是外婆，是多年前外婆在患上阿尔茨海默症之前对自己说的。奇怪的是，这句诗此时此刻偏偏浮上心头。不过也没什么奇怪的，八十七岁的外婆六天前刚刚去世。外婆的离世不光对她自己，对家中所有人来说都是一种巨大的解脱。

为了外婆的葬礼，费丽丝蒂推迟了去喀布尔的行程。她将去那里的“无国界医生”救助站工作。

费丽丝蒂的手机响了。肯定是妈妈玛塔打来的，她早就该到了。玛塔坚持要开车送女儿到机场。

费丽丝蒂轻轻叹了口气。她有些发愁一会儿怎么度过去机场的近一小时车程。妈妈肯定会充分利用这个机会，再次劝说她放弃远行的念头。“上帝啊，偏偏是阿富汗！你真是疯了，费丽丝蒂，真的。你念了那么多年书，难道就是为了毕业后戴着面纱在那世界尽头晃来晃去吗？你怎么能做出这样的决定！更别提那里的暴徒隔三岔五就把自己炸上天。太可怕了！”

电话那一端传来的并不是妈妈的声音，而是爸爸的。去年中风后，他就只能待在轮椅上了。不过，他近来恢复得很好，也许不久就能离开轮椅了。“你好，小姑娘。妈妈在你那儿吗？”爸爸问道。

“嘿，爸爸。妈妈还没到，我正想给你打电话问问她跑到哪里去了。她几点出门的？”

“这可有些奇怪了。她昨晚好像根本没有回家。她可从不会夜不归宿。我还满心希望她在你那儿呢。”

“什么？妈妈没有回家？”费丽丝蒂难以置信。玛塔也许有其他缺点，可她从来都是可靠的代名词。她不可能留爸爸一个人在家过夜，尤其是他中风以后。

“会不会她给你打过电话，但你没听到？”

“不会，我查了电话留言，既没有来电显示，也没有留言。而且她的手机也关机了。你说她会去哪儿？”

“她昨天有什么安排吗？也许去慈善会开会了？你可以给那里打个电话试试。”妈妈加入了几个慈善组织，是那里的活跃分子，关心和帮助别人是她人生的一部分，不过这个别人可不包括家人。这个念头飞快地闪过费丽丝蒂的脑海。别这样，费丽丝蒂告诫自己，这对妈妈不公平。过去几年，她们的关系已经融洽多了。

“可她昨天没参加什么会议。你妈妈昨天中午接到护理院打来的电话，请她去收拾你外婆的遗物，整理下她的房间，因为下一个病人马上要住进去。”

“你给护理院打过电话了？”

“当然，她们说玛塔最多逗留了半小时就离开了。一个护工看到她夹着一个盒子冲出了护理院。”

“冲出了护理院？妈妈？说实话，这可不是妈妈的风格。”

“是啊，一声招呼都不打就消失也不是你妈妈的风格。你觉得她会出什么事吗，譬如说车祸什么的？”

费丽丝蒂听出了爸爸声音中的担忧。

“如果是车祸，您不觉得我们早就该收到消息了吗，爸爸？我现在就去您那儿，然后挨个给那几个慈善会打电话。不会有事的，妈妈肯定又沉迷在忏悔和祈祷的马拉松里，把周遭的一切都忘了。”或者这是妈妈阻止我去喀布尔的新伎俩，费丽丝蒂想。

“可是你去喀布尔的行程怎么办？”爸爸快速地问道。

“没关系，我可以再推迟一次航班。我在那边的工作本来也要一周后才开始。我半小时后到你那里。你可以继续试着打妈妈的手机，看能不能打通。一会儿见，爸爸。”

奥利维亚充满疑惑地问道：“我刚才没听错吧，你妈妈失踪了？”

“是的，没听错。看样子，从昨天下午起她就不见了。至少从那时起，她就没再联系过我爸爸。爸爸中风后，他们就分房睡了。他吃的药让他容易困倦，每天早早就上床休息，所以直到今天早上才发现妈妈没回家。”

奥利维亚从床上跳下来，将手里吃剩的苹果扔掉。“走吧，我开车送你过去。我现在也想知道你妈妈究竟怎么了。”

途中，奥利维亚若有所思地问道：“你刚刚提起玛塔冗长的忏悔仪式，是不是担心她又陷入其中不能自拔了？”奥利维亚和费丽丝蒂这一对密友上幼儿园时就认识了，过了这么多年，她当然理解费丽丝蒂的妈妈特有的宗教狂热一旦爆发将意味着什么。“她最近一次这样是在什么时候？她不是已经很长一段时间没这样了吗？”奥利维亚继续问道。

费丽丝蒂想了下，上一次差不多是八年前的事了。作为方济各女子教会的成员，玛塔·本尼迪克特，也就是妈妈，最后一次连续数日把自己关在房间里祈祷，恳求上帝的宽恕，是因为她认为自己的行为让上帝失望了。这样的事以前每隔半年就会在妈妈身上发生一次。费丽丝蒂第一次真正意识到，这些年来妈妈的宗教狂热在逐渐消退。她皱了皱眉头。因为阿尔茨海默症不断加重，外婆不得不住进护理院，而妈妈的积极变化是在外婆住院后发生的。她把这些告诉了奥利维亚，又补充道：“外婆去世极有可能让妈妈受了刺激，旧病复发。我真心希望这两件事之间没有联系。果真如此的话，对我爸爸来说就太糟糕了，旧伤疤又会被撕开。他总觉得是他欺骗了妈妈，毁了她的生活。”

“其实，我倒觉得，是你妈妈欺骗了你们。说心里话，我真佩服你和你爸爸。你们怎么忍受得了玛塔那种怪癖？我耳边总是回荡着她那些话，我有罪，都是我的罪过。玛塔比我哥哥弗雷德至少要狂热一倍，他可是耶稣会会员。”奥利维亚从来都是这么口无遮拦。

费丽丝蒂脸色微变。这不是好友第一次谈及这个话题。没错，爸爸各个方面都迁就妈妈，他是那么宠爱她。他比玛塔大十五岁，两人很晚才结婚。费丽丝蒂是他们唯一的孩子。玛塔怀上费丽丝蒂时已年过四十。分娩时，母女俩险些丧命。他们不得不把小费丽丝蒂留在医院精心护理了好几个月。玛塔将一切都视为上帝对她的惩罚，因为她为了嫁给亚瑟而退出了方济各女子教会。费丽丝蒂衷心希望，妈妈的失踪并不是因为她又陷入悔恨的泥潭，而是另有缘由。

奥利维亚的老法国标致车拐上了里士满海滨公路，停在了费丽丝蒂父母的砖砌宅院前。费丽丝蒂发现爸爸站在敞开的门内，费劲地拄着双拐，靠在门框上。他没穿夹克，冰冷的海风吹拂着他的白发。房子紧靠普吉湾，门口是一片窄窄的陆地，再往外就是浩瀚的太平洋。费丽丝蒂本想警告他，这样会着凉，但当她看到爸爸充满忧虑的面孔时，便把责备的话咽了回去。

她搀扶爸爸进了屋。爸爸给两位年轻的女士讲了最新的情况。玛塔仍旧杳无音信，她的手机还是一直关机。爸爸给玛塔所在的几个慈善会的好几位成员都打了电话，没有什么新线索，事情毫无进展。费丽丝蒂又查了一遍电话留言，还是没有任何记录，而爸爸从来不用手机。

她又自己联系了伍德希尔护理院，得到了一样的信息：妈妈在那里最多停留了半个小时，然后便不辞而别。“那位护工，就是亲眼看到我母亲的那位，我能和他谈谈吗？也许我母亲对他说过什么。”

护理院的副主任立即拒绝了：“不行。冈萨雷斯先生有事，脱不开身。

不过我知道，他清楚地记得您的母亲，因为她险些将他撞倒，还碰翻了他手里的托盘。请问如何处理您外婆的房间？如果您明天中午之前不能清理干净的话，我们将不得不多收您一个月的费用。”费丽丝蒂有些生气，但是努力保持平静：“请放心，我会处理的。”然后心事重重地挂了电话。

“怎么办？你妈妈肯定在什么地方。要是她真出了什么事呢？”爸爸额头的皱纹显得更深了。费丽丝蒂攥住爸爸的手，用力握了握。

“我现在就联系附近所有医院的急救中心，这样咱们能有点把握，你说呢，爸爸？”

“这交给我来联系，费丽丝蒂，你最好联系下电话公司。他们肯定能查出玛塔关机前的位置。”奥利维亚建议。她立刻行动起来，很快就弄清楚了，所幸附近的医院都没有接收叫玛塔·本尼迪克特的病人。

费丽丝蒂联系的电话公司也提供了新线索。验证费丽丝蒂的身份后，他们告知的消息令她大为惊讶：玛塔手机的最后一次定位是在西雅图塔科马国际机场。“妈妈去机场干什么？”费丽丝蒂感到奇怪，用询问的眼神看着奥利维亚和爸爸。

“也许你妈妈记错了，以为你是昨天的航班？”爸爸说着摇了摇头，好似自己也难以置信。

“这怎么可能？我真是无法相信，而且也不合逻辑。即便那样，她也该先去接我，然后再送我到机场。”

“也许玛塔临时起意，来了一次旅行？”奥利维亚接口道。

“可她只带了手提包。谁会两手空空地去旅行？”费丽丝蒂的爸爸说。

“亚瑟叔叔，出人意料的事多着呢。”奥利维亚反驳。她一直都管费丽丝蒂的爸爸叫亚瑟叔叔。“我倒是有个主意：我们追踪下信用卡的刷卡记录如何？追踪钱的踪迹！”

“什么？我不明白。”亚瑟不解地看着她。

“奥利维亚侦探小说和电影看多了。”费丽丝蒂说道，“不过她说的有道理，值得一试。我现在就给信用卡发卡行打电话，也许妈妈最近刷过卡。”银行的验证来来回回折腾了几个回合，好在亚瑟知道验证问题的答案，所以费丽丝蒂最终得到了想要的信息：昨天下午玛塔订了一张飞往罗马菲乌米奇诺国际机场的机票。

“瞧，我说什么来着？你妈妈在意大利认识什么人吗？”奥利维亚问道。

“不认识。”费丽丝蒂和爸爸异口同声，疑惑地对视了一眼。

“老毛病又犯了？”

“你为何想到这个？”

“你想，罗马，教皇，天主教的最高首领。你难道没有觉察出其中的联系？*我有罪*？你妈妈有没有透露过，她希望在尘世间最高的审判者——教皇面前躬身忏悔？”

“哦，上帝啊。”费丽丝蒂和爸爸同时脱口而出。

“阿门。”奥利维亚干巴巴地补了一句。

第二天下午，费丽丝蒂站在西雅图塔科马机场的离境大厅，手握的机票不是飞往喀布尔的，而是飞往罗马的。

此时，费丽丝蒂已经知道，玛塔的出走并非因为宗教狂热复燃，而是为了追寻离世的外婆的身世。

昨天，拜访过父亲后，她和奥利维亚驱车前往伍德希尔护理院。她感觉到那里有什么东西吸引着她，告诉她在那里能找到想要的答案。

两人将外婆的房间仔仔细细搜寻了一遍，一无所获。那个神秘的盒子，就是据说妈妈拿着冲出了护理院的盒子，在她的脑海里挥之不去。

盒子里装的东西会不会和妈妈的出走密切相关？她找到机会，和那个护工——一位上了年纪的墨西哥人简单聊了几句。

墨西哥人的描述并没有让费丽丝蒂安心。“你妈妈当时就像后面有鬼追着一样。”他说着从工作服口袋里掏出一张揉皱的纸片，“瞧这张纸片，你外婆去世前攥在手里的。我昨天想给你妈妈来着，可根本没有机会。”

费丽丝蒂将纸片抚平，原来是一张报纸的剪报。照片显示的是法庭上的一幕场景，更确切地说是一名被告。只可惜照片下面的文字说明被剪去了。不过，让费丽丝蒂更感兴趣的不是照片上的男子，而是背景中的一位妇人。她认出那是外婆。外婆坐在听众席第一排，眼睛直直地怒视着被告。费丽丝蒂从未见过如此充满深仇大恨的脸。从照片上被告的服装和外婆的年龄判断，这份剪报大约出自二十世纪六十年代。这名被告的男子是谁？外婆为什么对他那么注意？剪报的背面也没有提供更多信息。这好像是一则讣告的一部分，不过是用费丽丝蒂不认识的文字写的。她估计是希伯来文。如果确实是希伯来文，那外婆怎么会出现在以色列的报纸上？

费丽丝蒂知道，找警察没什么用。玛塔是成年人，想去哪里旅行，什么时间去旅行，完全是她自己的事情。她毫不犹豫地决定自己去寻找妈妈。她当然为妈妈担心，但也夹杂着一丝怨气，因为她就那样将爸爸丢在一边不管，一声不吭地走了。除非听到来自自己或是妈妈的消息，否则爸爸心里一分钟也不能平静。奥利维亚已经答应费丽丝蒂，在她去意大利期间代为照顾爸爸。推迟前往喀布尔的行程也不难。

“费丽丝蒂，等一下！”她听到有人呼喊她的名字，转过身来，看到差点成了自己未婚夫的理查德快步朝她走来。

“太好了，费丽丝蒂，终于找到你了。”他抱住她，深情地亲吻着，好像忘记了两人昨天已经分手。然后，他放开了费丽丝蒂，微笑着看着她。她多么爱他的微笑。“对不起，老习惯啦。”对刚才深情的亲吻，理查德一点也不觉得尴尬，费丽丝蒂却正好相反，多少有些难为情。她本能地回应了他的热吻。可她本来拿定了主意，不再给他任何希望的。理查德应该去寻找新的爱情。刚才发生的一幕，只能说明她的心远不如她的理智那么坚定。他为什么来这里？费丽丝蒂感到此刻实在没有力气再重复一次前几天晚上的分手过程。

理查德随后的话语解释了他出现的原因：“昨天奥利维亚把一切都告诉我了。她说你妈妈眼下身陷中年危机，没和任何人讲就去了罗马，是这样吗？就这么轻易地离家出走了？太奇怪了，我可从来不会把随性而为和玛塔联系在一起。你决定去找她吗？”

谢天谢地，费丽丝蒂心里一阵轻松。理查德是为了妈妈的事情来的，不是因为她要去喀布尔而来挽留她。“是的。我为妈妈担心。你了解她。她从来没去过欧洲，又不会讲意大利语，顶多懂一丁点拉丁语。而且据我所知，她在欧洲没有朋友。”

“你现在有什么打算？你想怎么找她？罗马可大着呢。”

“说实话，我一点头绪都没有。尽管可能没什么用，我还是想先和意大利警方接触一下。我更寄希望于妈妈的银行和信用卡发卡行，他们迄今为止已经帮了不少忙，通过他们，我才知道妈妈在罗马机场取过钱。这是一条线索，至少表明妈妈已经安全抵达了罗马。只要妈妈再次刷信用卡，他们就会通知我。”

“这个你拿着，是罗马一个朋友的姓名和电话号码。”理查德将一张纸条塞到她手里，“我和弟弟弗雷德聊了你的事。他提到了一个在罗马的教士，叫卢卡斯·冯·斯特腾。弗雷德曾和他在慕尼黑的大学一起度过四个学期。卢卡斯教士是耶稣会成员，已经在罗马生活了几个月。

我昨晚和他通过电话。”

“昨晚？你肯定半夜把这个可怜的家伙吵醒了吧？”好像要证明自己的说法，费丽丝蒂瞥了眼手表。

理查德又露出了迷人的笑容。“我弟弟弗雷德告诉我没关系。教士嘛，二十四小时听命于上帝。冯·斯特腾教士已经答应到罗马机场去接你。他还会帮助你寻找玛塔。”

“谢谢你，我真不知该说什么好了。你让我感到惭愧。你那么好，就像一座宝藏，而我……”她没有把话说完。该说的，几天前的晚上都已经说过了，她没别的话可说，什么话也不能更简洁地了断他们俩之间的关系。她踮起脚尖，吻了下他的脸颊。“代我问弗雷德好。”

理查德将她拉进怀里，紧紧抱住她，过了一会儿，他蓦地放开了她。“祝你好运，到那儿后给我消息，好吗？”

“我会的。”她起步离开，又再一次转过身来，“我怎么辨认冯·斯特腾教士呢？”

“很简单，”理查德咧开嘴笑了，“就找机场里最帅的那个家伙。”

第二章

意大利，罗马

十三个小时后，飞机在罗马菲乌米奇诺机场降落。

临近中午，罗马正展现出它最光鲜的一面：阳光灿烂，天空湛蓝得像明信片上常见的蓝色。

费丽丝蒂只带了随身的手提行李，随着第一批人走出了领取行李的大厅。飞到罗马的飞机满座，到达大厅等候区外站满了接机的人。费丽丝蒂搜索着其中的男性面孔。难得有几张漂亮的面孔，都属于过于年轻的小伙子，也没有人穿教士长袍。她想起自己很少看到理查德的弟弟弗雷德穿教士长袍。在罗马的耶稣会教士会穿长袍吗？她不知道，当时真该问一下理查德。

这时她看到一个非常英俊的小伙子从人群里挤进来。再仔细一看，发现他左右手各牵着一个孩子。一个胖胖的男子紧随其后。胖男人穿着颜色夸张而刺目的服装，绿色短裤和玫瑰色衬衫让费丽丝蒂想到了理查德万圣节时的服装。理查德当时把自己打扮成一个西瓜。够了，该结束了，不要总想着理查德！费丽丝蒂暗暗提醒自己。

她费力地找到理查德塞给她的写着电话号码的纸条，想着稍等一会儿给冯·斯特腾教士打电话。他肯定被什么事情耽搁了。这时，她忽然注意到，那位西瓜男子在试图引起她的注意。他挥动着刚刚擦拭过额头汗水的手帕。费丽丝蒂看了看四周，想确认他是不是在向自己打招呼。他继续挥着手帕。毫无疑问，他是在向她招手。费丽丝蒂径直向他走去。

“您是费丽丝蒂·本尼迪克特小姐吗？”他有些不太自信地用英语问道。

“嗯，是的。您是冯·斯特腾教士？”望着他通红的面孔，她想：理查德这家伙可跟我开了一个友善的玩笑。

“哦，对不起，我不是。冯·斯特腾教士今天有急事，被主教召到班贝格[①]去了。所以他安排我来接您。我是西蒙尼·奥利维里教士。欢迎您来罗马，本尼迪克特小姐。”他说着将手伸过来。

费丽丝蒂有些疑惑地握住他满是汗水的右手。“谢谢您。可您是怎么认出我来的呢？”

“卢卡斯教士认为，您未婚夫的描述已经很清楚了：我只要找机场里最美丽的女士就可以了。您瞧，这不是什么难事儿。”西蒙尼教士顽皮地笑着。

费丽丝蒂也笑了，她喜欢这位胖乎乎的教士。“您愿意来接我，真是太好了。”

“我的荣幸。这是您全部的行李吗？”他吃惊地望向费丽丝蒂随身的小拉杆箱。很显然，他还从未见过一个女人携带如此少的行李外出旅行。费丽丝蒂并不知道，西蒙尼教士有五个姐妹，她们到访罗马时带的行李相当于一次中等规模的搬家。

---

①位于德国巴伐利亚州，是天主教班贝格总教区的驻地。

“是的，就这些。我希望能尽快找到我的母亲。如果需要久留的话，我可以随时在这里购置些东西。”

“好吧，那我们现在就开车去旅馆，您先办理入住。您考虑好下一步先做什么了吗？”他问道。此时他们已经走出航站楼，沐浴在五月温暖的阳光中。

“我想先去趟警察局。或许他们可以询问罗马所有的酒店，看我母亲有没有入住。她昨天中午到达的罗马，肯定得在什么地方过夜休息。”

“好，就这样。您入住哪家酒店？”

“维斯孔蒂饭店。”费丽丝蒂想找酒店订单。西蒙尼教士制止了她：“您不用找了，我认识那家酒店，就在老城中心，人民广场附近。”

办完入住手续，西蒙尼教士带着费丽丝蒂来到位于佩莱格里尼圣三一广场的警察局。

接待的警察彬彬有礼，对费丽丝蒂的处境深表同情，但告诉她，他们无法向全市的酒店询问她母亲的下落。“十分抱歉，小姐，”西蒙尼教士翻译道，“您母亲不能被认定为失踪，而且我们也没收到报案。您自己也说没有任何证据表明此事和犯罪有关。您还是再等一下吧，小姐，也许您母亲很快会和您联系。不然，我建议您向位于威尼托大街的美国大使馆寻求帮助。再见。”

“我就猜到会是这样，”西蒙尼教士一边评论，一边又拿出手帕擦拭额头的汗水，“罗马的公务员都是这个德行，从不承担责任，尽可能地将活儿推给别人。不这样的话，意大利力量党[①]就不是意大利力量党了。”

“我们现在怎么办？”费丽丝蒂站在警察局入口的台阶上，有些犹

① Forza Italia，意大利右翼政党，1994 年成立。

豫不决。

“我们先去吃点儿东西，再商量下一步计划。我倒是有一个主意。不过，您先跟我来，我们去吉诺餐厅。那里不远，可以走过去。”

费丽丝蒂没什么胃口，但西蒙尼教士兴致颇高，她无法拒绝他的好意。餐厅的老板吉诺像老朋友一样迎接了西蒙尼教士，因为他带来了漂亮姑娘而高兴得手舞足蹈。他几乎每隔五分钟就一路小跑到他们桌边，询问费丽丝蒂饭菜是否可口。

费丽丝蒂每道菜尽力吃下一半。西蒙尼教士的胃口倒是出奇的好，尽情享用着美食。那瓶红葡萄酒几乎全归他了，费丽丝蒂只抿了几口。她感到有点偏头痛，若是中午饮酒，疼痛肯定会加剧。第一道主菜意大利面和豆汤刚端上来，费丽丝蒂便忍不住问西蒙尼教士有什么打算。教士正费力地将餐巾塞入领口。他注视着费丽丝蒂说：“冯·斯特腾教士告诉我，您的母亲十分虔诚，会花很多时间祈祷。如果她去教堂祈祷的话，我有一个主意——如果您有她的照片，我拿去复印一些，然后分发给各个教堂的朋友，让他们帮忙寻找。”

“这真是个好主意，我当然有母亲的照片。”

西蒙尼教士拿起汤勺。“现在您尝尝吧。吉诺的头盘是全罗马最棒的。不用担心，本尼迪克特小姐，我们会找到您母亲的。”

第三章

实际上，根本不用复印什么照片。

吉诺刚端上浓缩咖啡，信用卡银行就打电话来，告知了费丽丝蒂她母亲下榻的酒店。西蒙尼教士和费丽丝蒂立即动身赶往协和大街。

在酒店登记处，费丽丝蒂拿出证件证明了自己是玛塔·本尼迪克特的女儿。酒店接待员告诉她，取电房卡显示玛塔应该在房间，可是电话打过去没人接听。“本尼迪克特夫人可能在冲凉，或者在用吹风机，因此没听到电话铃声。”接待员补充道。

费丽丝蒂压抑住不耐烦。“好吧，十分钟后再打一次。要是她仍然不接，我们能不能去看一下？只是为了保险起见，防止出现意外。”

“当然可以。”

这时，酒店电梯门开了，一位上了年纪的亚洲妇女走了出来。她身穿一件打扫卫生的大褂，推着一辆清洁车，走到服务台和年轻的接待员简短地交谈了几句。费丽丝蒂从谈话中听到母亲的名字，疑惑地望向西蒙尼教士。“你母亲的房门上，好像从昨晚就一直挂着‘请勿打扰’的牌子。”他解释道，然后转向服务台的小姐，坚定地说：“我认为咱们必须马上去看一下，也许这位女士生病了，需要医生。”

接待员点点头，从办公室叫来一位女同事顶班，然后带着他们走向电梯。

他们很快就来到了二一二房间的门口。敲门后，里面没有反应。费丽丝蒂叫了几次门，没有任何动静。“麻烦您把门打开。”费丽丝蒂急切地要求道。

接待员不再迟疑，用酒店的通用钥匙卡打开了房门。费丽丝蒂第一个进入房间，马上被眼前的凌乱场景惊呆了：酒店房间的边边角角都铺满了纸片和剪报，大部分已被撕碎，有些被重新粘了起来，整个看起来像一张巨大的拼图。妈妈跪在同样放满纸片的床上，正在翻一本小笔记本。她的头发凌乱地披在脸上，看上去魂不守舍，甚至没有察觉到有人进入了房间。直到费丽丝蒂碰到她的手臂，她才发出了一声惊叫。

“妈妈！是我，费丽丝蒂！”

玛塔望着费丽丝蒂，就像看着一个陌生人。随后她叹了一口气，双手轻轻拂过脸颊，轻声问道：“你在这里干什么，费丽丝蒂？”

“找你啊！爸爸和我担心死了。你就这么不告而别，到底是怎么想的？你至少可以给爸爸打个电话。你究竟在这里干什么，这些纸片是什么？”尽管很快就找到了妈妈，费丽丝蒂心里如释重负，她的语气中还是带着责备。

玛塔看了看四周，好像第一次意识到房间内的杂乱。她没有回答费丽丝蒂的问题，而是理了理凌乱的头发。“我看起来肯定很吓人。”

“这并不重要。重要的是你没事，你还好吧？”

“当然。”玛塔摇晃着身体，笨拙地爬下床，迈着虚浮的脚步，踉跄了一下，几乎跌倒在地。西蒙尼教士扶住她，帮她坐回床上。费丽丝蒂抓住妈妈的手，为她诊脉。“你的脉搏太微弱了，妈妈。你上一次吃饭是什么时候？”

“我不记得了，”玛塔不确定地答道，“也许是昨天早上？”

西蒙尼教士已经贴心地倒了一杯水，递给玛塔。

酒店接待员犹豫不定地站在房间内。

“您能让人弄点简单的食物给我妈妈吗，比如汤或是鸡蛋饼？”费丽丝蒂转向她说道。接待员点了点头，急忙走出了房间。

西蒙尼教士已经将散落在房间各处的剪报迅速浏览了一遍。匆匆一瞥无法辨识出太多内容，但可以确定的是，一些内容已经有些年头了。从其中的服装来看，这张被粘贴起来的剪报很可能源自二十世纪二十年代。一张扶手椅上放着一个标有档案登记号码的绿色文件夹。庭审档案？然后他看到地上的那个小笔记本，进门时，玛塔正在翻看它，当她起身下床时，小本子滑到了地上。笔记本的最后一页在地上摊开。他捡起来，认出上面的文字，希伯来语？他感到惊奇。上面只写着一个单词，met[①]，希伯来语的“死亡”。这意味着什么？

“您能读懂吗？”费丽丝蒂的妈妈盯着他问道。她的眼中突然又充满了生机。

“嗯，是的，这是希伯来语。”

“您懂希伯来语？”

“是的，我上大学时研究过。”

“能请您翻译一下吗？求您了。”

“这里面的内容太多了，恐怕一下子翻译不出来。”西蒙尼教士快速地翻阅着。

①此处为希伯来词语，但小说原文中以德语字母 met 来表示该词的发音。另外，met 一词在德语中也是“蜂蜜酒”的意思。

“请您一定帮帮我。我必须要知道里面的内容。”

“这是谁写的？”费丽丝蒂一直听着他们的对话，她想知道这点。

“我猜，是你外婆写的。”

“外婆会希伯来语？”

“很显然，她会。”

“你以前知道这件事吗？”

“不知道，她从来没有提过。而且，她不是意大利人，是德国人，战后才来罗马的。这就是我来这儿的原因。她对我和我爸爸撒了一辈子的谎。是她害死了他，我就知道是这样。”

“什么？”费丽丝蒂震惊地看着妈妈，“你疯了吗？你在说什么？”

“这是真的，你外婆该对你外公的死负责。”

“可你以前不总是说，外公死于一九六〇年的一场车祸吗？”

“是的，他死于车祸，可那是因为车祸发生之前，他们吵了一架，你外婆将外公赶出了家门。你外公开车离开，然后撞上了树。我想，他是故意的。”

“你怎么能这么说，妈妈？你是怎么知道的？那时你还只是一个孩子！”

“我那时十四岁，已经够大了。在你外婆房间里找到装了诗的小盒子，我才又想起你外公去世那天发生的事情。很可能我以前强迫自己把那件事从记忆中抹去了。读了你外公写给外婆的那首诗，我才突然明白，你看。”妈妈从手提包里翻出一张折成小块的纸条，“你读读。背面署有日期，你外公在死前两天写的。”

“《蜜蜂之死》，”费丽丝蒂读完诗，喃喃细语，“诗忧郁而悲伤。”

“确实如此。那不是他们第一次吵架，已经持续了几天。即便他们争吵的时候，你外公也从来没有大声喊叫过。他是一个温和的人，我连他对你外婆高声说话都没见过。他总是在请求她，像对待女王一样对待她，他称她为‘我的女王蜂’。他们那时总是为了同一件事情吵架。外婆大声指责他，说他欺骗了她，那个男人当时并没有死，外公却骗她不要复仇。外婆因此才变得歇斯底里。外公一再辩解，说他当时首先想到了孩子，不得不为她着想。你外公强烈反对你外婆去以色列。我还记得，是为了那里的一场审判，你外婆无论如何都要到场并当庭作证。你外公反驳外婆说，她不是为了去作证，只是想去杀了那个男人。”

“哪个男人？”

“不清楚。我此行的目的便是想在罗马找到答案。”

费丽丝蒂震惊地跌坐在妈妈身边的床上。外婆想要杀掉那个男人，而外公想要阻止她？一切都让她毫无头绪。“你为什么确信能在意大利找到答案？”

“因为一切都是从罗马开始的。你外公和外婆是战后在罗马认识的，而不是他们一直宣称的西雅图。这又是一个谎言。”

费丽丝蒂怀疑地望着母亲。“你从哪儿知道的这些事？他们为什么不告诉我们实情呢？而且，那首诗里面也什么都没提到啊。”

“是没有。可是小盒子里面还装着我在意大利的出生证。我学的拉丁语足以让我明白 Certificato di nascita[①]是什么意思。和你外婆说的不一样，我不是在美国出生的，而是在罗马，在罗马的一个监狱里！美国的受洗证书是她趁着战后美国的混乱伪造的。”

“外婆在罗马的一个监狱里生下了你？”故事越来越疯狂了。费丽丝蒂求助地望向西蒙尼教士。教士的眉毛高高挑起，看起来和她一样迷茫而不得要领。

①拉丁语的“出生证明”一词。

“没错，就是这样。”费丽丝蒂的母亲坚定地说，“我昨天一到就立刻去了出生证上标注的地址。不过，现在那里是一片住宅，监狱早就拆掉了。你外婆就是在那里遇到外公的，他在监狱工作。我在市政档案馆中找到了一份一九四四年的监狱职员名单，外公名列其中。看来，他当时不仅是一名医生，还是位神父。”玛塔·本尼迪克特的声音中充满惊愕，好像仍对最后一点难以置信。

“看在上帝的分上，你怎么知道得这么详细，妈妈？”

“是一位勤奋的女大学生帮助了我，她正在市政档案馆实习，英语非常流利。可惜她查不出外婆为什么被关进监狱，只说外婆好像是在梵蒂冈辖区内出的事。所以市档案馆找不到相关档案，只能去梵蒂冈档案馆找。这个需要申请才能查阅。我准备明天就去。这个大学生还发现，你外公的真名是拉法埃尔·瓦雷里阿尼，而不是拉尔夫·瓦雷里安。在我的意大利出生证上，父亲一栏中写着‘不详’。这意味着，我一直视作父亲的男人根本不是我的亲生父亲。他们都对我撒了谎。我必须查清楚，我的亲生父亲是谁。我知道，是因为他，母亲才从未爱过我。我当然明白不该这样急匆匆启程。可我真的完全懵了，无法清晰地思考。”

费丽丝蒂不知所措地看着妈妈。她忽然想起去护理院时，护工给她的那张剪报。剪报放在手提包里。画面上的那个男人，是不是一九六〇年外公提到的，外婆想要杀死的那个人？是不是在此之前，她就曾经尝试过在什么地方刺杀他？突然，令人恐惧不安的怀疑占据了她的大脑。她在想，要不要把这张纸拿出来给母亲看。

不过，此时妈妈的注意力已经从她身上回到了西蒙尼教士身上。她目光锐利地盯着教士。“那么您能帮我翻译这些内容吗？”她的眼中没有丝毫祈求的意味，反倒像是在要求，又好像这是教士的义务。这个请求让教士有些为难。他思考着，未来几天有多少私事要处理：有几场考试；要交一篇学术论文；还有他领导的教士剧团，正计划过段时间上演莎士比亚的《仲夏夜之梦》。舞台布景还没准备好，排演过程中还有分歧，偏偏男主角又染上了严重的热伤风，而他还没有找到替补的演员。他知道，自己几乎腾不出闲暇时间来帮她翻译。今天挤出来陪费丽丝蒂的这几个小时，已经打乱了他的整个时间安排。不行，绝对不可能，他真的没法为接下来的善举挤出空来。然后，他听到了自己的回答："愿意为您效劳，本尼迪克特夫人。不过我需要几天的时间。也许您可以和女儿趁机游览下罗马？我翻译完之后就联系您。这样可以吗？"他暗中埋怨自己言不由衷。好奇心的确是他最大的恶习，七宗罪之外的第八桩深重罪孽。不过，他同意此事并不仅仅出于纯粹的好奇心，还有些远超于此的东西。

作为答疑解惑的教士，他察言观色，已经发现母女的关系存在裂痕。两人之间有很多难以言说的事情，好像各自站在断崖的一边。如果她们之间的冲突是个谜团，如果外婆的生平可以解开这个谜团，那么他乐于试着帮她们化解冲突，为她们搭建沟通心灵的桥梁。

第四章

五天后，连续熬夜翻译的西蒙尼教士给费丽丝蒂打来电话。这几天，为了手中的翻译，他把其他事都放在了一旁，几乎没有间断地工作。“您母亲在您身边吗？”他轻声低语。

“不在，她刚下楼买东西去了。”费丽丝蒂对他的问题感到奇怪。

“那就好。文稿我翻译完了，我必须承认，内容深深震撼了我。费丽丝蒂小姐，我没有预料到是这样的内容。不过，我不能也不想提前告诉您其中的内容。您一定要自己读，读完后才能明白我为什么这么说。正如您母亲猜测的，文稿是你外婆写的。您带笔记本电脑了吗？”

“带了。”

“好，那您给我邮箱地址，我把译文作为附件发给您。请允许我给您提一个建议：您先读读那封信和那个故事，读完后告诉我。然后，我带上全部原件和译文过来，和您一起交给您的母亲。这样可以吗？”

费丽丝蒂同意了。她没有多问，尽管她对西蒙尼教士的神秘举动感到奇怪。此刻，她对即将读到的外婆的故事感到害怕。里面会有什么内容让教士如此心烦意乱？

这几天，她和母亲一起整理小盒子里的东西，没有任何进展。除了几次近乎强迫地带妈妈外出散步，她们根本没空游览罗马。她们几乎所有的时间都在苦思冥想，试图破解报纸碎片的含义。

“妈妈，有一点我想不通。”费丽丝蒂一开始就问玛塔，“外婆为什么要将这些纸撕得粉碎，难道只为了将它们放进小盒子吗？她干吗不干脆扔掉这些东西？”

妈妈有些尴尬地承认，是她当时在震惊之余撕碎了纸。费丽丝蒂叹口气，开始整理不计其数的碎片。没有书信或是其他文件，全部是报纸的剪报。除去少量内容是希伯来语，其他内容大多是用德语或意大利语写成的。费丽丝蒂和妈妈对这些语言一窍不通。

费丽丝蒂试图用网络软件翻译其中的部分文字，可只得到一堆支离破碎、匪夷所思的译文。她猜大概是因为这些文字已经有六十多年的历史了。她又花了几个钟头尝试通过字典翻译个别单词，同样毫无进展。折腾下来，她们知道的并不比几天前多。

在共同度过的这几天里，唯一的进展是，她和妈妈的关系的确亲近了些。但不是通过语言沟通，而是微妙的氛围变化导致了积极的结果。费丽丝蒂还不能确定两人的关系会就此出现转折。彼此的靠近有些拘谨和小心翼翼，仿佛对对方的感情有如陶瓷，一不小心就会碎裂。

这几天，费丽丝蒂好几次试图打破这种令童年蒙上阴影的沉默。但是她又能对妈妈说些什么呢？问为何自己感觉两人之间横亘着无法解释的距离，而这种距离本不该存在于母女之间？小时候她不得不接受这一点，因为她不知道还有其他可能性。她视自己的母亲为母亲，而不是将她看作一个人。

但成年以后，她逐渐意识到自己缺了点什么，内心深处也总有对自己无声的责备。为何自己不早点主动跨越这无形的隔阂呢？她想起来，分手时理查德责备她害怕投入，也总是逃避太深的情感。她当时觉得他的指责过于空洞，而且太笼统了。而现在，费丽丝蒂不禁自问，理查德说的是否有道理？

是她懦弱吗？是她太爱逃避，宁肯伤害他也不愿直面自己的缺陷？不过，如果她的冷酷是种病，病因又是什么？答案会不会在过世的外婆身上？费丽丝蒂第一次闪现出这样的念头：她们三个人——外婆、妈妈还有她，同样背负着不由自主的焦躁不安，在生活的汪洋里颠簸。

费丽丝蒂能感觉到妈妈和自己一样，只是两人都迟迟不向前迈出最后一步。如此一来，这几天共度的时光里，两人陷在奇异的氛围之中，被牢牢地困在半途，在等待和期待之间驻足。

毕竟妈妈的另一个目标达到了。费丽丝蒂没能按时飞往喀布尔。今天本来是她开始在那里工作的日子，而现在，她却不得不打开电脑。西蒙尼教士的邮件已经到了。

费丽丝蒂打开附件中两份已翻译好的文稿——那本日记和一封信，读了起来。

外婆玛利亚写给女儿玛塔的信如下：

亲爱的玛塔，我的女儿：

今天医生告诉我，我患了阿尔茨海默症，正处于病症的早期。我觉得，这真是命运的残酷讽刺：我一生都在努力忘记过去发生的事情，如今我却开始不知不觉地遗忘。

我将一段一段地忘记我的过去。

在忘记这一切之前，我要完成早就该做的事情：将我们家的故事告诉你，我们是谁，你从哪里来。

我们每个人都是巨大链条中的一环。每个人都将上一辈的一段生活、一段思想融进我们自身，并因此相互链接。如果把爱比作心，记忆就是灵魂，两者都不会死去。不过，有时生活中发生的一些事情，一些可怕的经历，会将我们的链条撕裂，心和灵魂因此黯淡无光。我很久前就从链条中脱落了。

我知道，玛塔，作为你的母亲，我是一个失败者。这一生，我对于你都是一个陌生人。我将你挡在我的生活之外，拒绝让你成为家族这个链条中的一环。我不想请求你的原谅，而这也不能原谅。

不过，或许在你了解我的经历、我们的故事以后，你能多少理解妈妈。我此前已经记录了许多往事，用希伯来语写的。父亲教给了我这种语言。这是你继父拉法埃尔的主意。他希望我能借此更好地面对过去的经历。

玛塔，你的继父是一个了不起的男人。他给了你我无法给你的东西。我在罗马遇到他的时候，他还是一位年轻的神父，一个充满激情的演说家。除了他向世界传播慈悲与仁爱的强烈愿望，没有什么能超越他布道时的激情。他坚信是上帝将我送到了他的面前，让他来拯救我。我就这样成了他生命中的厄运。拉法埃尔为我放弃了一切——他的神职，还有他的家乡意大利。我不配得到他的爱情，也从未感激过他的爱。多年之后，在他离世前不久，他对我说，他终于明白了，他对我的爱不仅是责任和使命，还是种负担。

从此，这句话纠缠着我。起初我不明白这句话的含义。不知何时我才明白，他对我的爱让他自己感到沉重。对我的爱毁了他自己。是我毁了他。你一直以为我从未爱过你，对吗？真相是，我从未想过要爱你。我不想要孩子。开始，我憎恶自己的身体，是它让我怀上了你。随后，我恨我自己没能阻止这一切。

你出生后，我第一次把你抱在臂弯中，在这不同寻常的一刻，我相信一切都会好起来。有一种难以言喻的爱！随后，仇恨又突然重新占据了我。玛塔，我不是恨你，我是恨我自己，因为我爱你！这让我惊慌失措，我不想感觉这份爱，不想再有任何感受。爱已成为往事，爱在我的生活中再也没有容身之地，所以我要除掉我心中这种美好的情感，一丝不留。仇恨是魔鬼，牢牢地抓住了我。

玛塔，我衷心希望你幸福，生活中充满爱。你的女儿费丽丝蒂是个十分出色的姑娘。用你全部的爱哺育她吧，用那些我不曾给予你的爱。愿你们俩一起找到在家族链条中的位置。

为了战胜遗忘，我将记录下我的过往作为见证。这故事既是你的故事，也是费丽丝蒂的故事。

现在我要对你说：原谅我，玛塔……

再见……

你的妈妈

第二部

—

古斯塔夫和伊丽莎白

过去

第五章

白乌鸦，1923 年 11 月 9 日，慕尼黑

这么晚才回家，伊丽莎白感到内疚，丈夫肯定在为自己担心。她很恼火，从蒂森回家的路上遇到了些麻烦，慕尼黑的街道几乎全被封锁了。

女仆刚打开位于摄政王广场的宽敞寓所的房门，丈夫已经大步赶到了门廊，猎犬菲利克斯一路小跑紧跟在后面。

“嘿，古斯塔夫！”她故意轻快地喊道，“真抱歉，我回来晚了，街上肯定出了什么事，男人们又在舞刀弄枪的。嘿，知道我今天碰见谁了吗？就是那个最近出尽风头的，他叫什么来着？胡特勒？”

她刚把雨伞和手套递给女仆奥德丽，丈夫就一把抱住她，紧紧揽入怀中。她对丈夫的举动感到有些吃惊，安静地依偎在他的怀抱里。她感觉到丈夫极度心慌意乱。她从未见过古斯塔夫如此失态。

古斯塔夫是一位受人尊敬的医生，原籍维也纳的伊丽莎白是歌剧界冉冉升起的新星。两人刚结婚几个月。从初次相见到举办婚礼，用了不到一个月的时间。上流社会的沙龙里因此流传着关于两人的种种闲话，毕竟这么短的订婚时间让人浮想联翩。然而伊丽莎白和古斯塔夫完全不把闲言碎语放在心上，一天也不愿多等。

伊丽莎白是个感情强烈、充满激情的女子，她的冲动有时近乎神经质的不安。伊丽莎白受内心不可名状又不知如何消解的渴望驱使，以令人头晕目眩的速度在生活中疾行，无暇体味生活的质感。直到在某个值得纪念的日子里，她遇到了古斯塔夫，折服于他的稳重冷静，被他的人格魅力吸引。古斯塔夫小心翼翼地缓和了她湍急的生活节奏。

尽管如此，伊丽莎白天性依旧。对她时不时的出格行为和不守时的习惯，古斯塔夫总是宽容以待。这种宽容来自新婚燕尔的幸福，也是因为他冷静的性格以及比她年长二十岁的年纪。

伊丽莎白对古斯塔夫一贯沉静的性格十分了解，此时不由得吃了一惊。肯定出什么事了！他的不安肯定不是因为她的迟归。她迅速回想了一下今天的遭遇。

每隔两周，伊丽莎白都会在赛茨大街的 Sixt 租车行租一辆带司机的奔驰车，去探望守寡的母亲玛利亚·卡斯格，并在娘家住上两天。妈妈住在阿默尔湖畔的小城蒂森的一栋小房子里。伊丽莎白用自己的第一笔演艺收入为母亲购买了这栋离慕尼黑两个小时车程的房子。除了有点儿风湿，卡斯格夫人身体十分健康。

今天早餐后，她和母亲在阿默尔湖边花了很长时间散步。吃过午餐，喝过咖啡后，司机按约定的时间来接她返回。

伊丽莎白出生于一个普通家庭。她父亲除了做什么都很倒霉以外，毫无特别之处。

一九一〇年，那时伊丽莎白刚刚十岁，她父亲在一笔投机生意中，将继承来的皮鞋作坊连同位于特里津大街的房子一同赔给了一个靠不住的投机商。全家人不得不搬到维也纳城外一处潮湿的住处。

那个时代维也纳人特殊的魅力，在工匠卡斯格身上展现得恰如其分。他没什么可指摘的，家中的两个女人爱他胜于一切。可惜他没能看到女儿功成名就的那天：一九一四年，为了报复塞尔维亚人刺杀奥匈皇储斐迪南的怯懦行径，他热血沸腾地加入了帝国军队，是第一批入伍的人。他也是随后第一批为国捐躯的人。正如前文所述，他是个倒霉蛋。

中午和母亲喝了不少咖啡，在从蒂森返回慕尼黑的路上，伊丽莎白感到内急。她本想让车掉头，找个干净整洁的旅社，但忽然想起，自己的朋友海尔格·普钦格尔在乌廷有座小农庄，离这条路不远。她记得海尔格前段时间常在农庄逗留，决定碰碰运气。

尽管都在慕尼黑的声乐教师莉莉·雷曼那里学过唱歌，但这两位年轻姑娘直到半年前才相识。海尔格和伊丽莎白岁数相仿，两人相识后马上成了好朋友。她们无论是外形还是脾气秉性都有天壤之别。海尔格身材高大，满头金发，性格审慎温和；而伊丽莎白娇小温柔得像只小鸟，长着一头油亮的黑发，活泼好动。

伊丽莎白自然很快结识了海尔格的丈夫布比。布比受洗证书上的名字其实是埃贡，不过小时候的昵称一直陪伴着他。伊丽莎白从未见过谁有这么“恰如其分”的昵称。[①] 布比身体的所有部件都好像大了一号：手、脚、鼻子和头。他壮得像头牛，说话粗声大气，显得有些粗野。不过，他弹得一手好钢琴，优美而富有激情。伊丽莎白是一名出色的钢琴家，因此，她很快把布比当作了音乐上的知音。

伊丽莎白和古斯塔夫曾受邀在一个周日到普钦格尔夫妇家做客。尽管古斯塔夫对妻子给予布比的评价不以为然，也不得不承认海尔格的丈夫博览群书，很有教养。布比出生于慕尼黑当地的名门望族。他

① “布比”在德语中意为“小男孩”，此处应有反讽之意。

家拥有一个以家族命名的艺术出版社。因此布比·普钦格尔能去国外，在哈佛大学完成自己的学业。大学毕业后，他在纽约工作了几年，管理家族在那边的艺术品生意。

那天下午，两个男人在火炉边抽着雪茄，进行了一番热烈的讨论，其间谈到了既不会游泳也不走运的路德维希二世①。当时布比打算写一部关于他的书。

当伊丽莎白到达好朋友在乌廷的农庄后，发现自己的运气不错：一天前，海尔格刚带着儿子小埃贡和女仆从慕尼黑过来。海尔格因为这次不期而遇十分高兴，邀请好友一起喝正宗的现磨咖啡。

将司机安排到附近的旅社后，两位女士度过了一个闲适的下午，时间一晃就到了傍晚。

十一月天黑得很早。尽管如此，当餐厅的座钟突然敲了七下时，伊丽莎白还是吓了一跳。海尔格的女仆马上被急急忙忙地派去通知旅社里的司机。

海尔格正要劝说好友为了聪明起见，今晚就在乌廷留宿，门外响起急切的敲门声。

海尔格以为是司机来了，亲自过去开门。没想到门外站着一群全身脏污的男人，一个个看上去筋疲力尽，紧张地环视四周。

尽管对这群不速之客的造访感到吃惊，但海尔格克制住自己，没有显露出惊讶。

后来，海尔格和伊丽莎白谈起这事的时候说，她当时马上意识到有什么可怕的事情发生了，否则丈夫不会在前一天没做任何解释便匆匆将她们母子送到农庄。

---

① 19 世纪的巴伐利亚国王，绰号“天鹅国王”、“疯王路德维希”，1886 年被以精神病为由废黜，后溺死于斯坦恩贝格湖中。

相反，伊丽莎白却根本没注意到发生了什么。对于音乐之外的世界，她几乎提不起兴趣，更别提那些只有男人们才疯狂热衷的事情，什么共和国啦，政治啦（她认为这些事无法激起人们的灵感）。要是没有不谙世事这个词，就该创造这么个词用在伊丽莎白身上。

领头的男人脸色苍白，胡子拉碴，穿着一件脏兮兮的轻便短大衣。尽管这些人不请自来，海尔格还是极有礼貌地请他们进门。另一位男子自称舒尔茨博士。其他人则一言不发，警觉地分散在门外。

伊丽莎白本就在赶时间，恰好司机的车到了，所以只是草草地相互认识了下。她注意到，那个穿轻便短大衣的人好像肩膀受了伤。

那人的一瞥瞬间让伊丽莎白有种蹊跷的感觉，想要赶紧逃离这里。她几乎有些失礼地匆忙和海尔格道别。好在此时海尔格的注意力几乎全落到了这群可疑的到访者身上。

古斯塔夫轻轻地将她推开一些，打断了伊丽莎白的思绪。他迷惑地问道："你刚说什么，伊丽莎白？你今天遇见了谁？"他说着将她领进客厅，随手关上了门。

于是，伊丽莎白将今天发生的事一五一十讲述给古斯塔夫听：在探望母亲后，她顺路到乌廷拜访了海尔格，在那里见到了一个面色苍白的奥地利人。至于他的名字，伊丽莎白想不起来了。

"我的上帝！"古斯塔夫喊道，脸色变得更加苍白，还摇晃了一下臂弯中的伊丽莎白，"那是希特勒！你见到的是阿道夫·希特勒。整个慕尼黑都在找他！昨天这个罪犯试图发动政变。他现在藏在普钦格尔家？"

"哎，原来就是因为这个街道才被封锁了。回家的路就像令人作呕的障碍赛，古斯塔夫，所以我才这么晚回家。我们得……"

“现在这已经不重要了，伊丽莎白。”古斯塔夫打断了伊丽莎白的话，以前他可从未这样过，“重要的是你回来了，而且没出事。外面死了很多人。我担心得都快疯了。我需要先来杯白兰地，再告诉你发生了什么。”

他给自己倒了杯酒，一饮而尽，随后急切地说：“听着，伊丽莎白。不要告诉任何人你今天遇到了那个家伙，尤其不要透露地点。海尔格和布比被牵连已经够糟糕了。我不想和那个家伙有一丝关联，他非常危险。”

随后他详细讲述了前一天晚上，也就是一九二三年十一月八日的晚上，发生在慕尼黑的影响深远的事件。

巴伐利亚州一个日渐崛起的政党，昨晚在慕尼黑的公民啤酒馆发动了一场政变。今天中午，政变分子在市区行进，在经过音乐厅广场的统帅堂时遭到了忠于政府的军队的攻击，战斗中死了二十多个人。

政变失败了，发动政变的头目及同党正在逃亡。

古斯塔夫依然沉浸在这起令人气愤的事件中。一场推翻巴伐利亚政府的政变！难怪现在的慕尼黑就像即将烧开的热水壶，城里到处都在缉拿逃亡的政变分子。

广受认可、功勋卓著的一战将军鲁登道夫，已经因为参与政变被逮捕，被捕时一身戎装。

为缉拿元凶，巴伐利亚州州长兼临时总特派员冯·卡尔骑士下令动用一切国家政治力量。冯·卡尔对希特勒有公仇私恨：希特勒曾将他禁闭在公民啤酒馆里长达数小时，羞辱他，并拿枪逼着他签署了成立新政府的书面批准书。这个新政府“要从危机与耻辱中挽救德国”。

这个组织政变的家伙甚至不是德国人，而是个奥地利人！去拯救你的奥地利，别碰我们德国人，古斯塔夫气愤地补充道。

古斯塔夫还没有跟伊丽莎白讲完昨晚令人震惊的事件，屋外便响起了门铃声。

女仆奥德丽去开门，随后通知道："医生大人，是接生的急诊。"随后又补充了一条重要的信息，"是臀先露胎位。"奥德丽和社区的助产士十分相熟。不管对方是否主动问她，她对每件事都表示感兴趣。因此，大家私下里都称她为社区的万事通。

热心的奥德丽拿好大衣，医生钻进衣服，接过准备好的出诊箱，戴上帽子，匆匆吻别妻子，急忙出了家门。一个即将成为母亲的女人期盼着他的帮助。

起初，医生打算结婚的计划让女仆奥德丽寝食难安。医生的父母相继过世后，这六年来，其实是她一直独自掌管着医生的生活。不过在奥德丽眼中，医生无论做什么都是优秀和正确的，所以，她的不安很快便平息了。

此外，仁慈的医生夫人的名气，也提升了奥德丽在摄政王广场一带女佣圈子里的声望和地位。而且，医生夫人从不干预她负责的家务事。她还奢望什么呢？

奥德丽简直就是健康的代名词，她有健康的肤色，以及更健康的好胃口。她只有一个小小的缺点：不知为什么，也无法解释，她对打雷有莫名的恐惧。只要开始电闪雷鸣，她就会毫不迟疑地躲到有拱顶的地下室，谁也找不到她。

医生有一次开玩笑说，她肯定正和汉斯一起建造诺亚方舟。男仆汉斯和奥德丽总是如影随形。这句名言像长了翅膀一样，很快在家中的成员之间流传开来。谁要是找不到奥德丽，别人就会告诉他："奥德丽正在造诺亚方舟。"

多年以后，当家里人回忆起那段在慕尼黑家中的快乐时光（那段纳粹党还没有上台的日子)，他们总是称之为“诺亚方舟时期”。

奥德丽生活中最重要的就是秩序和整洁。家中的井井有条反映了奥德丽的信条，因此大家也乐意原谅她的洁癖。此外，奥德丽有一颗豪爽的巴伐利亚之心。这颗心早就属于男仆汉斯这个质朴善良的小伙子了。

伊丽莎白第一次看见汉斯时，不禁脱口而出：“老天，好英俊的小伙子，简直像被奥林匹斯山上的众神创造出来的。”她说得有道理。汉斯的身高近两米，放在以前，肯定是腓特烈三世或者他父亲——有着“士兵国王”之称的威廉一世的近卫军最理想的候选人。人们依旧津津乐道于他们传说中的“巨人保镖”。随着王朝的终止、战争的失败以及随之而来的魏玛共和国无休无止的政治纷争，不少上了年纪的人开始怀念普鲁士时代的光辉岁月。

人类天性如此：在混乱的年代，人们就会寄希望于未必存在过的旧日好时光。将政治玩弄于股掌间的人善于利用这种难以满足的需求。

汉斯并不知道，他正是符合纳粹党宣传的优秀种族论的男性典范。他的哥哥弗朗茨是更为粗野的翻版汉斯。一九二一年加入冲锋队[①]后，弗朗茨的生活就是唱军歌、嘶吼和游行，很多时候三者同时进行。生活中充斥这些玩意儿，不难想见还能留给一个人多少思考的时间。不管怎样，奥德丽就是这么想的，她极其厌恶汉斯这个兄弟。

汉斯本人毫无主见，完全按他的奥德丽的意愿行事。

而对弗朗茨的瞎折腾和他那个面孔苍白的革命领袖，奥德丽顶多轻蔑地用鼻子哼一声。一次，汉斯又在复述他哥哥对希特勒的颂扬，奥德丽训斥他：“走开，别再提那个大忙人和他鼻子下面那撮轻浮的小

①成立于1921年8月，是纳粹党的武装组织，因身穿褐色制服，又称褐衫队。

胡子。”依奥德丽的想法，一个男人没有像样的胡子，就足以证明他的无能了。

这点情绪本来算不上什么，但奥德丽还是发过一回脾气。事情的起因是汉斯问她，如果他照弗朗茨的愿望也加入冲锋队，她会不会支持他。像往常一样，汉斯依从了奥德丽。这件事好像就这样过去了。至少当时他们俩都这么认为。

医生夫妇住在摄政王广场边上的宏大宅邸里，这座青年风格[①]的建筑建于一九〇一年，是医生父母留下的遗产。一家人住在楼上第五层和第六层的十间房里。医生还有一个兄弟，是个还算成功的画家，和妻子住在纽伦堡。

医生的诊所在大宅的一层。家里有三个仆人，除奥德丽以外还有厨娘贝塔和男仆汉斯，住在顶层各自的房间里。

二层租给了极其富有的美国人。不过没人确切地记得，最后一次在宅子里看到他们是什么时候。奥德丽一口断定，是大战爆发前两年的事了。不过，租金和各种分摊费用总是准时汇到古斯塔夫的银行账户上。

三层也空了很久，眼下正是经济危机，估计还要空置很长一段时间。四层住着一位退休的将军。他太老了，军队一九一四年时就不想要他了。他身躯巨大，走路时很吵。谁在楼梯间里撞见他，算是不走运。人们会觉得，他单枪匹马就能为德皇威廉打天下，赢得战争。事实上，他也的确是十九世纪的活化石。属于他的独特标志包括单眼放大镜、手杖、双排扣礼服配高顶礼帽，以及别在胸前的一堆闪闪发亮的勋章，

---

① 19世纪末20世纪初流行于欧洲的建筑艺术风格，英国又称为“现代风格”，法国称为“新风格”。

比行军时使用战鼓和横笛伴奏的年代还要落后。

言辞刻薄的长舌妇们——奥德丽无疑是其中之一——会说，他甚至睡觉时也把勋章别在睡衣上。不过，老将军最棒的地方就在于他几乎全聋。这样的邻居对音乐家来说再好不过了，从未露面的美国人也在此列。

第六章

维也纳郊外第二区的圣利奥波德教堂不大。教区牧师，同时也是唱诗班的领班，改变了鞋匠十岁的女儿伊丽莎白的命运。

听到她歌唱的第一秒，牧师就彻底被伊丽莎白的声音吸引了，她的歌声让小小的唱诗班仿佛散发出圣洁的光芒。不久,教区里就传开了，说唱诗班有一位天使在歌唱。此前，这个小教堂从未有过这么多访客，很快,想听歌的人排队排到了教堂门外。他们耐心地等待倾听天籁之音。

后来，教区里的一位居民和朋友聊起这个女孩。朋友对这个女孩上了心，而这位朋友恰巧在音乐界大名鼎鼎，也颇有影响力。他亲自来聆听这不同凡响的声音，当即预言伊丽莎白的前程不可限量。他安排伊丽莎白到萨尔茨堡莫扎特音乐大学试唱。伊丽莎白的父母和她一同前往，结果伊丽莎白当年就得到了奖学金。

去音乐学院之前与父母的别离令人心碎，不过后来的事实证明这个决定完全正确。一九二〇年初，刚满二十岁的伊丽莎白在萨尔茨堡出演了古诺的《浮士德》的女主角玛甘蕾。不过她用了母亲出嫁前的姓氏马普兰，毕竟卡斯格这个姓不太适合在演艺圈发展。

不到一年，在柏林菩提树下大街的德国国家大剧院的演出就让她名声大噪，在那里，她出演了威尔第《奥泰罗》一剧的女主角苔丝狄蒙娜。自此，伊丽莎白登上国际歌剧舞台，开始了她飞黄腾达的职业生涯。米兰、巴黎、布鲁塞尔和罗马都留下了她的身影。一颗歌剧界新星冉冉升起。

第七章

第二天早上医生才回来。他看上去十分疲惫，脸色苍白，两腮满是青青的胡茬。的确是一次令产科医生头痛的臀先位分娩。不过，再辛苦也比不上分娩的母亲遭的罪。

因为医生出诊，有关那场失败的政变的话题第二天才被再次提起。医生回家后睡了不到两个钟头就去了诊室，而伊丽莎白还在休息。两人直到中午吃饭时才又坐在了一起。

女主人有些不高兴，因为这顿午餐古斯塔夫几乎碰都没碰。他只顾埋在报纸后面。《慕尼黑快报》是他每日必读的。自一九二〇年起，古斯塔夫的好朋友弗里茨·格里希开始担任这份报纸的主编。

报纸的大标题当然是关于政变未遂和缉捕政变逃亡分子的。当丈夫翻开报纸的首页，把自己藏在报纸后面的时候，伊丽莎白才发现，头版社论旁边赫然是那位革命家面色苍白的大头照。

她有些郁闷，脸上露出不快的神情。看来古斯塔夫把更多的兴趣奉献给了报纸而不是午餐，更别提对她的忽视了。她今天特意为他梳妆打扮了一番。看起来魅力十足，这是奥德丽赞叹她的原话。定制的蓝色连衣裙完美地勾勒出她柔美的曲线。

这会儿，她认出了报纸上的照片，有了主意要如何将丈夫的注意力转移到她身上。

她用富有乐感的声音冲着埋头读报的丈夫喊道："瞧，古斯塔夫，就是这个家伙，头条上那个，昨天我在海尔格家遇到的就是他。真不明白他怎么能引起这么大的轰动。我觉得这个人乏味透顶，他甚至连胡子都没有刮！一个小矬子。奥德丽也不会看上他的。真该多听听人民的呼声，他们的感觉蛮敏锐的。"

她这一番话果然效果惊人。古斯塔夫像中枪一样，吃了一惊，不由得抽搐了一下。报纸从他指间滑落，他猛地伸手试图抓住下滑的报纸，却打翻了桌上一杯满满的咖啡。

蜷伏在桌下的猎犬菲利克斯狂叫着跑开了，两天后它身上还散发着咖啡味。此时的古斯塔夫神情恍惚，对这个小事故和跑开的猎犬视而不见。

他隔着桌子直直地看着伊丽莎白。"我的老天，伊丽莎白！你不会把昨天遇见他的事告诉奥德丽了吧？"他想到了奥德丽不牢靠的嘴巴，任何消息都藏不住。要是别人知道妻子昨天碰到了这个家伙，那还了得！谁知道在这混乱局势下会发生什么！他在脑子里飞快地过了一遍，有哪些人知道妻子和海尔格·普钦格尔是密友。他的脑海里浮现出一队宪兵冲进自己家门的情景。

布比和希特勒的密切关系众所周知，他甚至请希特勒做了儿子埃贡的教父！古斯塔夫了解到，布比看好希特勒的政治前景，尽心尽力地帮助这个奥地利二等兵。很快，他就成功将希特勒引荐给了慕尼黑的社会名流们。这些人向这个曾经的维也纳流浪汉慷慨地捐赠了大笔政治活动经费。当然资助人也各有自己的小算盘。布比渐渐成了希特勒非正式的新闻发言人。他甚至曾自我吹嘘，火把游行是他的主意，是他委婉地向希特勒提到了这个点子。他在哈佛念书期间曾参加过类似的游行，所以知道这样的举措多么壮观，效果多么轰动。

前天，也就是政变如火如荼之时，布比要了一个花招，将外国记者，尤其是美国记者请来，在公民啤酒馆开了一个新闻发布会。这是今早一个病人告诉古斯塔夫的，他昨夜碰到了一伙正在逃亡的令人厌恶的冲锋队队员。

现在，丈夫的注意力完全转向了她，伊丽莎白很得意。她用自己的表演天赋，叽叽喳喳地将在普钦格尔家的遭遇又添油加醋地描述了一番，延长了偶遇的时间，加重了对海尔格谨慎行事和她不凡的勇气的描述："你知道的，古斯塔夫，漆黑的夜里，面对这么一群浑身污渍的男人，要是我肯定吓坏了。"讲完，她微笑着看向丈夫，好像很得意自己能偶然牵连进这么重大的事件。古斯塔夫好不容易控制住自己。他此时最想做的就是像摇李子树那样摇醒妻子。那些政变分子全副武装，极其危险，而且正被全城追捕，他们什么事儿干不出来？伊丽莎白这位著名的女高音歌唱家是人质的绝佳人选。她好像从来没想到过这一点。

这时，一丝担忧第一次浮上心头：他是不是高估了自己？以为自己是《卖花女》[①]中的希金斯教授？

古斯塔夫一开始就察觉到了伊丽莎白的弱点：她虽然心地善良，但行事却缺乏谨慎。他觉得自己有责任塑造和改变她。不过，伊丽莎白可不是卖花姑娘伊莉莎。

他问了自己一个已经于事无补的问题：他娶到的二十三岁的伊丽

---

①英国作家萧伯纳创作的讽刺剧，又名《皮格马利翁》（Pygmalion）。该剧讲述了语言学教授希金斯如何训练一名贫苦卖花女伊莉莎，使其成为被上流社会认可的淑女。

莎白，是不是一个永远长不大的孩子？外表美丽，内心却惊人地幼稚，像一个不成熟的小姑娘，永远渴望被爱、被赞扬。他用上了全部的爱，努力不把身边这个上天创造的美丽尤物，和幼稚甚至愚蠢这样的字眼联系到一起。

每当古斯塔夫发觉伊丽莎白的一个弱点，哪怕只是一点点迹象，他都会为他深爱的妻子如此辩白：当然了，伊丽莎白完全生活在音乐的世界，与世隔绝。她在那个世界里神游，如同生活在一个大雪球之中，远离尘世。她自己选择了那个世界，一个除她之外只有乐谱与音乐大师杰作的世界。她是大师们灵光的再现，她是这些杰作的诠释者，她用声音将生命注入了音乐，让大师们的旋律生生不息。她的声音散发着光辉。

古斯塔夫努力纠正伊丽莎白的举止，让她朝着令他心灵安宁的方向发展。他不禁想起，无论是生活中无关紧要的事情还是影响深远的事件，伊丽莎白总能用音乐来表达。

在饭馆里点了一道没吃过的菜，倘若年轻的妻子觉得特别好吃，她很可能在众目睽睽下喝彩："哦，嫩得好像融化在了舌尖上！这味道太像威尔第啦！"伊丽莎白热情奔放的性格有时像开盖的香槟，冒着气泡，喷涌而出。

他们在波罗的海度蜜月时的经历也令他难以忘怀。那天天色阴沉，狂风大作，天边灰色的乌云快速压向头顶。其他散步的人都匆忙返回房间，在屋中享受朗姆酒和热茶带来的惬意。伊丽莎白却一定要在海边散步，那是她第一次看到大海。她甩开古斯塔夫冲向波涛汹涌的大海，很快就变成了海天之间的一个小黑点。她闪电般地甩掉了皮靴，脱去外衣，要不是新婚丈夫古斯塔夫在最后一刻拦住了她，她早就纵身跳入大海了。

她伸开双臂，满脸是水，用难以抑制的激情朝大海大声喊道："就是这种感觉！对，肯定是的。你感觉到了吗，你能感受到吗，古斯塔夫？这上帝创世前的序曲？这就是《特里斯坦和伊索尔德》[①]，是激情与爱，风暴与力量！这是未知的威力！"直到今天，古斯塔夫还能真切地想起她的语气。

此时，她脱掉的皮靴正飘向另一边的海岸。

伊丽莎白也不完全像他印象中的那样无知、与世隔绝。她将自己艺术家的敏感都奉献给了音乐。她试图摆脱一切不符合她心灵律动的东西。尽管如此，她对人也有着敏锐细腻的直觉。

婚后一段时间，她暂停了演出，以充分享受进入婚姻殿堂的女人的安逸和自由。不过她还是像当学生时一样，每天严于律己，自己用钢琴伴奏，坚持练声。

丈夫对此十分理解。作为一名医生，古斯塔夫是个工作狂，对那些用激情和热爱对待职业的同类感同身受。所以，一九二四年二月，伊丽莎白接到邀请，要去意大利米兰的斯卡拉剧院出演威尔第歌剧《茶花女》的女主角维奥莱塔时，古斯塔夫立即同意了。与伊丽莎白搭档的男主角是后来成为意大利著名男高音的贝尼亚米诺·吉利。伊丽莎白憧憬着一月中旬将要开始的排演。维奥莱塔是她最喜爱的角色之一。

作为女高音歌唱家，伊丽莎白成名较早。她的成功不仅因为出众的音色和俏丽迷人的外形，表演才华才是最关键的因素。尽管年纪轻轻，她饰演悲剧角色时的表现已经被剧评家认定为无法抗拒。

不过，此时的女艺术家还在慕尼黑家中享受着家庭的温馨，学习婚姻生活的音符，心里挂念的全是丈夫的舒适和幸福。通过三个月的

①德国音乐家瓦格纳创作的爱情悲剧。

婚姻生活，她也学会了看丈夫的脸色。

伊丽莎白将研究歌剧新角色的热情投入对生活中的新任务的探究。她会想着，我是现在就摇铃准备喝下午茶呢，还是说丈夫这会儿正忙着翻阅医学文章？他是有兴致晚上出去散步，还是会高高兴兴地陪我去新落成的电影院？伊丽莎白酷爱电影，汉斯·阿尔伯斯主演的《妖怪伦帕齐》刚刚上映，她可不想错过。

这些并非惊天动地的大事，不过有了这些鸡毛蒜皮，生活才平静温馨。这种生活是以家庭的男主人为中心的。这些努力说明伊丽莎白明白了，真正的生活中不会永远只有舞台，生活没有幕布落下后的欢呼和环绕的鲜花。

尽管开始几步有些犹豫，但她还是决意走出音乐赋予她的光环，让古斯塔夫在自己的心中拥有与音乐相同的地位。

她和丈夫的相识，是由于一次长时间未能痊愈的感冒。一位同事向她推荐了古斯塔夫。此前，伊丽莎白对与男人相处没什么经验，也没有结识他们的愿望。她把所有的时间和精力奉献给了音乐。天赋与生俱来，要成为杰出的音乐家却非下苦功不可。

她之前对感情的克制还有另外一个原因：她从母亲的境遇中看到，尽管你可以毫无保留地爱一个人，但大多数时候收获的仍可能是悲伤与不幸。

伊丽莎白不想终日为生活操心，她渴望幸福，希望被掌声围绕。她憧憬有活力的生活，唱歌，跳舞，游历遥远的国度。她是那么年轻！

然后，古斯塔夫走进了她的生活。这个不可思议的神奇的男人，有深色的皮肤，身材高大，心无旁骛地做着和说着令人印象深刻的事情。他的双手优美而灵巧，超过这世上任何一个钢琴家。古斯塔夫唤醒了她心中一曲陌生而醉人的旋律，自此，这旋律每天都萦绕在她的心头。

此时，古斯塔夫重新捡起了报纸，拾起话头，可惜没了往日的安详。他对伊丽莎白发表了一通严肃的长篇大论，其大意只在伊丽莎白的大脑里一闪而过。她根本就没听进去。不过，从他一再重复的诸如“危险”“小心”“不要一个人出门”等字眼，伊丽莎白也明白了大概：古斯塔夫打算限制她的个人自由！

这让伊丽莎白十分不悦，她可是适应了作为妻子的新角色，也知道怎么行使与之相应的权利。

作为一个未成年的奖学金获得者，她在莫扎特音乐大学的生活曾经处处受到约束。演艺事业初期，基金会委派了一个督导员，监督她的一举一动。这个督导员和她如影随形，寸步不离，让她十分厌烦。而且他穿着一身破旧的套装，总是散发着一股难闻的体味。伊丽莎白不得不随身带着一大瓶香水。好在她成名后马上获得了更多资助，母亲玛利亚可以作为监护人陪在她身边。在此之前，她的母亲只能依靠微薄的阵亡士兵遗孀抚恤金生活。

她虔诚的母亲一直无法理解女儿涉足的圈子——这个激动人心又忙乱无章的歌剧世界。她总是在后台等着，穿着长长的束腰裙子，披着羊毛披肩，像个被人遗忘的活动舞台布景。她难以置信地看着这些人，他们都化着浓妆，经常衣不蔽体，换场时从她的面前匆匆走过。不过她从来没有一句怨言，只是欣赏着女儿，享受着和女儿在一起的宁静的快乐。

事关个人自由，伊丽莎白还是十分敏感的。或许这并不会对她造成多大改变，但第一次争执多少会影响两人的新婚生活。

如同乐感一样，灵光一闪也是上天的礼物。在这方面，伊丽莎白可是个好手。她心中一转念，从椅子上跳起来，转过桌子跑到丈夫身边，用双臂环绕着他的脖颈，把自己的小脑袋紧紧贴在古斯塔夫的脸颊上，娇滴滴地说："好了，亲爱的，我们不再说这些可怕的事情了。我们乐团团长总是讲'重复只在练习中有用，其他场合一无是处'。我也管不了那个胡特勒去海尔格家啊。我保证，今后没有大个儿汉斯的陪同，我哪儿也不去，好吗？"古斯塔夫闻到了她淡淡的体香。不过，尽管有些恍惚，他还是注意到，伊丽莎白又忘了希特勒的名字。他也只能缴械投降了。

伊丽莎白随后在丈夫脸颊上一吻，两人之间彻底云开雾散。尽管如此，古斯塔夫还是觉得有必要再次提醒伊丽莎白："就这样吧，伊丽莎白。别忘了，你向我保证过，昨天在乌廷的事情不对别人透露只言片语，尤其是奥德丽。我会和海尔格谈谈。她肯定能理解我，兵荒马乱的时候摊上这样的事很危险。只要那个希特勒还在逃亡，形势就很危险。好在海尔格介绍你时用的是我的姓。"

他又想起了什么。"那个汽车行的司机，他觉察到什么了吗？"

伊丽莎白有些走神，只是俏皮地皱了皱鼻子。"我想不会。我很确定他把车开进庭院的时候，那群人已经在门廊里面了。他最多只能看到那些人的后脑勺。别担心他的事啦。亲爱的，现在想不想听我为你弹首曲子？"

仅仅一天之后，十一月十一日，奥德丽风风火火地冲进厨房。贝塔正站在炉子旁，汉斯则坐在桌边修理一个松动的锅把儿。

"老天啊，"她说起从集市上听来的令人欢欣鼓舞的新闻，"他们把他逮起来了，那个小希特勒。他藏在乌廷城外普钦格尔的家里。被捕时，他还穿着男主人的睡衣，披着毛巾浴衣。我可真想瞧瞧当时的情景，普钦格尔先生的体格可是他的两倍呢。是一个当地巡警和三十个慕尼黑的警察去抓的他。乖乖，抓他还用得着那么多人。"她充满爱意地用手指敲了敲汉斯的头，补充道："告诉你那位兄弟弗朗茨，他可得穿暖和些。但愿他们两个关在一间牢房，好一起唱军歌，走正步！”

政治，尤其是关于希特勒的话题很快淡出了人们的视线。几天后，伊丽莎白发现自己怀孕了。作为医生，古斯塔夫本来应该很清楚如何避孕。

结婚时，夫妻两人曾讨论过这个话题。在他们所处的年代，这种讨论本身已经是不同寻常地直白了。身为医生，古斯塔夫最清楚女性对怀孕的恐惧心理，孕期遭的罪，以及生产时可能发生的危险。

人们完全可以称赞医生的观念颇为现代新潮。他认为，当一个母亲准备好承担做母亲的责任时，应该由她自己决定生几个孩子，以及什么时候生孩子。

他们本来想抑制对孩子的渴望，过些年再做打算。可是众所周知，世事难料，计划赶不上变化。

这样一来，米兰的歌剧演出成了泡影，伊丽莎白只能和《茶花女》中的维奥莱塔暂时说再见了。

第三部

—

黛博拉

第八章

1924年6月，诺亚方舟

古斯塔夫和伊丽莎白一开始就一致认为，他们会创造一个神童。他们很快就商量好了孩子的名字：要是女孩儿，就叫黛博拉，随古斯塔夫过世母亲的名字；是男孩儿，就叫沃尔夫冈，与音乐家莫扎特同名。莫扎特是伊丽莎白心中崇高的偶像。

小黛博拉出生在一九二四年六月一个阳光明媚的日子里，是双子座。人们说，很多艺术家都是这个星座。的确，幸运之星照耀着这个初来人世间的小孩儿：家中充满了幸福和音乐，父母深爱彼此且都热爱这个孩子，家庭生活舒适安逸。

每当古斯塔夫注视着摇篮中的黛博拉，就会从这个神奇的小人儿身上看到一个美好的未来。同时，发生在这个时代的事情也浮现在他的脑海中，有多少人在承受着饥饿的煎熬，对他们未知的将来忧虑不安。

从德国战败到现在屈指一数还不到六年。这是人类有史以来最残酷，损失最惨重的一场战争。作为军医，古斯塔夫在战争最前线充分领教了战争带来的不幸和痛苦，以及它的毫无意义。

更让他焦心的是战败后国家局势的灾难性发展，如今，他的祖国已被推到了悬崖边缘：十一月革命[①]和德皇威廉的倒台，以及雪上加霜的《凡尔赛条约》。条约向德国要了天文数字的战争赔款，引起了巨大的社会动荡，导致内战以及魏玛共和国最终的建立。而这是一个什么样的政权呢？三十多个政党你争我夺，互相掣肘，争吵不休。

不断抬头的反犹主义尤其让古斯塔夫震惊。针对犹太人的敌意与暴力事件，自德意志帝国崩溃后急剧上升，反犹倾向成了新成立的魏玛共和国的主要特征之一。最新也是最知名的牺牲品是外交部部长，犹太人瓦尔特·拉特瑙[②]。广为传唱的“杀掉拉特瑙，这个犹太猪猡”成了现实。他于一九二二年夏天被暗杀。古斯塔夫的朋友马克西米利安·哈尔登，一个社会主义者，政治周刊《未来》的发行人，也被刺成重伤，至今未能痊愈。反犹主义席卷社会各个阶层，尤其在中产阶级和受过良好教育的复古理想主义者中得到了拥趸。犹太人再一次成为避雷针和替罪羊，人们甚至将一战的失败也归咎于他们：反犹主义者给犹太人扣帽子，称他们是胆小鬼，拒绝上前线。在席卷全国的漫画、海报和传单上，犹太人被塑造成了诡计多端的战争受益者。

坦能堡战役的胜利者，陆军元帅冯·兴登堡，一九一九年在魏玛国民大会的发言也为这一局面推波助澜，助长了“有人背后捅刀”[③]的论调。他宣称，德意志帝国的军队“在战场上是不可战胜的”，只是由于国内的一些心中没有祖国的人以及十一月革命分子，才被人“背后捅了一刀”。这番言论引起了公众的愤慨，因为兴登堡暗指的对象只可能是犹太人。

---

①又称“德国革命”，指德国在1918年与1919年发生的一连串事件，致使德意志帝国威廉二世政权被推翻，魏玛共和国成立。

②犹太实业家、作家和政治家，魏玛共和国外长，1922年被右翼激进分子刺杀。

③指第一次世界大战后出现的一种谬论，认为德国战败是由于“后方的背叛”即革命所致。

这还不够，有关犹太人阴谋控制世界的《锡安长老会纪要》[①]流传越来越广，该书中不乏耸人听闻的诽谤性内容。古斯塔夫读过此书后只能连连摇头叹气。人类什么时候才能变得聪明一些？为什么人们总是被那些充满仇恨的演讲欺骗？人们为什么会轻信负面的东西？为什么人如此容易被操控？这些问题，他问了自己不止一次。他是犹太人，不比别人差，也不比别人好，只是一个普普通通的人。

此时的德国在纷乱的政治中蹒跚，深陷于无休无止、没有结果的内斗，而德国人民已经失去了生气。战争和随后的政治乱象无可避免地导致了恶性通货膨胀。

一九二三年十月，半个面包的价格是五千八百万帝国马克。人们推着车，装着分文不值的纸币去买东西，回来时，车里几乎什么都不剩。

人们没有工作，忍饥挨饿，对美好时光失去期望。统治人们的不再是政治，而是不幸。而痛苦和不幸是培育阴谋诡计和极端分子的危险温床。

令夫妻两人欣喜的是，女儿幸运地降生在合适的时机：黛博拉出生于黄金般的二十年代，国家正刚刚开始恢复，慢慢地在希望中重新站立起来。

一九二三年十一月，由于实行了货币改革和道威斯计划，魏玛共和国踉踉跄跄的经济得到了一定程度的扶持，国家开始稳定。

小家伙很早就对各种声音和旋律做出反应。伊丽莎白刚开始哼唱摇篮曲，黛博拉马上手舞足蹈，兴奋异常，挥舞着小胳膊小腿，打着自己也不明白的拍子。

---

①反犹书籍，1903 年首次出版于俄国。用第一人称书写，以锡安长老的身份在长老会议上向新成员介绍如何掌控世界的具体计划。其内容后被证明是该书作者伪造。

很快，伊丽莎白就苦恼地发现，自己哼歌哄她入睡的目的完全落空。不仅如此，小家伙似乎根本不愿享受没有音乐的寂静。只要伊丽莎白的歌声一停，黛博拉的小脸儿就开始涨红，大声哭闹着要求她加演一曲。

即使是像伊丽莎白·马普兰这样久经舞台历练的女高音歌唱家，不停地歌唱几个小时也已是身体的极限。这同样也折磨着古斯塔夫的神经，他在床上度过了一个个不眠之夜，直到娘儿俩折腾得筋疲力尽，他才能睡去。

长此以往肯定不行。幸好这位父亲不仅是医生，还是深思熟虑的思想家。他坚信每个问题都有相应的解决办法。于是，一天晚上，他带回了一台崭新的手提式留声机，安置在儿童房内。

从此以后，刚荣升为父亲的古斯塔夫以研究科学的热情与严谨，投入了对小家伙的语音实验。首先看看黛博拉对妈妈以外的女性声音的反应，譬如知名女高音齐尔丝腾·芙拉格斯塔特或是玛丽·嘉顿。结果表明，小家伙喜欢所有女性的歌声，关键是音乐要不停地播放。

然后，古斯塔夫试着播放男歌唱家的作品。他收藏了几张珍贵的恩里科·卡鲁索的唱片。古斯塔夫对此人崇拜得五体投地，几乎把他当作神来崇敬。黛博拉也喜欢这位世纪之交的歌唱家的歌声，尤其是他演唱的维尔第《弄臣》中的咏叹调《女人善变》。

然而，这个办法美中不足：一九二四年，留声机唱片的直径只有二十五厘米，需要小心地正确操作，敏感的唱针要时刻保持清洁，需要不时吹去上面的尘土。而且最多只能播放六分钟，远不能像夫妻二人期望的那样，让小家伙入睡。有些夜晚，夫妻两人不得不轮换着，以六分钟一次的频率精神恍惚地穿梭于房间之间播放唱片。这个用来哄女儿入睡的小伎俩远不如预期有效，而且效果随着时间的推移还在逐渐变小。

古斯塔夫决心终止夫妻二人的夜巡，于是，玛格达加入了家政队伍，她是厨娘贝塔的侄女。古斯塔夫无意间创造了一种新职业——DJ，这一职业几十年后才真正流行起来。

玛格达是个不起眼的姑娘，油亮的头发从中间分开，梳成两条细细的辫子。她腼腆害羞，几乎很少抬头，全部的言辞好像只限于“是，尊敬的夫人”“是，尊敬的先生”“谢谢”。她对婶娘贝塔怕得要命，贝塔的勺子可不只是用来炒菜的。

不过，姑娘小帽子下面的脑瓜却敏捷伶俐。从第一天起，她就对这份差事充满热情，很快和留声机密不可分：清洁它，保养它，更换钝了的唱针，甚至不久就能自己动手处理机器的小故障。对那些唱片，她视如珍宝。为了方便她清洁唱片，伊丽莎白特地送了她两副分指手套。此后，人们发现她几乎从未摘下过手套。

玛格达的到来，终于让家里的夜晚恢复了宁静。随后的几年里，夫妻二人事业发展，黛博拉茁壮成长，所有人都很满意。医生还是将很多时间花在工作上，伊丽莎白对女儿总是看不够。

伊丽莎白每周去雷曼夫人那里接受两次声乐训练。她每天会一边弹琴一边练声，锻炼手指的灵活度——这种时候，黛博拉总是待在她身旁的摇篮里。尽管如此，年轻的女歌唱家很快就开始想念舞台生活，比如与志同道合的同行一起排练，演出开始前热切紧张的期待，随后的独唱、重唱，以及剧终后观众潮水般的掌声。

她和古斯塔夫谈了自己的想法，很快，保姆克拉拉·诗娜普汗夫人加入了家政队伍。克拉拉上了年纪，而且轻微斜视，不过在既往的雇主们那里口碑极好。于是，她搬进了摄政王广场十号。

两年前，伊丽莎白不得不拒绝的米兰演出邀请，现在终于可以成行了。

观众们没有忘记伊丽莎白·马普兰。产后复出首演的第二天清晨，报纸众口一词，称赞这是大师阿尔图罗·托斯卡尼尼指挥棒下有过的最好的维奥莱塔。一位剧评家甚至热情洋溢地宣称，即使在伊丽莎白没有歌唱的时候，她的演出也让人折服——她的表演能牢牢吸引观众。

谢幕时，观众献上的鲜花几乎将伊丽莎白淹没，要求加唱的喝彩声和幕布起落的次数难以计量。

事业上的成功并没有影响伊丽莎白对女儿温柔的爱。她从未长时间离开黛博拉。她不得不拒绝了所有来自纽约、芝加哥和旧金山等地的歌剧院的邀请，因为这些演出会让她和孩子分离太久。为了女儿，她放弃了自己的国际演艺生涯。

第九章

一九二九年，纳粹主义势头正旺，离人们的生活越来越近了。对医生一家人来说，这句话完全就是字面上的意思。一天，奥德丽和汉斯散步后回到厨房，带来了最新的小道消息：摄政王广场十六号的三楼住进了一位新租户，就是那个让医生愤愤不平的希特勒。“他自己可不用掏租金，有人供养他，像供养浪荡女人那样。真是个精明的家伙，这个纳粹希特勒。”奥德丽气哼哼地说。

伊丽莎白·马普兰第三次被邀请参加一九三一年拜罗伊特的音乐节，一九二七年和一九二九年的两次邀请，都因为她已经排满了国外的演出日程而作罢。此次是请她出演伊索尔德[①]和《唐豪瑟》[②]中与她同名的伊丽莎白这两个角色，她将有机会和自己景仰的指挥大师阿尔图罗·托斯卡尼尼一起合作。

这次的演出时间和她的日程没有冲突。尽管如此，她仍然犹豫不决，迟迟没有接受邀请。她想先征询丈夫的意见。拜罗伊特的瓦格纳家族

---

①瓦格纳歌剧《特里斯坦与伊索尔德》中的女主人公。

②亦为瓦格纳歌剧。

于一九二四年重现了音乐节昔日的辉煌。但这个家族多年来公开支持纳粹。古斯塔夫和他的朋友弗里茨·格里希恰恰是纳粹的积极反对者。不久前弗里茨还创办了自己的报纸《正道——真相与权利》。

自一九二三年的政变失败后，作为记者，弗里茨逐渐成为日渐兴起的纳粹风潮最尖锐的批评者。每次伊丽莎白在家里看到他和丈夫在一起，两人共同牵挂的话题只有一个：必须阻止希特勒！

关于纳粹，弗里茨很早就预言：它意味着谎言，仇恨，互相残杀和无尽的灾难。

但是，当时没人对这样的观点感兴趣，没人愿意倾听这番话或是阅读这样的文字。古斯塔夫曾这样对伊丽莎白解释：现在精神上的盲从四处蔓延，这些褐色[①]病毒传播起来很容易，它能轻易附在那些对这种风潮盲目热情、麻木顺从的人身上。

多年以后，伊丽莎白还能回忆起这对朋友关于希特勒的一次讨论。因为这次谈论随后导致了夫妇俩第一次真正的争执。两人讨论的话题是希特勒的提前释放。希特勒被判五年有期徒刑，却仅仅过了九个月就走出了兰德斯堡监狱。一九二四年十二月二十日，因为所谓的表现良好，希特勒被提前释放，重获自由。对于弗里茨和古斯塔夫而言，这简直是巴伐利亚司法制度失败的顶峰。

十二月二十日晚上，医生家的门铃响个不停，随后弗里茨如秋风一般窜进了屋子。他难以抑制自己的狂怒："古斯塔夫，这简直是丑闻！他可是发动了政变试图推翻政府。四个警察被杀啊，那是四名正直的父亲。现在怎么着，仅仅九个月，他就大摇大摆地从监狱里出来了。"弗里茨一边说，一边在古斯塔夫的房间里走来走去，不断挥舞着手臂。

①褐色是纳粹部分制服的颜色。在德语中，很多时候以褐色代指与纳粹相关的事物。

“当初的庭审就是一场闹剧。我当时在场。法官让他足足陈述了四个小时。这哪里是审理案件，简直是在开党派示威大会。”

古斯塔夫点头同意。“弗里茨，遗憾的是，这个家伙踩上了时代的节奏，不少人都附和他。他是个危险的煽动分子。他勾勒出了几个社会公敌，然后把德国糟糕的现状全归咎于他们，犹太人首当其冲。他可不是一个人，有几个聪明人给他出谋划策、支持他，比如阿尔弗雷德·罗森伯格、赫尔曼·戈林。他们想利用他开辟的航道出人头地呢。”

“没错，他现在有了太多有影响力的同情者。从他入狱后的待遇也能看出来，太可笑了，这个罪犯哪里是在蹲监狱，分明是在住酒店。”

“我也听说了。一个同行朋友去看过，后来和我详细说过那里的情况。希特勒的房间十分舒适。”

“是的，在那儿既看得见风景又能接待访客，朋友络绎不绝。拜罗伊特的瓦格纳一家，布鲁克曼夫人，慕尼黑的名流有一半都去过。希特勒收到了不少人寄来的装满食物的包裹，数量之多几乎可以开一家美食店了。他和牢里的囚犯分享食物，又赢得了不少盟友。听说，每当新的美味到了，那些人就高呼‘希特勒万岁！’，这已经成了常见的仪式。这群蠢货！又回到古罗马时代了吗？”

弗里茨接着告诉古斯塔夫，在兰德斯堡监狱，希特勒向对他忠心耿耿的鲁道夫·赫斯口述了充满煽动和毁谤的著作《我的奋斗》。这样每个心怀不满的极右分子都能找到精神寄托了。

“他的同情者遍地都是，谁知道这会带来什么。德国人根本不了解和这个奥地利人搅在一起会惹出什么祸。”弗里茨激动地说。

第二天伊丽莎白和丈夫吵了一架。事情的起因是这样的：伊丽莎白的好友海尔格搬进了位于慕尼黑伯根豪森城区的新房，邀请她去参加十二月二十一日女性好友的茶话会。

在那里，海尔格提到，布比和她将在圣诞前夜举办一个小型聚会。他们想邀请伊丽莎白、古斯塔夫和他们的女儿黛博拉一起来共度圣诞。“小埃贡期待着你们的小宝宝呢，伊丽莎白。刚从兰德斯堡监狱出来的希特勒先生，他也答应会来。”海尔格接着说道。

尽管伊丽莎白期待着第一个一家三口共度的圣诞节，可也不忍心拒绝海尔格的好意，只好推诿道：“好啊，不过我想先问下古斯塔夫。你知道，这毕竟是我们家的第一个圣诞节。”

古斯塔夫对希特勒的厌恶，伊丽莎白只字未提。政治从来不是两位好友之间的话题：海尔格有意回避，伊丽莎白则毫无兴趣。

回到家，伊丽莎白顺便提起了好友的圣诞邀请，讲到受邀的除了他们还有那位希特勒先生。她料想，丈夫肯定和她想法一致，希望全家在家里过圣诞，回答也许是一句简单的“还是算了吧”。

没想到，古斯塔夫勃然大怒。她刚提到希特勒的名字，古斯塔夫就开始用刺耳的话指责海尔格和布比，说他们竟然还和这个无用的寄生虫鬼混。古斯塔夫继而提到，严禁她和普钦格尔一家再有任何接触时，伊丽莎白惊呆了。

起先她只是惊讶，接着也转为愤怒。不是因为丈夫，而是因为这个叫希特勒的家伙。也不是因为希特勒的所作所为，伊丽莎白对此所知甚少，而是因为这么一个人，竟引起古斯塔夫如此激烈的反应。

伊丽莎白在生自己的气：要是今天没那么心软，当时一口回绝了海尔格的邀请该多好。她感到难为情，再加上古斯塔夫又有两次和她明确说过不要再和普钦格尔一家人往来，因此，伊丽莎白做了一件极不明智的事情，她抓着对方不放：“古斯塔夫，你为什么总是和那个希特勒过不去呢。你们俩其实挺相似的。海尔格今天告诉我，希特勒热爱音乐，每次聚会都请布比为他演奏钢琴。他对甜食喜欢得不得了，还跟你一样吃素。海尔格说，他十分喜欢小狗。和海尔格的小埃贡在一起时，他简直玩疯了。他怎么会是个坏人呢，对不对？谁知道呢，要是你们两人见面聊聊，也许……”

说这话时，伊丽莎白那尽人皆知的小脾气就已经闹完了，她闹情绪通常只会持续一瞬间。她发现这次争吵可笑且没有意义，便忘记了争吵的缘由，忽然渴望音乐里的和谐世界。她起身走向钢琴，把咖啡搁在一边，不再理睬满脸通红的丈夫，开始专心致志地翻看乐谱，寻找灵感。

古斯塔夫像石化了一样，刚才还满脸通红，此刻却面无血色。

其实，让古斯塔夫震惊的既不是伊丽莎白的愤怒，也不是她对现实的漠视，而是那个词，只是那一个词，就唤醒了他对战争这个猛兽的恐惧，召来了心中的鬼魅。吃素……古斯塔夫的脑子如火轮般飞快旋转，旧日重现，自己好像被抛回了昔日的战场。那里上演过人类历史上最可怕的战争：凡尔登，索姆河，伊珀尔。在这些战场，毒气的使用让战争的惨烈达到顶峰。

那的确是一场人类之间的残杀。坦克、大炮、机关枪等现代化武器的登场，给双方造成了惊人的伤亡。一切能缓解伤痛的资源都很匮乏：医生，护士，病床，棉被，绷带。药品和镇痛剂总是一拿来就很快被用光。

从不匮乏的是死人，伤员，毒气战后的瞎子以及四肢不全的士兵。他们号叫、咒骂、哀求，汇合成一部绝望的、充满了怀疑与痛苦的恐怖合唱曲。古斯塔夫想，这就是战争真正的声音，所有那些冥顽不灵的人都该听听这个声音，而不是兴高采烈的“皇帝万岁”的呼声，不是戴着尖角头盔的士兵行军时枪械碰撞的叮当声，不是被盲目爱国主义蒙住双眼、向告别故土的士兵抛撒鲜花的人的欢呼声。

让他瘫在当场的不是那一幅幅彼此相连的、超现实般的画面。当时他不得不像流水线工人一样不用任何麻药为伤兵截肢，伤兵一个个像包裹似的被紧紧捆住，以防止他们在挣扎中产生剧痛。

不是这些，而是记忆中那个胡子都没长出来的年轻少尉。少尉躺在自己的血泊里，胸前紧紧抱着被锯掉的大腿，仿佛那是他的孩子。古斯塔夫看着那条被锯掉的强壮的大腿，腿上还穿着靴子。两个壮实的勤务兵费了不少劲才从少尉手中将大腿拿走，他凄厉地尖叫着。

下午短暂休息时，他走出医院帐篷。尽管他努力无视，但每天堆积如山的人体残肢还是扑入眼帘：手臂，大腿。他们的主人呢？那是祖父的，父亲和儿子的，还是兄弟和丈夫的？

不久前生龙活虎的躯干，现在成了战争垃圾，很快就会被焚烧掉。他看到一名卫生员抽出一条大腿，扒下上面完好的皮靴。战争中，任何东西都不会被浪费，除了生命。医生认出那是少尉的大腿和皮靴。

他不得不每天忍受几次焚烧人肉的气味。从那以后，古斯塔夫再没吃过肉。

古斯塔夫相信，希特勒吃素另有原因。他曾经在慕尼黑的赫克咖啡馆见过希特勒几次。他不健康的苍白脸色和紧绷的面部轮廓引起了古斯塔夫的注意。古斯塔夫估计这个男人有胃病，并且胀气很厉害。

古斯塔夫也听到过别人谈论希特勒，说他军队里的同伴从未喜欢过他，认为他唯上司马首是瞻，爱逢迎拍马，所以给他起了一个刻薄的绰号：白乌鸦。

古斯塔夫沉思着，这一切是多么悲哀而又愚蠢。世界本可以是天堂——只要人类能守住和平。

古斯塔夫带着对法国战场的苦涩回忆回到现实。琴凳上，情绪善变的妻子刚刚一言不发地完成了初步的指法练习。

此后，医生装作这一争吵从未发生。一九二四年十二月二十四日，他们和女儿黛博拉度过了第一个美妙的全家团圆的圣诞夜。

第十章

几天后，伊丽莎白在藏书室主动提及之前发生的不愉快，也是因为她再次听到了古斯塔夫和弗里茨关于希特勒的谈话。

她为自己当时的唐突羞愧。而古斯塔夫也为自己那天的愤怒失态难为情，更何况他还禁止伊丽莎白和朋友往来。他向伊丽莎白表示，现在收回这些话，向她保证她是个自由的人，完全可以自己做任何决定。

尽管如此，伊丽莎白和海尔格此后很少再聚，而古斯塔夫和布比两位男士则再未见过面。

发生的这些事，让伊丽莎白颇为踌躇是否该接受一九三一年来自拜罗伊特的邀请，尽管和大师托斯卡尼尼再次合作的机会吸引着她。因为希特勒据说从未缺席过拜罗伊特音乐节，而且经常是旺弗利德[①]别墅的座上客。

后来伊丽莎白才明白，这是政治第一次掺入了她的演艺事业，影响了她的决定。

---

①瓦格纳为自己别墅起的名字。德语为 Wahnfried，是德文疯狂（Wahn）与和平（Fried）二词的组合。德语本无此词汇，是瓦格纳自行创造的。

伊丽莎白等到一个惬意的夜晚才和丈夫谈起这件事。当时只有他们两人，她递过一杯白兰地，古斯塔夫呷了一口。伊丽莎白坐过来，依偎在他肩膀上。

和预料的一样，听到她的计划，古斯塔夫根本高兴不起来，不过他私下早已预料到了。当下每个女明星都要到瓦格纳家族主办的拜罗伊特音乐节露一面，他不愿也不能阻拦妻子。伊丽莎白谈起剧中的两个角色以及她崇敬的指挥大师托斯卡尼尼时，眼中熠熠生辉，这令古斯塔尤为触动。在伊丽莎白的脑海中，她俨然已经是伊索尔德。她早已将乐谱、人物的造型和场景在脑中过了一遍。

最终，伊丽莎白前往拜罗伊特，再次成功地进行了演出。首演后的招待会上，威妮弗蕾德·瓦格纳夫人以占有者的姿态自豪地将伊丽莎白介绍给了希特勒。亲眼见到伊丽莎白后，希特勒被美丽的歌唱家彻底迷住了。他献出了全套奥地利式殷勤，用蓝色的眼睛爱慕地望着她。

伊丽莎白必须承认，希特勒那天的表现优雅得体，令她始料未及。不过，只要他在身边，伊丽莎白就感到浑身不自在，她庆幸这只是一次短暂的相遇。她对古斯塔夫只字未提，免得他生气。古斯塔夫也没有追问过。

两人的婚姻已经走到了第八个年头，很了解对方的敏感话题。

幸好一九三二年的拜罗伊特音乐节未能举行，这反而避免了伊丽莎白不得不拒绝的尴尬。因为几周前，政治的阴影第一次投向了摄政王广场十号这一家人。

被卷进政治旋涡的是汉斯、奥德丽以及古斯塔夫，事情也恰好是按照这个顺序发生的。当时伊丽莎白正在罗马巡演，出演普契尼歌剧《托斯卡》中的女主角，她离家的这段时间出了事。

仆人汉斯的哥哥弗朗茨是纳粹冲锋队初创期的成员，怀抱着对纳粹主义的坚定信仰和巨大野心，迅速晋升，当上了冲锋队的队长。弟弟汉斯这几年拒绝加入冲锋队，一直令弗朗茨耿耿于怀。现在他终于下手了，拿出了自己最擅长的手段：暴力和诡计。

一天晚上，汉斯没有当班。弗朗茨邀他出来，将他灌得酩酊大醉，然后开始殴打他。汉斯被打了很久，记不清是如何在冲锋队入队登记表上签了名。自此，汉斯成了冲锋队的正式成员，同时自然也成了纳粹分子。

众所周知，战后不少纳粹党党员宣称——让我们姑且相信他们的话——他们并不是真正的纳粹追随者，只是糊里糊涂地就被招募了（暂且不论原因是酒醉，还是沉醉于权力）。但我们可以不容置疑地讲，至少汉斯从来不是纳粹主义的忠实信徒。

汉斯先是被哥哥折磨，转天又在奥德丽那里得到了更为糟糕的待遇：继被弗朗茨殴打之后，奥德丽又重重抽了他几个耳光，并极为严厉地责骂了他。可是一切为时已晚，汉斯已成为手续完备的冲锋队正式成员。对他来说，这意味着：前进！齐步走！

除了迫害、拷打以及死亡，纳粹不免费提供任何东西。汉斯只好动用自己辛苦攒下的积蓄购买全部的军服装备。单单那双五十号的皮靴就花掉了不少钱！奥德丽简直要气疯了。

一天下午，她向医生告假，去找弗朗茨，想亲自阻止此事。

粗鲁的弗朗茨自认高奥德丽一等（“冲锋队队长和一个佣人，哼！”）。他中意奥德丽圆润的身体，开始动手动脚。奥德丽厌恶至极，动手打了他。弗朗茨立刻宣称这是暴力伤害，将这可怜的人关在他插满党旗的办公室，并叫来了殷勤伺候的警察。奥德丽被拘捕了。

头天夜里和第二天，奥德丽都没有回到摄政王广场的家里，医生意识到她可能出事了。于是，他立即着手追查此事，第一个就问到了弗朗茨。弗朗茨宣称自己什么也没做，并推说自己不知情，让医生去找当地警方。

去警察局的路上，古斯塔夫突然被一伙冲锋队队员拦住殴打，接着被急匆匆赶来的警察逮捕。那伙人却优哉游哉地拿着医生的钱包走了。

摄政王广场的家中，人们发现不仅奥德丽不见了，现在连医生也失踪了，而女主人却远在意大利！

家中年纪最长的厨娘贝塔像所有生来暴躁的人一样，没发生什么可供他们瞎嚷嚷的事情的时候，便立刻没了主见和勇气；保姆克拉拉除了分内之事，即照看七岁的黛博拉，其他一概不闻不问。

雪上加霜的是，跟了医生多年的得力助手瑞娜特不久前结了婚，搬去了莱茵河地区。要是她还在，或许知道该怎么办，不像那位刚刚顶替她的护士。这天，她像每天早上一样，七点来诊所开门，现在正敲第三次门，以候诊厅里咳嗽的患者和其他病快快的人的名义，请医生赶紧到底层的诊室来。

属于玛格达的重要时刻来临了，她是唯一采取行动的人。她穿上最好的衣服，准备出门。厨娘贝塔好像突然发现了自己对侄女的一往情深，一把抱住玛格达："我的老天，玛格达，你不能出去！你没看到吗，每个离开的人都消失啦，无影无踪！相信我，外面有可怕的恶魔。"她抽噎着说道，"我们只能祈祷，相信万能的主。"她喊着，双膝跪下，双手合十，开始虔诚地祷告。

玛格达不为所动，急匆匆地径直下楼去了诊所。在楼梯间，她与迎面而来的将军擦身而过，没有像往日那样对他行屈膝礼。这位不朽的将军胸前别满了勋章，刚刚散步回来，恼怒地看着下楼的玛格达。

诊室里，玛格达对护士和等候的病人深表歉意，三言两语将他们都打发走了。那个曾经害羞的女孩此刻表现得温文尔雅，出色地模仿着女主人伊丽莎白的维也纳腔。这个二十三岁的女孩，现在变成了一位不折不扣的年轻女士。

玛格达走进了家中的圣地：医生的诊室。她一瞬间失去了继续行动的勇气，感到犹豫和气馁，好像接下来要干的事会让她坠入沸腾的岩浆。她的脑海里闪过一个念头，我是不是也会失踪呢，像医生和奥德丽一样？贝塔会怎么说？

婶娘贝塔的想法差点儿左右了玛格达：从此不出家门，忍饥挨饿地祈祷，待在厨房里，让自己的面色更加苍白。不过，她很快战胜了犹豫。现在需要的是行动和解决办法！

她在医生的写字台上仔细搜索着，很快找到了想要的东西：一张芬克斯坦合伙律师事务所的名片。不久前，医生和夫人交谈时曾提到，芬克斯坦先生是他们的法律顾问。

玛格达寡言少语，听得却很仔细。倒不是为了偷听，而是为了学习。她像一大块海绵，对所有的事情，不管是重要的还是鸡毛蒜皮的，无聊的还是有趣的，都照单全收。尽管往往对事情之间的关联缺乏了解，玛格达难以真正理解每个细节或个别信息，但是她有分析人们话语的天分。仅凭东家的语音语调，她就能猜出事情的重要性。

她只在村里上了三年小学，就不得不遵照父亲的意愿回农庄干活。念书时她就明白，除了好出身，教育是一把通往世界的钥匙，也是一张享受多种特权的许可证。从这个意义上讲，能到医生家做工对她来说是件幸事。在这里她将达成自己的愿望，还能憧憬更好的未来。为了总是鼓励她学习的医生夫妇，她什么都愿意做。当初，她还没有表达想读书的愿望，医生夫妇就允许她旁听黛博拉在家中的课程。

因为可能要支付律师咨询费，她拿上了自己所有的积蓄。钱不多，不过让玛格达欣慰的是，律师事务所就在不远的布里奈尔大街上，不然她可能还得招辆出租车。她一路不停地跑向事务所。

此时布里奈尔大街到处都是冲锋队士兵，满目褐色，一派战场般的繁忙景象着实令玛格达震惊。玛格达想起来，医生曾特意提醒过保姆克拉拉，每天带孩子散步时尽量避开这个地方。

四十五号巴洛大厦是德国纳粹党的总部。工业界给这个政党捐了不少钱，来到这里，人们马上就能明白这些钱花在哪里了：布匹。玛格达被血红色的旗帜海洋吓了一跳。大厦入口处的铜牌上，纳粹的卐字符号熠熠生辉。走近些，能看清上面镌刻的口号："醒来，德国！"

隔了几栋房子就是芬克斯坦合伙律师事务所。前台接待的女士犹如这条街的品位般雅致。她噘着嘴，打量着玛格达，好像和下人说句话都有失身份。玛格达在这里不受欢迎，她理所当然地拒绝了玛格达希望她转达信息的请求。

玛格达毫不退让，以坚定的口吻告诉接待员，是医生本人委派她来事务所"处理一件事关财务收益的紧急事务"。

玛格达的表达文雅，句式复杂，而且"财务"和"收益"向来是事务所喜闻乐见的字眼。接待员的傲慢立刻转为恭敬的谄媚，并马上向老板汇报。随后，玛格达被请进了塞缪尔·芬克斯坦的办公室。

塞缪尔·芬克斯坦清晰的面部轮廓，漂亮粗壮的鼻子，让他看起来十分有才智，好像了解生活的各种特质与形态。玛格达立刻对他一见如故。律师有着和医生同样的安详目光，好似在说，没有什么可以让人丧失信心和勇气，还有很多东西值得尽全力去争取。

律师严肃专注地听玛格达讲完，然后提了一连串问题。接着他站起身，叫接待员为玛格达倒一杯咖啡。

接待员恭敬地端来咖啡，还有几块花色小蛋糕。除了进过一次咖啡馆，玛格达还从未被人服务过，她十分享受此时对调的角色。律师巨大的办公室镶满了名贵的木质墙板，他请她在此稍等片刻。

玛格达正在心里琢磨，装修成这样得用掉多少木材，律师已经带着合作伙伴过来了。这是一位高大威严，有着典型雅利安体征的男人。芬克斯坦热情地向玛格达介绍了他，格哈德·冯·麦尔林克勋爵。

律师塞缪尔·芬克斯坦身材矮小，聪明、老练且富有远见。他并不想在医生的事情上抛头露面。自一九三二年起，在这个拥有最多冲锋队队员的纳粹总部所在地，犹太人的日子愈发难过，玻璃行业的生意却蒸蒸日上。

塞缪尔·芬克斯坦向玛格达保证，冯·麦尔林克先生的人品和素养都是一流的。他们告诉玛格达不用担心，回家等待医生归来就好。

勋爵先是打了几个电话，又做了一番调查，赶上最后一班邮差发出了信件。当然还进行了一笔价格适当的“财务资助”交易。于是，医生和奥德丽第二天就离开了关押他们的地方，回了家。

当芬克斯坦和冯·麦尔林克陪着失踪的两人回到摄政王广场时，家中一片欢天喜地，玛格达冷静周密的行动也得到了奖励：她每周的薪水涨了。贝塔感动又骄傲地哭了，结结巴巴地唠叨着：“这是我的好侄女，这是我的好侄女。”

回家看到亲人，医生十分高兴。不过他自己需要马上去看医生，因为那些打手把他打得够呛。从此，他的鼻子上多了一处隆起，还少了一颗臼齿，不过眼睛倒是很快痊愈了。

尽管并非自愿，汉斯加入冲锋队的事还是没有解决。直到一九三三年二月，花了一大笔钱和动用必要的政治关系后，他才得以逃脱冲锋队的魔掌。

病体缠身的帝国总统保罗·冯·兴登堡于一九三三年一月三十日任命希特勒为内阁总理，几天以后，阴险的冲锋队队长弗朗茨拿着汉斯的入队登记表再次出现。

冲锋队可以贿赂，但签字终归是签字。他们带走了汉斯。汉斯不得不重新穿上褐色制服，行进在纳粹的队伍中，自此走向灭亡。

厨房里，奥德丽对贝塔说："老天啊，这下可麻烦了。"

贝塔问道："为什么？"

奥德丽回答："因为医生是犹太人啊，他们可不喜欢犹太人。"

贝塔："犹太人不喜欢新上台的那些人吗？"

奥德丽："唉，别犯傻，正相反，是新上台的人不喜欢犹太人。"

斜视的保姆克拉拉本来很少来厨房，这会儿在旁边问道："医生是犹太人？"

每天准备做饭时，猎犬菲利克斯都会准时来到厨房，端坐在配菜柜前，好像被人用老虎钳固定在那里一样。它舒舒服服地放了一个屁，摆出一副十分享受的样子。

"走开，你这头猪。"奥德丽笑着骂她的宝贝儿。

"它最近经常来这儿。"贝塔不大高兴地说。不过她也不敢将东家的狗赶出厨房，尤其是奥德丽在一旁的时候。

"我知道，"奥德丽回嘴道，"医生也注意到了。他说，菲利克斯可能胃肠胀气[①]。"说着弯下腰凑近猎犬。"你这个臭家伙。"她抚摸着温顺的狗。菲利克斯受到爱抚，十分兴奋，立刻又排出一阵气体。

"哦。"贝塔回答道，同时想通过目光表明，她完全听懂了奥德丽的术语。她可不想在自负的保姆面前显得比老对手奥德丽愚蠢。

不过，奥德丽总是知道如何赢得这一回合。她顺手从果篮里抓起一个红苹果，一边向外走，一边看似无意地说："你最好去问下我们聪

①此处原文为拉丁语 Flatulenz。医学中不少术语来自拉丁文。奥德丽嘲笑厨娘听不懂这个术语。

明的玛格达小姐。”这简直是对贝塔加倍的羞辱：奥德丽不仅暗示玛格达比贝塔聪明，还当着保姆克拉拉的面！

斜视而傲慢的保姆克拉拉也迈步离开厨房，出门前还不忘对厨娘解释下刚才奥德丽用拉丁语描述的狗的症状：“胀气，它这是得了胀气。”

“我闻得到。”贝塔一把抓过鸡，剁掉了鸡头。

不久，事实证明，保姆克拉拉不仅眼睛斜视，她的思维也偏向某个特定的方向。这次厨房谈话后不久，她就辞掉了工作，消失在褐色的远方。小黛博拉也根本不想念她。

伊丽莎白自此再没去过拜罗伊特。接下来的几年，她只参加了几次演出，而且几乎全在国外。

即便是新上任的帝国音乐协会主席理查德·施特劳斯，也未能说服伊丽莎白为柏林国家歌剧院献唱。现在内阁发出的信息几乎都冠以“帝国”的名义。医生摇着头称之为“帝国狂热”。

伊丽莎白拒绝出演后，有人捎话给她，说领袖对她的决定“深感遗憾”。伊丽莎白不为所动，她为丈夫担忧，决定留在丈夫身边照顾他。纳粹时代让她的丈夫深陷不安。

他的睡眠比以前差了很多，倘若他还能入眠的话。此外，他还流失了一些有钱的病人，尽管一部分人只是由“日间病人”转为了“夜间病人”。这些人总是在夜晚偷偷从后门溜进诊所看病。

一种新的疾病在传播，它叫作——恐惧。

第十一章
正道

市政厅酒馆位于玛利亚广场，在慕尼黑市政府的地下室里。酒馆巨大，内部曲折，经年的烟熏火燎在筒形拱顶上留下了痕迹，整个酒馆散发着巴伐利亚特有的闲适安逸的气息。

多年来，古斯塔夫和格里希每周四晚上都会来这里聚餐。古斯塔夫的医生朋友以及弗里茨·格里希的朋友渐渐加入，大概十来个人，志趣相投。

自从纳粹上台执政，来聚会的朋友每周都在减少。今晚只来了五个人：两位医生，两个社民党党员，以及一位《慕尼黑邮报》的编辑。

扎啤已经送到桌上，古斯塔夫试着舒缓沉闷的气氛："看来恐惧能抑制饥渴。尽管如此，来，先生们，让我们尽情享受，干杯！"

今晚几个人的讨论尤其激烈。后来，店主过来，略显尴尬地请他们尽量不要干扰到其他客人，然后急忙躲回吧台里。

古斯塔夫思绪恍惚。希特勒被任命为帝国总理差不多六个星期了。慕尼黑人以巴伐利亚人民特有的泰然接受了柏林政府更迭的现实，生活又回到定好的日程——也就是即将到来的狂欢节。对这里的人们来说，三月五日在国会大厦举行的新一轮选举和狂欢节王子的选举意义不相上下。过去几年里，柏林更换总理频繁得像走马灯：布吕宁，帕彭，施莱歇尔，希特勒……

店主又一次来到他们的桌前。他手里捏着擦碗布，用畏惧的目光瞟了眼酒馆另一侧的入口处，那里刚刚进来了几个冲锋队队员。然后他急忙避开，好像怕别人看到他和古斯塔夫这群人在一起似的。

古斯塔夫看着他离去的背影摇了摇头。过去十年里的聚会，会有一大帮人在此痛饮，兴致勃勃地聊天，这个店主也总是乐于参与，可现在竟然装作不认识他们。古斯塔夫垂下悲伤的目光，看着啤酒杯。开始啦，人们已经开始顺应新的政治气氛。

他又看了一眼手表，已经八点多了。弗里茨去哪儿了？这么久还不来。慢慢地，他开始为朋友担心。每周四的这个聚会，弗里茨从未爽约。有时会来得晚些，因为要赶第二天见报的头条新闻。这种时候，他总会派个伙计来酒馆通知一声。一声招呼不打就缺席聚会不是弗里茨的风格。此外，弗里茨早上还打过电话给他，说今晚有重要的事情商议。古斯塔夫希望弗里茨尽快下定决心离开德国，迁居到奥地利去。弗里茨主编的批评性报纸《正道——真相与权利》一开始就是纳粹党人的眼中钉肉中刺。

听说，希特勒常常让人拿这份报纸给他看，对弗里茨·格里希的文章越来越愤愤不平。这位新总理格外不快的是，报纸上经常发表他的政敌国务委员冯·卡尔爵士的讲话，以及关于一九二三年慕尼黑的公民酒馆那场未遂政变的报道。

弗里茨已经亲身体验到来自冲锋队的猛烈报复。不久前，有人砸碎了他家的窗户。妻子索菲吓得要命，其中一块石头差点砸到她了。弗里茨收到的威胁要谋杀他的恐吓信也越来越多。不过，这位勇敢的记者不为所动，继续毫无畏惧地在报纸上刊登挑衅的文字。

恐吓信的恶毒和杂乱无章反映了写信人狭隘的思维。很长一段时间，朋友们一直劝说他和妻子离开慕尼黑。

古斯塔夫起身向店主借用电话。弗里茨出版社的电话占线，家里的没有人接。此后的二十分钟里，他又尝试了几次，内心愈发不安，啤酒已经喝不出任何味道。于是古斯塔夫和剩下几位勇敢的战友告别，任凭他们沉浸在各自被啤酒麻醉的担忧中。

他决定去编辑部找弗里茨。或许是今天慕尼黑发生的什么事件拖住了他，古斯塔夫试着继续自我安慰。但不祥的预感笼罩着他，他已经听说了，在任十二年的慕尼黑市长，温和保守的卡尔·沙尔纳格今天不得不收拾市政厅里的东西，让位给继任者。这一切都是遵照柏林新当权者的指令进行的。

市政厅酒馆离报纸编辑部不到四百米。古斯塔夫加快脚步，几乎跑了起来，帽子掉了都没有察觉。半路遇到了一伙怪叫着的冲锋队，他急忙避开，及时躲过了他们。他几乎为自己刚才产生的恐惧感到羞愧。刚才在聚会上，他们不是还高谈阔论，慷慨激昂地宣称，不能被那些人吓倒吗？不是要为言论自由抗争，阻止专断与不公吗？

而现在，他躲避着街道的灯光，心脏快速跳动，走进了一条黑黢黢的小巷。他的所作所为和其他人又有什么不同？畏惧，胆小，像别人一样尽力适应。自己会是下一个吗？恐惧是传染病，他想。恐惧会摧毁一个人。“等一下，古斯塔夫！”内心深处有一个声音在呼喊，这个声音知道他这个民族的苦难。“你是犹太人，”这个声音悄悄地说，“你属于一个三千年来没有祖国的民族。几乎每一代犹太人都被驱逐，被迫害，被没收财产，被谋杀。作为犹太人意味着永无宁日。好吧，维护你内心的安宁吧，古斯塔夫，保护好你的家庭。你无法改变世界，因为你无法改变人类。你能做的，只有像所有的父亲都应该做的那样：从这个仇恨的世界中拯救自己的孩子，这个成年人为他们准备的世界。”

他因此更加尊重自己的朋友，信奉天主教的弗里茨。弗里茨·格里希是个勇敢无畏的人，这样的人已所剩无几了。多年来，他用笔杆勇敢地对抗独裁和专制，即使面临死亡威胁和破产，也从未放弃自己的信念。

弗里茨主编的报纸销量逐期下降，因为冲锋队恐吓购买报纸的读者，阻挠报纸的销售。

冲锋队队员朝着相反的方向越走越远，古斯塔夫警觉地四下看了看，继续赶路。在街上不时会碰到零星的散步者，夜深归家的人，或是一对对恋人。尽管动机不同，他们都和他一样尽量躲避路灯的光亮。

还没等他拐入农舍大街,冰凉的烟雾就窜进鼻孔。他再次加快脚步，转过街角，然后猛然停住了。

眼前的街道上散落着一堆堆东西，有些在黑暗中还冒着烟。一阵凉风呼啸着吹过街面，几乎熄灭的地方又冒出了火星。

几个看热闹的和散步的人分散在街道上，有些人在指指点点，别的人开始慢慢散去。刚刚发生的事件造成的紧张感还飘浮在空气中。带着极为不祥的预感，他继续朝农舍大街六号走近。再经过两栋房子，他就能知道发生了什么。他对着天空急促地祷告了一下，但愿出事的不是朋友弗里茨。

他立刻感到了羞愧。这已经是几分钟内第二次，他为自己感到惭愧了。即便勇敢的朋友没出事，他又怎么能轻松愉快地希望出事的是其他人呢？这是人类永远摘不掉的十字架。每个人都只顾及自己和最亲近的人。只要不幸的并非自己,人们就会长舒一口气。为了心安理得，人们总能自圆其说——不管因为什么，事情总会发生在某个人的身上，难道不是吗？所以，别胡思乱想了，视而不见吧，安静地过自己的日子吧，谁不是承担着生活的重量……

古斯塔夫有些迟疑地站到了弗里茨出版社的大楼前。他的理智拒绝相信眼前看到的一切，尽管冥冥中他早就预料到了。他慢慢抬起头，沿着这座砖砌建筑的外立面向上搜索，直到三楼。眼前看到的，是被国家权力摧毁后的废墟常见的痕迹。

所有的玻璃都被打碎了。一堆家具、书和纸张星星点点地散落在街上，还在燃烧着，都是被人隔着窗户抛到街上的。古斯塔夫震惊地僵立在那里。一条桌子腿从一堆余烬中伸出来，像是一只在示警的手指。旁边躺着一台砸扁了的凯旋牌打字机，上面还夹着一张打印纸。弗里茨的毕生心血全毁了，什么也没有了。弗里茨在哪儿呢？他出什么事了？他在周遭的人群中没有发现弗里茨。他有没有及时躲开这帮刽子手，逃去安全的地方？

一个上了年纪的小个子男人戴着镍框眼镜，走近他的身边，带着同样吃惊的表情望着被砸毁的窗户。然后他低声说："您好，您不是格里希先生的那位医生朋友吗？"他偷偷地向四周看了看，好像在担心陌生人的目光。

"您是谁？"古斯塔夫疑惑地端详着他。他觉得以前见过这个人。

"哦，真抱歉，我是科勒，弗雷德里希·科勒。我是……"他停顿了下，咽了口唾沫，又接着说下去，"更确切地说，我曾经是格里希先生手下的夜班编辑。"科勒散发出来的无助和惊慌失措，像一把冰冷的刀子刺痛了古斯塔夫。他不安地抓住科勒的手臂问："您知道格里希先生怎么样了吗？他在哪儿？您倒是说啊。"

"他在哪里？我也不知道。来的是冲锋队，一群混蛋。他们打砸房间，把家具、打字机从窗户扔了出去。格里希先生想阻止他们，几个人就扑过来打他。格里希先生大喊，你们竟敢打我？我这个爱国运动的发起人？随后，他们把他带走了。太可怕了，简直太可怕了。这些粗鲁又无法无天的行为，这一切又会导致什么后果呢？”他摘下眼镜，揉揉鼻梁，摇着头，依旧惊愕于这件令人无法理解的事。

古斯塔夫无话可说，只是轻轻点了下头。他清楚地认识到，对抗自由的战争终于不可避免地开始了。

他知道，今天，此时此地，真相已经死亡。独裁这个怪兽已经抬起了头。一九三三年三月九日，星期四，这一天，国务委员弗朗茨·里特·冯·艾普爵士获得了巴伐利亚的最高权力。

就在同一天，《正道——真相与权利》出版了最后一期。人们失去了要求获得真相的权利。同时纳粹党人开始了残暴血腥的清算与报复。

弗里茨·格里希成了第一批受害者中的一员。

这一次，即使是麦尔林克合伙律师事务所，在格里希一事上也帮不上什么忙。芬克斯坦合伙律师事务所现已更名为麦尔林克合伙律师事务所。芬克斯坦律师颇有预见性地做了这一安排，避免自己抛头露面。他们能做的，也只是打听到弗里茨起初被关在艾特大街的警察局监狱，后来被送到了施塔特海姆监狱。不允许探监。

医生和弗里茨此后再也未能见面。

惨案发生的那天，玛格达将自己关在房间里整整一天。次日她出现时，眼睛哭得红肿。

古斯塔夫对伊丽莎白说：“看看这个姑娘。玛格达有颗勇敢的心。而勇气，亲爱的伊丽莎白，是这些褐衫恶棍最害怕的东西。正是像我们的朋友弗里茨这样的人，以他们的坚毅与正直，无所畏惧地阻挡着不公正的浪潮。”

一九三三年五月六日，慕尼黑首次焚烧书籍。五月十日，首都柏林发生了同样的事。

被焚烧的不少书籍装帧精美，以漂亮的摩洛哥皮革装订成册。医生家中的藏书室也藏有不少这些作家的书籍：亨利希·曼和他的兄弟、诺贝尔文学奖获得者托马斯·曼，海因里希·海涅，库尔特·图霍夫斯基。这些人的书都遭到了焚毁。

古斯塔夫对伊丽莎白引用了海涅的话："人们在哪里焚书，最终将在那里焚人。"他把自己关在藏书室里，免得让她看到自己的眼泪。

很久以后，古斯塔夫才知道，他的朋友弗里茨·格里希在长达十六个月的时间里被肆意审讯、拷打，但自始至终保持了自己的信仰和信念。

一九三四年六月三十日，希特勒下令铲除所有政治上的对手和批评者。两天后，党卫军先后谋杀了前总理库尔特·冯·施莱谢尔和他的妻子，巴伐利亚国务委员会主席古斯塔夫·冯·卡尔——他是希特勒一九二三年政变的对头，以及记者弗里茨·格里希。在纳粹建立的第一个集中营，也就是位于慕尼黑附近的达豪集中营里，弗里茨被枪杀。在希特勒的复仇行动中，超过两百人成为受害者，他以此向持不同政见者发出了明确的信号。此次事件在历史上被称为"长剑之夜"。

弗里茨的妻子索菲给古斯塔夫捎去了丈夫的死讯。晚上，古斯塔夫对伊丽莎白说："你知道吗？弗里茨说的一切都应验了。一开始就如此。他的聪明和敏锐让他预见了这一切。多么悲壮，纳粹谋杀他，恰恰证明了这些年来他提醒人们与之抗争是对的。这证实了纳粹是残忍的怪兽，狂热，无法无天，全无道义。他们只是以死亡相要挟的独裁者，永远不会建立一个法治国家。弗里茨是控方证人，同时又成了宣判者。他像是一只向同类预警光亮有害的昆虫。同类不愿意相信他，他就自己扑向那里，死在他们眼前，告诉他们光亮的危险。伊丽莎白，他算是白死了，人们不想看见，人们不想听见，人们尤其不想明白那么多。上帝啊，帮帮我们吧！"

第十二章

如此病态的祖国让古斯塔夫感到陌生。一九三三年三月，弗里茨·格里希遭到殴打并被逮捕后，古斯塔夫第一次开始认真考虑，是不是该带着全家离开德国了。

古斯塔夫的兄弟保罗和他那出身法国阿尔萨斯地区的犹太妻子安娜贝拉，数月前已经从纽伦堡移居到伦敦。如今，两人已顺利在当地安顿下来。

不过，世事难料，而且生活自有其意志。对古斯塔夫和伊丽莎白，生活另有一番安排。

这天，伊丽莎白正给快十一岁的黛博拉上钢琴课，听到有人敲门。奥德丽去开门，稍后门廊处便传来吵吵嚷嚷的声音。

黛博拉竖起耳朵好奇地听着动静。伊丽莎白吩咐她哪儿也不许去，待在原地做指法练习，然后自己走过去看个究竟。

门廊里站着一个她不认识的男人，样子很窘迫。奥德丽看来认识他，正在大声地斥责对方。那个可怜人的脖子正一点点缩进衣领里。伊丽莎白有些同情他。他的胳膊下面夹着一个筐，里面传出可怜的呜呜咽咽的声音。猎犬菲利克斯已经饶有兴趣地站在了他的脚边。

“你瞧瞧，你吵吵得都打扰到了夫人。”奥德丽骂道，其实只有她一个人在大声叫嚷，“滚开吧，你这个傻瓜，快点儿！”她一边破口大骂，一边毫不迟疑地抓住男子的胳膊向门口拽。

“怎么回事？”伊丽莎白问道。

男人想脱帽向伊丽莎白行礼，可是两只手都没空。“您好，尊敬的夫人。我想把这个给您带来，您瞧。”他说着将发出呜咽声的篮子递向伊丽莎白。

篮子上盖着一块格子布，下面有东西在蠕动。伊丽莎白用指尖将布挑开，看到了三只小狗崽儿。狗崽太小了，还看不出是什么品种。

“这个蠢货说，这些狗崽是菲利克斯的。他的东家就是从我这儿抢走了汉斯的冲锋队的人，让他除掉这些犹太种。真是胡说八道。”奥德丽气呼呼地说。

“让我杀掉这三只小狗，扔到伊萨尔河里。这可是纯种狗，是我们可爱的‘蜜蜂’生的！我怎么忍心。求您了，别把这事说出去，尊敬的夫人。”他求道。这个男人善心可嘉，却将伊丽莎白推到了为难的处境，她不得不做出决定。

“好心人，您怎么知道它们是菲利克斯的呢？”她软弱无力地企图摆脱对这些小家伙的责任。就在此刻，篮子里发出了一声长长的叫声，十分耳熟，菲利克斯立刻跟着骄傲地叫了一声。伊丽莎白无可奈何，挥了下手，表示投降：“好吧，我留下它们了。”

对于新家庭成员，黛博拉高兴坏了，而晚上得知消息的医生却兴致不高。

小狗崽们还不到三周，没有母乳肯定活不下去。可是女儿的目光让医生心软了，他开始尝试本来不可能的事。每天有稠稠的鲜牛奶送到家，他便在牛奶中加水，再混进一些自己做的维生素粉，给这些小家伙吃。

奥德丽、玛格达和黛博拉几个人自愿担起了给小狗喂食的任务。她们给三只小狗分别取名为蜜蜂、丽思和小菲利克斯。

丽思从一开始便是最孱弱的，两天后就死了，菲利克斯二世也只是多坚持了一个星期。像所有面对这种情况的小姑娘一样，黛博拉十分伤心，甚至有些绝望。

两条小狗是这所位于摄政王广场的房子里的头一批纳粹牺牲品。只因为母狗的主人宣布菲利克斯是犹太种猎犬，便生生地将小狗崽们送入了濒临死亡的境地。

古斯塔夫对此十分光火，对伊丽莎白说，菲利克斯出生证上的血统，比所有纳粹分子加起来都要纯正。

晚上，古斯塔夫对伊丽莎白说："这伙自诩为优等种族的人，未开化得让人恐惧。从本质上讲，动物比人类聪明。它们既不懂得狂妄，也没有种类差别的意识；它们没有出人头地的愿望，也不追求权力。它们从不因为仇恨或是别人与自己的差异而屠杀同类。它们杀戮只有一个目的，为了生存。而人类是人类自己的厄运和灾难。"

蜜蜂就睡在黛博拉床边的一个小篮子里。这孩子没日没夜地惦念着照顾小狗，直到自己筋疲力尽。小狗活过了两个月，这时爸爸告诉黛博拉，她创造了一个真正的奇迹。

从此，蜜蜂成了家中的一员，猎犬菲利克斯对蜜蜂喜欢得不得了。为了避免再出意外，医生给生性活泼又喜欢社交的菲利克斯安排了阉割手术。

然而，不仅是菲利克斯有了自己的下一代。伊丽莎白连续数日感觉很糟糕。她虚弱，头晕，而且不断呕吐。很快医生就查明，她又怀孕了。这次她从妊娠期一开始就十分难受，而且怀孕的时机也太不凑巧。

夫妻二人只好将移民到伊丽莎白家乡奥地利的计划推迟到孩子降生以后。伊丽莎白的身体糟糕到只能终日在床上度过，医生甚至焦虑得头发花白了。

无力感和无精打采也让伊丽莎白备受煎熬，尽管她才刚满三十三岁。有生以来第一次，对音乐的热爱在她心中的分量有所减轻，她在悲伤忧郁中越陷越深。

一九三三年底，伊丽莎白生下了儿子沃尔夫冈。分娩持续了十九个小时，充满折磨。离预产期还有一个月，她就开始阵痛，而且胎位不正，是横着的。随着体力消耗，伊丽莎白渐渐支撑不住，为了救妻子的命，医生不得不决定进行复杂而危险的剖腹产。

体力透支的伊丽莎白产后很长一段时间都缓不过来，也没有奶水喂孩子。孩子体弱多病，肺脏虚弱，一条腿稍微有点短，出生后的第一年里需要不断接受医生的治疗。

古斯塔夫只得再次推迟离开德国的时间。

第十三章

这条载着医生一家的诺亚方舟被卷入洪水的旋涡中，处境愈发危险，越陷越深，令人提心吊胆。

居住在摄政王广场十号的这一家人的思绪愈发沉重和压抑。夫妻俩为孩子和他们的未来忧心忡忡。玛格达担心，如果东家有朝一日离开德国，她就不得不回父亲的农场过那种麻木不仁的生活。奥德丽很少再见到汉斯，担忧他的灵魂能否得到救赎。

只有厨娘贝塔一如既往，心无旁骛地惦记着厨房与灶台。她已经快七十岁了，因为食欲在不断地下降，原先圆鼓鼓的脸颊变得有些松弛。松动的牙齿间缝隙越来越大，说话漏风。她经常一个人唠唠叨叨，唾沫星子四溅，稀稀落落的牙齿也挡不住。大家都尽量不去想，但肯定有不少唾液落进了汤锅和炒锅。

伊丽莎白和古斯塔夫都狠不下心辞退贝塔。他们都避免去厨房——贝塔在厨房炒菜和絮叨的样子还是少见为好，否则就会像伊丽莎白说的，"彻底倒了胃口"。

在厨房为贝塔消愁解闷的只有蜜蜂这只粗毛的雌性猎犬。它可不管食物美味与否。对于蜜蜂的忠诚与陪伴，贝塔也不乏奖赏。不久，蜜蜂就胖得像个矮树墩。

有一次，贝塔准备了杂烩汤，汤色浑浊而黏稠。这本是医生最喜欢的一道菜，以前他总是毫不迟疑地大快朵颐。这次大家却都没有动勺子。沉默中，医生耸了耸肩。“大家为什么不吃，无知者无畏，对不对？杂烩汤凉了可就不好吃了。”他拿起勺，毫不犹豫地尝了第一口。所有人都学着一家之长的样子吃了起来，味道的确不错，香味十足。

古斯塔夫一直试着教育聪明伶俐的女儿，培养她宽容仁慈的品格。饭后，他对她说：“听爸爸说，黛博拉，我们对待贝塔的方式，嗯，或者说对待‘厨房里的唾沫’的方式，实际上寓言般地反映了德国民众的现状。他们不看他们不想看到的，不得不将这碗苦涩的汤喝完。”

说完，他坐在一旁沉默良久。

医生的每句话，玛格达都照单全收。这一次，同往常一样，她急急跑进藏书室，拿出《布鲁克豪斯百科全书》翻阅起来。她想明白“寓言”是什么。书中将该词解释为“比喻”，下面是不祥的例句——“比如将死亡比作死神”。

这一夜，玛格达睡得并不安稳，她梦到了死亡。梦中死亡的化身和那个脸色苍白、留着一撇小胡子的男人一模一样。

直到一九三六年底，几经反复，伊丽莎白终于恢复健康，一家人能再次尝试离开德国。可偏偏在一九三七年一月，小沃尔夫冈又生了重病。医生诊断为斑疹伤寒。

在希特勒的帝国里，伤寒和肺结核都被认为是和麻风病一样的疾病，患者会遭到唾弃。没有医院愿意收治小沃尔夫冈，医生只能在家治疗和护理自己的儿子。这又耗费了几乎一整年，直到圣诞节前，古斯塔夫才告诉伊丽莎白，儿子的身体状况已经能够承受旅行了。

古斯塔夫做了周密的计划，奔波往返于不同的政府部门，等了好几个月的文件和盖章。结果一九三八年三月，奥地利并入希特勒的纳粹帝国，这意味着他们又要重作打算。

他们首先想到将瑞士作为避身之所。一九三七年，布比·普钦格尔就搬到了那里，他激进又爱骂骂咧咧的风格最终让他失去了纳粹政府的青睐。还有伊丽莎白曾经的资助人，作曲家弗朗兹·雷哈尔[①]，也带着自己的犹太妻子暂居苏黎世的豪华酒店巴尔拉克。

希特勒日益强壮的手臂越伸越长，夫妻两人担心瑞士离他野心勃勃的扩张版图太近了。

两个人还在考虑下一步的目的地和各种可能性时，伊丽莎白收到了一个华美的毛边纸信封。信封里装着一封邀请函，上面写着，邀请伊丽莎白到伦敦考文特花园出演《魔笛》中的夜后。这多亏了伊丽莎白曾告诉她那富有生意头脑的经纪人，自己愿意考虑接受新的演出邀请。

古斯塔夫对此评论："瞧，亲爱的，只要人等待的时间足够长，有时甚至只是推迟片刻，目标就会自己摆到你面前。"

主意已定。两人将步古斯塔夫兄弟的后尘，移居伦敦。接下来的问题是：他们是否公然离开？

尽管对于犹太人离开德国，纳粹党人喜闻乐见，可犹太人的财产却要尽可能留下。办理移民的犹太人会被征收一笔"犹太人财产税"，还要被迫缴纳"逃离帝国税"。

像任何时代的任何国家一样，财税局对这项工作十分积极。"这简直就是合法盗窃。"古斯塔夫恼怒地骂道。伊丽莎白和英国大使馆取得了联系，和一个使馆随员见了面。此人碰巧是伊丽莎白的超级崇拜者。

①奥地利轻歌剧作曲家，代表作有轻歌剧《风流寡妇》。

他私下建议这位著名女歌唱家按照如下步骤行事：伊丽莎白正式将自己的演出安排向帝国音乐协会报备，同时申请许可，带着未成年的黛博拉和沃尔夫冈，以及已经升职为家庭女教师的玛格达同行。申请应在演出前不久提出，给人刚刚决定接受演出邀请的印象。同时，伊丽莎白要表明，她将来愿意在德国演出。

而她的丈夫，像那个随员讲的，为了“不唤醒沉睡的巨人”，最好在伊丽莎白去伦敦前带着少量行李，从慕尼黑乘火车到苏黎世。因为伊丽莎白一旦出行，就可能让人警惕她丈夫的行踪，而如果他在妻子出行前几天离家，就几乎不会引起任何人的注意。

然后，古斯塔夫从苏黎世启程前往伦敦。使馆随员另一个私底下的建议是，古斯塔夫在德国境内旅行时最好使用假身份证件。

古斯塔夫马上意识到，随员提到的证件将花去他一小笔积蓄。他向法律顾问冯·麦尔林克寻求帮助，他们现在已经成了很好的朋友。麦尔林克的律师事务所紧挨着纳粹党总部。麦尔林克还真通过这些邻居的各种关系搞到了证件。古斯塔夫将以彼得·弗里林的名字出行。

忠实的奥德丽将乘同一列火车前往苏黎世，随身带着医生真实的身份文件。医生入境英国时会需要这些证件。使馆随员十分谨慎，认为医生随身携带这些文件太危险，而一个坐在三等车厢的上了年纪的雅利安女人则不会引人注目。奥德丽刚刚四十一岁，自从纳粹从她手里抢走汉斯，她便显得苍老了许多。

古斯塔夫让奥德丽自己斟酌决定，因为这件事总归是有风险的。奥德丽立刻毫无保留地同意了：纳粹抢走了她的汉斯，现在又要赶走她的东家！她把帮助东家看作自己神圣的义务。

第十四章
逃离

人们已经变得鬼鬼祟祟，互不信任。

之前一无所有的人，忽然一夜暴富；默默无闻的小人物，忽然大权在握，呼风唤雨。谁一旦有了权力，便恨不得昭告天下。

那些无权无势的人，就成了牺牲品。

律师塞缪尔·芬克斯坦早在一九三四年底就移民美国，做出同样抉择的还包括德国——这个曾经以诗人和思想家闻名世界的国度——几乎全部的精英。

出走美国的人中包括二十几个诺贝尔奖获得者。医生既愤怒又悲伤地评论道，这么多精英“流亡国外”，简直令人无法想象！每个独裁统治政权都是如此：在不断下沉的船上，率先离开的总是最优秀、最聪明的人，而不是船上的老鼠。褐色的幽灵们讨厌这些聪明人，因为他们会扰乱自己邪恶下流的计划。

而那些选择留下来，并发声反对他们的人，会被纳粹灭口。

直到今天，人们仍在以花环、公祭和演讲纪念这些无畏的人。人们永远不应忘记，光是他们展现出的勇气就足以击败恶魔。

古斯塔夫和伊丽莎白二人将离开德国的计划透露给了懂事的黛博拉，包括他们移民的目的地是伦敦。

出乎两人的意料，对这个计划，黛博拉只在意一点：我的蜜蜂怎么办？猎犬菲利克斯三年前死了，十六岁对于一条狗来说可谓寿终正寝。黛博拉用坚定的语气表明，她可不准备将蜜蜂留下来，尽管留下的奥德丽肯定能好好照顾它。夫妻俩还从没考虑过女儿提出的这个问题。

他们赶紧再次和英国使馆取得联系，了解猎犬入境英国的相关规定。结果得知，蜜蜂入境英国后要先被隔离几个月。结果并不理想，尤其对蜜蜂而言，但是黛博拉无论如何都想带蜜蜂离开。于是，这件事就这么决定了。

时间最终确定下来：一九三八年六月十二日，古斯塔夫将坐二等车厢前往苏黎世，火车出发后三小时将横穿林道市出境。奥德丽会乘坐同一趟列车的三等车厢。

到达苏黎世后，古斯塔夫将前往法国加来，然后从那里乘船前往英国的港口城市多佛。渡轮到达后，他的兄弟保罗会接上他，再一起前往斯特拉顿大街的五月花酒店。考文特花园音乐会的主办方已经在这个酒店为伊丽莎白和孩子们订了一个套间。

尽管兄弟保罗还算成功，不过和大多数画家一样，很难在生前就成名致富。他和妻子安娜贝拉主要依靠他父母的遗产生活。古斯塔夫绝不想成为兄弟的负担。

古斯塔夫不清楚自己到伦敦后能否行医，不过这个可以到时候再说。在麦尔林克律师的帮助下，他已经清算了手上所有的资产，大部分都存在律师事务所的信托账户上。今后,这笔钱将以多笔小额的方式，尽量不引人注意地汇到伦敦的一个账户。当然，这个在伦敦的账户现在还没有开。此外，麦尔林克律师得到了古斯塔夫的全权授权，负责终止和美国租户的房屋租赁合同，随后将把房屋和诊所一起出售。这个要等古斯塔夫到伦敦后用电话下令。

此外，古斯塔夫已经委托律师安排妥当，忠诚服务了多年的奥德丽和贝塔将得到一笔不小的酬金。医生希望她们未来的生活得到充分保障。

六月十五日，黛博拉十四岁生日的前两天，伊丽莎白将带着全部首饰珠宝前往伦敦。

六月九日，他们出发的几天前，位于赫佐格·马克斯大街的犹太大教堂被慕尼黑莱昂哈德莫尔建筑公司拆除。奥德丽从对面摄政王广场十六号的一个人那里听说，是元首亲自下的命令。“教堂一直让希特勒不舒服，因为他在常去的海客咖啡馆里头向窗外眺望时，总是看到它。我倒是希望他不要去，因为他身上总有股臭味儿。我们菲利克斯放的屁跟他比起来，简直算不得什么。这个希特勒，身体可是不大好啊。”

古斯塔夫对伊丽莎白说：“咱们还是走了好，他们开始肆无忌惮地搞破坏了。我的祖国正在死去。”说着，他泪流满面。

这一次，他没有避开妻子。

第十五章

授课

除非急诊外出，古斯塔夫每天睡前都会去看看黛博拉和沃尔夫冈。儿子渐渐长大，古斯塔夫每次都会给他讲个扣人心弦的故事或者一桩道理，很多故事和道理又是相通的。

从儿子很小的时候起，古斯塔夫就向他解释因果的道理。他告诉儿子：不论做什么，都要头脑清醒地去做，而且要不断关注后果。“因为即使很小的行动，都可能改变整个世界的轨迹。上帝原本将万物创造得简单易懂：善就是思维中的直接逻辑，人们称之为理性；邪恶则是冗长且有害无益的弯路，我们称之为愚蠢。这种简明的智慧本来自然而然地存在于儿童的心中，但是他们长大后就忘记了。”

尽管儿子很小，却对周围的事情有清晰的理解，并对不公正之事有着天生的敏感。因此，他经常提出一些问题。古斯塔夫常常感慨，本来人类从小就对事物的正确与否清清楚楚，成人后反而不再理解，或者不想理解，因此也就很快不再保留这些记忆了。

古斯塔夫认为，儿童是人类理性与生俱来的明证，而成年人则证明人类会把简单的事情复杂化，甚至扭曲事实，直至真相面目全非，过后再没有人说得清楚事情当初是什么样子。战争因此而起。

在慕尼黑的最后一晚，沃尔夫冈请求古斯塔夫：“爸爸，再给我讲一遍亚当、夏娃和第一只蚂蚁的故事吧。”

其实，这个故事他已经听了不下十几遍。不过，儿子喜欢这个故事让古斯塔夫感到很高兴，便开始讲起来：

亚当和夏娃是上帝最初创造的人类，他们生活在天堂里。有一天，两人像往常一样去散步。亚当忽然看到地上有一个小黑点在蠕动，是蚂蚁女王莫利亚，它是世界上第一只蚂蚁。亚当饶有兴致地观察了好一阵儿，看它如何毫无目的地在草丛中四处乱转。然后，他抬起自己硕大的赤脚，踩向蚂蚁，直到它一动不动。

夏娃问他：“亚当，你为什么要这么做？”

亚当回答道：“因为我能做到。”

稍后，他们路过花园中的善恶之树，上面结满了鲜美的红色果子。上帝严禁他们碰这种水果。可是，夏娃却摘下了一个苹果递给亚当。亚当吓坏了，因为他想到了上帝的禁令。他问夏娃：“你为什么要这么做？”

夏娃回答道：“因为我能做到。”

上帝得知后震怒，将亚当和夏娃逐出了天堂。两人抱怨诉苦，去问上帝：“你为什么这么做？”

上帝回答说：“因为我能做到。”

“上帝还创造了很多种生物，”古斯塔夫接着讲道，“其中包括很多蚂蚁，至今它们还记得，是人类杀死了它们的第一个女王。所以，人类和蚂蚁同样背负着上帝的诅咒，他们也是地球上仅有的两种同类相残的生物。”

沃尔夫冈听完这个故事总是不言不语，很快就在对世界轨迹的思考中睡去。

古斯塔夫在儿子的床边坐了良久。这张床是手工雕刻的，他和父亲都曾躺在上面。他想象着，自己还是个孩子的时候，爸爸也曾这样坐在床边。而沃尔夫冈的儿子，如果他将来有的话，也许只能躺在另一张床上了。古斯塔夫摩挲着光滑的床板和上面的纹路，自己的父亲肯定也曾经这样触摸过这张床。他以这样的方式向过去的生活告别。只有一样东西能让他找回内心的平静。虽然要离开了，他却能带上自己生活中最珍贵的宝贝：他的全家人。

他看着熟睡的儿子，对孩子的爱牵动了他的心。床头柜上摆着一本翻烂了的卡尔·麦的《老沙特汉德》。沃尔夫冈的嘴角动了动，古斯塔夫想，儿子梦到了什么？牛仔和印第安人，还是英雄与强盗？儿子的世界依然黑白分明。仇恨、贪婪、卑鄙以及心胸狭隘，在他的想象中还没有立足之地。古斯塔夫决定，要尽量长久地保护儿子免受这一切伤害，就像他的父亲曾经做过的一样。

古斯塔夫的父母都是犹太人，不过他从未用这与生俱来的宗教来定义自己。他的家族定居慕尼黑已经近两百年了。父亲的祖父曾是巴伐利亚国王马克西米利安一世的私人银行家，凭此获得了声望和荣誉，被国王赋予了公民权。

古斯塔夫的父亲曾教过他希伯来语。纳粹兴风作浪之前，他从未考虑过向孩子们传授这门语言。后来，他改变了主意，几年前便开始教他们希伯来语——他祖先的语言。黛博拉颇具语言天分，古斯塔夫很快就用完了自己的希伯来语知识，没什么可以再教她的了。

突然之间，古斯塔夫成了一个不受自己国家欢迎的人，这感觉好似吞下了一颗苦果。新的国家政权给犹太人贴上了麻风病人的标签，让人避之不及，也让犹太人成了没有公民权的下等人。

古斯塔夫很少将自己看作犹太民族的一员，他更认为自己是一个拥有德国国籍的世界公民。他对历史和宗教颇有兴趣，尤其关注它们对人类的影响。他理解的上帝更像是一种广博的至高无上的崇高品质，蕴含着人类良知的潜能和动力，引导着人类美好的言行。

每个人天生就有自由思考的能力，所以古斯塔夫认为，所有人造的宗教实际上都是一种自大狂妄，因为它们限制人们的自由思考，并试图操控人类——出于一己之私，擅自解释上帝的言行。尽管每种宗教本身都是美好和平的，但是人类的个体并非如此。因此，任何一种宗教都无法达到其创立者预想的效果。这正是因为每种宗教都是由人执行的。

他对伊丽莎白和黛博拉解释："在大量的书籍和宗教中，只有少数能广为流传，但这绝不代表这些书和宗教比其他的更真实，更能救赎人类。我认真仔细地研究过，发现这少数的书籍和宗教，并不比鲜为人知的那些更好或更糟。它们之所以能获得更大的影响力，原因很简单，是因为传道的人做得更巧妙、更精细周密。遗憾的是，也更具强迫性、更加暴力。德国民众的例子就很典型：即使成千上万的人齐声高呼'元首万岁'，也不能将恶劣的宗教变为正派的宗教。"

古斯塔夫在对家庭和工作的热爱中找到自己心灵的归宿，他那关于存在及其影响力的理念建立在唯一一个十分简单明了的道理上，正如哲学家伊曼努尔·康德在《纯粹理性批判》中表述的："行为的最大限度，是不能超越自己愿意接受的限度，也不可超越其他人的限度。"

这个哲学原理即使成年人也要咀嚼再三，对不到五岁的沃尔夫冈来说当然太晦涩。不过，宗教改革者路德在翻译《圣经》时，早就以浅显易懂的文字叙述了同样的道理。这道理在大众中口口相传："己所不欲，勿施于人。"

儿子闭上眼，在脑袋里琢磨了半天这个珍贵的准则，照爸爸教的那样，咀嚼着因果的道理。忽然，他调皮地抬起窄窄的小脸，露出牙缝，笑着对爸爸说："这是不是说，从现在起我不必喝汤了？"

古斯塔夫吃了一惊，像唠唠叨叨的贝塔一样往汤里吐了口唾沫。

"这个小家伙，人小鬼大，精明得很呢。"古斯塔夫为儿子感到骄傲。他几乎猜不出，儿子是如何找到这个理论中唯一的漏洞的。欧洲的哲学家们为此写过不少论文呢。

即便儿子的问题已经包含了答案，古斯塔夫还是想知道儿子会如何自圆其说，于是问道："告诉爸爸，你为什么这么想？"

沃尔夫冈回答道："你不吃肉，对吧爸爸？家里没人强迫你吃。而我却总得将汤喝完。现在我不需要这样做了，对吗？"

这可是今晚授课的大收获——儿子给爸爸上了一课……其结果是，古斯塔夫现在要面对一个小难题，即要求妻子，未来得允许儿子挑食了。不过伊丽莎白倒觉得他的尴尬处境很有意思，着实开心地笑了出来。聪明的医生被儿子用智慧胜了一场。

古斯塔夫出发的前一天晚上，夫妻二人久久相拥。古斯塔夫面面俱到，对伊丽莎白千叮万嘱，不过其中最重要的，就是孩子的安全一定要排在优先位置。

关于孩子，两人聊了一个通宵。他们谈到了体弱多病但思维敏锐的沃尔夫冈，还有带给他们无尽快乐的黛博拉。"你知道吗，古斯塔夫。"伊丽莎白紧紧依偎着丈夫，"黛博拉太让人省心了。这个迷人的姑娘继承了我们两人的长处。上帝真是赋予了她最好的一切。她现在比那个年纪的我唱得好，钢琴则远超我当时的水平，因为她拥有我没有的极佳听力。最重要的是，亲爱的，她像你一样专注、聪明！我从未见过她失去冷静。我相信，我们的黛博拉有朝一日会改变世界。"

古斯塔夫附和着妻子，心中却思忖，黛博拉不仅拥有一对极敏锐的耳朵，还有一颗纯粹的心。这样的时代，勇敢的人反而处境危险，一颗纯粹之心的境遇则更加难以预料：出于爱和恨、正义与勇气，这颗心无所畏惧，同时也给自己招来无妄之灾。

此刻，古斯塔夫想到了被纳粹杀害的无畏的好友弗里茨。他忽然感到一股寒意，不祥的预感瞬间化成毒素在体内蔓延。不知哪里来的灵感，他想到了小普林尼[①]那两封描写庞贝古城毁灭前两天情形的信。

伊丽莎白已经和古斯塔夫生活了十五年，自然察觉到了他突如其来的不安。她抱紧古斯塔夫，用妻子和母亲的柔情、用爱和希望环绕着他。

妻子的信赖给了古斯塔夫力量，赶走了困扰他的思绪。他反复默念着小普林尼的话："幸运会光顾勇敢的心！"只是，古斯塔夫感觉自己并没有勇敢起来。

---

①罗马帝国元老和作家。他在信件中论述了维苏威火山爆发的场面，是关于庞贝古城毁灭经过的最著名的第一手资料。

第十六章

离别

第二天上午，所有人都紧张而压抑。伊丽莎白中午无法陪古斯塔夫去火车站。作为著名的歌唱家，她很可能被人认出来，而他们要避免引人注目。所以大家只能在家里告别，拥抱，哭泣，叮咛嘱咐，发誓保证。摄政王广场的这所宅子里上演着一幕告别戏。

晚上，伊丽莎白将经典的《温内图的故事》[1]读了将近二十遍，才把沃尔夫冈早早送上了床。她合上书，吻了下他的额头，像往常一样说道："祝你睡个好觉，梦见无数的小星星。"

可儿子还不想睡觉，而是提了个问题："妈妈，爸爸为什么变成了犹太人？他又没干什么坏事，不是吗？"伊丽莎白正在想着烦心事，被这个问题吓了一跳。她突感胃里一阵不适，差点瘫倒在地。不过，她尽量把持住自己，站稳了回答道："不是，宝贝儿，当然不是啦。你怎么想到这上面去的？"

"奥德丽说，犹太人正在被赶走，被关起来。可是只有对坏人，人

①德国著名小说家卡尔·麦的代表作之一，主角是名为温内图的印第安人。

们才这么做，不是吗？”

“奥德丽没有讲清楚。犹太人，正如你爸爸，是好人。但是他们一直受到坏人的迫害。”情急之下，伊丽莎白想不出更好的解释，心里暗暗咒骂奥德丽。沃尔夫冈不假思索地接着问：“人是怎么变成犹太人的？”

“生下来就是，儿子。”

“如果犹太人都像爸爸那么好，为什么人们对待他们那么坏？”

“那是因为坏人通常也十分愚蠢，他们不知道自己在干些什么。”

“耶稣在最后的时刻就是这么说的。”沃尔夫冈严肃地点了点头，和他的年龄极不相称。伊丽莎白惊讶得嘴都合不上。

这肯定是笃信《圣经》的奥德丽给他的另一份礼物。

“愚蠢的人一定是坏人吗？奥德丽说贝塔很蠢，可我觉得她不是坏人。”

“贝塔不是坏人，但奥德丽可是个多嘴的家伙。不过，你说的也有道理，亲爱的。坏人总是想隐瞒自己的愚蠢，却往往能被人们发现。好啦，宝贝儿，现在睡觉吧。”

伊丽莎白想赶紧溜走，以免被儿子没完没了的哲学问题缠住，这是古斯塔夫的专长。

不过，儿子还没有完。“伦敦的事儿是个秘密，对不对，妈妈？”

伊丽莎白的心跳都快停止了——因为去伦敦的计划，本来绝对不该让沃尔夫冈知道的。等着瞧吧，嚼舌头的奥德丽，回头要你好看。

她又吻了下儿子的额头。“对，伦敦也是个秘密。你不要对任何人说，听到了吗，儿子？向我保证？”

沃尔夫冈高兴地举起手说：“以伟大的印第安人的名义，我发誓！”

不过，沃尔夫冈依旧对伦敦十分上心，之后好长时间也没有入睡。他想知道，这个充满神秘气息的伦敦到底在哪儿。可是，奥德丽知道得也不多，无法回答，只能闲扯那是什么海中的一个潮湿小岛。

而且，他还听到，也许他们将永远留在那里。所以前几天，他还特意询问爸爸，“永远”是多长。

爸爸轻声笑了笑，告诉他，大概要到他第一次长出胡须来那么长。

对于还不到五岁的沃尔夫冈来说，这真是长得难以想象。就像伦敦对他来说也是一个遥远的目的地，完全存在于另一个维度。

在他的世界里，这一切都是抽象的。古斯塔夫想，这样也好，对于一个将要离开故乡的孩子，这种方式也许不会让他受到太多伤害。

伊丽莎白误以为儿子早已入睡，于是走进琴房坐在钢琴前，手指滑动，弹出一串音符，然后忧伤地叹了口气。一直能给她的心灵带来安宁的值得信赖的音乐，今天失去了效果。

她心神不安地在屋内来回踱步，内心难以平静。她几次走向走廊内的长途电话机——这是一九二九年她让人装上的——拿下听筒，检查线路是否正常。什么时候才能收到古斯塔夫平安到达的电话，让人放下心来呢？

他大约一个小时前就该到苏黎世了。也许火车晚点了，也许他没能立刻叫到出租车，也许他还在酒店前台办理入住手续，也许酒店没有房间，又或许酒店房间的电话坏了或者占线。关于古斯塔夫为什么还没有打电话给她，无数种可能性飘过伊丽莎白的脑海，她想到了所有让丈夫理所当然地没打成电话的原因。

最糟糕的情况是，古斯塔夫因为持有伪造证件在火车上被人抓住了。伊丽莎白没有去想这种可能性。原因很简单，她不愿意去想这种可能。但这种可能性隐藏在她脑后，轻轻地在那里嗡嗡盘旋，时刻准备跳出来，吓得她魂不附体。

伊丽莎白彻夜未眠，期盼的电话迟迟未到。每时每刻她都试着自我安慰，让自己相信，肯定是因为太晚了，古斯塔夫不想吵醒孩子们。筋疲力尽的伊丽莎白不愿放弃希望，相信明天一早他肯定会打电话来。

七点，八点，然后是九点，古斯塔夫仍然没有来电。脑海中那嗡嗡的旋律在加快速度，从柔板变成了中板，又从中板变成了急速的快板。她的心跳也在加快，跳得慌乱而毫无节奏。

终于，九点刚过，尖利的电话铃声响起。六神无主的伊丽莎白跑向电话。听筒里传来女接线员细弱无力的声音："您有来自瑞士的电话，请稍等。"

一阵沙沙声，接着是一阵噼啪声，之后听筒里传来了来自遥远的苏黎世的声音。可说话的并不是古斯塔夫，而是奥德丽，她喊道："医生夫人，医生夫人，是您吗？"

"是我，奥德丽，请讲吧。医生在哪儿，他一切都好吗？"

"真是您啊，谢天谢地，尊敬的夫人。可是医生没有到！"听筒那边，奥德丽努力讲着标准的德语，因为医生在出行前要求她这样做。

"什么，他没有到？那他在哪里？"伊丽莎白喊着，将听筒紧紧贴在耳朵上，恨不得塞进去似的。奥德丽的惊慌从电话线的另一端朝她迎面扑来，将可怕的预感传染给了她。

"我怎么知道！我在这里等啊等啊，等到站台上人都走光了，行李箱也都没了，还是没有看见医生下车。我现在到底该怎么办？"电话那边的奥德丽抽噎着，被陌生的异乡环境吓坏了。在家里的时候，她最远只到过慕尼黑南边的一个行政区施特拉斯拉赫。

"奥德丽，请您冷静下。"讲话时，伊丽莎白觉察到大家都围在了她身边，露出担忧的眼神。黛博拉脸色苍白，大睁着双眼，努力保持镇静，还牵着沃尔夫冈的小手，安慰着他。儿子的右侧站着在任何情况下都十分可靠的玛格达。

伊丽莎白逐个看过去：这是她的家人，她深爱的人，信任她的人。这种凝聚在一起的力量给了她勇气。她觉得心情骤然平复下来。如果最可怕的事情真的已经发生，她就要着手处理，而恐惧和犹豫于事无补。现在需要的是理智和果断的行动。

首先要做的是，尽量从奥德丽那里了解一切有用的信息，给她进一步指示。“奥德丽，你仔细听清我的问题。你在慕尼黑看到医生上车了吗？”

“是的，尊敬的夫人，不过只是远远地看见，因为事先交代过，我们不能交谈，只有到了苏黎世火车站才可以讲话。”

伊丽莎白思索着，这就是说，古斯塔夫应该中途下车了。可能是他自己决定下车的，因为他发现了危险，或者……她意识到自己根本不了解火车在这趟线上究竟要停靠多少站。肯定还有几站临时停车。

“火车有不该停却停下来的时候吗，奥德丽？警察检查过车厢吗？或者你看到过穿制服的人吗？”

“没有，这正是奇怪的地方。什么事情都没发生，可医生却不见了。我该怎么办？”奥德丽又哭诉起来。

“没有必要哭，奥德丽。”伊丽莎白断然道，“你听我说，照我下面的安排做：今明两天你就在酒店住下，仔细看下列车时刻表，然后等每一趟从慕尼黑来的列车，看医生是否下车。今明两天，听明白了吗？医生也许在中途下车了，然后换到了其他班次。他之后在苏黎世需要用到那些证件。你尽量不要引人注目，今晚八点再给我打一次电话。医生和我都相信你，奥德丽。我们会好好酬谢你的，上帝保佑你。”

“上帝也保佑您，尊敬的夫人。”听筒里咔嚓响了一声，来自瑞士的电话断了。

放下电话，伊丽莎白立刻起身前往冯·麦尔林克律师事务所，她想向律师咨询下一步该怎么办。律师已经有客人了，而且还不少，但这些人肯定不像伊丽莎白·马普兰夫人这样受律师欢迎，而且也远没有伊丽莎白这么美丽优雅。

律师事务所里乱成了一锅粥：遍地是空文件盒，碎纸片，一些家具掀翻在地，抽屉被抽了出来。一大队身穿制服的人带着装满的盒子，正准备离开。他们用好奇的眼神打量着优雅出众的伊丽莎白。

冯·麦尔林克先生自己也遇到了大麻烦，刚刚成为一场末日降临般的搜查的受害者。尽管如此，他还是在被捣毁的办公室里接待了伊丽莎白。他告诉伊丽莎白，被人看见在这里对她不利，因为他已经被怀疑“和犹太猪合作了”。

伊丽莎白读懂了冯·麦尔林克疲惫的眼神，他估计自己不久就会被逮捕。

他表示，由于自己目前的处境，他无法进一步帮助伊丽莎白。她只好放下求助者的角色，变成安慰者，对冯·麦尔林克说了几句安抚和鼓励的话。

他笑了笑，对伊丽莎白说：“您不用为我担心，尊敬的夫人。我在隔壁有几个身居高位的客户，我了解他们海外账户的某些明细。万不得已的情况下，我可以把这事儿捅出来。”

伊丽莎白想和他告别，被律师拦住了，他眼中带着一丝迟疑和痛苦。伊丽莎白意识到，还有更糟糕的消息。

的确如此。冯·麦尔林克说道：“十分遗憾，尊敬的夫人，我不得不告诉您这个坏消息。您应该能猜到，这帮人拿走的文件中包括您丈夫委托我出售房产的全权授权书。此外，我无法知道客户的账户会怎么样，不过我估计大部分都会被清理。我想说的是，马普兰夫人，很快您就会知道将发生什么。您理解我的话吗？我能给您的建议是：带着孩子赶紧离开德国。如果可能的话，最好今天。”

这的确是不能再坏的消息了，而且偏偏是在此时此刻。不过此时的伊丽莎白只顾着担忧丈夫的下落，还无法真正理解律师话中的意味深长。

她垂头丧气地回到家，家里人带着一堆问题，充满希望地等着她。

伊丽莎白需要一点时间，以便安静地想想下一步的安排，做出重要决定。她打发玛格达带着孩子们和猎犬蜜蜂出去散步，吃冰激凌，贝塔则被她安排去了厨房。

她沉思着，在各个房间转来转去，下意识地寻找保留了丈夫最多生活痕迹的房间。在古斯塔夫的书房里，她拿起丈夫的雪茄烟盒，打开盒盖，立刻闻到了那股汹涌而出的熟悉味道。她喜欢这个味道。古斯塔夫只在有朋友到访时才偶尔抽根雪茄。实际上，他并不喜欢烟熏火燎的感觉。古斯塔夫对抽烟有一套自己的观点，有一次他曾当着她的面断言，除非人是一块熏肉，否则抽烟一定有损健康。

伊丽莎白走进琴房，那些难忘的时刻又回到了眼前。她经常自己伴奏，练习咏叹调。有时古斯塔夫会悄悄走进来，和她一起沉浸在音乐中。即便没有看见他，可只要丈夫在那儿，伊丽莎白总能感受到他的存在。他们在沉默中交流，感受音乐的律动。那些音乐曾回响在他们的心头，此刻，伊丽莎白还感到它们萦绕在房间里。也许直到今天，这些音乐还留在那个房间里，因为记忆是不会逝去的。

走进古斯塔夫的睡房，当她闻到他的古龙水和剃须皂优雅的香味时，她修长的鼻子开始抽动。她不是为了哭泣、为了陷入缠绵的思念而来，做些诸如将丈夫的枕头抱在怀里的事。绝不是！毕竟她只是一时联系不上他。

伊丽莎白轻轻笑了，她想起了新婚后的情景。有时，她耐不住性子等待，自己跑到古斯塔夫的睡房来找他。他握住她的手，轻吻她的指尖，用沙哑的声音对她说："亲爱的，我能感受到你皮肤下面音乐的震荡。"说罢，将她紧紧拥在怀里，随后两人的身影飘出房间，一起消失在如梦的回忆里。

最后她走进了黛博拉的房间，为了让房间适合青春期的女儿，这里已经被重新装饰过了，添加了带帷幔的床和梳妆台。

在这里，伊丽莎白依旧能闻到婴儿身上散发出来的让人安定的味道，仿佛那个摇篮就在面前。她忧伤地忆起，自己和古斯塔夫曾无数次站在摇篮边，手牵着手，垂着目光注视着床上这个小小的人间奇迹。像地球上所有的父母一样，他们感到难以置信，惊叹于自己创造的这个小生命。

孩子们的摇篮放到哪儿去了？伊丽莎白问自己。这个问题忽然变得对她十分重要，好像找不到床，她的古斯塔夫就会永远消失一样。一定要找到床的下落。她走出房间，刚到走廊上，就开始呼喊贝塔："贝塔，孩子们的摇篮哪儿去了？"

贝塔蹒跚着走过来，脸颊越发红了，好像她一思考，血就涌上了脸。她手里揉搓着一块擦碗布，仿佛要从中挤出一个答案来。突然，她睁大眼睛，宣布自己一闪而过的记忆："在顶楼上，尊敬的夫人，在顶楼！汉斯之前把所有用不着的东西都放到那里去啦。"

梯子架好了，贝塔在旁边扶着，伊丽莎白敏捷地爬上了顶楼。她立刻发现，奥德丽没有在这里发挥她的洁癖。不过，她很快在一张大床单下找到了精工细雕的摇篮。

她心里的一块石头落了地，慌张好似跌到了尘埃里。终于，她又可以安静下来，清醒地思考问题了。她温柔地摩挲着摇篮，随后小心翼翼地将它重新盖上。从顶楼下来后，贝塔挥舞着抹布，嚷嚷着"要为医生夫人掸掉身上的蜘蛛网”，伊丽莎白阻止了她，让她回厨房。

一个小时后，伊丽莎白还在犹豫下一步该做什么。古斯塔夫临别的最后一句话，一直在她脑海里萦绕：永远把孩子们的安全放在第一位！

这是当然。可如果不知道古斯塔夫的下落，就带着孩子们朝不明朗的未来远行，又有多安全呢？如果丈夫途中因为假证件被逮捕了怎么办？那样的话，她需要留下来解救他！如果在伦敦，她就帮不上丈夫任何忙了。

演艺生涯让她结识了一些柏林的高层人物。她在脑海中把所有的事情又过了一遍。冯·麦尔林克急切地建议她不要浪费时间，立刻离开，可她所有的证件、车票都是为六月十五日的出行安排的，当时办这些花了很长时间，怎么可能在这么短的时间内改签？况且，奥德丽还在苏黎世等着，丈夫下落不明，她怎么能想着现在离开？她心中所有的想法都在抗拒这个计划。

忽然间，伊丽莎白痛苦地思念起了两年前平静逝去的母亲。要是她还在，能给自己多大的安慰啊！

真是太可怕了。这些沉重的思虑在她心头翻滚，与此同时，时间像逃逸的气体般迅速流逝。她希望自己的意志像一条绳索，能把自己牢牢地捆住。的确，伊丽莎白想，时间真是上帝创造的宇宙中最恶毒的东西，它总是和人们对它寄予的希望背道而驰。在人们悲伤难过的时候，时间尤为难挨。

她不安地看了眼壁炉上的挂钟，已经过了一点。将剩下的时间在脑子里粗略估算了一下，她大概还有两天多的时间，然后就要乘火车经斯图加特、巴黎前往加来，接着从加来乘船穿越海峡前往英国多佛港。这条路线几乎和丈夫想走的路线完全一致，只是古斯塔夫要在苏黎世中转。

伊丽莎白站起身，在紧张和犹疑中走向了配菜间，那里悬挂着几幅镶嵌在银相框中的家族照片。照片中是凝结了的幸福时光，足以永留心底。她缅怀着亲人，感觉每张照片都带给她信心，每一缕微笑都像是亲切的耳语，给她的心灵注入勇气和坚毅。

一个念头闪过脑海，现在她知道该做什么了！她要自己去调查丈夫的下落！她选了一张古斯塔夫的照片，把它从镜框中取下来。随后，她叫了一辆出租车前往主火车站。到那里后，她找到了车站主管，询问昨天中午开往苏黎世的列车上当班乘务员的名字。

她的运气不错，那名男子两点半来上班。伊丽莎白马上觉得这是一个好兆头。

她在旁边的一间咖啡厅里消磨这段短暂的等候时间。过后，她需要买副新手套，因为她在焦虑中将手套弄坏了。

正好两点半的时候，她在站台上见到了那位上了年纪的乘务员，把丈夫的照片递给他，询问他能否回忆起这名前往苏黎世的乘客。

这个乘务员有一双祖父般慈祥友善的眼睛。他透过单片眼镜端详着照片，同时还捋着胡子，硬硬的胡茬颇有威廉皇帝昔日的风采。最后，他回答道："不认识。对不起，尊敬的夫人。"然后迅速离开了。

随着年龄的增长，伊丽莎白阅人的能力也日渐增强，尤其深谙人们眼睛里泄露的信息。她能像读乐谱一样读懂它们。所以，她现在知道，这名男子撒了谎，而且还领悟到他为什么撒谎。是出于恐惧，在权力的威压下产生的恐惧。这个国家中越来越多的人深受其害。

这份了解让她稍加思索，便做出了下一个决定：她要前往柏林，直接前往权力的中心。继续待在慕尼黑只能毫无意义地浪费时间。海因里希·希姆莱[①]是此地的警察局长。

---

①纳粹重要战犯。历任党卫队队长、党卫队帝国长官、秘密警察首脑、警察总监和内政部长等要职。

古斯塔夫和希姆莱两人年龄相仿，彼此认识，曾同时就读于提尔施大街上的巴伐利亚皇家威廉海姆文理中学。这所学校于一五五九年由耶稣会创办，是慕尼黑历史最悠久也最有名的文理中学。

希姆莱的任命被宣布后，古斯塔夫曾对伊丽莎白说："瞧着吧，小怪物现在变成了大怪物。可怜的家乡，可怜的慕尼黑。"

如果伊丽莎白想现在前往柏林，同时又不耽误去伦敦的行程的话，那么她去首都就只能乘坐新出现的飞机。伊丽莎白还从未坐过飞机，这将是她的第一次飞行体验。坐火车往返柏林耗时太长。尽管她对飞机这种新兴交通工具一无所知，但还是马上下定决心，没有片刻犹豫。

她急忙赶回家。这时，玛格达已经带着孩子们回来了。她向玛格达透露了自己的打算，吩咐了一些事项，同时随便拿了一些东西塞进大包。这些东西大概够她在柏林停留两夜一天了。

第十七章

帝国首都柏林

傍晚时分，伊丽莎白搭乘的汉莎航空的小飞机降落在柏林的坦佩尔霍夫机场。飞机颠簸得要命，而且天气冷入骨髓，弥漫的汽油味让她几乎失去了一半知觉。

到达勃兰登堡门的阿德隆酒店后，她立刻拨了几个电话。

首先联系的是柏林爱乐乐团团长，帝国音乐协会副主席威尔海姆·富特文格勒。不巧，他出门了。他的秘书请伊丽莎白第二天早晨再试下，到时肯定能联系上富特文格勒先生。

但是伊丽莎白不想等待。她稍作犹豫，思忖道：一不做二不休，索性从最高层开始。于是，她拨打了帝国陆军元帅赫尔曼·戈林[①]办公室的电话。此时的戈林是纳粹帝国的第二号人物，他创立了秘密警察机构盖世太保，是军队四年计划[②]的负责人。这本应是秘密，可几乎尽人

①纳粹德国的政军领袖之一，曾担任德国空军总司令、“盖世太保”首长、“四年计划”负责人、国会议长、冲锋队总指挥、经济部长和普鲁士邦总理等诸多重要职务。

②面对紧张的国际局势与处于瓶颈期的国内经济局面，纳粹高层于1936年开始推行“四年计划”，其基本诉求是实现德国经济上的自给自足，并以扩军备战为导向。

皆知。

戈林以及纳粹帝国的宣传部长约瑟夫·戈培尔[①]都是伊丽莎白的崇拜者。对于伊丽莎白而言，这相当于在鼠疫和霍乱中进行选择。两人隔三岔五就会送花到她剧院的化妆间，总不忘仔细地附张令人印象深刻的名片。伊丽莎白庆幸自己当初没把所有的名片扔了，这么一看，那好像是为今天不得不走这一步做了准备。

戈林不在办公室，不过她被告知，有事可以和戈林的副官波登沙兹讲。副官告诉伊丽莎白，戈林元帅在总理府内，可能是在元首那里。他会把夫人的信息转告给元帅，一旦有时间，元帅会给她回电话。

柏林式的奇迹发生了。不到半小时，伊丽莎白酒店套间的电话铃便响起来，是陆军元帅亲自打过来的。

戈林有些好奇，这位鼎鼎大名的歌唱家想从他这里得到什么。这主要是因为，他的死对头戈培尔对这位漂亮的歌唱家仰慕已久，可所有努力至今一无所获。戈林知道后，为了激怒戈培尔，便给马普兰夫人送了几次花环。

所以，当副官波登沙兹告诉他，伊丽莎白有紧要的事情找他，他不由自主地抓起了电话。他晚些时候要在阿德隆酒店会见罗马尼亚代表团，商谈原材料供应问题，正好公事私事一起办。于是，他向伊丽莎白建议，不如在阿德隆酒店中那个为美食家准备的餐厅共进一顿简单的晚餐：“晚上八点半，可以吗？”

伊丽莎白以贵妇般的姿态接受了这份邀请。接着，她精心打扮自己。如果不得不向这帮纳粹乞求，那就越漂亮越好。

①曾担任纳粹德国时期的国民教育与宣传部长，擅长演讲。

陆军元帅身着军装准时到达。像往常一样，戈林身边跟着一小队卫兵，不过他让卫兵留在了酒店大堂。如今，戈林已经到了发福的年纪。

伊丽莎白发现，他肥硕的体型并非天生，实在是他吃的美味太多。单为这顿“简单的晚餐”点的美食就几乎压垮了餐桌。她也觉察到，这个男人的健康有问题。他脸色苍白，身体软塌塌的近乎浮肿。看上去无论如何都要比四十五岁的实际年纪老很多。古斯塔夫曾对她讲过，戈林是希特勒最早的战友之一，一九二三年那次未遂的啤酒馆政变中，他曾加入向音乐厅广场进军的队伍。戈林在政变中受了伤，大腿被子弹洞穿，疼痛难忍。他备受煎熬，自此吗啡成瘾。偏偏是古斯塔夫的朋友罗伯特·巴林，当时在他官邸大街的寓所中收留了未来的陆军元帅戈林。

戈林称赞伊丽莎白是“美妙的、无与伦比的”歌唱家，没完没了地称颂元首的优秀和纳粹党为德国人民做的贡献。伊丽莎白好不容易在他的恭维和独白中等到一个间歇，讲出了自己深为关切的事。她甚为震惊地发现，戈林似乎真的对此事感到吃惊。伊丽莎白满心的希望在随后的餐后甜点中化为了泡影。

戈林向伊丽莎白坦承，他对古斯塔夫的事一无所知。他反而暗示：尊敬的夫人能否肯定，她的犹太丈夫不是丢下妻儿跑掉了？又接着说，他已听到几起类似的令人遗憾的事件，有几个胆小的无赖便是这么悄无声息地人间蒸发了。

伊丽莎白努力控制住自己的怒气。她真想将自己镶满人造宝石的小包砸向对面那个像面团般的肥硕的脑袋。

戈林一边说，脑子一边也没闲着。他的脑海中不断闪过一幕幕场景：如果这个犹太医生真的失踪了，会是自己手下什么人干的吗？幕后主使会不会是戈培尔？他听说，那个被人背后称为“巴贝尔斯贝格公羊[1]”的戈培尔，正在筹划一部歌剧电影，女歌唱家马普兰夫人正是他的第一人选。自从戈培尔有了个捷克小女友丽达·巴洛娃，他偏爱外貌有异国风情的女人一事就变得众所周知了。这个身材小巧的奥地利歌唱家正合他的口味。戈培尔是不是因此搞了个小花招，想通过控制她的丈夫来确保她出演那部歌剧电影？如果真是这样，他可要好好策划策划，把戈培尔的好事搅黄了。如果他把美丽的歌唱家从戈培尔的鼻子底下抢走，戈培尔会作何感想？

他想要的倒未必是一场香艳的冒险经历，而是偏向于一场女歌唱家的私人音乐会，就在自己的私宅卡琳宫里举办。当然啦，一定要邀请元首出席。

精于人情世故的戈林察觉到了伊丽莎白深深的失望。她的犹太丈夫随便怎样，他毫不上心，不过他知道如何乘人之危得到自己想要的好处。所以，他拍拍胸脯向伊丽莎白保证，他当然会明天一早就展开调查，寻找她丈夫的下落。倘若她能明天中午到总理官邸中他的办公室来一趟，到时肯定会有进一步的线索。他补充道：“我向您保证，尊敬的夫人，在我们国家，凡事都有章程。人不会就这样消失得无影无踪。”紧接着他便问起，伊丽莎白最后一次见到丈夫是在什么时候。

伊丽莎白便从头开始讲述这次逃亡的经过。她硬着头皮解释，她的丈夫是在去苏黎世的路上失踪的：“我们十分尊敬的弗朗茨·雷法先生是我丈夫多年的病人。他健康出了问题，想请我丈夫去咨询。”这个谎言，伊丽莎白不假思索脱口而出。但是，她马上察觉到，尽管他装出深信不疑的样子，其实对她的话一个字也不信。

伊丽莎白一直在仔细观察戈林。她早已发现，戈林关注此事并不

①巴贝尔斯贝格是戈培尔管辖下的电影公司，旗下有众多女星。该绰号指他好色风流，情欲旺盛。

是因为想帮她。他更关心是哪一个同僚隐藏在古斯塔夫失踪的幕后。戈林打的什么算盘，伊丽莎白根本无所谓，重要的是他能帮她找到丈夫的下落。

伊丽莎白像个贵妇般彬彬有礼地向戈林致谢，说些元帅肯定要因此做不少努力，发出无数的公文和询问等等的客气话。

握手告别时，伊丽莎白故意让自己戴着手套的指尖在戈林手中非常得体地多停留了一会儿，假装虚弱无力，暗示刚刚过去的一天对她来说是多么漫长而艰辛。

陆军元帅明白了这个暗示。他刚要对伊丽莎白道晚安，突然旁边的桌边响起了带着明显的英语口音的喊声："请看这里，微笑一下！"紧接着闪光灯一闪，随即是呛人的磷化物味道。

戈林身躯肥硕，反应却迅速得惊人。他马上跳起来，脸上的表情无论如何也称不上友善。这时候，已经悄悄退到一边的党卫军小队快速冲过来，夺去那人的相机并把他控制住了。

这个不受欢迎的摄影师迅速被强有力的胳膊架走了，伊丽莎白只能看到他晃动的双腿，听到他在远处的呼喊声："我是美国公民！"

餐厅经理急匆匆地跑过来，在戈林面前低声下气地鞠躬道歉，鼻子都快碰到地毯了。他咒骂这些新闻媒体界的骗子："前脚把他们赶出去，后脚就又溜回来了。"

戈林不再瞧他。他重新牵起伊丽莎白的手，优雅地吻了她的指尖，对刚才的搅扰表示抱歉。临别时，他再次向伊丽莎白保证，会帮她弄清事情的来龙去脉，尤其强调，他很高兴明天中午在总理府再次见到伊丽莎白，那时应该就会有进一步的消息了。

戈林认为自己走了一着绝妙的棋。因为这样，他就能坐实伊丽莎白·马普兰夫人作为乞求者的身份了。

伊丽莎白已经开始担心明天的再次会面，但又很高兴现在能甩掉戈林。有影响力的戈林大概是她找到丈夫下落的唯一可靠机会。

伊丽莎白掩饰不住身体的不适。她感到头痛欲裂，浑身在发烧。她急切地祈祷自己没在飞机上着凉。飞机上风太大了，而生病是她现在最不想发生的事情。

回到套房，她立刻往浴缸里放热水。放水的同时，尽管已经很晚了，她还是请酒店帮她接通了摄政王广场家里的电话。也许奥德丽这会儿已经有了好消息，尽管她的预感不是这样。否则处事周到的玛格达早就给她打电话了。出行前，她曾将阿德隆饭店的电话留给玛格达以备联系。

玛格达简短地告诉东家，和昨天一样，奥德丽今天一无所获。明天上午她会在火车站站台继续等待尊敬的医生大人，晚上将按照约定乘最后一班火车返回慕尼黑。

至于奥德丽是如何在电话里涕泪交加，歇斯底里的——“我是第一次一个人出远门去陌生的地方，医生又不见了，狗娘养的，还下着雨！”——玛格达只字未提。伊丽莎白了解奥德丽戏剧化的秉性，所以心中更加感激玛格达的体贴和有分寸。

泡完热水澡，她叫了一杯加蜜的热牛奶。她住的是酒店里最好的套间之一，能直接看到被灯光照亮的飘满了纳粹党旗的勃兰登堡门。

尽管夜已深，广场上还是一片繁忙。她本来想要一个普通房间，但饭店经理无论如何要安排她住进套间。而且，喜笑颜开的酒店经理还带着一班人亲自将她送到了房间。会产生的额外费用只在她脑海里快速地掠过。

伊丽莎白筋疲力尽。尽管如此，也恰恰因此，她无法入睡。她在床上辗转反侧，被焦虑煎熬着，如坐针毡。

大约到了深夜尽头，她才心神不定地睡去，可是两个小时后便醒了过来，浑身大汗，喉咙、四肢和所有的关节都疼得厉害。瞧，怎么样，伊丽莎白，怕什么来什么——流感！

她遵循了古斯塔夫在这种情况下会提的建议：呼吸着新鲜空气快速散个步，做几次深呼吸，再喝上一杯加朗姆酒的热茶，奇迹就会发生。不过这次这个偏方毫无效果，她反倒开始流鼻涕、淌眼泪。和善的酒店接待员为她从附近的药店买来了抗流感的药。很可惜，服药之后的效果也微乎其微。伊丽莎白感觉越来越糟糕，而和戈林约定在总理府见面的时间却越来越近。

此外，她尚未决定明天是否该和孩子们启程前往伦敦，这就像一个不祥之兆般悬在她的心上。

如果戈林没能带来什么线索，下一步该怎么办？还能找谁帮忙呢？去哪里找？噢，古斯塔夫，你到底在哪里？伊丽莎白再次祷告。

所有折磨人的担忧快让她的脑袋爆炸了。她渴望地看着酒店的床，骤然被自己的一个愿望笼罩：她真想钻进被子里蒙着头，躲起来，直到时间的尽头。她叹了口气，将视线投向腕上的手表。手表的指针提醒她，应该更衣准备和戈林会面了。她现在一定要打起精神来。

她打开了旅行包。包里塞了太多东西，永远都是乱七八糟的。不过，她第一次对此感到开心。她选了件薄如蝉翼的黑色披肩披上，精心化了妆，整理好油亮的卷发。在系珍珠项链搭扣时，因为手抖得厉害，她费了半天劲。项链是黛博拉出生时丈夫送给她的礼物。最后，她穿上香奈儿的浅口皮鞋，在镜子前照了照。很好。深沉的黑色勾勒出了她柔美的曲线，珍珠项链完美地衬托了她的肤色。

为了尽量节省气力，她让人开车抄近路将她送到了威廉海姆大街。

巴洛宫是纳粹党在慕尼黑的总部，也许还算引人注目。不过和宏伟巨大的总理府比起来，它就像一个穷亲戚。

这栋巨大的建筑是帝国各大部委的所在地，两侧宽四百米，高二十米，通向正门的阶梯十分宽大，阶梯两旁是四根巨大的石柱。眼前的场景几乎让伊丽莎白感到晕眩：巨大的帝国国徽上的鹰，无数血红的纳粹党旗在风中飘扬。她穿过那些旗杆时，心中不禁打了一个寒战。

她慢慢踏上十级台阶，无意中想到了米兰的大教堂和罗马的圣彼得大教堂。身为艺术家，她知道，和它们一比，眼前的这一切就和舞台道具差不多，就像舞台上响起的假模假样的雷声。

建筑里面的感觉也好不到哪儿去：装饰太多，品位太少。建筑物里忙碌得像座蜂房，到处是匆匆而过的闪亮皮靴，好像得赶着去处理无穷无尽的要事。

伊丽莎白准时到达，陆军元帅却不在。他通过一个副官留话，元首有紧要的事情召他前往，不过他会尽快回来，请她稍等片刻。

得到能在此等待的允许后，伊丽莎白足足在帝国总理府内等了一个小时。她感觉太阳穴处突突直跳，每过一分钟，体内的热度都令自己愈发虚弱。她心里明白，戈林是故意放她鸽子，让她好等。

副官波登沙兹短暂来过。他举手示意，告诉她再过五分钟，元帅就要到了。伊丽莎白产生了一种不真实的感觉，让她觉得似曾相识：她好像看到了在剧院的更衣室里，自己坐在穿衣镜前，热切地盼望着接下来登台亮相。

的确是热切，因为发烧的热度在她的体内越来越强烈地蔓延。她请副官波登沙兹给她拿点水和阿司匹林。

副官皱了皱眉，他已经觉察到这位夫人身体不适。他疾步离开，不一会儿，一位年轻的女侍者用银托盘端来了伊丽莎白想要的东西。

“尊敬的夫人，您还需要什么吗？”她问道。伊丽莎白询问能否带她去什么地方透透气，姑娘随即将她带往女士休息室。

在长长的灯火通明的走廊上，伊丽莎白经历了自己宿命的相遇。一个男人逆着光走来。那高大的身躯以及走路的姿势和古斯塔夫那么相似，让伊丽莎白在高烧的幻觉中误以为自己的丈夫正从光亮处向她走来。

突然间，她站住了。她的心跳开始加快，希望和担忧相互纠缠。她充满期待地看着对面的身影越走越近。

那个男人不是古斯塔夫，尽管他看起来真的很像，但是走近后，这种感觉就消散了。两人的眼睛尤其不同，古斯塔夫的眼睛深邃仁慈，而这个陌生人的眼睛里没有多少对生活的期许，反而充满了欲望和贪念。此外，他穿着一身剪裁合体、质地优良的党卫军制服。

因为她突然停下了脚步，那个人便也站住了。他的脸上掠过一种奇怪的表情，一种伊丽莎白无法解释的表情。高烧消耗了她太多的精力。

那个男人优雅地鞠了一躬，自我介绍说他名叫阿尔布莱希特·布鲁曼，并问她是否有什么事需要他效劳。

伊丽莎白疑惑地摇了摇头，收回了自己的手。她甚至没有察觉，是自己向他伸出了手。然后，她从他的身旁慢慢走过，很快便忘记了他，因为那个人不是她的丈夫。

陪同伊丽莎白前往女士休息室的女侍者兴致勃勃地说："那是党卫军上校阿尔布莱希特·布鲁曼先生，他前途无量，是元首中意的人，尊敬的夫人！这里的女人都被他迷住了。"

伊丽莎白没有听她讲话，她露出手腕，让凉水流过自己的双手。随后，她用冷水浸湿手帕，给发热的脸颊降温。那个姑娘仍在絮絮叨叨，伊丽莎白却完全没有听进去。冷水和阿司匹林似乎起了点作用，她感觉自己稍好了些，能承受即将和戈林的会面了。

这会儿，戈林回来了。他穿着那身过于花哨的白色元帅制服——人们因为这种着装，送给他一个“金鸡”的绰号。

此时，他张开双臂，一脸做作的歉意，快步迎着伊丽莎白走来。他压低了声音，好像谈到元首需要一种特殊的声调似的，对伊丽莎白说道：“希望您能理解，元首那里有极其紧要的事情。”说着，还眨了下眼睛。伊丽莎白马上联想到了一只肥胖的猫头鹰。

当听他讲到，还没有她丈夫进一步的消息时，伊丽莎白觉得这只猫头鹰就稳稳地站在高高的树枝上，正对着它的朋友布谷鸟讲话。他说自己刚刚来得及着手处理这件事，已经给副官波登沙兹下了指令，很遗憾此刻不能给尊敬的夫人一个好消息。接着，他将伊丽莎白引到了桌边。

事后，伊丽莎白想不起自己如何和肥胖的陆军元帅共进午餐，又是如何回到酒店的。

再次醒来时，她发现自己床边的椅子上坐着一位满头金发、相貌英俊的党卫军军官。

此时伊丽莎白的记忆存在一片巨大的空白，只记得之前和戈林共进过午餐。她想到了自己的随身小包，联想起自己的火爆脾气，错以为自己被拘禁了起来。

不过她很快搞清楚了，这个一身戎装的男人是来照顾她的上尉军医，“守护对她十分重要的睡眠”。伊丽莎白恢复了知觉，这令他看起来十分高兴。她也的确觉得自己好受了一些，原来如锤子敲打般的剧烈头痛变成了隐隐作痛，不过四肢反而变得如铅一般沉重，而且有进一步加重的趋势。

“发生了什么事？”她有些不安地坐起来。

“您可把元帅吓得够呛。”军医回答道。

"什么，怎么了？"伊丽莎白结结巴巴地问道。

"您在元帅的办公室里昏厥了，从椅子上摔了下来。"他严肃而毕恭毕敬地回答道。不过伊丽莎白感觉到，军医肯定觉得这件事有些荒唐可笑。他肯定愿意在现场看看这位夫人是如何当着元帅戈林的面，从椅子上跌下来的。

他接着讲述事情经过。听到元帅呼救，布鲁曼先生刚好在场，他召唤来军医。"请允许我自我介绍一下，我是上尉昂斯卡·施特赖里茨。"他补充道。因为伊丽莎白曾短暂地清醒过片刻，坚持不去医院，所以他们就将她送回了酒店。

突然，伊丽莎白察觉到屋内的灯光，惊慌地喊了一声："上帝啊，天已经黑了。现在几点钟了？"

"将近半夜了，马普兰夫人，您睡了整整十个小时。"他听上去很满意，好像这是他的功劳。

伊丽莎白想掀开被子，翻身下床，被军医阻止了。"请别这样，尊敬的夫人，您不要动。您要去哪儿？您还得好好地休养下。我中午给您注射了一剂强力退烧针，您当时的体温可是超过四十度了。您最好尽量睡到明天一早，我到时再来看您。"

"可是您不了解，施特赖里茨先生，我的孩子们还在家里等着我。我向他们保证过，今晚一定回家。他们肯定担心死了。我必须马上给他们打电话。"

她再次试着从床上爬下来，高烧后无力的双腿一软。好在军医一把扶住了她。

"您在做什么啊，马普兰夫人，我请您躺回床上！您现在还昏昏沉沉的。此外，我向您保证，布鲁曼先生已经把一切都料理好了。他联系上了照料您孩子的家庭女教师，让我给您带话，家里一切都好，慕尼黑家里所有人祝您早日康复。您瞧,没什么好担心的。您再睡会儿吧,这样才好得快。”

他拿起床边小桌上的杯子,让她喝下里面半杯浑浊液体。那里头肯定含有强力安眠药,因为伊丽莎白很快又进入了梦乡。

第二天清晨,临近八点钟的时候,伊丽莎白醒了。她根本没考虑自己的身体状况,首先想到的是家里的孩子们。然后她想起今天是六月十五日,是他们计划启程前往伦敦的日子。

她不能再彷徨了。多少思前想后,多少踌躇不定,在这一瞬间尘埃落定:她要留在柏林,继续利用自己的每一个关系寻找古斯塔夫。她脑中闪过布比·普钦格尔的名字,希特勒以前的外事新闻发言人。可是他此时在纳粹阵营已经失势,离开瑞士躲到了伦敦。

与戈林共进晚餐时遇见的那个摄影师让伊丽莎白有了主意。她不是和国外几家媒体保持着很好的关系吗?她应该利用这些关系。

第二个更重要的决定事关孩子们:她要安排玛格达今天独自带上黛博拉和沃尔夫冈前往伦敦。只要孩子们到了安全的地方,她就可以毫无顾虑地开始活动了。

做了这两个重要的决定后,她马上着手行动。

她拨通电话找到玛格达。听伊丽莎白讲述她的计划时,玛格达表现得安静又镇定。接着两人又像好友一样聊了很长时间。挂掉电话,伊丽莎白更确定自己做出了正确的决定,可以安心将孩子们托付给玛格达。

奥德丽前一晚一无所获,情绪低落地回到了慕尼黑。玛格达安排她上床休息了一天,到现在她都悄无声息。

接下来,伊丽莎白还把黛博拉叫过来听电话。她让女儿放心,并向女儿保证一切都好,包括自己的身体,“只是一场小感冒而已。”关于爸爸，已经有了几个重要的线索，因此她还要在首都柏林停留几天。

接着她对黛博拉说，她把去伦敦路上照顾他们的责任委托给了玛格达，尽管如此，妈妈信任女儿是好样的。她不久后将和爸爸一起赶到伦敦。“我的大女儿，给你一个大大的吻！你们两个要乖，要听玛格达的话。你们一到五月花酒店就打电话到妈妈的阿德隆酒店。代我向沃尔夫冈问好，告诉他，妈妈给他许多许多的亲吻。”

交代完所有事情，伊丽莎白感觉自己极度虚弱。短暂泡了泡热水澡后，她又冲了个凉，随后就急忙去了卫生间。刚才那番果决行事带来的活力和生机开始消散，跳动的头痛又回来了。她吃了片阿司匹林，等待药效发作。这时，酒店前台的一位男服务生打来电话，有些紧张地通知伊丽莎白，有一位党卫军军官施特赖里茨医生正准备上楼去夫人的房间。“元首万岁！”

之后的见面很短暂。伊丽莎白状态不错，军医看起来很欣慰。然后他变戏法一般拿出一束花，说是阿尔布莱希特·布鲁曼先生托他送来的。随花还附了一张纸条，上面写着：“祝早日恢复健康！愿意随时随地为尊敬的夫人效劳。”

伊丽莎白已经完全失去了和布鲁曼在总理府两次邂逅的记忆。同样，她也忘记了自己曾错把他当成丈夫古斯塔夫。不过奇怪的是，她还清晰地记得在女士洗手间里，那个冒失的女侍者用痴迷的话语讲过的关于布鲁曼先生良好品质的每个细节。

施特赖里茨医生向她告别，照例行了纳粹礼。伊丽莎白松了口气，开始从自己掌握的每个渠道打听消息。她打电话给柏林爱乐乐团的富特文格勒，却被告知“他正在电台录音，不过他肯定会和您联系的，马普兰夫人”。她又联系戈林办公室的波登沙兹副官，对方称戈林“在元首那里。很遗憾，还没有进一步的消息。我们会联系您的！”。

伊丽莎白想起三年前在柏林的一次活动中，她曾经被引见给美国大使威廉·多德和他活泼的女儿玛塔。玛塔·多德当时想说服她到纽约大都会歌剧院演出。现在这个关系显得很有价值，她决定马上试试。

令人失望的是，她被告知，玛塔·多德小姐已经回美国了。到此为止，她只能四处留言，毫无进展，感到既疲倦又失望。

她想，是时候利用下自己的知名度了。她想起那个被戈林的卫兵抓走的摄影师，有了灵感。

伊丽莎白没有忽略一点。那个肥胖的陆军元帅很享受自己的女人缘，也乐于追逐她们。不过，虽然他以好出风头而闻名天下，但光天化日之下和一个不是自己妻子的女人在一起，他肯定不希望这样的新闻上报纸头条。

谁要是认识他性格剽悍的第二任妻子，马上就知道伊丽莎白的推测是有根据的。戈林的现任妻子艾米是一个还算过得去的演员，有过短暂的演艺生涯。她让别人称自己是“高贵的夫人”。

伊丽莎白心想，这可真是一物降一物。

她让前台接通路易斯·洛克纳先生，柏林最大的美国通讯社《联合新闻》的通讯记者。记者既吃惊又兴奋，因为这位鼎鼎大名的女明星很少在媒体前露面。伊丽莎白约他到阿德隆酒店面谈。

她不准备通过这个记者透露她来柏林的真实原因，只是想提醒戈林自己的存在。而且，有人对她的话感兴趣，愿意倾听她诉说。

第十八章

洛克纳先生娶了位德国贵族，讲一口流利的德语，和纳粹政府的上层人物关系良好。就伊丽莎白所知，他对纳粹持批评态度。

洛克纳个子矮小，头发几乎掉光了。他很快赶到了酒店。伊丽莎白和他详谈了自己幸福的家庭生活，包括丈夫和孩子们，以及她多么期待即将在伦敦考文特花园出演莫扎特的《魔笛》。她只字未提对丈夫的担心，甚至没有流露任何情感，这也是一个经过专业训练的女演员的强项。

当然，她也看似漫不经心地提及了最近在阿德隆酒店和陆军元帅兼音乐迷赫尔曼·戈林将军的会面，他们关于歌剧进行了十分有趣的谈话。

洛克纳先生听得十分仔细，只提了几个问题。伊丽莎白估计，他肯定在猜测自己突然抛头露面的动机，却很有礼貌地克制了好奇心。对于一个记者而言，这真是令人惊讶的素质。

事后伊丽莎白回想起来，认为洛克纳之所以表现得如此耐心，或许是因为他当时就凭直觉敏锐地预感到，他们还会再见面。不管怎样，两人谈得十分融洽。

第二天的各大重要报纸充斥着关于伊丽莎白·马普兰的热情洋溢的文章：世界上最美丽的女高音歌唱家……

伊丽莎白的目的达到了，她赢得了公众的关注。她想传达的信息看来也已经传达到了，因为不久就有了回应。

当天上午还不到十一点，果断自信的酒店接待员打来电话，声音洪亮地宣布："陆军元帅戈林先生的私人秘书，卡尔－海因里希·波登沙兹先生来访。希特勒万岁！"

在绰号"红伯爵"的曼弗雷德·冯·里希特霍芬死前，空军上校波登沙兹曾给他当过副官。第一次世界大战期间，戈林和他们两人同在一个飞行大队服役。波登沙兹和戈林交情不错，自一九二八年起就做了他的副官。他是为戈林总揽全局的人物，也会处理棘手的事情。这一富有弹性和不确定性的位置让他下可接触到打手，上可通天。消息灵通和处事谨慎的副官波登沙兹到访，本身已经显示了文章的效力。

不过，他只闲谈了几句，然后向深受众人爱戴的歌唱家保证，元帅的确已经采取了一切措施调查她丈夫的下落，请她务必在此刻避免和国外媒体接触。陆军元帅戈林先生信任她，也希望获得她同等的信任……

之后的话中已暗藏杀机。伊丽莎白觉得，至少波登沙兹讲这些话的时候，面部表情扭曲痛苦，好像牙痛一样。尽管他没有把话挑明，但伊丽莎白完全听懂了他的意思。他的手法在这个政权下屡试不爽，收服了大量卑躬屈膝迎合他的人，那就是：恐吓。尊敬的夫人首先应该考虑自己的两个孩子。媒体为了弄到新闻不择手段，可能会利用目前的局面。"您仔细考虑下，尊敬的夫人。媒体会充分利用您现身于柏林一事大做文章，您家中的可爱的孩子们也会受到骚扰！您肯定不想冒这样的风险吧。"

伊丽莎白当然明白他的弦外之音。不过，在慕尼黑，骚扰孩子们的并不是媒体……

好像这还不够，戈林副官行纳粹礼告别离开时，看似无意地将一个褐色的文件夹放在了桌上。

伊丽莎白从中发现了几份小册子——《德意志帝国和元首告知书》。摆在册子顶上的是一九三五年颁布的《纽伦堡种族法》，带着动听的爱国主义标题——《德意志血统与荣誉保护法》。

法案里黑纸白字地写着，犹太人和雅利安人通婚所生子女属于一等混血儿。简单地说，黛博拉和沃尔夫冈在这些国家新主人的眼里是不受待见的半犹太人。戈林副官留下小册子的目的，是要封住伊丽莎白的嘴。

伊丽莎白想，这些纳粹的行径是如此厚颜无耻，使用的手法又是何等卑劣和欠考虑。他们手法拙劣，想法粗俗。她根本不愿意再想到这些自称“优等种族的统治者”的人，否则就要恶心地吐出来。她内心的怒火在翻滚。*他们竟然用我的孩子威胁我！*

那位波登沙兹先生早早离开了，算他走运。要是晚走会儿，伊丽莎白肯定要给他好看。只是阿德隆酒店的地毯遭了殃，而且不得不换一个新的咖啡壶。

短暂的情感发泄之后，伊丽莎白在得胜的喜悦中沉浸了一会儿，因为她认为孩子们早已出了国境，到了安全的地方。火车已经在十八个小时前驶离了慕尼黑火车站，戈林看来对此事毫不知情。不过他副官恶毒的暗示令人费解。

玛格达和孩子们应该早已从斯特拉斯堡附近进入了自由的法国，甚至可能已经到了巴黎！顶多再过十八个小时，毫不动摇的玛格达和孩子们就将出现在通往多佛的海峡上，而古斯塔夫的兄弟保罗正在多佛张开安全的臂膀等待着他们。

正如所有胜利的喜悦一样，这份喜悦之情也转瞬即逝，因为伊丽莎白迟迟没有接到保罗自多佛打来的报平安的电话。古斯塔夫依旧命运未卜。想到这些，她的头痛又发作了。

于是，她做了唯一一件理智的事：又服下一片止痛片，决定在沙发上伸展四肢休息片刻。她还真的很快睡着了。当她从烦躁不安的睡眠中醒来时，房间里早已黑了下来。她吃惊地发现，自己竟一觉睡了整整六个钟头！

她立刻给总台打电话，询问此间是否有打给自己的电话。她有些气恼地获知，她错过了好几个电话。几位记者，柏林爱乐乐团的富特文格勒先生，一位海外的玛塔·多德女士，还有一位情绪激动纠缠不休的先生，自称是她的经纪人。不过，尊敬的夫人您已经请波登沙兹先生中午时给总台留言，说自己不希望被打扰。所以一切电话都没有转到您的房间。希特勒万岁！

伊丽莎白希望波登沙兹先生能在但丁笔下的炼狱里待上几千年，永远不要出来！她重重责备了可怜的酒店接待员，告诉他：只有她自己，马普兰夫人，有权决定接不接通电话，再见！

然后，她感觉自己的确比早晨好多了。看来治疗高烧感冒的最好方式不是静养，而是把自己的一腔怒火完全发泄出来。她甚至有些饿了，从酒店叫了一些清淡易消化的食物。一个穿着酒店红制服的小个子侍者送来了餐食和她订阅的所有新闻报纸。

从孩子们出发到现在，已经过去了二十四个小时。伊丽莎白猜测，玛格达也许很快会从巴黎打来电话。两人当时是这么约定的：如果玛格达他们换乘列车时还有足够时间的话，就打电话给她。不过，只要最晚明早能接到她盼望已久的来自伦敦的电话，她就心满意足了。她又拨电话到摄政王广场的家里。恢复了生气的奥德丽向她保证，家里一切都好，只是没了孩子们和猎犬，家里空落落的。

随后她联系上了自己的经纪人。在维也纳的经纪人此时一颗心仿佛悬在云端，而且还在不断下落：因为伊丽莎白还在柏林（他是看了报纸才知道的！），而不是在前往伦敦的路上！为了摆脱啰唆的经纪人，她向他保证，自己当然会去考文特花园演出，只是稍晚些出发而已。

富特文格勒先生那里，她又找不到人了。而连线美国时，阿德隆酒店总机对她表示遗憾，无法接通纽约的玛塔·多德。

尽管对波登沙兹感到愤怒，伊丽莎白还是把电话拨到了帝国总理府。她既不想被人吓住，也不想放弃机会。不过戈林和波登沙兹都联系不上，也许这两人压根儿不想和她讲话。记者们的报道，她起先没有理会，不过后来还是将它们保存下来以备后用。

尽管还是感到有些虚弱，喉咙也在发痒，这毕竟是个六月的夜晚，伊丽莎白决定去散散步，新鲜的空气也许有助于身体的恢复。

她选了一身酒红色套服和一顶合适的帽子，穿上有美式缝线的黑色丝袜和浅口便鞋。酒红色和她十分相配。她打量着镜中的自己，心中油然而生一股信念：一切都会好起来的。

酒店大堂的情景让她吃了一惊。至少有关媒体纠缠不休的部分，波登沙兹一点都没夸张。一群五颜六色的人像一群盼望被喂食的鸭子一样，向伊丽莎白冲了过来。几乎所有人一起开始提问，七嘴八舌的，闪光灯亮成一片，伸出的照相机都像被施了魔法一样一起在半空飘动。

伊丽莎白·马普兰夫人的确十分迷人，配合大家拍了不少照片。这些照片转天就会出现在多家报纸上供人欣赏。散步的计划算是泡了汤，伊丽莎白宁愿赶紧逃回自己的套间。刚刚萌生出来的信念瞬间消失不见了。

她取下头上的发夹时想起，在电话中，她能干的经纪人对这次联合新闻社的免费采访大为光火。因为每次采访都是有价格的！（依照合同，经纪人会从伊丽莎白的所有收入中抽百分之二十。）

她重新独坐在房间中，不知如何打发这漫漫长夜。她像一头困兽般在房间里走来走去，好似等待着判决结果：她要听到丈夫或者孩子们的消息。不知什么时候，她疲倦无力地倒在床上昏昏睡去。

第二天，她一大早醒来就感到自己四肢僵硬。她首先试着联系古斯塔夫在伦敦的兄弟保罗。阿德隆酒店的接线员再次表示遗憾："不会是我们这边的问题，尊敬的夫人。是英国人那边的毛病。"伊丽莎白担心，可能反过来的情形也一样，估计保罗也无法联系上在阿德隆酒店的她。

快九点时，她有了个主意。她打电话给联合新闻社的洛克纳先生，询问能否用他的电话往伦敦拨打电话？

洛克纳先生十分高兴，以为又拿到了一次独家新闻的机会。他感谢自己灵敏的鼻子，早早就嗅到马普兰夫人留在柏林，肯定还会为他的报道锦上添花。

昨天的经历让伊丽莎白提高了警惕，变得谨慎起来。她先是询问门房，酒店大堂里的那群新闻记者怎么样了。她得到了满意的回话——门房说已经将他们从酒店大堂清理出去了，清走他们的原因，您大概也知道吧。

她登上一辆出租车。在联合新闻社的办公室里，她毫不费力地联系上了保罗的妻子安娜贝拉。

安娜贝拉是个精力充沛的女人，说话时总是不停地走动。她焦急地告诉伊丽莎白，保罗昨天晚上就出发去多佛了。因为渡船一早就到，他得提前去那里的酒店过夜。伊丽莎白给她留下了洛克纳先生办公室的电话，并询问她保罗下榻酒店的联系电话。她拨给酒店时，保罗却已经结账离开。伊丽莎白急忙赶回阿德隆酒店，因为保罗肯定会先把电话打到那里。她在房间里等待，等待。一个小时过去了，又一个小时溜走了。其间洛克纳先生打来电话，转述安娜贝拉给她的留言，保罗那里一直没有消息。

伊丽莎白的神经都快崩溃了，这时酒店前台告知她，一位叫路易斯·洛克纳的先生来访。她奔向走廊，在那里遇到了洛克纳先生。

他揉捏着礼帽，看样子没有带来什么好消息，这也是他亲自来访的原因。

古斯塔夫的兄弟保罗·贝尔辛格先生没拨通阿德隆酒店的电话，便把电话打给了他。保罗已经等到了两艘来自加来的渡船，可都不见玛格达和孩子们的身影。他会再等下午的另一艘，也是今天的最后一班渡船，然后再联系伊丽莎白。

伊丽莎白彻底崩溃了。洛克纳先生不再想着自己的采访，而是替面前这位母亲，一位挂念着自己孩子的母亲着想。他体贴地照顾着伊丽莎白。

他安排酒店送来了咖啡和科涅克酒，把两样东西递给伊丽莎白。他不知道此前伊丽莎白因为头痛已经空腹服下了两片药。她感觉十分恶心，于是洛克纳先生将踉跄的伊丽莎白扶到了洗手间。

十五分钟后，伊丽莎白才有些尴尬地出来，还好人倒是很清醒。这一次，洛克纳先生真的得到了伊丽莎白·马普兰夫人的独家采访，不过这次采访，他永远也不会发表。伊丽莎白信任这个男人，向他原原本本地讲述了全家离开德国移民海外的计划。

洛克纳先生早已经历过不少的事情，尤其是到德国当记者之后。他感到惊奇的是，为什么夫妻二人不以相反的顺序出逃？为什么是她的丈夫先以真实姓名出走？如果伊丽莎白带着孩子们先到伦敦，然后他再以假证件随后入境，岂不更好？

伊丽莎白马上回答道，丈夫用的是假证件。说到此处，她的脸色突然变得煞白，紫罗兰色的眼睛睁得大大的。洛克纳先生担心她马上要呕吐，急忙去找一个合适的容器。不过，伊丽莎白并没有呕吐，而是说道："我的上帝，我丈夫不是作为古斯塔夫·贝尔辛格，而是彼得·弗里林出行的！"

洛克纳先生问道："我猜想，您没有对戈林讲这些吧？"

"当然没有。"伊丽莎白回答道，然后盯住洛克纳先生，好像在等他给出一些解决办法。在这种需要谋略的事情上，洛克纳先生远比她有经验。

"嗯。"洛克纳先生挠了挠下巴。伊丽莎白脑海里的什么地方好像有一个试听力的音叉，刺耳地响了一下，仿佛要告诉她，洛克纳先生后面的话并不是她想听到的。

"现在……"洛克纳先生清了清喉咙，语气中带着明显的踌躇，好像这短短的两个字就让他考虑了许久。不知什么时候，他不幸的礼帽到了伊丽莎白手上，这个礼帽从此再未恢复原状，也再未被戴过。

"现在，有两种可能，马普兰夫人。戈林没有追问，或许是他早已知道了您移居英国的计划，他将您玩弄于股掌之间。又或者一个失踪的犹太公民跟他压根儿没关系。我们都知道，纯种的雅利安人，"说这几个词时，他的语气中满是嘲讽，"正奋力用他们的铁扫帚将所有不愿看见的人清扫出国门。因此，他们乐得有人自愿离开。如果是第一种情况，那么问题就来了：如果纳粹没有抓您的丈夫，究竟是谁干的？"

震惊中，伊丽莎白想起了慕尼黑那位年长的检票员。"洛克纳先生，我想，我们有理由认为是纳粹干的，他在他们手上。"她简单地向他讲述了那个检票员，他当时难以掩饰的恐惧，以及他如何在谈话时四下张望，担心被穿褐色衣服的人盯上的情形。

“好吧，让我们思考一下。那样的话，问题就出在您丈夫出行时携带的假证件上。证件证明他是雅利安人。他之所以被逮捕，要么是因为他的证件被发现是假的，要么是因为纳粹从一开始便对您的计划了如指掌，他们马上就知道了他是谁。第一种情况该由警察负责讯问，第二种情况，则是冲锋队或者盖世太保抓了他。”

听到“讯问”一词，伊丽莎白的脸色一下子变得惨白，因为她知道那意味着什么。“那我现在该怎么办，洛克纳先生？我必须救出我的丈夫！”伊丽莎白绝望地喊道。

“我建议您这样做，尊敬的夫人，即便这样做，您心里可能有些难以接受。一旦您知道孩子们是安全的，就该再次找到戈林，对他实言相告，您的丈夫是拿着名为彼得·弗里林的假证件出行的。您最好能泪流满面地向他坦白这一点。戈林看来有些软心肠，有些感情用事，至少我听说如此。我恐怕现在不能再给您更多的建议了，尊敬的夫人。”

洛克纳先生起身，给自己倒了一杯酒。两人同时沉默了，不约而同地望向那部巴克利特公司生产的黑色电话机。电话机丝毫没有配合他们的迹象，它毫无生机，悄无声息，只是冷漠地向外界传递着一种忧伤。

洛克纳先生告别时向伊丽莎白保证，会再和她联系。

他走到门口时，伊丽莎白喊住了他，声音里有少有的紧张，好像她已经知道了自己即将提出的问题的答案：“洛克纳先生，请您对我说实话。情况还会更糟吗？家人基本的安全都将成为一个母亲的奢求和美梦吗？”

洛克纳先生转过身，悲伤地看着她。他看到了伊丽莎白眼中的忧郁，她的问题不仅仅针对自己的丈夫与孩子，也针对所有生活在德国的不幸的少数族群。他们这些人正渐渐成为纳粹种族政策的靶子。

他蓦然想到昨天伊丽莎白对他讲起自己的儿子，他有一条腿有些短，走路有点瘸。他认识希特勒，也采访过他。人们传说，希特勒正计划消灭身有残疾的人。

估计他们已经开始行动了，因为纳粹已经开始在全国各地建立集中营。在他的圈子里，人们谈论着针对残疾人的绝育计划，纳粹政府想以此防止劣等人进一步繁衍。据说希特勒有一份与此相关的秘密手谕。

女歌唱家的眼神和体态向洛克纳先生透露出，她问这个问题并不是想从他那儿得到虚伪的安慰或是确认，说什么外面流传的关于纳粹的消息都是夸张的谣言、愚蠢的猜测，人们不必当真。

相反，路易斯·洛克纳有些惊讶地发现，其实伊丽莎白在内心深处早就知道答案，而且她有足够的勇气来承受这些。

所以他诚实地回答："我担心情况还会变得更糟，马普兰夫人。我认为这个国家不少人也持同样观点，另一场大型战争将不可避免。"

洛克纳先生同她告别，走向电梯。他不仅相信自己说的话，而且他确切地知道，他所说的一切正在发生，就如同他确信自己的秃头上再也不会长出头发。

路易斯·洛克纳先生说得一点没错，一年后就应验了：希特勒发动了对波兰的侵略战争。洛克纳先生作为第一位美国记者随德国士兵出征波兰。

由于真实的批评性报道，洛克纳在一九三九年获得普利策新闻奖。一九四一年因其大胆的文章，不出所料地被恼怒的纳粹关进了监狱。

一九四五年，战争结束后，他成了第一批参观达豪集中营的记者，记录了那里悲惨的情景，以事实提醒后世的人们以此为鉴。

第十九章

伊丽莎白在一无所知的地狱里煎熬着，就这样度过了随后的两天。这两天里，就像被什么人远程操控着似的，她采取了无数的行动——干些什么总比坐着空等要好受些。

她和古斯塔夫的兄弟保罗通了无数次电话，绝望而一无所获。她不睡觉，只吃一点点东西，喝一点点水。这些食物只能刚好维持她的身体免于彻底崩溃。

她在总理府又见了一次戈林，彻底断了他想借她戏耍戈培尔的念头。她还打电话给柏林爱乐乐团的富特文格勒，美国的玛塔·多德，以及前任帝国音乐协会会长理查德·施特劳斯。施特劳斯先生因为自己的犹太儿媳心有顾忌，十分谨慎。尽管如此，他也向伊丽莎白许诺会尽力四处打听情况。他们都向她保证会帮忙，为她打气。

她前段时间和德国音乐界的脱节，也产生了一定的恶果。自从一九三一年她在拜罗伊特音乐节上的唯一一次登台，以及转年古斯塔夫因寻找失踪的奥德丽而被捕之后，她只在德国演出过几场，其余大部分时间都把精力集中在德国以外的欧洲国家的舞台上，所以之前积攒起来的人脉如今几乎都不起作用了，有些人也疏远了她。

很可能正因如此，伊丽莎白才没有拒绝阿尔布莱希特·布鲁曼先生的晚宴邀请。晚宴定在六月十七日，正好是女儿黛博拉十四岁生日那天，尽管这种社交活动本是此时的伊丽莎白最不感兴趣的。作为东道主，布鲁曼先生那晚表现得谨慎而富有教养。晚餐最后，他同情地表示，愿意帮助马普兰夫人寻找孩子们的下落。

伊丽莎白由衷地表示感谢，因为她感觉到，他的确是真诚地想帮助她——尽管此人城府很深，让人捉摸不透。

而且她相信以前在哪里见过他。当她把自己的疑惑说出来的时候，布鲁曼先生回答道："当然，我很荣幸曾见过您。我在罗马、巴黎和布鲁塞尔欣赏过您的演出，虽然我只是观众席中不起眼的一员。不过您肯定还记得，我们前两天在总理府见过面吧？"

伊丽莎白妩媚而又诚实地告诉他，很遗憾，她真的想不起来了。她对此表示抱歉，那天自己正发烧，身体不适。对于那一整天发生的事情，她只能回忆起一些片断。

当晚，她在睡梦中辗转反侧。她梦到丈夫古斯塔夫在一个长长的走廊中逆着光向自己走来。当他走到面前，她却发现那并不是古斯塔夫，而是阿尔布莱希特·布鲁曼。那人一双眼睛的位置上裂开两个漆黑的深窟窿。

伊丽莎白惊叫一声醒来，全身发抖。

在这段炼狱般的日子里，洛克纳先生成了伊丽莎白真正的朋友。他联系了自己在全德国的所有记者朋友。这些人无一例外地保证会关注此事，在孩子们和古斯塔夫的行车路线上调查他们的下落。

然而，所有努力在强大的纳粹国家机器前无果而终。事后，伊丽莎白才意识到，自己面对的是纳粹最有效率的，独一无二的，也是名副其实的惊人武器，有彻底将人吞食、让他们永久消失的能力。

尽管已筋疲力尽，但她总是能以一个母亲的毅力重新打起精神，反复考虑新的主意。她甚至向警察局递交了寻人启事。她还计划第二天租辆车再雇个车夫，沿着孩子们的乘车路线一直到德法边境，逐站寻找。

出发前一天晚上，洛克纳先生再次来访。这已经是孩子们失踪的第二天，而古斯塔夫已经五天杳无音信了。

她苍白柔弱的模样让他难过。他刚说服伊丽莎白喝了杯茶，喝了几勺清汤，就响起了激烈的敲门声。还没等回答，外面的人已经冲了进来，扑到了她的身上。

几天来受尽煎熬，可怜的伊丽莎白再也承受不住突然的撞击，眼前一黑就倒了下去。这吓坏了在场的所有人，包括刚刚闯进门的人。

当她慢慢苏醒过来时，感到额头上湿湿的，是一块毛巾，腿上很沉，有东西压着，是条猎犬。她小心地眯起眼睛——担心自己的喜悦只是梦境。她发现了守在身边的孩子们，孩子们脸上既恐惧又充满期待。要不是躺在床上，她肯定又要晕倒了。

顿时一片欢腾！洛克纳先生戴着一顶新帽子，眉开眼笑。在这片令人动容的重逢欢庆中，带孩子们进来的阿尔布莱希特·布鲁曼先生悄无声息地站在远处。

伊丽莎白完全被喜悦占据，过了好一会儿，情绪才稳定下来。这时她才意识到布鲁曼先生的存在。孩子们，尤其是儿子沃尔夫冈眼睛里流着泪，嘴里说个不停。不过女儿黛博拉的眼神有些异样，看上去有一丝不满，又好像深藏着惊恐。

这时，伊丽莎白明白了哪里不对头、不够完美，明白了为什么黛博拉在喜悦中却有些迟疑。“我们的玛格达呢，就是孩子们年轻的家庭教师？她在哪里？没有来吗？”

屋里所有人，包括猎犬蜜蜂，像事先排练好似的一起将头转向了布鲁曼先生。他好像早有准备，回答了这个无声的质问：“家庭女教师还在斯图加特警察局里关着，尊敬的夫人。因为她随身带了不少贵重的首饰，所以被误认为是小偷。很遗憾，我还在努力争取释放她。”

“天啊，还有比这更疯狂的事情吗？玛格达可不是什么贼！她携带的珠宝首饰当然都是我的，是我亲自托她保管的。她没有罪，必须马上释放。”

“当然，马普兰夫人，我也相信这点。不过还需要一两天，才能办好所有手续。首饰已经作为赃物没收了，我已经着手办理它们的归还事宜。我建议，您先尽情享受和孩子们团聚的时刻，家庭教师的事情就交给我来办。明天我再来拜访您。孩子们的行李放在酒店大堂，过几分钟就会送到您的房间来。我要告辞了，尊敬的夫人，祝您和孩子们今晚愉快。”

他这一席话听上去很礼貌，却带有不容置疑的语气，好像不准备再进一步回答任何问题了。他转身走向房门，伊丽莎白及时意识到了自己的失礼：“请您原谅，布鲁曼先生。我太没礼貌了。您把我的孩子们送回来，我甚至还没有向您道声谢。您不要以为我不珍视您的努力。不过我们的家庭教师玛格达已经跟了我很多年。对我来说，她已是家庭中的一员。我十分担心，希望她不要出什么事。我求您了，请您尽全力把她解救出来吧，就像您对我的孩子做的一样，谢谢您。”

布鲁曼先生松开门把手，转身走到伊丽莎白面前。他弯下腰，握住伊丽莎白用她那特有的、无法被模仿的优雅姿态递过来的指尖，礼数周到而又隆重地吻了一下，但并没有触及她的手背。随后他直起身，探究地快速看向伊丽莎白的面庞，好像要证实她最后几句话的诚意。

随后他迈着大步，悄无声息地离开了房间。

伊丽莎白注视着他的背影。她还从未见过哪个如此高大的男人，走路如此敏捷安静。而在他眼睛深处，她发现了一些东西，让她产生了短暂的困惑。只不过她的心思现在全在孩子身上，无暇多想。

洛克纳先生也告辞了。剩下的时间，伊丽莎白完全属于自己的孩子们。

沃尔夫冈，黛博拉，甚至蜜蜂都需要马上泡个澡。不一会儿，浴缸就放满了水。大团泡沫顺着浴缸边缘涌了出来，这让沃尔夫冈很高兴。这也难怪，他把一整瓶松木味的泡澡剂都倒进了浴缸。

这会儿，孩子们的旅行箱也送了过来，孩子们换好干净的睡衣坐在沙发上。伊丽莎白预定了一桌丰盛的晚餐，沃尔夫冈立刻大吃起来。儿子旺盛的胃口让伊丽莎白很欣慰，看来儿子总体没有受什么伤害，至少他的胃没有受影响。

黛博拉的情形就不一样了。她每样菜只稍尝了一点儿，说自己不饿。伊丽莎白有些担心地观察着黛博拉，她看起来心神不定。是因为玛格达还在监狱里没被放出来，还是另有隐情？

涉世未深的纯真姑娘在监狱里会遭遇怎样的事？成百上千的念头急速闪过伊丽莎白的脑海，她以巨大的自制力控制住自己，和内心逐渐生长的恐惧搏斗。尽管她害怕听到答案，但还是问道："你怎么了，黛博拉？不想跟我说说发生了什么吗？"

黛博拉摇了摇头，示意了下嘴里塞满食物，正津津有味嚼着的沃尔夫冈。"等一下吧，妈妈，等沃尔夫冈睡了之后。"

不过儿子兴致很高，根本不愿意上床睡觉。他滔滔不绝地讲起一路上发生的大事小事，想把很多事都说出来，这会儿已经是第三次讲述他们在斯图加特火车站被警察逮捕的经过了：他们如何被强行同玛格达分开，猎犬蜜蜂如何咬了警察的小腿肚一口，然后他如何对着蜜蜂大喊道："快跑，蜜蜂！"以及正当警察掏枪时，蜜蜂如何迅速地跑掉了。这次经历对沃尔夫冈来说更像是一次冒险，如同他那些卡尔·麦小说里的英雄必须经受的考验一样。他遭受的粗暴对待，挨饿受冻，只不过是真正的冒险中必不可少的磨难！否则，他如何事后像英雄一样接受颂扬呢？

他的逻辑听起来很孩子气，但又令人感动，不过这恰恰让他避免在这次经历里遭受像姐姐黛博拉那样巨大的精神打击。

事实上，沃尔夫冈大部分时间都是在姐姐的保护下度过的。也许这解释了黛博拉为何在精神上和身体上都显得如此筋疲力尽，因为她一直在竭尽所能地不让弟弟感到害怕：她为他取暖，将自己那一点点食物都给了弟弟，守护着弟弟睡觉，为他赶走各种爬虫。

沃尔夫冈的眼皮终于合上了。上一秒还说了句什么，下一刻小脑瓜便已经歪在伊丽莎白的肩上。伊丽莎白亲了下他细嫩的前额，抱他到床上。

当她轻轻摇晃着怀抱中儿子温暖的身体时，爱与温柔弥漫在她的内心，让她几欲落泪。她小心地抱着他，好像怕摔碎了似的。她将他放到床上，给他盖好被子。她难以将视线从儿子安详的脸上移开，仅仅看着儿子睡觉的样子，就足以让伊丽莎白感到无比幸福。两天多来，她无时无刻不在为此祈祷，而现在儿子就躺在这里。

现在，她感觉到了女儿的心神不宁，也意识到女儿内心暗藏的惊恐。作为母亲，她要和黛博拉好好谈谈。另一方面，她又害怕知道真相，对自己可能要对女儿承担的责任感到恐惧。她迫切地希望自己能让古斯塔夫感到骄傲，做一个称职的好母亲。不过，她首先要祈祷的是能找到合适的话来安慰黛博拉，给她打气，以减轻她那受伤害的心灵承受的苦难。

伊丽莎白坐到黛博拉的身边，将她凉凉的小手放进自己的手里摩挲着。以前，每当黛博拉抱怨手凉的时候，伊丽莎白总会用这个熟悉的动作帮她焐手。黛博拉有一双美丽的手，修长柔软，因为常练钢琴而十分灵活。

黛博拉开始讲述这两天的经历，内容和小沃尔夫冈的版本大相径庭。母女二人的手握在一起，分享着彼此的热度。黛博拉讲到，在斯图加特火车站，两名警察冲进他们的火车包厢，要求检查证件。随后警察宣布证件有问题，需要他们下车走一趟。玛格达勇敢地和他们争辩，并建议警察立刻给著名的女高音歌唱家伊丽莎白·马普兰夫人打个电话。她目前下榻在首都柏林的阿德隆酒店，夫人会为她们作证。

可警察根本不听她辩解。他们紧紧抓住她，拽着她的头发把她拖出了包厢。沃尔夫冈大哭起来，玛格达对他喊，这一切都是在开玩笑，她一点也不疼。沃尔夫冈或许相信了玛格达的话，但猎犬蜜蜂可没有，它龇着牙向一名警察的小腿咬去。另一名警察马上抽出了枪，沃尔夫冈大喊道："快跑，蜜蜂！"玛格达哀求他们："上帝啊，我的先生们，您总不会向孩子和狗开枪吧？好吧，我们跟您走。"

猎犬蜜蜂则趁乱跑掉了。

他们被装进一辆卡车，随后又被扔进一间牢房。很快，玛格达就被提走了，从那时起，黛博拉就再也没见过她。

姐弟两人在牢房里度过了两天。提供的食物少得可怜，没法洗澡，只能靠一个摔瘪了的铁皮桶解决大小便，用桶盖做些遮掩。黛博拉试了很多次和板着面孔的女看守搭话，但她不知是蠢还是聋，或者两者都是，就是不回话。她用自己的全部力量照顾弟弟，把读过的所有故事都给他讲了一遍，学过的所有歌都唱了一遍，免得弟弟无聊或害怕。

伊丽莎白感谢上帝给了她这样一个女儿，同时又谴责上帝：为什么允许这些人做出这样的行径？这是一群怎样的畜生，竟然对无辜的孩子下如此的狠手！

不过，牢房里的遭遇并不是最让黛博拉感到恐惧的。她讲述了布鲁曼先生来到牢房，并解救他们出去的经过。

布鲁曼先生先是大闹了一场，说将深受元首尊敬的著名女歌唱家伊丽莎白·马兰普夫人的孩子们毫无根据地关押起来，是一起严重的误判。

由于黛博拉毫不妥协，坚持要和玛格达一起离开，所以她和弟弟被留在了一个房间里。在隔壁的房间，布鲁曼先生和监狱长在说话。墙壁很薄，所以她听到了谈话的全部内容。那个监狱长表示，尽管对嫌疑人的审讯没有得出什么新线索，但是已经把她的身体弄伤了。

“很遗憾。”监狱长说，口气里可没有一丝遗憾，“我手下的人那天工作得有些太努力了。那个女人的状况不太好，要是再坐车的话，说不定就要了她的命。”

黛博拉立刻明白了他们谈话的内容：在过去的两天里，他们肯定残忍地对待了玛格达。

她还听到，布鲁曼先生如何命令监狱长给玛格达最好的医疗护理，一旦她身体恢复到可以返回慕尼黑，就马上通知他。

他们离开监狱时下着瓢泼大雨。靠近布鲁曼先生的黑色大轿车时，姐弟俩几天来第一次感到惊喜：忠诚的猎犬蜜蜂哀鸣着向他们奔来，从它浑身脏兮兮的样子以及饿得瘦了一圈的体形判断，这两天它肯定就守在监狱外的岗亭前等着他们。

看着浑身湿透、顺着毛发向下滴水的蜜蜂，布鲁曼先生眼也不眨地把它抱进了干净的汽车。就是这一刻，他赢得了黛博拉的信任。

讲完这些，黛博拉身体抽动着，伏在妈妈的肩膀上哭了。过了好一会儿，她抬起有些浮肿的脸问妈妈："妈妈，他们那样对待玛格达，真是太可怕了。一个人怎么能这样随意折磨其他人？那样去伤害一个人，几乎将他折磨至死？爸爸在哪儿，他出了什么事？要是他们也把他抓了起来，会不会像对待玛格达那样折磨他？我好害怕，妈妈。"

两人一起哭着在床上睡去。整整一夜，伊丽莎白将女儿抱在怀里。睡着前，伊丽莎白打定主意，明天一早就去找阿尔布莱希特·布鲁曼先生，请求他无论如何安排她亲自去趟斯图加特。或许那位施特赖里茨医生可以同行，尽管他是个纳粹军官，不过看来医术还不错，就算和丈夫古斯塔夫相比也不算逊色。

玛格达应该知道，有人惦念着她，不想让她独自承受这份苦难，这份由一群邪恶而冷酷的人带给她的苦难。

清晨五点刚过，房间里便响起刺耳的电话铃声。伊丽莎白从混乱的梦中惊醒，以为孩子们的归来只是一场梦。

然后她马上感觉到身边一左一右两个孩子温暖而熟悉的身体。被电话铃声惊醒，两个孩子都迷迷糊糊地动了动，不过只有黛博拉醒了。沃尔夫冈鼻子里发出轻轻的呼哧声，翻了个身，嘴里含着大拇指，很快又睡过去了。

房间里一片漆黑。昨晚，伊丽莎白将酒店厚重的织锦窗帘拉得严严实实。她花了点时间才渐渐适应房间里的黑暗，摸索着找到了电灯开关。她打开床边小桌上的灯，与此同时，电话铃声也停止了。

伊丽莎白和黛博拉对望了下，都松了口气。刺耳的铃声让两人心中都升起不祥的预感，隐藏在心中的恐惧又活跃起来。两人揣测，也许是谁一时疏忽拨错了电话号码。母女二人刚要放松一下，平静地躺回枕头上去，急促的电话铃声再次响起。伊丽莎白叹了口气，拿起听筒。

来电的是奥德丽，她带来了另一个灾难性的消息。

第二十章

凌晨四点多，一群独裁政府的喽啰出现在了摄政王广场大街十号门前。

这群野蛮的人深谙此道，了解深夜将人们从安全温暖的被窝里硬拖起来能造成的惊吓效果。这群专横跋扈的人装腔作势、吵吵嚷嚷地地闯进了寓所。

“夫人，夫人！是您吗？”奥德丽大声喊叫着，好像要用自己的音量缩短慕尼黑和柏林的距离似的。她不得不大声喊叫，因为背景中还存在各种嘈杂的声音，譬如打碎玻璃的声音，家具被推倒的声音，偶尔夹杂着几声狂呼乱叫。

“奥德丽，是你吗？为什么这么早打电话？我的老天，家里乱哄哄的是怎么了？”

“他们要抓医生，说他是逃犯，是贼！我们的医生！他们把这里全砸啦，那些漂亮的瓷器，还有您的钢琴。一个少校看到了相框里您漂亮的照片，才允许我给您打电话。夫人，您得赶快想办法，否则什么也剩不下了！”

“奥德丽，这的确很糟糕，但也糟糕不到哪儿去。”伊丽莎白抑制住自己，没有神经质般地咯咯笑出来。她的古斯塔夫可能在任何地方，就是没在家里。她刚才那么说，是因为孩子们就安全地躺在身边温暖的床上。“那不过是些东西，奥德丽。重要的是，他们有没有对你和贝塔做什么？你们都好吗？”

“挺好的，没事。可是那些玻璃杯、家具、衣服全毁了，都弄脏了！”奥德丽继续抱怨着。

“我们会重新收拾的，奥德丽。你最好把电话给那位少校一下。”

伊丽莎白的大脑飞速运转着，她重新回想起了上次和律师冯·麦尔林克的会面，想起了保存在律师那里的文件和授权书。在她告别时，律师曾隐秘地向她透露，他们肯定过不了多久就会知道她的出逃计划。

这次搜查表明，他们已经掌握了她的计划。不过，她想先听听负责搜查的头儿怎么解释这次行动。之后，如果没有别的选择，她就只能再次向布鲁曼先生求助，在欠他的人情账上再添上新的一笔。

“我是少校卡斯帕·布兰特麦尔。希特勒万岁！”这位的音量也和奥德丽差不多。行礼时他的靴子后跟磕在家里漂亮的橡木地板上，声音响亮地从听筒中传来，吵得伊丽莎白灵敏的耳朵生疼。

“少校先生，感谢您允许我的女仆和我通电话，告知我情况。您肯定是接到了重要的指令才来执行这次搜查行动的。我现在正在柏林调查我丈夫失踪的事情。刚刚陆军元帅戈林先生才在一次晚宴中向我保证，他会亲自处理此事。您是否可以现在终止搜查？几小时后，我会让您拿到来自柏林的相关命令。”

“十分抱歉，尊敬的夫人。我必须严格服从命令。您当然可以向柏林投诉此事。不过我向您保证，您家里的雅利安仆人不必担心自己。”他的回答决绝且充满了不容置疑的意味，伊丽莎白立即明白，这人是纳粹理念的忠实拥趸。这也表明，他已经丧失独立思考的能力，看不到自己制服领子以外的世界。

伊丽莎白不想再多说，说了也是浪费时间。听筒中又传来一阵叮叮当当的刺耳声音，紧接着是背景中奥德丽的声音："老天啊，漂亮的玻璃柜！"她仿佛能看到奥德丽震惊地用手捂住了脸。

伊丽莎白保持着镇静，咽下了险些脱口而出的犀利言语，勉强有礼貌地回答："尽管如此，谢谢您，少校先生。"

奥德丽又重新接过电话。伊丽莎白尽力好言相劝，安慰奥德丽，并告诉她，黛博拉和沃尔夫冈已经安全到达柏林，现在就在自己身边。她向奥德丽保证，她会尽快回家。

就这样，早上出发前往斯图加特看望不幸的玛格达的计划没能成行。

伊丽莎白压抑着的担心不断发酵。她还没有意识到，这次深夜搜查对她来说有极其严重的后果。

清晨七点刚过，伊丽莎白便致电阿尔布莱希特·布鲁曼先生的办公地。她遗憾地得知，他出差了，今天回不来。她转念一想，随它去吧，还能坏到哪儿去呢，反正家里蒙受的损失已经无法挽回。

她思考了片刻，是否要再去趟戈林的办公室，不过心里的反感占了上风。于是，她决定今天就和孩子们返回慕尼黑。到此为止，来柏林寻找丈夫的下落只能无果而终。回到家后，她也可以继续追踪此事。

而且慕尼黑离斯图加特更近，这样第二天一早就可以去那里，也许当天就能接玛格达返回位于摄政王广场的家。

在酒店准备结账时，伊丽莎白又吃了一惊：她的开户银行拒绝了电汇付款的请求，而酒店坚持电汇的付款方式。

伊丽莎白不得不在酒店大堂里联系身在维也纳的吝啬经纪人，为的是找他借钱，以便和酒店结账，另外购买三张返回慕尼黑的车票。

此时此刻，她才终于意识到自己的处境：

她已经身无分文了！

当然，律师冯·麦尔林克已经暗示过她了。当时对律师所的搜查是起因，古斯塔夫的全部财产被查封是结果。

尽管伊丽莎白自己有一个用来收取演出酬金的户头，可在准备移居伦敦时已经清空了。她和古斯塔夫不想把辛苦挣来的钱留给这帮纳粹，可恰恰因此，他们的全部财产，包括伊丽莎白的歌剧演出收入都让纳粹鲸吞了！

伊丽莎白身上现在连一个帝国马克都没有了。连那些昂贵的珠宝首饰也不再归她所有，她估计自己永远也看不到它们了。它们很可能早已戴在斯图加特那些纳粹分子的妻子或是女友肥胖的脖子上。她拥有的，只剩下戴在身上的珍珠项链和一块金表，以及手上的两枚戒指，其中一枚还是婚戒。

她的目光扫向孩子们，两个人正围在酒店前台旁边的明信片货架边上，黛博拉正把柏林的标志指给沃尔夫冈看，儿子兴奋地踮起脚尖，恨不能一下子把明信片全看完。他们俩是自己真正的也是唯一的财富了。她的心飞向了他们。为了孩子们，她愿意不计代价去做任何事，哪怕和魔鬼签订契约！

对伊丽莎白这位新的一家之主来说，当务之急是挣钱。颇具生意头脑的经纪人这会儿已经开始为她在帝国境内寻找演出的机会了——因为借的钱总是要还的。

伊丽莎白陷入了极度的悲哀。现在，这个独裁政府终于得到了他们一直想要的东西：一个忠实的、卑躬屈膝的艺术家伊丽莎白·马普兰，她将为了自己的孩子们在褐色的祭坛上献身。

不出一个月，伊丽莎白就要回到柏林，在菩提树下大街的帝国歌剧院首演。元首将出席观看，旁边将坐着胸前别满勋章、喜笑颜开的戈林，好像这次演出都是他的功劳似的。

而她的丈夫古斯塔夫，依然下落不明。

第二十一章
慕尼黑

“真是罪过啊，医生夫人！那么多漂亮的东西，一下子全毁啦！不过，我小心看着了，除了医生的文件，他们什么也没带走。他们摔餐具、砸家具，好像就为了取个乐儿，来的这伙人像一群小流氓。我真是不明白他们为什么这么做。我看他们都欠一个大耳刮子！”

“好了，奥德丽，过去的就让它过去吧。”伊丽莎白疲惫地说。他们从柏林回来后，奥德丽就在喋喋不休地诉说，伊丽莎白已经至少听了三遍了。这还不算贝塔的抱怨。好在贝塔很快就自愿回厨房去了，一边走嘴里一边念叨：“要给医生夫人和孩子们做点儿好吃的。”

奥德丽和贝塔已经尽心尽力地忙活了一整天。她们把碎瓷器扫走，把倒下的玻璃柜、五斗橱和其他柜子扶起来，收拾了散落的东西，整理好衣物，然后，两人把撕坏的画和损坏的家具放进杂物室，好让夫人看看，将来能派上什么用场。能黏合的，两人就凑合着修修补补。总之，她们就像家政行业里的两粒珍珠，努力争相向东家展示自己的本领。

伊丽莎白毫不吝啬对两人的赞美和安慰，不过，她此刻需要的是安静的个人空间，就将受了委屈的奥德丽打发出了房间。她感到偏头痛又开始发作了，也没有什么胃口，所以只是让奥德丽端来了一杯茶。孩子们和猎犬蜜蜂以及两个仆人在厨房里吃了晚饭。

转天早上，伊丽莎白的体温又升高了。黛博拉一大早就跑到楼下爸爸的诊室，想为妈妈找些药。可是，什么都没了，诊室里的东西不是被砸碎，就是被偷走了。奥德丽埋怨道："老天啊，我太紧张，太害怕了，居然把这里忘了。那帮野蛮的家伙也来这里打砸来着。哎呀，漂亮的诊所毁啦！要是我们的医生先生看到这个样子，该怎么向他解释呢。"

伊丽莎白担心奥德丽又要展开一段冗长的抱怨，于是赶紧打发她再去倒杯茶，贝塔则自作主张地在茶水里加入了自己的万能神药——少许朗姆酒。

快到中午的时候，布鲁曼先生打了电话过来，而此时，筋疲力尽的伊丽莎白还在睡觉。黛博拉不想叫醒妈妈，于是自己接了电话。

布鲁曼先生告诉她，监狱的囚车今天会把玛格达送到慕尼黑警察局第二分局。她会从那里被送回摄政王广场的家里。

黛博拉等了一整天也没见玛格达的影子，内心的焦虑和担忧在不祥的预感中不断增长，最后像一座高塔般矗立在她的面前。

伊丽莎白这天的身体状况很糟糕，又是咳嗽又是发烧，昏睡中没注意到女儿不安的情绪。也很可能是贝塔加在茶中的朗姆酒的缘故，剂量超过了药用的范围。黛博拉从妈妈的提包中拿出了阿尔布莱希特·布鲁曼先生的名片，拨了电话过去，办公室的人说他不巧出差了。

等了一天，直到次日中午，玛格达还是没回来。妈妈伊丽莎白依然卧病在床，黛博拉再也无法忍受这种提心吊胆的等待，于是决定自己去慕尼黑警察局第二分局问个究竟。

尽管玛格达比黛博拉大了十五岁，可这并不妨碍两人成为最亲近的朋友，黛博拉不会丢下自己的好朋友不管。此外，也许是为了给自己打气，黛博拉心想，做点什么总比什么也不做强。

对于一个不久前刚刚遭遇了警察随心所欲滥用权力的十四岁女孩来说，做出这个决定需要不小的勇气和决心。

或许这份勇气来自母亲伊丽莎白的遗传——冲动的个性。不过，黛博拉不具备妈妈准确选择时机的天分。

下楼时，黛博拉短暂地耽搁了一会儿，因为她一头撞进了长寿老将军的怀里。

奥德丽曾有过打雷下雨时和老将军在楼梯上相遇的经历。不久前，她曾尖刻地说过，这老头儿绝对是整个帝国境内硕果仅存的老古董，就为这个，人们应该再给他颁一枚勋章！

当时正在补长筒袜的玛格达笑着补充道，反正这老头儿得到的勋章加起来，已经比他的胸膛面积还要大很多了。那次谈话之后，她们又好几次在一起快乐地推测，将军下一枚勋章会别在什么地方，最终叽叽喳喳兴奋地认定，只有他军裤的前裤裆片儿还有位置。

黛博拉本来想向老将军表示下礼貌，行个屈膝礼就赶紧跑开。不过一向视年轻人如空气或透明玻璃的将军，今天却忽然来了兴致。他站在楼梯中间，挡住了黛博拉，以战场上发号施令般的破锣嗓子高声问道："年轻的小姐，您家最近这是怎么了？诊所关掉了，医生也完全没了影儿。伊丽莎白夫人在哪儿？向我报告！"

黛博拉没办法，只好对他讲了家里发生的事：医生失踪了，妈妈在生病，而家庭女教师可能还关在监狱里，因为警察指控她是贼。自己正要到离家最近的警察局去询问她的下落。

听到这些后，老将军义愤填膺，说了那个"奥地利五等兵""自大狂"

以及那些“乌合之众”的不少坏话。这些话要是被人听到，估计老将军在有生之年就要享受盖世太保的热情款待了。随后，他深吸一口气，像一头害了支气管炎的雄鹿般鸣叫了一声，也许更像是猎鹿人结束狩猎后那样呼喊了一声，然后兴致勃勃地宣布了令黛博拉难以置信的决定：“我同你一起去！”

黛博拉立刻有了一种不好的预感。可十四岁的女孩毕竟还只是个孩子，处理这件事显然超过了她的能力范围。而他曾经是一位士兵，一位威廉皇帝时代身经百战的老将，获得过勋章和嘉奖，又富有影响力！

于是，两人就这样共赴沙场。老将军果断地甩动着手杖，迈着大步，昂首挺胸，下巴高抬，黛博拉则像个优雅的女士那样袅娜地迈着小碎步，跟在将军身边。她平生第一次踩上高跟鞋，穿着从妈妈衣柜中找到的一身套服，特意在高高梳起的发髻上戴了顶小巧时髦的帽子，一身迷人的打扮，好让自己看起来比实际年龄大几岁。

很快就到了目的地。正直的战争英雄径直冲进了警察局的办公室，马上像尊榴弹炮一样开始射击。双方的言语交锋听起来就如同飞来飞去的子弹：“我要求……”“你在这里什么也无权要求，老头儿！”“你知道站在你面前的人是谁吗？”“见鬼去吧！”

自觉没有受到应得尊重的老将军，决定给这家伙一个教训，一个他在美好的旧时光中经常送给无赖的教训：他抬手给了那吃惊的家伙一手杖。黛博拉知道坏事了。

这还了得，竟敢动手袭击帝国公务人员！人们稍作犹豫，果断拘捕了将军。

事实证明，要逮捕他还真是不太容易。老将军是无数次在前线上奋战过的战功卓著的军人，于是，只见拐杖漫天飞舞，一会儿打中了谁的眼睛，一会儿击中了谁的鼻子。最后足足用了三个人才把暴怒的老先生制服。

然后，老将军演出了让人震惊的一幕：他大喊一声，发出的声音像是最后一声鸣放的礼炮，然后紧紧抓住自己的勋章，直挺挺地倒下，呼出了生命中最后一口气。这真是在敌人面前的一幕英雄般的死亡。

穿着褐色制服的军官们面面相觑，如同傻了一般。这回可是倒霉到家了：一份笔录必不可少，还要安排法医验尸，还得回答一些问题，解释一些事情。不过将军的葬礼很隆重，人们把他和他的勋章葬在了一起。

葬礼那天来了不少人，送他最后一程，还有人宣读了动人的致辞（“德国不会忘记她的战争英雄”）。不过没有一个家属出席，因为老将军以自己的高龄熬过了所有家人的寿命。

老将军被运走当天晚些时候，终于有一个鼻子上敷着膏药的警察想起陪同将军来警局的那位美丽动人的姑娘。他问了一圈周遭的同事：“那位漂亮的小姐去哪儿了？”

考虑到当时的事态发展很不利，黛博拉当即决定晚些再来。不过，她根本没必要这么做了。

在家中走廊里，奥德丽向她冲过来，用浓重的巴伐利亚方言喊道：“哎呀，您这是去哪儿了，黛博拉小姐？玛格达回来了，看起来伤得不轻呢，身上青一块紫一块的，头发都没啦！我的上帝，要是医生在就好了！”

玛格达的伤势的确十分严重，她看上去心力交瘁，本该马上去医院，不过玛格达无论如何也不同意。她马上派奥德丽出去请医生，可医生直到傍晚才姗姗来迟：现在的病人太多，而医生太少。大部分犹太医生已经被迫离开慕尼黑，因为他们被取消了收治病人和开药方的许可。政府决定下一步要取消所有犹太医生的行医许可，而这本是他们生存的基础。

医生为玛格达几根骨折的手指做了固定。她的身上遍布瘀伤，的确像奥德丽描述的那样，青一块紫一块。不过玛格达十分坚强，认为自己的遭遇没什么值得说的。相反,看到黛博拉和沃尔夫冈姐弟俩没事，她高兴得落了泪。鉴于自己受到的待遇，她本以为姐弟二人会有更坏的遭遇。

医生准备离开的时候，玛格达把胃里的东西全吐到了他的鞋上。医生内行地诊断出，她还有脑震荡。随后，他起身去看望被潜伏的病毒击倒了的伊丽莎白。经过这些天的担惊受怕和辛苦劳顿，也难怪她会这样。

医生要求伊丽莎白必须至少严格卧床休息一周，多喝贝塔准备的滋补饮料。他自己就连喝了两杯。

黛博拉非常希望医生今晚不必再出诊了。看到医生，她就无尽地思念起爸爸来。

日子一天天地过去，古斯塔夫还是杳无音信。

第二十二章

两周后，阿尔布莱希特·布鲁曼先生打电话到摄政王广场，希望登门拜访伊丽莎白·马普兰夫人。

伊丽莎白身体恢复得不错，已经开始练声，为前不久刚答应下来的在柏林国家歌剧院的演出做准备。她在音乐室接待了布鲁曼先生。音乐室中放着一架还没有付款的新钢琴。老钢琴被那伙忠于政府、对艺术一窍不通的冲锋队队员损毁得不成样子了，而新钢琴的货款还没有付。

布鲁曼先生为主人带来了一样意想不到却备受欢迎的礼物：伊丽莎白被没收的珠宝首饰。这些收藏品完好无损。伊丽莎白非常吃惊，因为在经历了那番遭遇后，她绝没有料到这些物品还能毫发未损地回到她手中。

她当然没有流露出自己的想法，尤其是当着一位纳粹高级军官的面。不过她一抬头，就从布鲁曼先生的眼中发现，他已经看透了自己的想法。

阿尔布莱希特·布鲁曼先生少言寡语，对于他个人的情况更是三缄其口。不过从这几日的聊天中，伊丽莎白还是得知，他本来是名机械工程师。纳粹政府上台前，他一直在一家美国石油公司的德国分公司工作。

自一九三三年初以来，他穿着笔挺合身的冲锋队制服，由司机驾驶着锃光瓦亮的奔驰大轿车，在无数的旅途中往来穿梭。他究竟做过些什么，伊丽莎白无从得知，也没有问。

伊丽莎白从未真正对自己承认过，她害怕得知这一切。不管怎么说，这个男人救了她孩子们的命，洗刷了玛格达的不白之冤，还送回了被没收的珠宝首饰。她多少对这个男人心存盲目的感恩戴德。

可惜事后证明，按那个时候的说法，收回这些珠宝首饰是一笔赔本买卖。

除了珠宝首饰，布鲁曼先生还带来了一份官方证明，是关于没收“摄政王广场十号房产”的文件。房产所有人一栏登记的是古斯塔夫的名字，而现在他被这个国家视作潜逃的犹太人，他原来所有的法定财产，现在全部属于伟大的帝国和它的元首了。

这又是一个令人痛苦的打击，伊丽莎白瞬间流离失所。不过，具有远见卓识的布鲁曼先生马上拿出了一个解决方案：他已经合法购入了这座房产，并且向伊丽莎白建议，她和孩子们尽管在这里住下去，直到哪天她不愿意待在这里为止。他从公文包里抽出一叠纸，是一份已经拟定好的写有她名字的租赁合同。

租金的确低得不能再低。不知所措的伊丽莎白因自家房产被没收的消息而震惊，还没有缓过神。于是她没有多想，马上在租赁合同上签了字。

孩子们的住处有了保障，伊丽莎白感到一阵轻松。这次会面中，她几次向布鲁曼先生保证，自己一旦有了足够的钱，就会把房子买回来。

她再次请求布鲁曼先生帮忙寻找失踪的丈夫，他答应了。伊丽莎白已经几次沿着丈夫出行的线路乘车到瑞士边界，带着丈夫的照片逢人便问。这一切行动就像一个承诺：古斯塔夫将继续占据着她的心，她永远不会忘记他。

时间在一周周、一月月地过去。随着每一天的流逝，出现好消息的希望也在一点点消逝，而伊丽莎白对古斯塔夫的爱依旧忠贞不移。

一九三八年十一月，已经在德国不同城市巡演了五个月的伊丽莎白第一次意识到，她一直没接到任何来自自由欧洲地区的演出邀请。巴黎、伦敦或者布鲁塞尔方面悄无声息，唯一的例外是法西斯政权下的意大利罗马。

伊丽莎白疑惑地询问自己的奥地利经纪人。一番闪烁其词后，经纪人承认，是高层的人，让他不要把这样的演出邀请透露给女高音歌唱家伊丽莎白·马普兰。

这一刻，伊丽莎白明白了，她成了国家的人质。她先是感到愤怒，随后断然下了决心。你们不是认为我不可靠吗？好吧，既然你们已把我视作不可靠的人，那么，我绝不会让政府失望。

这样，在一九三八年十一月，伊丽莎白第二次开始筹划逃离德国。

第二十三章

就在几天之前的慕尼黑，邪恶再次上演了一场狂欢。那天晚上，伊丽莎白站在四楼的起居室窗前，看着慕尼黑夜空升腾起的火焰笼罩了整座城市。绝望与惊恐中，她意识到，法西斯式的疯狂已经不可阻挡，它将继续贪婪地伸出魔爪，直到毁灭一切善良与美好。

在十一月九日这个灾难性的夜晚，德国境内所有的犹太商铺都被付之一炬，犹太人被驱赶出自己的居所。慕尼黑仅存的两座犹太大教堂同样在劫难逃。

元首的心愿就是彻底抹去犹太文化，灭绝犹太民族。

这就是所谓的“十一月大迫害”[①]的开端。这一夜，是纳粹统治阶级丧失人性，进一步残暴剥夺犹太人尊严的明证。这次事件以“水晶之夜”的称呼被载入史册。伊丽莎白觉得，这一天发生的令人恐惧不安的事件与这个听起来无关痛痒的词是如此格格不入。可又有什么名字才能恰如其分地描述这一可怕的事件呢？

①又称“水晶之夜”、“碎玻璃之夜”，指1938年11月9日至10日凌晨，纳粹对德国及奥地利各地的犹太人住宅、商店、教堂进行打砸抢烧。

在这一夜冲锋队的纵火中，雅利安人的房舍几乎毫发无损。消防队员得到的指示不是去救火，而是防止犹太人住宅的火势蔓延到雅利安人的房舍。

德国民众不得不千方百计地迎合元首，像信任上帝一样忠于他。而德国人民学习起来也很快。他们首先学会的是视而不见，保持沉默，毕竟遭受迫害的不幸之人只是别人！整个国家的民众都自觉自愿地盲从。

伊丽莎白站在窗前思索着，纳粹玩弄恐怖的手法是多么高明，对独裁的运用是多么精湛——那个独唱的高音嘹亮而狂热，民众的低声合唱微弱而消极。只有这样，指挥的注意力才不会转向某个人，才没人去注意到政府的这根指挥棒。

灭绝的序曲伴着灾难性的结尾已经奏响，并传向世界。但世界静寂无声，无人回应。

那晚，伊丽莎白明白了：在这个纳粹统治的世界中，她的两个孩子将永无安全可言。

她再度向英国使馆寻求帮助，然而她这次的请求实现起来要困难得多，尽管在伦敦生活的古斯塔夫的兄弟保罗能为他们做担保。

这段时间里，由于移民的申请数量早已超过入境的限额，英国政府要求移民申请人必须在英国境内银行存入一笔保证金。对于伊丽莎白一家人来说，这笔钱要足够支撑她生活五年，包括孩子们两年的生活费。而伊丽莎白拿不出这么一大笔钱。

她不愿给保罗添麻烦，求他帮忙，而是马上想到了变卖自己的珠宝首饰。不过，伊丽莎白没过多久便体验到，想时容易做时难。因为不少办理移民的人都不约而同地使用这种方式筹钱。很快，供给便超过需求，珠宝首饰的价格直线下降。

尽管如此，伊丽莎白还是凭借美国朋友洛克纳先生的帮助，卖掉了几件首饰。不过，她拒绝了洛克纳先生帮助她策划离境的提议。伊丽莎白不想让洛克纳先生引火烧身，从而陷入困境。

这个决定虽然高尚，却并不明智，这一点很快就被证实了。

出逃的准备工作拖到了一九三九年春天。拖延的主要原因是，伊丽莎白三月底将在维也纳出演威尔第歌剧《奥赛罗》中的女主角黛斯德莫娜，演出将持续数周且报酬丰厚。伊丽莎白不能放弃这笔不菲的额外收入。

随后，虽然经纪人老大不情愿，还是满足了她的要求，为她拿到了在苏黎世豪华酒店巴尔拉克举办的歌剧之夜的演出邀约。这样，要是在火车上被人认出，伊丽莎白就有了一个完美的借口。

出行时，伊丽莎白没用自己的艺名，而是正式用夫姓出门。孩子们护照上的姓也是古斯塔夫家的姓。几个月前，布鲁曼先生应伊丽莎白的请求，处理了孩子们的证件，以便里面没有任何有关犹太人出身的记录。不过，布鲁曼先生对她的打算并不知情。

一九三九年六月九日，星期五，一切准备停当。古斯塔夫恰恰是在一年前的同一天失踪的。

下午，伊丽莎白、孩子们及玛格达将乘火车前往瑞士。一年前，古斯塔夫也是选择乘坐同一班火车离开。

第二十四章

黛博拉躺在自己房间的床上，在心中和自己过去的生活告别。妈妈刚刚把计划告诉了她，明天她们将再次冒险逃离故乡。

她思念爸爸，不知道他现在怎么样了。像妈妈一样，她希望能再次见到他。

早在她的年纪长到能准确理解周遭发生的事情之前，黛博拉就已感觉到，好像有什么可怕的事情即将发生。

她记得自己还是小姑娘的时候，睿智的爸爸就已经给她解释过地球的年龄：难以想象，地球竟然已经存在了几十亿年！它缓慢地演化，在平和安详中孕育着永恒。人类的历史只是其中短暂的一瞬，如沧海一粟。也许地球根本没留意到人类的存在与繁衍。这点恰恰让年轻的姑娘忧心忡忡，因为她年纪虽小，在过去的几年里却已见证了世事在短暂时间内的飞速变化。

那些自诩优等种族的人，充满了恶魔般的毁灭力量，在世界上制造出巨大的纷争。受尽蹂躏的地球是否已经注意到，这里的和平受到了人类的搅扰？

九岁时，黛博拉初次领会了这个变化。那一年，帝国有了新总理，从此，犹太人被新的统治者及其追随者视作不受欢迎的族群，她爸爸就身在此列。

弗里茨叔叔——那位报社记者，她喜欢偷听他和爸爸激烈而多姿多彩的对话——就在这一年失踪了。尽管她小小的年纪难以理解个中缘由，但已经明白，她那么喜欢听的谈话，却是另外一些人反感的。

从那之后，她觉得自己年轻的生命中仿佛一个不幸接着另一个不幸，厄运结伴而来。她从一个灾难走向另一个灾难，就好像每一份不幸都是孕育下一份不幸的温床。

再过一周，就是她十五岁的生日了。十四岁的生日，她在一间肮脏的牢房内度过，那么十五岁的生日又会在哪里度过？会在伦敦保罗叔叔的家里吗？她几乎已经记不起保罗叔叔的样子了。

自己的未来，在黛博拉心中是那么不真实。她不愿去想未来，也许是因为她小小年纪就已经懂得，越是心中渴望的东西，越是难以美梦成真。

近十五岁的她，已经感到体内青春的躁动，像地球上千百万的女孩一样，怀抱着同样的愿望，一种朦胧而难以言说的渴望。但自从爸爸悄无声息地失踪后，她心中的隐痛就挥之不去。有时，她清晨醒来就沉浸在悲伤中，不确定的恐惧笼罩着她，让她觉得自己永远也不会和幸福结缘。

可至少今天，她不想被恐惧或悲伤左右。她用以排遣恐惧的工具是三个沉重的箱子：那是家里人出行的箱子，每人一个。

黛博拉下午就将三个箱子装好了。此前，妈妈曾尝试完成这项任务，可是没做完便放弃了。于是，她请自己的女儿帮忙："黛博拉，我的宝贝儿，你来打包，行吗？你是了解妈妈的，我无法取舍。你做这事肯定比妈妈强多了！”

像以往一样，黛博拉一旦承担了某项责任，就会认真完成。不过，她很快发现，这次的任务出乎意料地棘手。一再困扰她的问题是，如何从那些一直与你的生活息息相关的东西中挑选出一些来，装进唯一一个箱子里？

她冥思苦想了许久，直到豁然开朗：所有可以扔到地上、打碎、撕碎，可以无可救药地毁坏的东西，也就是所有具有重量、由人制造的东西，都永远无法像记忆一样珍贵。而记忆是取之不尽用之不竭的，她想带走多少就带走多少。从顿悟的那一刻起，她如释重负，因为带走这样的记忆甚至用不着一个沉重的箱子。

到了晚上，黛博拉喜欢黄昏，所以屋里没有开灯。三个箱子竖在房间里，看起来只是三个模糊的有棱角的轮廓。

多年来，这些路易威登旅行箱忠实地陪伴着母亲。一次外出演出的时候，这些箱子突然不见了。几个星期后，人们却在一堆舞台道具中发现了它们。原来，这几个张扬的箱子被某个剧团工人当成了演出道具。

找不到箱子的日子里，伊丽莎白一度非常伤心。爸爸开了个玩笑，一本正经地写下了一篇悼词，黛博拉仿佛还能听到他朗诵悼词时的声音：“它们曾是很好的箱子，皮革打制，坚固，散发着精致的优雅气息。它们精湛的制造工艺将永远留在我们的记忆中，我们对高贵的皮箱搭扣锁深表敬意！”

这些路易威登旅行箱是伊丽莎白在巴黎香榭丽舍大街一次冲动购物的结果，花光了那次演出的全部收入。当时她为拥有它们而自豪。那是在黛博拉出生很久以前的事情了。这三个箱子陪伴着伊丽莎白走遍了山山水水。她甚至给每个箱子都起了名字，伊丽莎白的性格就是如此，一定要给认识的每个人、每件物品都要起个别名。爸爸把妈妈的这个癖好称为“心灵解码”。

最大的箱子，伊丽莎白为它命名为“大明星”，因为它总是装着为她量身定做的演出服；中号的那个箱子叫“苏菲”，古希腊语中“智慧”的意思，用来装演出用的乐谱和歌剧脚本；小号的那个叫“凡妮塔”，用虚荣女神的名字命名，里面当然用来盛放伊丽莎白数不清的化妆品和假发，以前黛博拉和妈妈总是对这些让人易容变装的道具乐此不疲。

多少次，黛博拉欣赏着箱子上色彩斑斓的城市图片，那是辉煌时代和旅行乐趣的见证，每个箱子都有说不完的故事。

可今天，不知怎的，箱子上斑斓的图片却令黛博拉有些伤感，好像它们尘封了所有记忆。

这一晚，伊丽莎白和黛博拉夜不能寐，唯有六岁的小沃尔夫冈睡得香甜。

第二天，出发前的时光凝滞而漫长。伊丽莎白希望尽量晚些出发，免得在火车站候车太久。

本着知道得越少越安全的原则，伊丽莎白没有将自己的计划告诉奥德丽和贝塔。她们只知道夫人将带着孩子们外出演出。可是一起生活了这么久，两人多少也猜到了些什么：她们显得焦虑，总是在周围转来转去，以至于伊丽莎白不得不对她们说：“你们俩今天是怎么了？在这里转来转去的，踩到你们的概率比踩到猎犬蜜蜂的都要大。”

伊丽莎白悄悄给两人留了封信，内中做了解释，并且给她们留下了整整一年的薪水。信封就放在自己的卧室里，她走后，奥德丽收拾房间时就会发现。

离计划出发还有半个小时，这时有人叩响了门环。奥德丽随后通报说，是阿尔布莱希特·布鲁曼先生意外来访。

大家马上一阵忙乱，因为要把走廊里的箱子赶紧移到黛博拉的房间里。

后来伊丽莎白才意识到，心虚内疚能让人做出过度的反应。她本来可以直截了当地告诉布鲁曼先生，自己马上要出发参加巡演，就像她对奥德丽解释的那样。布鲁曼先生对她不断外出巡演已经习以为常。而现在，她的过度反应引起了奥德丽的警觉，惊愕的眼神从此没离开过伊丽莎白。

现在，他们坐在那里，喝着咖啡，礼貌地聊着天。从始至终，伊丽莎白都强迫自己的眼神和动作保持平和，以免忍不住要去看腕上的手表。

恰恰今天布鲁曼先生坐的时间格外长，而且兴致颇高。他给沃尔夫冈带来一包棒棒糖，还有他最喜欢的来自萨尔茨堡的莫扎特巧克力球。给伊丽莎白和黛博拉捎来了维也纳的萨赫蛋糕[1]，这也透露了他之前去了什么地方。贝塔马上将巧克力蛋糕切成几大块，给大家端过来。

布鲁曼先生坐着不走，而时间分分秒秒在溜走。伊丽莎白想不出法子礼貌地请他离开，至少在这种困境中她想不出什么好主意来。最后，时间已然太迟，即使马上出发也赶不上火车了。

布鲁曼先生足足坐了两个小时才起身告辞。临别时他的举动让伊丽莎白大吃了一惊。他拿出一个小首饰盒，伊丽莎白惊慌失措地想：他不会是要向我求婚吧？

他慢慢地打开盒子，看似漫不经心地说道："我偶然在柏林的一家珠宝店看到了这个戒指。是您的吧，伊丽莎白夫人？宝石颜色很不寻常，让我一眼就认出了它，那种紫色和您的眼睛一样。我请求您，今后再

---

①维也纳的萨赫酒店特产的巧克力蛋糕，是代表奥地利的著名点心。

需要钱的话，请您同我讲。您知道的，我是您的朋友。”他吻了下她的手。这是第一次，他的嘴唇触碰到了她的手背。

他离开了，留下心怦怦直跳的伊丽莎白。她依然能感觉到他的唇在手上留下的亲吻，机械地将手在衣服上擦来擦去，想把这吻痕抹掉。她颓然跌坐在沙发上。她明白了，这不是一次寻常的礼貌性拜访，这是一个警告。

尽管如此，也恰恰因此，伊丽莎白决定明天再一次尝试出逃计划。

伊丽莎白带着孩子们和玛格达一路顺利地到了火车站。站前集结了大队的冲锋队队员和警察。

戴着卐字袖标的出租车司机将车停在了封锁线前，伸长了脑袋说道：“嘿，又是一次大搜捕，他们肯定又在寻找逃亡的犹太罪犯。”

伊丽莎白说：“请您掉转车头，我改主意了。”她听到旁边一阵窸窸窣窣的声音，发现儿子沃尔夫冈正费力地从糖果袋里掏布鲁曼先生给的棒棒糖。“不行，沃尔夫冈，你已经吃得够多了。”伊丽莎白有些恼怒地说，一把将糖果袋夺了过来。然后她紧盯着它，以为自己的眼睛在和自己开玩笑：糖果的包装纸上印着一个明晃晃的卐字。

她避无可避，逃无可逃。

伊丽莎白取消了苏黎世的演出，却并未放弃出逃的计划。她在想，如果将计划推迟几个月会不会更明智些，那样的话，那些人（她自己也不知道，“那些人”究竟是谁）也许会认为她放弃了离开的打算。

这一次，她决定不向任何人透露自己的计划，不管是英国大使馆，还是洛克纳先生，尤其是她那过于胆小的经纪人。她怀疑是经纪人泄露了她的计划。在这件事上，她曾叮嘱经纪人保密，不要对任何人提及。可这个经纪人虽然会做生意，却并不可靠。伊丽莎白怀疑，他担心自己一旦到了国外的自由世界，他就失去了歌剧王国最好的摇钱树。

现在她首先要寻找一个新经纪人。一位歌唱家必须像信任指挥和钢琴伴奏那样信任自己的经纪人，他会像前者一样带来正确的节奏切入点，把一切安排得井井有条。

伊丽莎白想，她的经纪人可能永远理解不了这其中的讽刺之处：他担心失去自己这棵摇钱树；可恰恰是他的担心，促成了他最不愿意看到的结果——他失去了手中的明星。

第二十五章

接下来的三个月对伊丽莎白来说，是一场严峻的考验。她的心在绝望与希望、听天由命与奋起抗争之间徘徊。每当演出结束，她站在舞台上听着如潮的掌声向自己涌来时，就觉得自己像一座不断塌陷的沙塔，好似瞬间就要分崩离析。只有想到自己还要保护孩子们，才让她支撑下去。

面对着听众，那些身着晚会盛装的新贵们，还有他们身边那些珠光宝气的女人，她总是极力控制自己，不让自己冲他们发泄悲痛："你们到底把我的古斯塔夫怎么样了？"

在外人看来，她依然是那位光彩照人的美丽歌唱家，穿梭在柏林、汉堡以及维也纳之间巡回演出，最近还再一次在慕尼黑登台亮相。

在慕尼黑，她不得不和她厌恶至极的海因里希·希姆莱应酬，作为"尊敬的夫人"让他亲吻自己的手。和他在一起时，她无法摆脱自己强烈的怀疑：希姆莱正是致使丈夫失踪的幕后黑手。

演出后的晚宴上，她受邀作为希姆莱的嘉宾坐在他的右手边。整个晚宴中，伊丽莎白心里憋闷，一口饭也吃不下。

布鲁曼先生也曾两次邀她出席晚宴，不过是在一个私人的小圈子里。面对她的时候，他一如既往地缄默矜持，近乎公事公办地冷静。要是换了一位不像伊丽莎白那样迷人的女人，怕是会被他的态度搞糊涂。不过，伊丽莎白隐隐感觉到，自从上次他归还戒指后，已能从他的举手投足之间观察到细微的变化。可是每次，当他们分手时，他泰然自若地和她告别，伊丽莎白又觉得自己的感觉无凭无据。

然而，伊丽莎白会探究这个问题，本身就表明她的观察不全是错觉，她并没有完全误解。她越是琢磨他的言谈举止，就越发相信自己在他的姿态里发现，他对自己有一份无言的期待。她问自己，布鲁曼先生救了自己的孩子，他是否期待她对他怀有除了感激以外的情感呢？

内心的压力不断增长，不久便让她难以承受。她睡得更少了，不时忘记吃饭。她不断旅行、工作，感到自己越来越虚弱萎靡。她的声音和注意力也因此受损。身体上的疲惫变成了精神上的疲惫，好像她已经感觉到了未来的沉重压力。

一个深夜，伊丽莎白从维也纳演出归来，像她最近经常做的那样，在床上辗转反侧。她梦到了古斯塔夫向她走来，可当他来到面前时，那张脸突然变成了阿尔布莱希特·布鲁曼的。她惊醒过来，一片茫然，感觉迷失了方向。她用了好一会儿才稳住了心神，整理好脑海中反复激荡的各种想法。

毫无准备地，一种自我认识像灵感一样瞬间照亮了她的脑际。她扪心自问，问题是出在布鲁曼先生那里，还是更多地出在自己身上？有没有可能，自己对他的期待要多于他对自己的期待？

伊丽莎白是一名艺术家，是一个感情丰富的女人。在舞台上，通过饰演的角色，她体验过爱情带来的灵魂间的相互吸引和欲望的迷醉。她了解人类的情欲，不论男人还是女人都有对肉体的渴望，因为她和她的古斯塔夫就体验过这种激情。

她继续思考着，在这个时代，女人的各类需求是不受欢迎的，她们被限制在了家里和灶台旁的责任上。纳粹意识形态中理想的女性形象肩负着一项神圣的义务，那就是为元首生育更多的男丁，然后把他们送到战争这头怪兽的嘴里。

伊丽莎白承认自己无比思念已经失踪了十五个月的丈夫。她不仅想念他睿智的头脑，还有他的身体和他的抚摸。

出于对古斯塔夫的内疚，她诚实而深入地审视和分析了自己。她自我批评，反问自己，是不是身为女人的虚荣心受到了伤害，因为布鲁曼先生是身边唯一一个从未真正向自己献殷勤的男人？

严格的自我剖析也没帮上什么忙，伊丽莎白还是一如既往地迷茫与不知所措。她长久地无法入睡。

布鲁曼先生再到慕尼黑，向她发出邀请时，她假托偏头痛拒绝了邀请。她庆幸的是，他也没再坚持。

第二十六章

六月，家里又出了一件令人不安的事。

当时，伊丽莎白在柏林逗留，黛博拉在上声乐课，而奥德丽和玛格达正在食品市场购物。

小沃尔夫冈决定自己带着猎犬蜜蜂去散步，而本应照看它的贝塔，正坐在厨房火炉边的长椅上张着嘴呼呼大睡。

近一阵子她常常如此，十分嗜睡。奥德丽曾对玛格达说："不定什么时候，贝塔做着饭就会睡着，然后掉到汤锅里，你等着瞧吧！"

玛格达和奥德丽提着满满的菜篮子回到家，马上发现沃尔夫冈不见了。谨慎的玛格达觉得报警不是个好主意。

正好黛博拉也回来了，于是大家蜂拥而出寻找沃尔夫冈。谢天谢地，大家很快就找到了他。不过沃尔夫冈看起来神情恍惚，因为机灵狡猾的蜜蜂从他身边跑掉了。她们一直寻找到晚上，都一无所获。沃尔夫冈一直伤心地哭泣，哭得让人心软。黛博拉也不好对他发火，只是责备了贝塔几句。

让大家喜出望外的是，次日清晨蜜蜂就蹲在了自家的门前。它很快活，马上把内疚的贝塔准备的美食一扫而光。它看来很享受昨夜的冒险。

两周后，伊丽莎白结束了在三个城市为期十天的巡演，精疲力竭地回到家里。阿尔布莱希特·布鲁曼先生又一次不请自来地出现在了摄政王广场。

伊丽莎白为自己此前的失礼而内疚，尽量礼数周全地款待布鲁曼先生。尽管敏感不是布鲁曼的长项，但他还是察觉到，女主人的周到更像是在尽一种义务，而非出于自愿。所以他很快就告辞了。

伊丽莎白将逃离德国的时间选在了九月的某一天。她希望尽可能在最后一刻才确定具体时间，好像担心纳粹在那之前会读懂她的所思所想似的。

即使是玛格达和黛博拉，她也准备在出逃前一天的晚上再告诉她们，以免她们不经意间将事情泄露出去。

一九三九年九月一日，奥德丽提着空空的篮子回了家。她看上去完全崩溃了，口无遮拦地满嘴巴伐利亚粗话：

“老天啊，我尊敬的夫人，打仗啦！医生早就料到了。要不他们管自己的总部大楼叫褐色大楼呢，我看啊，是他妈的臭狗屎大楼！他们真是满脑子都进狗屎了……”

“奥德丽，您说话克制些，沃尔夫冈在这儿呢。”伊丽莎白打断了她满口方言的独白。不过，她理解奥德丽的激动情绪，奥德丽的父亲和哥哥都在一战中阵亡了，而她的汉斯正在军队里当兵。

伊丽莎白的警告已经太迟了，被吵醒的沃尔夫冈一边绕着圈子蹦蹦跳跳，一边兴致勃勃地喊着：“褐色大楼，狗屎大楼，褐色大楼，狗屎大楼……”

奥德丽满脸通红地低下头，偷偷溜走了。伊丽莎白马上把儿子叫到身边，严厉地告诉他，绝不容许他在外人面前重复这些话。对一个年仅六岁的孩子解释他不再拥有言论自由，是一件根本办不到的事。实际上，伊丽莎白也只能靠吓唬才奏效，而沃尔夫冈对妈妈的解释也似懂非懂。

伊丽莎白随后拧开收音机，收听希特勒在国会上关于宣战的讲话：

“今天夜里，波兰在德国国土上第一次动用正规军队，向我们射击。今晨五点四十五分起，我们开始还击。从现在起，我们将用炸弹来回击炸弹。”

她记起丈夫古斯塔夫说过的话，战争中，正义与真相无足轻重。因此她考虑到，德国现在进入了战争状态，她们离开德国的计划会变得何其艰难。

她不禁自责地想：她是不是犹豫得太久了？

不过，她的信念支撑着相反的观点：她猜测，恰恰是现在，她们的逃亡会简单得多，因为纳粹有更重要、更紧急的事情要处理。

有一点是肯定的，随着战争的开始，一部新的出埃及记即将上演，越来越多的人会想离开这个国家。伊丽莎白最大的担心由此而来：中立国瑞士会对此做何反应？它会不会封闭边境？

伊丽莎白想到做到，立刻开始行动。她抓起一沓钱，叫了辆出租车直奔火车站，她想马上去买明天前往苏黎世的火车票。她的预感没错，今天的慕尼黑火车站分外忙碌，而她想要的火车票已经卖光了。

伊丽莎白突然灵机一动，马上买了还能买到的最早的火车票，也就是九月五日以及随后两天的车票。她为每一天都购买了四张前往苏黎世的一等车厢车票，把手里的一沓钱花了个精光。

她如释重负，做决断的负担终于卸下了，而且，此举已经为各种不测做了充分的准备。即使在九月五日有什么事情发生，譬如即便布鲁曼先生像上次那样不告而来，她还可以在随后的两天内按照备用方案出行。

还剩下一个问题，如何处理奥德丽和贝塔的善后。两人很快就会失去这份工作和生活来源。

众所周知，摄政王广场的这所房子已经不再属于她们了。无辜的玛格达在斯图加特所受的折磨和迫害表明，东家一旦违背政府的意愿逃离这个国家，那么两位服务多年的仆人在这里就再无立足之地。尽管不担心她们会受到直接的牵连，可是为了自己的良心得到安宁，伊丽莎白也要为这两位忠心耿耿的仆人提供良好的保障。

伊丽莎白找到玛格达，和她谈起这个问题。经过商量，她们为厨娘贝塔找到了一个稳妥的解决方案。玛格达的父亲死后，哥哥约瑟夫接管了唐宁镇的农庄。他两天后就来慕尼黑，接走了贝塔。厨娘哭天抢地，不想离开。贝塔相信，这是对她没照看好沃尔夫冈的惩罚。可她的哭闹无济于事。

看到忠诚老仆的绝望，伊丽莎白心里很痛苦。可出于对贝塔的保护，她无法告诉她实情。

奥德丽的事情几天内就自然而然地解决了。

当了兵的汉斯很久以前就向奥德丽求婚了，现在眼看着就要打起仗来，奥德丽马上答应了他。

九月四日，奥德丽告别了伊丽莎白，前往慕尼黑北部的小城弗赖津开始自己新的生活。伊丽莎白送了她一笔不菲的嫁妆，多少用了些逼迫才使好人奥德丽接受了这份馈赠。

现在，摄政王广场的宅子里只剩下了伊丽莎白、玛格达、黛博拉、沃尔夫冈以及近来越来越肥的猎犬蜜蜂。伊丽莎白很有把握，内疚的厨娘贝塔肯定喂了它不少东西。

九月四日晚上，伊丽莎白最后一次在整个宅子里走了一圈，强迫自己不去想在这里和丈夫古斯塔夫度过的时光，那“诺亚方舟年代”的幸福光阴。房间显得异常空旷，她仿佛已经听到离去后房间里空洞的回声。

午夜前半小时，伊丽莎白刚刚睡去，就被人猛烈地摇醒了。做坏事的人站在她的床头：是黛博拉和沃尔夫冈！

伊丽莎白吓得一激灵坐起来，喊道：“我的老天，又出了什么事？”

黛博拉说道：“妈妈，蜜蜂当妈妈了。”她的眼睛里透着绝望。妈妈刚刚在几个小时前告诉了黛博拉出逃计划，姑娘马上意识到，这次她无法带着蜜蜂和它的几个小狗崽一起出行了。她哀求妈妈想个法子，解决这个进退两难的新困境。

伊丽莎白叹了口气，穿上拖鞋，说道：“我们去瞧瞧它们吧。”

一位骄傲的狗妈妈和四个小狗崽，这一瞥让人心碎。这个添丁进口的时机再糟糕不过了。伊丽莎白想到，自己昨天多么为奥德丽高兴，而现在，她多么希望这个热爱小动物的仆人就在自己身边。

她该怎么办？她感到孩子们请求的目光黏在她的身上，知道他们在希冀什么，尤其是黛博拉。是她救了蜜蜂的命，用奶瓶将它一点点喂养大的。

可现在德国进入了战争状态，她首先要保证的是孩子们的安全，这是最高原则。此刻伊丽莎白感到自己的精力已经快被耗干了，体力在一点点地消失。她不可能再支撑两个月的登台演出，她再也无法控制住自己对虚伪的憎恶。她盘算了一下，明天下午三点才出发，在那之前坐出租车往返一趟弗赖津应该不成问题。

想到这里，她对孩子们说：“我很抱歉，但是没有其他办法了。我明天一大早就去弗赖津，将蜜蜂和小狗交给奥德丽，它们在那里会过得很好。我们必须离开德国。我们不能再等了，否则就来不及了。你们两个明白吗？”

她看到黛博拉的眼睛里立刻涌满了悲伤的泪水。不过黛博拉没有反对，而是接受了母亲的决定——很可能，她在母亲的目光里感受到了一种决绝的力量。

伊丽莎白慢慢地移回自己的床上，直到黎明时分才勉强入睡。

她做了个梦，梦到自己光着脚，走在一个黑色冰块做成的漫无尽头的迷宫里。每当她以为自己找到了出口时，总是出现另一堵更高的墙拦在面前。她感到一股寒气从脚底升上来，慢慢接近心脏。她知道，一旦那股寒气到达心脏，她就会死去。她绝望地寻找着出口，疲于奔命。

可是最后，总会出现一个穿着黑色制服的男人挡着她的路。他的脑袋是一只骷髅头。他对她说：“很遗憾，尊敬的夫人，所有的出口都关闭了。”

第二十七章

次日一大早，伊丽莎白刚收拾停当，准备前往距这里一小时车程的弗赖津时，一辆插着纳粹三角旗的黑色奔驰轿车停在了摄政王广场，车上下来的是希特勒的一名副官。

他礼貌地通知伊丽莎白，元首目前正在慕尼黑逗留，听说伊丽莎白也在这里，而且正处于演出的空档期。因此接待方邀请伊丽莎白今晚前往新天鹅堡，参加人们临时决定为元首在那里举行的瓦格纳音乐之夜。演出排练已经开始了，他希望能马上带上尊敬的夫人去菲森，以免路上发生意外。

伊丽莎白飞快地想了想，为什么希特勒在慕尼黑，他不是应该在柏林指挥战争吗？随后她想起，自己刚刚从报纸上读到，戈林正在里维埃拉度假。一个要听瓦格纳音乐会，另一个在休假，而在波兰，士兵们却正在死去。

伊丽莎白别无选择，这与其说是邀请，不如说是命令。她只好从命，将孩子们以及五条狗交给玛格达照看。

大约两个小时后，他们到达了新天鹅堡前的庭院，阿尔布莱希特·

布鲁曼先生已经亲自迎上来问候，为她开门。他一如既往地彬彬有礼，迷人且友善，丝毫看不出伊丽莎白拒绝了他最近的一次邀请，而且多少是用冷淡的举动将他请出了自己的家门。

当伊丽莎白筋疲力尽地从新天鹅堡回到慕尼黑时，午夜时分的黑暗已经将这座城市完全笼罩。布鲁曼先生建议由他用车护送伊丽莎白回家，这一次她没有拒绝他的好意。

让她心存感谢的是，布鲁曼先生看起来并不想和她聊天，只是一言不发地陪她坐在汽车的后座上。伊丽莎白如释重负，舒服地坐在软软的座位上。

伊丽莎白享受着这份黑夜与白昼、死亡与新生之间的宁静，努力控制着合眼睡去的诱惑。她知道，到家后自己也无法休息，需要马上带着蜜蜂和一窝小狗去弗赖津找奥德丽。

为了避免入睡，她哼唱起刚刚在新天鹅堡献演的歌曲。不过这个夜晚对她来说是那样的冗长而不真实，她甚至不认为自己真的经历过这么一个夜晚。她不想描述这种古怪的情感，正如她也不想给面前这座幽灵般的城市浸润其中的冷漠颜色起个名字。也许是即将离别的伤感占据了她。

车还没在摄政王广场的家门前停稳，伊丽莎白就已经有了一种奇怪的预感。由于演出，她经常在黎明这个时分回家，所以只需看上一眼，她便能意识到今天与以往有什么不同——灯光。在这个时间段，她从未看到过四周邻居的窗户里亮着如此多的灯光。发生了什么事情，这么早就搅醒了街坊邻居？

没有和布鲁曼先生道别，也没等司机来打开车门，伊丽莎白已经跳下了车，开了门锁，向四楼跑去。她看到四楼起居室的两扇大门大大敞开着，立刻被眼前的景象惊呆了。

她从未看到过如此残忍的景象：蜜蜂死在走廊里，躺在自己的血泊中，还睁不开眼的小狗崽在它的身旁蠕动，吸吮着它冰冷的奶头，不时发出令人心碎的尖细叫声。

伊丽莎白的惨叫已经不像人声。她像疯了一样，从一间屋跑到另一间，不断呼喊着黛博拉、沃尔夫冈和玛格达的名字。可是无人回应，寂静中只有失去妈妈的小狗崽们的呜咽。

曾经支撑着伊丽莎白的一切瞬间崩溃。她的勇气、她的力量消失在了一个母亲深深的绝望中。那是没有能力保护自己孩子的绝望。

就在伊丽莎白失去知觉，即将晕倒在地时，布鲁曼先生扶住了她柔弱的身体。

第二十八章

直到很久以后，黛博拉才能把那一晚的可怕经历写进日记：砸门的砰砰声，玛格达的反抗，蜜蜂之死，被装进狭窄的货车车厢里运走——周围挤满了可怜的人。

那天晚上九点左右，他们来了，一帮穿着黑色党卫军军服的男人。隔得老远，我们就能听到他们沉重的皮靴踩踏楼梯冲上来的声音。我看到身边的玛格达脸色变得煞白，尽管她在竭力保持镇定。她肯定想起了在斯图加特警察局的遭遇。她是你能想象到的最勇敢的女人，她一边走去为他们开门，一边对我说："趁他们还没把门砸碎。"

随后，那些可怕的事情迅速发生了。玛格达站到了我们身前，想保护我们。那些男人像驱赶一只讨人嫌的苍蝇一样，一把将她推开。我弟弟大声喊叫。一个党卫军过来抓住他，堵住他的嘴："闭嘴，你这个犹太小崽子！"混乱中，猎犬蜜蜂龇着牙冲过来。我大喊："蜜蜂，别过来！"两个党卫军掏出枪来，轮番向蜜蜂射击。他们哈哈大笑。被党卫军抓住的沃尔夫冈身子酥软，一言不发，他的眼神黯淡无光。

我知道，打那以后沃尔夫冈经常梦到这一幕，因为我自己也经常梦到。他们要带走我们姐弟俩，放过被打倒在地、呻吟着的玛格达。可是她追出来，坚持要和我们在一起，所以也被一起带走了。

楼下停着一辆带篷子的大卡车，他们像扔包裹一样把我们丢了上去。我记得车上人非常多，十分拥挤，可还有足够的地方来盛放恐惧。玛格达和我让沃尔夫冈站到我们的中间，这样我们三个人就能紧紧依靠在一起。车开了没有多久，我们被拉到了米尔博斯霍芬货运火车站，所以我们猜到，我们将会离开这里。不断有卡车开来，像包裹一样被拉来的人越来越多。

我们随着人流行进，我手里紧紧攥着弟弟的手。我们必须沿着站台走很远的一段路，不少人脚下踉踉跄跄的。对于一腿长一腿短的弟弟来说，这可真是种折磨。总有人不断地推搡我们。所有人必须行动迅速，那些人好像想尽快将我们脱手似的。行进中不允许讲话，谁要是哭了，就会挨打。我想，那些人认为我们叫苦会打扰到他们。在他们眼里，我们应该一言不发地忍受，静静地死去。

突然传来一阵嘈杂，因为离我们很远，我什么也看不到。我们只听到一声大叫，然后是哀求的声音，随后就是枪声。每响一枪，沃尔夫冈就吓一跳，身体就抽搐一下。接着惊恐的呜咽声离我们越来越近——从最前面传来的消息像一波巨浪袭来，掠过每个人，留下了震惊和恐惧：人们悄悄地口口相传，说他们要将每个家庭拆散，隔离！

很快就轮到了我们，他们将沃尔夫冈从我的手中夺走。我嘶喊着反抗，这时过来一个党卫军抓住我，狞笑着将我拖到一边。玛格达也在抗争，同样被人拖走了。我感到心中无比的恨，可自己是如此弱小、无助、一文不值。自这个夜晚起，我的脑海里总是回响着这个残忍的声音，除了我，谁也听不到。它响彻我的灵魂，尖利刺耳，我像个没调好的乐器。这个乐器好像要撕裂我的胸膛。自从那个夜晚，我就一直在这死亡的悲号中煎熬，我问自己：人会不会有一天死于内心某个声音的折磨？

黛博拉年轻的灵魂几天前还唱着欢快的生命之歌，在那个夜晚，却随着一声悲苦仇恨的呐喊破裂了。现在黛博拉只能感到仇恨，这是苦难和折磨引发的蜕变。

阿尔布莱希特·布鲁曼先生再一次在危难中证明，自己是位大救星。

他派司机去请碰巧在慕尼黑的军医施特赖里茨，然后自己守候在伊丽莎白身边，直到她清醒过来。他握着伊丽莎白的手向她保证，会把她的孩子们再找回来，送到她的面前。直到施特赖里茨医生赶来给伊丽莎白服了镇静剂，他才离开。

布鲁曼先生还命人将昨晚留在房间内的所有灾难性痕迹清理干净。当天中午他重新返回时，身边带着黛博拉和沃尔夫冈。

他没能把玛格达带回来。官方的说法是，玛格达失踪了。不过布鲁曼先生打听到，她在试图逃跑时被枪杀了。

沃尔夫冈还处在震惊中，他一言不发，被妈妈搂着时，像一个没有情感的玩偶一样毫无反应。

尽管黛博拉一头扑进了妈妈的怀里，却一声也没哭。

官方有关部门宣布古斯塔夫死亡后的四周，伊丽莎白和阿尔布莱希特·布鲁曼先生举行了婚礼。从此，伊丽莎白和孩子们处于他的私人保护之下。

母亲和布鲁曼先生的婚姻在黛博拉眼里是个飘浮的谜团。年轻的黛博拉感觉到的比她能理解的要多，毫无疑问，两人的身体相互吸引。阿尔布莱希特·布鲁曼先生相貌英俊，他安静优雅的外表在一定程度上令人想起黛博拉的爸爸。他像一位完美而富有教养的绅士般对待伊丽莎白，带着些许恰到好处的殷勤，而且流露出占有者的骄傲。

尽管如此，妈妈的这段新婚姻还是让黛博拉感到惘然若失：除了吻手礼外，她从未看到两人有过温柔的情感交流。

与此相反，妈妈和爸爸古斯塔夫总是坦率地流露出对彼此的爱意和欣赏。黛博拉回想过去时，总能记起两人之间的窃窃私语和他们柔情对视的眼神。

这是她一直憧憬的爱情。她相信，自己终有一天会遇到这样的爱情。

第二十九章

黛博拉不仅在深思母亲和继父的婚姻，也经常琢磨布鲁曼先生这个人。自从认识他开始，她就在想，自己究竟是喜欢他，还是害怕他？这两种感觉时常交替出现。套用会计上的术语，布鲁曼先生好比贷方，他们全家欠他一份人情，因为他两次拯救了自己和弟弟沃尔夫冈。

对于如何处理自己内心的恐惧，则要复杂得多。恐惧有时就是那样突然现身，愤怒的情绪也是一样。片刻间，她会被负面的、破坏性的冲动情绪紧紧攫住，这种情绪顷刻之间就变成了盲目的仇恨。可是仇恨的目标是谁呢？她的痛苦又是如此抽象。

很长一段时间，黛博拉一直在试图和这种不良情绪斗争，然而适得其反，自己的攻击性和总想彻底毁坏些什么的欲望反而愈发强烈，哪怕被毁坏的只是自己的旧玩具娃娃。一天，她偶然发现了一个可以缓解情绪的方法：伤害自己。于是，她开始偷偷地划伤自己的小臂内侧。

她以一种从未有过的满足感看着血从伤口处慢慢渗出。红色的涓涓细流像小蛇一般，在白色的皮肤上蠕动着，她则享受着心灵甜美的呼吸。她终于找到了一个释放自己燃烧的仇恨的阀门。

黛博拉常常失眠。夜晚时分，她躺在床上冥思苦想，世界上有多少种痛苦悲伤。爱也会有那么多种吗？爱会在痛苦中得到满足吗，还是痛苦只是献给仇恨的祭品？

按照布鲁曼先生的安排，家里来了一位新厨娘和一个女佣。以前那种全家亲密无间的关系不复存在。这两个新来的成员，用德国人的话说，遵循的是“路线正确”。黛博拉觉得，他们全家人是和两个女间谍生活在一个屋檐下。自此，这种感觉就再也没有从她的心头抹去。

一九四〇年六月，希特勒达到了战争生涯的顶峰：继波兰之后，德国相继占领丹麦、挪威、比利时和卢森堡，对法国的战役也取得了最后胜利。希特勒将法国的投降仪式安排在从博物馆拖出的一节火车车厢里。恰恰是在这节车厢里，第一次世界大战的战胜国宣告了德国战败的消息。

爸爸失踪后，妈妈就养成了仔细读报的习惯。她将这段报道读给黛博拉听。黛博拉觉得这位元首一定是个心胸狭隘、睚眦必报的男人。

对希特勒而言，这场战争盛宴中唯一让他觉得难对付的是英国人。英国于一九三九年九月三日对德宣战。首相丘吉尔早在那些奉行孤立主义的欧洲政客和大西洋对岸的政客还未开始警惕希特勒的时候，就认识到了这位德国元首及其忠诚追随者的危险和贪婪，看透了他们的打算和对权力的欲望。其实，这些计划和打算，早已黑纸白字地写在了于一九二五年出版的《我的奋斗》中，那是一本狂人的编年史。该书销售了上百万册，可是看起来好像没人认真读过。

伊丽莎白短暂地重现了昔日的活力与魄力，说服布鲁曼先生重新召回奥德丽，赶走了那个女佣人。于是，奥德丽又回到了摄政王广场的宅子。对于伊丽莎白、黛博拉和经过无微不至的照料已经复原的沃尔夫冈来说，奥德丽的回归如同与亲人久别重逢。

奥德丽的丈夫汉斯已经在波兰战役中为元首和伟大的祖国阵亡了。

第三十章
死亡

每个人在生活中都是伤痕累累。其中对人伤害最大的，莫过于那些看不见的伤痕，因为它们深藏在人的内心深处。而黛博拉受的伤害正是如此。倘若她信任妈妈，向妈妈诉说自己的心事，或许受伤的心灵会得到解脱。只是伊丽莎白自己也受尽磨难，自顾不暇。痛失丈夫古斯塔夫以及不断为孩子们担惊受怕，已经耗尽了她的心血。她现在仅有的安慰，仅有的生活动力，源自她知道现在孩子们至少是安全的。所以没有一个人觉察到，黛博拉的那颗童心已经悄悄消失了。

就连奥德丽也痛苦不堪，只是她的痛苦人们一望便知：原来那个俊秀的女仆，现在瘦得脱了形，先前红润的面颊已经变得苍白，如一枚贮藏过冬的水果般干瘪枯萎。为一点小事，她都会哭个不停，比如女厨师一句尖刻的话，下雨，或者一颗掉了的纽扣。显而易见，是汉斯盲目的顺从和无条件的爱支撑起了奥德丽曾经的要强。

如今失去了这个心灵的支柱，奥德丽的内心变得犹疑脆弱，原先鲜明的个性也开始褪色：以前的果断变成了现在的犹豫不决；以前切中要害的伶牙俐齿，现在变成了一言不发、听天由命；以前的井井有条，变成了现在的疏忽大意；以前的优点全变成了现在的弱点。过了好几个月，也多亏了身边人的耐心，奥德丽才控制住自己的悲伤，那个人们熟悉的办事有条有理的奥德丽才重新苏醒过来。

布鲁曼先生常年在外出差，只是隔三岔五短暂地回趟家，不过全家人都觉得这样挺好。黛博拉十分肯定，那个新来的女厨师肯定将家里所有的事一五一十地汇报给了布鲁曼先生。

伊丽莎白现在大部分时间都在家里陪孩子们。那个九月之夜的变故后，她的健康情况时好时坏，所以很少外出演出了。温柔美丽的她似乎比先前更加柔弱，皮肤几乎变得透明。

她内心遭受的戕害不比孩子们轻，每一个意外的声响都会让她像被逼入墙角的困兽一样瑟瑟发抖。

摄政王广场这所宅子里的居民们很快养成了习惯，尽量毫无声息地做事，蹑手蹑脚地走路，轻声地说话。

也许正是因此，每当黛博拉日后回忆起这段时光，总有一种感觉，好像生活被压缩了、蒸发了。

伊丽莎白越来越频繁地感染、发烧，染病后的康复时间也变得越来越长。

一九四一年初，她又生了病。施特赖里茨医生诊断为肺炎。这次生病足足用了三个月才痊愈。她的声线也受到疾病的影响，失去了以前的音色。

从此，伊丽莎白再未公开演出，只是在私人的小圈子里唱唱歌。

能够和黛博拉共同练习音乐，成了令伊丽莎白最高兴的事。只要自己虚弱多病的身体允许，她就教天资聪颖的女儿唱歌和弹琴。

黛博拉刚满十七岁，可她的音色嘹亮圆润，富有银器般的质感，是大有前途的抒情女高音。在演唱过程中，她毫不费力地将强度与优雅结合得天衣无缝，这一点慕尼黑音乐学院的老师也完全认同。该音乐学院成立于一九二七年，现在，黛博拉每天到那里上课。

除了歌剧，她还在攻读学院里的钢琴大师班。伊丽莎白为女儿感到骄傲，因为有一次她到访音乐学院时，人们对她说，凭黛博拉在钢琴上的天分，只要稍加努力，完全可以在钢琴领域开辟自己的大好前程。不过黛博拉心中早已打定主意，要成为和妈妈一样的歌剧演唱家。沃尔夫冈和黛博拉都没有进入常规的学校念书，布鲁曼先生为他们安排了私人教师在家授课。

第三十一章

结婚那天，全家见到了布鲁曼先生的哥哥利奥波德。他让大家吃惊不小，黛博拉甚至认为，这是妈妈再婚带来的最好的事情。

利奥波德是一名地地道道的天主教神父，比他弟弟阿尔布莱希特大了八岁。兄弟两人外貌相似，性格却截然不同。和严肃而注重外表的弟弟相反，他爱笑，而且在穿衣打扮上不拘小节，经常闹出不少笑话。

利奥波德很快就成了黛博拉最亲密的聊天伙伴。他教授知识和叙述的方式，让黛博拉想起自己的父亲古斯塔夫。她很快发现可以向利奥波德提任何问题，包括关于上帝的问题，他从不会见怪。

他似乎也是唯一一个敢于取笑弟弟阿尔布莱希特的人。只有拥有非常敏锐的觉察力，才能听出他话中有话，常常暗含着对弟弟的谴责。

只要利奥波德在场，布鲁曼先生总有些不自在。他第一次到家里待了几天，布鲁曼先生当时正好出差。利奥波德走后，母女俩惊讶地谈起了兄弟二人的迥异。布鲁曼先生举止优雅，克制而难以接近。波德叔叔则话如泉涌乐于沟通，还有一种天生的幽默感。

从一开始，伊丽莎白就亲昵地称他为波德。一次他走后，伊丽莎白对女儿说："瞧，谁想得到呢？真是上帝创造的一件鲜活的杰作！你注意到他法衣上那一大块油污了吗？谁会想到他们俩是亲兄弟呢？波德的眼睛是那么和善。我猜，无论谁做了什么坏事，在他做坏事之前，波德就已经宽恕他了。"

利奥波德带给了她们一个久违的无忧无虑的下午，两人甚至惊讶于自己的兴高采烈。黛博拉喜欢看到妈妈这么高兴。

不久黛博拉就大胆地询问神父他们兄弟俩迥然不同的原因，利奥波德回答道："小姑娘，这可是个秘密，我们的母亲已经带着这个秘密去天堂的天使合唱团啦。"随后，他给黛博拉讲起了自己的母亲。他那热爱生活、天性愉快的母亲也曾是个艺术家。她和黛博拉的母亲一样，是歌剧演员和歌唱家，只不过不像伊丽莎白那样温柔可爱，而且只在一个很小的圈子里为人所知。父亲认为唱歌不是正经的职业，所以母亲早早就告别了舞台，只是在家里自己哼唱或是唱给儿子们听。他的脾气秉性完全继承了母亲的，遗憾的是，他对唱歌一窍不通。

他的父亲是一位普鲁士军官，思想狭隘而且老派。在性格上，弟弟阿尔布莱希特十分像父亲。"不过别担心，年轻的小姐。我会尽全力继续教训我亲爱的弟弟大人，免得他自以为穿了一身时髦制服就高咱们一等。"

利奥波德大大充实了一家人的生活，不久后小沃尔夫冈也经常缠着他。他反而替代了阿尔布莱希特·布鲁曼，成了家人心目中的父亲。

为了离伊丽莎白和孩子们更近些，利奥波德接管了他们所在教区的神职工作。他眨了眨眼，告诉她们："谁都有自己的关系不是？"

黛博拉定期去参加他举行的礼拜仪式，倒不是因为她突然开始信仰上帝了，而是听波德的布道演说实在是件美妙的事情。

利奥波德虽说不会唱歌，但他的声音却有着电闪雷鸣般的穿透力。

他像一名先知般奔走于自己的教区，呼吁教民不要忘记身为基督徒的义务，而他们最首要的义务便是博爱和慈悲。

“你们听我说，要去发现别人的不幸和痛苦，然后减轻他们的不幸和痛苦！”不过，利奥波德总是明智地从不正面攻击纳粹政府。

一九四一年秋，伊丽莎白又病倒了，诊断结果同样是肺炎。过去的两年里，伊丽莎白经常生病，但每次都恢复了过来，所以摄政王广场的每位居民都以为，这一次她也会很快康复。不过这次的情况让人十分担忧。施特赖里茨医生受布鲁曼先生之托来慕尼黑为她诊治，他建议伊丽莎白应该马上住院治疗。然而伊丽莎白表现出久违的决绝，坚决不同意入院治疗。施特赖里茨医生认为伊丽莎白强硬的态度是身体好转的祥兆，也就屈从了她的主意，只是每天都过来探望。

这段时间，黛博拉花了大量时间陪伴在母亲的病床前。伊丽莎白经常沉湎于回忆之中。她给黛博拉讲述自己是如何结识古斯塔夫的，又如何对他一见钟情，以及他在第三回见面时就握住了她的手。她回忆起他们在天气恶劣的波罗的海的蜜月之旅，和那段“诺亚方舟”式的快乐时光。讲到后来，她讲的都是丈夫古斯塔夫，好像忘记了她现在已经嫁给阿尔布莱希特·布鲁曼。夜晚，黛博拉在自己的房间里，在日记中记下从妈妈那里听来的事情，和妈妈思念古斯塔夫一样，她想永远记住谁是自己的父亲。

伊丽莎白顽强地和病魔斗争，可她在这场抗争中逐渐耗尽了体力。随着时间流逝，她变得越来越虚弱。

一九四二年一月十九日，当温柔的雪花像散落在空中的绒毛般一片片飘向大地时，伊丽莎白呼出了自己的最后一口气。

临终时，黛博拉守在妈妈的身边，利奥波德和医生施特赖里茨也在。布鲁曼先生没能及时赶到。自一月中旬他就在柏林万湖出席一个重要会议，担任会议记录，所以无法脱身赶回家里。

黛博拉在妈妈病逝前寸步不离，日日夜夜地照顾妈妈，她因此头脑变得纷乱迟钝，迷茫地沉浸在自己的思绪中。

猎犬蜜蜂惨死时，她感受到的更多的是愤怒，而现在她心里感到的是残酷的凉意，好像妈妈的离开也带走了自己心里所有的热度。她想大哭一场，却没有眼泪。她的心麻木了，她的灵魂也从此冻结。晚上，她将自己关在房间里。次日一早，她用一件黑毛衣遮住了手臂上新添的多处伤口。

沃尔夫冈也没有哭。像上次被抓然后玛格达失踪时一样，他又陷入了深深的沉默。

利奥波德如同是上天赐给这一家人的礼物，照料着家中的一切：安慰被人遗忘的情绪低落的沃尔夫冈，为伊丽莎白操办后事。

伊丽莎白下葬那天寒冷刺骨。很多人前来陪伴歌唱家最后一程，包括艺术家、指挥、剧院经理、穿着耀眼制服的人，以及他们穿着裘皮大衣的女伴。

黛博拉站在今早刚刚赶回来的鳏夫布鲁曼先生身边，紧紧握着站在右边的弟弟的手。

漫长庄重的葬礼，冗长呆板的悼词，她都面无表情地忍受着，尽管她对许多素不相识的人言之凿凿地谈及母亲厌恶至极。她只想做一件事，就是回到自己的房间，把自己锁在里面，然后借助刀子再度麻醉自己的痛苦。她只想自己独自一人，感受孤独——被抛弃的孤独：先是父亲，现在是妈妈，一个个都离自己远去。

仪式最后，向逝者致敬的队伍绵延不绝地从她的身旁走过。黛博拉厌烦落在自己身上的众多目光。男人眼中闪着古怪的亮光，女人眼中则少有同情，更多的是嫉妒。

她看到，人们嘴里念念有词，说着无关紧要的话。他们嘴里哈出热气，消散在寒冷的空气中。她迫切地希望，这些人也像他们哈出的气一样，在空气中立刻消散。

尽管如此，伊丽莎白的葬礼圆满而让人感动。像她喜欢的那样，她人生的最后一程铺满了鲜花。她踏上了鲜花的海洋。她的墓碑上放着一个小小的圆碗，里面注满清水，旁边是一小块牌子，上面写着：

请在我的墓上放上一个小水盆，让鸟儿们来这里饮水和歌唱。

第四部

——

玛利亚

第三十二章

生活中有些很奇怪的地方：我们往往能立刻意识到碰见了一位善良美好的人，对面前邪恶的人却感觉迟钝。

关于这种现象的解释或许是，善良的力量不必伪装便可光明正大地显露出来，与每个人分享善意和诚实；而邪恶总是假仁假义地用诡计和奸诈伪装自己，让人难以察觉或是发现时已经太迟，早已落进他们编织的圈套？

“嘿，亲爱的弟弟，下一步要做什么？你有什么计划？”利奥波德貌似漫不经心地问道，开始了试探性的对话。

伊丽莎白的葬礼结束，两人回家后进了古斯塔夫以前的书房。现在这里成了阿尔布莱希特的书房，房间里弥漫着古斯塔夫收藏的图书的味道。

阿尔布莱希特背对着利奥波德，站在一辆充作吧台的手推车前。推车上是各式各样的细颈酒瓶，阿尔布莱希特选中了一瓶，给自己倒了满满的一杯酒，这才转过身。

他有些愠怒地望着利奥波德。他知道，刚才哥哥的问话，并不是对一个失去妻子的鳏夫的关切，而是看穿了自己的想法……又一次！利奥波德对自己这么了解,这让阿尔布莱希特感到恼火。他喝了一口酒，没有搭理哥哥。

利奥波德眯起眼盯着他，发起攻击："说吧，你是不是想让女儿取代母亲？"

阿尔布莱希特吃了一惊，几滴价值不菲的法国白兰地洒在橡木地板上。

这是个让人难以置信的指责。不过，利奥波德知道，阿尔布莱希特惊讶的不是这个猜测，而是他的诡计被人识破了。

利奥波德从小就了解阿尔布莱希特，弟弟很少有强烈的感情波动。他的所作所为都受难以满足的野心驱使，这个心魔啃噬着他。而利奥波德一直约束着他，是他的复仇女神[①]。知子莫如母，他们的母亲了解阿尔布莱希特的缺陷。在母亲临终前，利奥波德向她保证，会看管好这个小他八岁的弟弟。

利奥波德估计得不错，不过还是没全猜对。

就他的情感能力所及，阿尔布莱希特的确喜欢伊丽莎白，她满足了他所有的预想。拥有她带给他的，远比他预想的要多。甚至连希特勒的左膀右臂戈林和戈培尔都在嫉妒他。通过迎娶伊丽莎白，他成功进入了上流社会并得到认可，甚至进入了总理府中最高领导层的小圈子。最近他被授予重任，执行一项特别机密的任务，这一任务被认为是战争成败的关键。

伊丽莎白温柔迷人，孩子般天真。她从未怀疑过他，而是无条件地接受了他，充满感激地献身给他——她心中拯救孩子于水火的救星。

---

①希腊神话中的女神，专门惩罚不法之徒。

两人床笫之间也从未让他失望。有时候，尤其在两人相处初期，她的激情与热情让他吃惊，心荡神摇。毫无疑问，她的离去对他是个损失。

刚才利奥波德提及的，他还没敢认真想过。

的确，伊丽莎白的女儿前途无量，艺术才华丝毫不逊色于母亲。她有美好的前景，这点可以为他所用。此外，虽然不像她母亲那样美丽，不过青春年少和充满异国风情的相貌给黛博拉增色不少。但最吸引他的，是黛博拉总是充满挑战意味的深邃眼神。是的，能驯服这样一匹年轻的烈马，肯定会有不少乐趣。这无论如何值得尝试。况且这么做还能马上给利奥波德一个教训，这位哥哥碍手碍脚的时间已经太长了。

阿尔布莱希特想这些的时候，利奥波德的眼神一直没有离开他。他希望自己的推测是错误的臆想，现在这个希望破灭了。

“那就是说，我说的没错。弟弟啊，弟弟，你可真是个混蛋。你要这么一直干下去，是吗？先是医生的财产，然后是他的太太，现在是他们的女儿。我没法驯服你，不过我会一直看着你，免得你的心魔像脱缰野马，过早地将你吞噬。不过我要警告你！她可不是一个柔顺的姑娘，尽管她给人这样的印象。她有自己的主见，相对于十七岁的年纪，她可要早熟得多。她学得很快，很勇敢，头脑锋利得像一把剃刀。你会割伤自己的，相信我。我劝你还是放弃这个念头吧。就在你一念之间，你本可以从现在担负起对孩子的责任，两个孩子啊。我要走了。”他站起身。

“等一下。”阿尔布莱希特的要求让哥哥吃了一惊。他刚刚有了一个不错的主意。“你有什么建议吗，关于两个孩子，利奥波德？”

这个问题，尤其提出问题的方式，让利奥波德警觉起来。他马上意识到弟弟在算计他。“嗯，阿尔布莱希特，就我对你的了解，你是不会放弃自己的大好前程，花费时间照料亡妻的孩子的。你知道，这两年我经常来看他们，和他们已经很熟悉了。两个孩子与众不同，包括那个男孩。他智商很高，聪明伶俐，兴趣广泛。你应该继续为他们的教育投资。我呢，因为你经常出差在外，很愿意来照顾他们。"

从弟弟大大咧咧、漫不经心坐在沙发中的样子，利奥波德就知道自己的判断没错。看来，他心里的确另有打算。

阿尔布莱希特又喝了口酒，回应道："我当然可以照顾孩子们，像你建议的那样。不过有个条件，你得帮我得到黛博拉。"

"哈，这样的坏事我该怎么着手？我是神父，不是婚介所的媒婆。"他话语轻松，内心却感到紧张在积聚——每次当他准备抵抗弟弟的又一个诡计时，总是这样。

"这理由很恰当，利奥波德。不过，我也听说过一些关于您这位教士的迥然不同的说法。我们现在不想讨论这些，不是吗？你刚才不是吹嘘，自己很了解黛博拉吗？那么给我出出主意，我该怎么下手？我当然也可以强迫她，这个你该了解吧？"他轻轻晃着酒杯，食指在酒杯壁上滑来滑去。

利奥波德控制住自己的情绪。这是个游戏，他们自小就熟悉的游戏。弟弟现在的潜台词是：这次他阿尔布莱希特能走多远？而他，利奥波德，又能做什么阻止他？

尽管如此，以前从未像今天一样，需要花费这么大的精力。今天谈的东西关系到一个人，一个美丽单纯的姑娘。利奥波德一清二楚，跟弟弟谈正直和道德完全是对牛弹琴，这些词在阿尔布莱希特的价值体系中毫无意义。

他想尝试一个策略，一个至今为止常常在他们之间奏效的策略：使用玩世不恭和嬉笑的语言。因为他弟弟几乎无所敬畏，只担心自己会显得可笑。

利奥波德将自己的策略建立在这一基础上，那就是阿尔布莱希特没有真正的自信。

弟弟貌似自信的表现只是自我克制的结果，从年轻时起就是如此，这是他们专横的父亲教养的结果。他因此形成了几乎病态的自控。效果不错，几乎骗过了周遭所有的人，除了他哥哥。

他不知道的是，这次他可大错特错了。

阿尔布莱希特已经有了一个完善的方法，并且从中找到了自信。这个方法是由自诩优等种族的人想出来并发扬光大的，它允许他们剥夺他人的尊严，甚至可以将他人折磨致死。他们可以光明正大地做这些，因为那些被迫害的人已经在法律上被剥夺了做人的权利。他们大规模地灭绝其他种族，不仅不会被惩罚，还会受到鼓励和赞扬。

在这里，纳粹的邪恶心理结出了壮硕的恶之花：这是一个该遭天谴的体系，在这个体系里，性格有缺陷的人反倒成了强者，因为他们可以利用撒旦式的暴力，以优等种族的名义对他人作威作福。

利奥波德还要等一会儿才能见识到弟弟毫无底限的下流。现在他还顺着自己的思路，感到有必要主动提一下这套他厌恶极了的纳粹理论："阿尔布莱希特，阿尔布莱希特，这看起来像什么话？你妻子的女儿比你小了二十岁，而且还是一个犹太人的孩子？你肯定比我清楚，法律禁止雅利安人和犹太人通婚。将来人们会称你为种族败类。我想你不会真想这么做吧，在你一帆风顺时自毁前程？"

"利奥波德，利奥波德。"他模仿着哥哥的语气嘲弄地说，"我说过，我要正式娶她吗？"

"你想让那个可怜的姑娘做你的情人？"利奥波德忍住熊熊怒火，脑子里飞速地思索着，想找出一个新策略来对付弟弟。可他太激动了，无数的想法穿梭往来，却想不出一个主意。

看到哥哥哑口无言，阿尔布莱希特毫不掩饰自己的幸灾乐祸。他兴致勃勃地一口喝干了杯中的酒。“好，看来你明白我的意思了。那么，告诉我，我怎么让那个姑娘顺从？”

“休想，我不会帮你的，你自己想办法去吧，阿尔布莱希特。”他甚至听出了自己语气中央求的味道。弟弟由阴转晴的表情变化告诉他，自己刚刚犯了一个多么严重的错误。他中了弟弟的圈套，透露出了自己多么关心这两个孩子。

“你当然会帮我，亲爱的哥哥。另外，听说过T4吗？”

“不知道，那是什么劳什子？新型坦克吗？”利奥波德尽量做出漠不关心的样子，可全身的肌肉都在缩紧。

“这个嘛，亲爱的，是元首批准的安乐死计划，一九三九年十月已经生效啦。计划明确提出，将消灭一切没有价值的生命，以免他们继续繁衍。它会保证我们血统和种族的纯正。我也许应该特别提醒下，T4计划中并没有区分智力上和身体上的残疾。”

阿尔布莱希特在暗指八岁的腿有残疾的沃尔夫冈。尽管见识过弟弟的各种下作手段，他刚才这番话中流露出的邪恶与冷漠还是让利奥波德措手不及。

一股怒火直冲脑门，他尽最大的努力才克制住没有发作。

他真想一拳揍向弟弟的鼻子，看着纯种雅利安的血流下来的样子。利奥波德克制着自己的举动而不是言词，愤怒地回击：“你们看来对戈培尔博士的内八字腿倒是毫不介意，嗯？他可是生了不少孩子！”

“利奥波德，这是刮的哪阵风啊？尤其是你，你是教会的人，怎么会认为有些腿瘸的戈培尔博士没有价值？我必须承认，我几乎不认识你啦。”阿尔布莱希特认为自己的反击很诙谐。

“我是在遵照你们卑鄙的意识形态逻辑，阿尔布莱希特。这个逻辑连最狡诈阴险的魔鬼都要自叹弗如！不过你说得对，我不会因为戈培尔博士的瘸腿就认为他不配活在世上，因为上帝认可各种种族和形形色色的人类。我反对的是他代表的东西，他极力宣传的东西。我觉得真该找人测试下他的心理状态，你不觉得吗？”

“够了，利奥波德。我知道你打的什么主意，别转移话题。最好是黛博拉自愿顺从我，这对大家都好，省得我费力。这个你同意吧，波德叔叔？我们做个交易，你想办法让她顺从我，我就继续保护这两个孩子。”他看着利奥波德因痛苦而扭曲的脸，上面写满厌恶和反感。然后他给出了最后的一击：“另外，想想吧，利奥波德神父，你还有多少好事要做。你还能救不少人呢！”

利奥波德像遭到电击一样呆坐在沙发上。阿尔布莱希特，他已经知道了！

无名的恐惧笼罩了他。他想到那些冒着生命危险帮助他隐藏犹太人、将犹太人偷运出国的人们，不寒而栗。他无法承担这样的责任，承受这种恐惧。他需要让自己的头脑冷静下来。想个办法，利奥波德！找到方法说服阿尔布莱希特，让他知道自己错得多离谱，他怎么能干出这样下三烂的事！利奥波德抬起头望向阿尔布莱希特，看到的是他满脸的幸灾乐祸。

利奥波德明白得太晚了，弟弟等待这个时刻已经很久，看来也为此准备已久。自己多么盲目、愚蠢又自以为是，而阿尔布莱希特已经准备了一手好牌……

此时，利奥波德已走投无路。他背负起一切后果，做出了最终的决定。这个灾难性的决定让他从此万劫不复：他将自己献给了魔鬼出的这道算术题。在拿走自己的灵魂之前，让撒旦再多等几分钟吧！

阿尔布莱希特等待着。他早就知道自己会大获全胜。

利奥波德开始讲话，语气单调无力，映射出内心的苦楚，好像已经为了弟弟的贪婪献出了自己的一切。

他说的每一个字，都击碎了一小块自我："向她展示你对她母亲的悲伤。这个姑娘同情心很强，她不会拒绝你对她的安慰。告诉她你很孤独，告诉她，你一个人时是多么难受。尽管如此，我还是要警告你，阿尔布莱希特，这个女孩看起来很安静，不过她就像音乐一样，充满了变化和激情，她会毫不犹豫地献身给她热爱和相信的一切。而她的仇恨也不会比她的爱少！你如果伤害了她，她肯定会以牙还牙。保罗说过，种下什么种子就会结什么果。"利奥波德将脸埋进手里，肩膀抽动着。他在为无辜的人，为自己的背叛和随之绵绵不绝的悔恨而哭泣。

"你要是不引用句《圣经》什么的，我倒觉得奇怪了，哥哥。"阿尔布莱希特干巴巴地说道。他站起身，暗示哥哥已经尽了自己的本分，现在可以离开了。

利奥波德用衣袖擦了擦脸，费力地从沙发中站起来。先前生气勃勃的他，突然间变得老态龙钟。

"告诉我，你为什么要这么做？"他问自己的弟弟。

阿尔布莱希特坏笑了下，回答道："因为我能做到。"

利奥波德离开了，没有道别。他只是一个被击垮的男人，拖着沉重的步伐。

两人的兄弟情谊在这一天四分五裂，不复存在。利奥波德知道，自己无法再阻止阿尔布莱希特的心魔，而弟弟将一步步走上通向地狱的不归路。

"原谅我，妈妈。"他低声说。

第三十三章

参加完音乐学院的圣诞庆典后，黛博拉回到了家。只有沉浸在音乐世界中，她才能得到一丝安慰，排遣母亲去世带来的悲伤。

她马上察觉到，利奥波德几乎只有当她在音乐学院读书期间才到家里来。黛博拉怎么会知道，利奥波德是有意回避她，否则他将不得不直视她的眼睛呢。

利奥波德知道自己懦弱，心里感到强烈的不安。他加倍地关心呵护小沃尔夫冈，好像要把对他姐姐欠下的债和将有的亏欠，全部补偿在他的身上。

三月的一个星期天，黛博拉来到教堂，在法衣室里找到了利奥波德。姑娘向他抱怨，自从妈妈的葬礼后就再没见过他。她哭了起来，看起来那么无助。利奥波德把她抱进怀里安慰着。而在内心，他觉得自己是个可耻的叛徒。

黛博拉抽噎着说："至少布鲁曼先生充满了同情心。他也十分思念我妈妈。我想，他一定感到很孤独。"利奥波德想避开这个话题，递给她一块手帕，问道："你还一直称他为先生吗？"

“是，已经习惯了，我知道这有些古怪。我一直称呼他为布鲁曼先生。他也跟我说过很多次，我应该称呼他阿尔布莱希特，不过我总是张不开口。真奇怪，不是吗？”她从利奥波德的肩膀上抬起头来，直视着他，“我喊你波德叔叔总是毫不费力就脱口而出，波德叔叔。”

“好啦，好啦。”利奥波德觉得都快无法承受了。他清了清嗓子：“沃尔夫冈怎么样，好好吃饭了吗？”

“没问题，奥德丽天天追着他呢。我能问一个关于你弟弟的问题吗？”

利奥波德担心的就是这个。是他把羔羊送给了狼，现在羔羊来向他咨询了。他匆忙站起来，在罩衣上扯来扯去，想脱掉弥撒时所穿的法衣。他不想让黛博拉看到自己痛苦的表情，他诅咒着自己的懦弱。

“你想问什么呢，亲爱的？”他问着，同时脱掉圣带。

“是这样的，自从妈妈去世，布鲁曼先生……不，是阿尔布莱希特经常在家里陪伴我。昨天他对我说，他要出差几个星期，请求我跟他一起去。我跟他讲，我这学期还没结束，而且还有弟弟沃尔夫冈，我怎么能把他一个人丢在家里。他听完几乎哭出来了。波德叔叔，他说，他不知道独自一个人能否支持那么长时间。我以前从来没想到，妈妈的去世会带给他这么大的打击，因为他总是给人坚强沉稳的印象。我真是为他感到难过，我该怎么办，波德叔叔？他是你的弟弟，你应该对他很了解。我应该同去吗？”

利奥波德心里咒骂着弟弟逼真的演技，同时希望自己也有同样的天分就好了，他正需要这个。今天阿尔布莱希特带着两个孩子来做了礼拜，而此前他是从不露面的。

他明白了，阿尔布莱希特已经算计好了，弥撒后黛博拉会来他这里寻求建议。这是个圈套，利奥波德脑海里仿佛听到了捕兽夹子合上的脆响，这个声音既不祥又充满讽刺。如果今天回去后黛博拉拒绝了弟弟的请求，他肯定会怀疑是自己在幕后捣鬼。

他在思考：弟弟会有多大耐心？如果黛博拉拒绝，他会宽限沃尔夫冈一会儿吗，还是会立刻露出真实嘴脸，对孩子下手？

以利奥波德对弟弟以往恶行的了解，答案不言自明。他知道，对于黛博拉和她的命运，自己已经无能为力。但他还有希望救沃尔夫冈。

他对黛博拉说话的同时，心中明白自己的灵魂注定受到炼狱般的折磨："可怜的孩子。你的心事太多了。如果你愿意和我弟弟出行的话，就不用担心什么，我会照看你的小弟弟的。"

他在回答中已经假设好了，黛博拉实际是同意的，只是来征求下他的意见而已。他聪明地将自己的想法灌输给黛博拉，假装那是她自己的意愿与决定。

阿尔布莱希特在邪恶中茁壮成长，而利奥波德则深陷其中不断枯萎。作为道貌岸然的欺人者，他自此真正开启了另一种生活。恰恰因为他对此心知肚明，也清楚自己做出的欺骗，因而才羡慕那些多年以后才看清的人。

他问自己，在上帝的世界中，怎么会有自己这种面目可憎的人，而且还是一个传播福音的神父？他想起歌德《天福的向往》中最后一句诗：你只是个郁郁的寄居者，在这黑暗的凡尘。这句诗正合他意，他不再是过去那个利奥波德，永远不是了。

他将只是自己的影子，是他此前生活的幽灵。他以后的欢快将不过是表演，而充满激情的布道只是可怜的乞求，乞求邪恶的统治能早些终止。不过他清楚，在那个时刻到来之前，还会有很多人走向死亡，而后世的人们将不得不面对一份份沉重的账单。

可最终有多少人在这场浩劫中丧失生命，连利奥波德都没想到。

第三十四章

1942 年初，圣加仑州和苏黎世

两周以后，三月的最后一天，两人启程前往瑞士。清早的空气中充满了春天的气息。现在，黛博拉已经很容易开口称呼他为阿尔布莱希特了。

这次，阿尔布莱希特没有带司机。他穿了一套深灰色的雅致西装，配一条真丝领带。这还是黛博拉第一次看到他不穿制服，她喜欢他这个样子。在她心里，制服和暴力给她留下的阴影密不可分。

他们旅行沿途将经过兰德斯堡、梅明根和布雷根茨，第一个目的地是瑞士的圣加仑。

瑞士境内的风景吸引着她，比如绿油油的草地和高山牧场，悠闲吃草的黑白相间的奶牛和它们憨厚的眼神，她喜欢这一切。这一切是那么安宁和平。她已经很长时间没有离开慕尼黑了，这个城市在她眼中已经变得灰暗沉闷。而在这里，瑞士，一切是那么纯洁无瑕，安全宁静，无比和平。

阿尔布莱希特将车停在了里奥哈德大街。下车时，他取走了放在车后座上的真皮公文包。看他拿包的样子，黛博拉估计里面装着的东西分量不轻。

他们一起走向瑞士信贷银行宏伟的总部大楼，这是座古色古香的巨大建筑。黛博拉在楼前稍停了下，端详着这座大楼：它沉稳安详，有股节制保守的味道。她忽然明白了这是为什么，因为这里没有到处飘扬的纳粹卐字旗，甚至在整个城市里她都没有看到。在家时，她早已习惯了无处不在的纳粹旗帜，而现在眼前清净了，也给了她很大的心理安慰。发现一个没有纳粹的世界，让她兴致高涨。

阿尔布莱希特在银行接待处做了登记，然后，他们被人引导着乘电梯来到了存放保险箱的楼层，他让黛博拉在前厅等候。不到十分钟，他就回来了。伊丽莎白发现，那个公文包看起来轻了许多。

阿尔布莱希特把黛博拉请进一间咖啡馆，入口处的门上是烫金的字：糖果巧克力。

一进门，浓郁香甜的味道扑面而来，黛博拉马上感到自己开始流口水了。仅仅是货架上的陈列品，对她的眼睛已然是一场盛宴：柜台和玻璃柜里摆满了数不清种类的坚果糖和巧克力。

很快，黛博拉就坐在了一杯微苦的热巧克力前面，巧克力上还加了一勺浓浓的奶油。她就着一块小山一样的核桃蛋糕大快朵颐。阿尔布莱希特兴致颇高，允许她想吃多少坚果糖就吃多少。黛博拉当然拿了不少，不过他一直鼓动她。阿尔布莱希特在收银台前用瑞士克朗付款时毫无怨言。

看到他手里的瑞士克朗，黛博拉心中掠过一丝悲伤。她想起了全家四年前计划逃亡的情景，当时爸爸设法搞到了一沓这样的瑞士钞票。她还记得，一年后她和妈妈再次试图逃走，而逃亡之旅在火车站就早早结束了。

而现在，自己身在瑞士，自由的瑞士。她心里忽然冒出一个念头：

为什么不趁阿尔布莱希特不注意时跑掉呢？这里没有纳粹，阿尔布莱希特在这里无权无势。不过，她很快放弃了这个诱人的念头，因为想到了留在家中的弟弟，她是他在世界上唯一的亲人了，她怎么忍心将他扔下不管呢？

为了打消自己的胡思乱想，她随口问道："你包里装的是什么东西啊？"

她本来没指望他会回答，但今天的阿尔布莱希特不仅出手大方，在言辞上也不吝啬。他拍了拍放在地上的公文包。"这个嘛，我的保险。"

黛博拉知道保险是什么，所以这个答案等于什么也没说。"你干吗将保险放在瑞士银行的地下金库呢？"

"因为说不定什么时候战争就结束了。好了，黛博拉，把你的热巧克力喝完吧，我们要走了。"

他们继续驱车前往苏黎世。路边闪过的风景依然让她看不够，就像一个画家按照她的想象，绘制了一幅祥和的天堂图景。

美丽的风景让姑娘兴高采烈，甚至有一段时间，她忘记了母亲去世带来的悲伤。她能感到自己对未来的憧憬,感到自己体内青春的苏醒。

在苏黎世豪华的巴尔拉克酒店，阿尔布莱希特预定了一间带两个卧房的套间。尽管酒店位处市区，却建在苏黎世湖岸边一个独立的公园里，被大自然包围。

当黛博拉看到夕阳照耀下金光闪闪的苏黎世湖，以及湖上飘荡着的悠闲小船时，她真想像个孩子般跳起来。

这里的一切都让她吃惊。巴尔拉克酒店接待处的经理竟然称她为女士，她还从未被人当作成年女性对待过。当他们走进豪华的酒店套间时，她终于控制不住孩子般的兴奋，在房间之间高兴地跑来跑去，对两间睡房的典雅风格赞不绝口。待她发现巨大的大理石浴盆，浴盆大小和她在慕尼黑家中的睡房差不多大时，她忍不住欢快地尖叫起来。

阿尔布莱希特微笑着跟在她身后。“你去泡个澡吧。很抱歉，我得马上出去，估计很晚才能回来。你最好订好晚餐，让他们送到房间里。”

他吻了下她的额头，消失了。不知为什么，黛博拉感到了一丝失落。

阿尔布莱希特的确很晚才回来，而且第二天、第三天都是如此。黛博拉很快感到无聊，她这才知道，即使再豪华奢侈的生活，人们也能很快习以为常。

她每天早上都泡一个澡，在附近的湖边散两次步，喂鸭子，满心羡慕地望着湖中荡漾的小船。她走遍了公园和酒店内部的每一处，甚至闭着眼都能找到自己的套间。

唯一没有涉足的只剩下酒店的酒吧。到酒店的第一天，她就听到那里传出钢琴演奏的声音，但还从未敢进去过。

她觉得那个人弹得不错，轻快流畅，但不怎么上心。不过也难怪，毕竟那人不是为对艺术感兴趣的观众演奏，只是给客人们凑凑乐子而已。

他不如我弹得好，她心里评价道。她的想法出自专业的评判，没有一丝虚荣的成分。不过，她灵敏的耳朵听出那架钢琴刚调过音。

第四天，她鼓足勇气走进了酒吧，骄傲地昂着头，强撑着自信，好像这不过是她习以为常的外出。

弹奏钢琴的是位小个子男人，身材瘦削，鬓角的头发已经花白，身着燕尾服。

黛博拉感到自己的手指在发痒，于是要了一杯摩卡。她整个下午都坐在那里，守着这一杯咖啡，只是手没有闲着。她的手指跟随自己熟悉的乐曲跳动着。

次日同一时间，她又来到了酒吧。演奏间隙，那个弹钢琴的男人径直走向她，和黛博拉攀谈起来，把她吓了个半死。

“请恕我冒昧，年轻的女士。我是弗雷德里希·高德。如果我没有猜错的话，您是我的同行？”他坐下来。而黛博拉不知道该说什么，只是说道：“很荣幸。”她问自己，该如何对待酒吧里的陌生男子呢？自己只是一个十七岁的姑娘，而且第一次出远门。如果阿尔布莱希特突然走进来，发现自己和一个男人在一起，会不会生气？

高德先生常年在酒店酒吧演奏钢琴，职业使然，对和女人打交道很熟稔。黛博拉少女的羞涩没能逃过他的眼睛。他说：“是您对音乐的专注，还有您不停歇的手指让我猜到的。所以我想问问您，年轻的小姐，也许您愿意演奏一曲？”

这个不需要进一步请求，即使阿尔布莱希特在场，他也不会反对的。她坐到漆黑闪亮的钢琴旁，像以往一样，触碰琴键后流出的一串音符像对她施了魔法。她开始一首接一首地演奏：莫扎特，肖邦，勃拉姆斯，李斯特，这些她热爱的音乐家。她忘记了自我，沉迷在音乐中，直到被演奏间歇客人们的掌声惊醒。她诧异地看着四周。

黛博拉刚才完全忽视了四周的环境，忘记了自己是在公众场合。她是那么投入，甚至不知道自己已经情不自禁地唱起歌来，她的歌声将不少人吸引到了酒吧。

这是黛博拉第一次在音乐学院以外的地方公开演唱。她的音乐赢得了酒店客人的赞扬，这从他们喜悦而充满欣赏的脸上可以明白地看出来。黛博拉一生中还从未这么幸福过。不过，她同时也感到一丝忧伤。她想到了母亲，要是母亲此刻在身边，肯定会为她感到高兴。但妈妈却永远不会再次站在舞台上，将艺术和风采展现给世界了。

一位拄着优雅的拐杖，戴着礼帽的老先生穿过人群，来到她的身边。

他出人意料地握住黛博拉的手，摩挲着，对她说：“这是怎样的声音啊，我的孩子，这是灵魂的咏叹。你让我想起了我的好朋友，独一无二的伊丽莎白·马普兰。请你告诉我，孩子，你姓什么？”

黛博拉睁大眼睛望着他，用了好一会儿，她才从圣洁的音乐殿堂重返人间，找回自己惯常的语言：“十分感谢，先生。马普兰夫人是我的母亲，我叫黛博拉。”

“哦，这真是一个奇迹。”老先生高兴地拍了下手，“这真是天意，我的孩子。我能有幸两次听到这样的声音。你跟我来，我请你喝杯花草茶，这是能帮你保持嗓音的良方。”

他带着诧异的姑娘来到酒店大厅，从一个身穿燕尾服、面容慈祥的服务员那里给两人要了茶。

老先生接下来的话揭开了谜底：“哎呀，瞧我这脑子。请原谅一个老头吧，亲爱的小黛博拉。我是弗朗兹·雷哈尔。我第一次听你母亲唱歌是在维也纳的一个教堂里，那时她才十一岁。她去世的消息让我十分难过。”

黛博拉的嘴都张大了，坐在自己面前的是当代最伟大的作曲家之一，而自己正在和他喝茶，还受到了他毫不吝啬的夸奖！他们在一起坐了很长时间，沉浸在音乐和回忆之中。

第六天，在客房中共进早餐时，阿尔布莱希特说：“今天我有时间，黛博拉。我需要先给巴黎打几个电话。然后我们一起出去，为你买件晚礼服。作为对你耐心的奖励，我今天晚上带你去一家法国高级餐厅吃晚饭。”

在之后的通话中，阿尔布莱希特讲了一口流利的法语。这让黛博拉吃惊不小，她不知道他会法语，而她自己的法语学得也不错。她喜欢法语的发音和温柔的节奏。他在电话中谈到了关于火车运输的事情，好像在组织从法国城市贡比涅到贝乌热茨的运输事宜，事关筛选和什么负荷量的问题。

这是第一次，黛博拉有机会窥见继父神秘工作的一角。当她问道，是不是他们也会去法国的贡比涅时，阿尔布莱希特看起来不是很高兴。从那之后，他再也没有当着她的面打过电话。

两人在优雅的苏黎世车站大街上消磨了几乎一整天。这里店铺林立，到处是时髦商店和布置讲究的咖啡馆。这天天气阴沉，天空灰蒙蒙的，还时不时地下一点小雨，不过丝毫不影响街道的繁华。令黛博拉难以置信的是，在这里，一天就能碰到那么多穿着裘皮大衣的女人。

阿尔布莱希特的品位相当不错，他在街上最好也最贵的两家店里为黛博拉选了两件晚礼服：一件是闪亮的奶黄色缎子布料，衬托出她秀丽的侧影，另一件是深紫色的天鹅绒，和她眼睛的颜色十分相配，款式是大胆的无肩设计。此外还各自搭配了长及肘部的白手套。黛博拉心里暗暗高兴，这样就能遮住手臂上的伤痕了。

阿尔布莱希特坚持服饰要全套搭配，所以又买了和两件晚礼服颜色相配的皮鞋和提包。

最后，他带她走进了一间高档珠宝店，店主亲自为他们服务。阿尔布莱希特不顾黛博拉有些尴尬的反对，坚持为她买下了一串珍珠项链和配套的珍珠耳环。项链凉凉地贴在她修长的脖子上，让黛博拉感到它的昂贵，也有了一种成年的感觉。

她马上就把它们全部戴上了，还不时地用手去摸，生怕它们丢了似的。逛街期间，他们还在一家只有六张桌子的高档餐厅吃了顿简单的午饭。

下午很晚，两人才兴高采烈地回到巴尔拉克酒店。阿尔布莱希特建议黛博拉应该去趟酒店附设的理发店，为自己的长发做个造型。

第三十五章

记忆自有它的逻辑。多年后，当黛博拉回忆起和阿尔布莱希特在一起的最初几天时光，她的记忆中是湛蓝的天空，明媚的阳光，万里晴空。那时的她少不更事，还不能明白，那只是一个稍纵即逝的梦。

也恰恰因此，那些短暂的时刻才让她久久回味；体验过的幸福是别人拿不走的财富，她长久地沉溺其中。

黛博拉挽着阿尔布莱希特的手臂走进法国餐厅。她对自己的魅力充满信心。在客人们齐刷刷地将目光投向入口处这优雅的一对之前，她对这一点就确定无疑。

餐厅的大厅充满了老帝国的风格，有明亮的枝形吊灯，描金的天花板以及像镜面一样闪着亮光的橡木地板。这一切好像为他们准备了一个再完美不过的舞台。

黛博拉最后选中的是那身紫色的露肩晚礼服。这的确是再好不过的选择：没有其他颜色比紫色更能衬托她蜂蜜色的皮肤了。她选择这件还有一个原因：比起少女味十足的淡黄色，这个颜色让她看起来年长一些。

做头发时，她请理发师把头发盘了起来，这样，阿尔布莱希特送的昂贵的珍珠项链和耳环就会一览无遗。而且，盘起头发后，她颈部柔美的曲线和惹人怜爱的后颈也完全展现了出来。

阿尔布莱希特穿了一身量身定做的黑礼服，显得魅力十足。他对于大厅里在座女士的吸引力，不亚于黛博拉对所有男人释放的魅力。他对黛博拉温文尔雅，彬彬有礼，完全把她当成了一位成熟女性。

今晚他漠视了这个年纪的姑娘该有的所有禁忌，为她点了法国香槟、鱼子酱，以及之后的海鲈配地中海蔬菜，外加低度白葡萄酒佐餐。

正餐后的最后一道点心是一盘奶酪，里面足足有八种法国奶酪，是黛博拉兴之所至点了它。不知怎的，今天她没有要自己通常喜欢的甜点。她想尝试下新鲜的东西。

最后，他们喝了一杯摩卡，黛博拉平生第一次喝了雪莉酒——其实今晚她经历了不少人生中的第一次。阿尔布莱希特同她尽情说笑，作为回应，她的笑声清脆悦耳，洋溢着愉悦的面容直映在他的眼底。他告诉她，不少欧洲的王公贵族曾在这家酒店留宿，比如奥地利皇后伊丽莎白，以及一位真正的埃及哈里发。

他还讲到，瓦格纳曾经在巴尔拉克酒店，在岳父弗朗茨·李斯特的生日庆典上亲自演奏钢琴并唱歌助兴，那也是歌剧《女武神》第一幕的首次公开演出。当时的演出很可能是在大厅的这一侧举行的，就是今天招待客人的室内乐队钢琴师所在的位置。

这些故事让黛博拉心驰神往。而且她也微微有了醉意，酒精让她的舌头彻底放松了，她向阿尔布莱希特讲起自己两天前和音乐家弗朗兹·雷哈尔的邂逅。巧的是，正提起他，这位大音乐家就突然站到了两人的面前。

音乐家殷勤地吻了黛博拉的手，然后转身向阿尔布莱希特鞠了一躬。相互介绍后，老音乐家对他有这么一个才华横溢的女儿表示祝贺，预言以她的天资，日后的前途不可限量。然后，他邀请黛博拉为今晚的来宾献唱。

尽管内心恨不能马上接受雷哈尔先生的邀请，她还是探寻地望向阿尔布莱希特的眼睛，希望得到他的许可。黛博拉不是扭捏作态、卖弄风情的姑娘。不过她还是有些犹豫，刚才在老先生向他祝贺时，她看到了他眼里的一丝不悦。不过，阿尔布莱希特回答，他十分愿意听到女儿的歌声。

雷哈尔先生已经急匆匆走向了乐队，随后，他亲自为黛博拉指挥乐队伴奏。黛博拉选的是妈妈最喜欢的《茶花女》中的咏叹调。

演唱结束后，阿尔布莱希特骄傲地接受着人们对他身边这位迷人姑娘的祝福，看上去，观众的掌声带给他的享受并不比黛博拉少。两人之后还跳了舞。阿尔布莱希特的舞跳得十分出色，他用稳健的手驾驭着还不太在行的黛博拉。她吃惊地问他，为何舞跳得这么好——在她心中，她从未把跳舞这样的事和他联系在一起。阿尔布莱希特告诉她，是他的母亲教会了他跳舞，可惜他十六岁时她就去世了。他的声音有些哽咽，表明他依旧在怀念逝去的母亲。黛博拉的心都要融化了，现在她觉得，自己的心和同样失去亲人的他离得更近了。

后来，两人回到了酒店套房。阿尔布莱希特夸奖黛博拉，说她今天的表现太出众了，她演唱的那首咏叹调令人动容，歌曲也选得十分恰当，而且和她的晚礼服十分相衬。

一方面黛博拉因自己今晚的成功而兴奋不已，另一方面，香槟酒的劲道也在起作用，她开始咯咯笑个不停，几分钟都停不下来。倒不是因为阿尔布莱希特的话多有趣，而是她觉得，原来一本正经的阿尔布莱希特现在却试图讲笑话，这件事本身太可笑了。

她还是没有安静下来，笑得身体乱颤。这时，阿尔布莱希特忽然紧贴在她的身后，将自己棕色的大手放在了她裸露的肩膀上。他的下一个举动让她措手不及：他低下头，轻轻亲吻着她敏感的后颈。一种甜蜜的感觉流遍全身，让她的身体颤抖。她骤然止住笑，变得十分安静。她慢慢转过身来，面对着他，眼神安静清澈，如夜晚的湖水。她在他的眼中探寻着，看到了他对自己的渴望。

她忽然间豁然开朗。她现在知道了自己一直等待的是什么。她和阿尔布莱希特共同旅程的目的地就是这里，在过去的时间里，他们一直在朝这个目的地行进。

她年轻的身体里充满了对未知地带的渴求，迫不及待地想要品尝生命的奇迹。高级餐厅里的法国香槟，和身边英俊的男人举杯共饮，性感的礼服，昂贵的首饰，以及周围的人们欣羡的目光，这一切都满足了黛博拉作为少女对爱与浪漫的想象。年轻的姑娘甚至从未想到过，面前这个男人曾是自己母亲的丈夫。

想到了又怎样呢？这只会让她更加渴望，因为禁果对于她而言会分外甜美。她是一个艺术家，常人的规则她嗤之以鼻，她怎么会将自己和普通人相比。她曾经钻研过几部戏剧，了解戏中男女的爱情。在戏里，为了爱，危险、谎言和伤风败俗，又何足挂齿。爱情是人类所有情感的标尺。只有爱情会让一切界限消失，不论贫与富，还是贵族与平民，只有爱情才会无视种族的区别，直至死亡……

她将头向后仰去，将自己鲜嫩的、从未被吻过的唇迎向他。不过老练的阿尔布莱希特在拖延那一刻的到来。他轻轻挽住她的手肘，开始轻吻她的脖子。她的皮肤散发着蜂蜜一般的甜美气味。阿尔布莱希特温暖的气息让黛博拉毫无经验的身体一阵战栗。他不慌不忙，将自己的嘴唇移到她的耳朵，然后是肩膀，最后来到了礼服上浅浅的乳沟，他的舌头在这浅浅的沟壑中留下一道湿润的痕迹。

第一次被男人的舌头触碰让黛博拉颤抖，这比她想象的还要美妙。她的皮肤被刺激得发痒，小腹快意地收紧。她年轻的身体第一次受到如此的诱惑，她现在想要的远不止轻轻的亲吻。

她的下一步举动，让自以为主导着局面的阿尔布莱希特出乎意料：她，一个十七岁的女孩，此前还从未这么近地靠近过男人，此时却采取了主动。她抓住他的头发，用尽全力将他的头拉到了自己的嘴边。此时此刻的黛博拉毫无温柔，充满了野性和挑战。她激情地压向他，让他大吃一惊，几乎有些晕眩。

黛博拉用双手抱住他，把窄小的下身压向他。她的动作根本不像一个茫然无知的处女，更像一个老练的交际花。当她感到他肉欲的冲动时，她毫不羞愧地抓住了它，他呻吟了一声，想扭过身去，此时的黛博拉感到了自己对他的掌控。

她生硬地扯掉身上的晚礼服，然后两人倒在了床上。阿尔布莱希特本想扮演掌控者的角色，不想对年轻的女孩过于粗鲁，现在反被她的激情带动起来。他像野兽一样扑到她身上。下一步，女孩儿又让他更加惊讶。对他的每个狂野举动，她都做出了回应，而且还要更狂野。她用力咬他的脖子，在他的后背上用指甲划出一道道伤痕，让他忍不住呻吟，而破身的疼痛让她的狂野更加一发不可收拾。

阿尔布莱希特怎么会知道黛博拉对疼痛的爱和渴望，知道她很久以前就和痛楚结盟？

这一夜，黛博拉发现了缓解仇恨的新方式：做爱中身体之间的搏斗。随后的一整夜，她都在挑战阿尔布莱希特，好像无法从他的身上和他的爱中得到满足。他们之间的方式绝谈不上温柔。他回应着黛博拉的每次撕咬，而她对于痛楚极其享受的反应，反过来更刺激他达到高潮，他此前还从未有过这样的体验。黛博拉始终不满足，最后还是他不得不要求停下来。

他筋疲力尽，像刚刚过了一个狂欢之夜，身上满是伤痕。这样的一个处女黛博拉，他此前万万没想到。

早上快十点的时候，黛博拉叫醒了他。她刚刚泡过澡，身上散发着新鲜玫瑰花的芳香，嘴里叽叽喳喳的像一只忙碌的蜜蜂。她向酒店订了丰盛的早餐送到房间里，两人一起吃起来。

餐后，她安排阿尔布莱希特也去泡澡，给了他十分钟时间让他自己放松下。随后，她毫不羞愧地赤身裸体走向他，迈进巨大的大理石浴缸，要求和他再来一次。

事后，她背靠着他坐在他的两腿之间，将自己的头倚在他的胸膛上。清晨的阳光透过窗户，温热地照在她的脸上。

阿尔布莱希特也闭上了眼睛，不过他没有像黛博拉那样在做白日梦，而是在思索。思索自己。这很少见，他总是在琢磨别人，因为这样才能让他操控别人的艺术日渐长进。

这个尤物带给他的吃惊还迟迟没有消散。他从未体验过这样的激情和热血。而带给他这份体验的，却偏偏是这样一个小东西。她看似温柔的外表下掩盖着如此狂野的灵魂。他对自己感到吃惊，因为他对黛博拉的确充满了温柔之情。而此前的他，和温柔这种感情从不搭界。温柔在他看来是软弱的表现。

可是自己现在坐在这里，轻柔地抚摸着她的肩膀和手臂，欣赏着她幼嫩的皮肤，感到心里有一种感觉在萌芽，在滋长。而这种感觉，他以前一直在逃避。突然，他愣住了，他的手指感觉到了她身体上的异样。他抓起她的手臂冲着阳光。

“你这里怎么回事？是谁干的？”他喊道。她的手臂上纵横交错的伤疤，好似一个个方格。他马上怀疑，是不是那些人在斯图加特虐待了黛博拉，如果是这样，他们就违背了他严格的命令。想到这里，他勃然大怒。

黛博拉懒洋洋地直起身，面向阳光，漠然地看着自己的手臂。她马上回答了他，没有一丝犹豫，她不想两人在身体和思想上有任何不和谐。“这个吗？不是别人弄的，是我自己，自从那个可怕的夜晚，党卫军把沃尔夫冈、我还有玛格达抓走之后……从那时候起，我有时会沉浸在仇恨和愤怒里不能自拔。于是我开始用刀子划伤自己，这能管点用，疼痛能转移我的情绪。我喜欢痛楚，它能让我感觉好些，你讨厌这个吗？”

“不，你喜欢痛楚，这点让你很迷人。这里面有些很刺激的成分。”

“这个嘛，我已经感觉到了，我的先生。”她用自己的臀部摩擦着他的身体，老练得像此间老手，而不是一个仅仅有过一夜经验的姑娘。

“嘿，我的女士，这样的举止可不合体统，有些轻浮。我本来以为你是一头羔羊，谁知道却是一只凶猛的野猫。”他摸摸自己脖子上有些浮肿的伤口，庆幸还可以用制服的衣领遮盖上。

他想起了葬礼后和哥哥在书房的对话。哥哥是怎么说的来着？啊哈，没错。利奥波德警告过他，黛博拉像一把锋利的剃刀，他会伤着自己的。至少她挠人咬人的时候可是一点也不扭捏。如今，哥哥大概是无从知晓这份伤口的痛楚了。想到这里，一丝志得意满浮现在他的脸上。

初夜给两腿之间带来的甜丝丝的疼痛让黛博拉很舒服。她觉得已经让阿尔布莱希特休息了足够长的时间，于是转过身来，趴在他的身上。她诱惑地摇晃着腰，不过阿尔布莱希特笑着将她推开了。“对不起，小家伙。我的确想，但有约在先，我得马上离开了。”他抱了她一下，像她喜欢的那样重重吻她。黛博拉马上抓住机会，去咬他的嘴唇，不过他成功闪开，跳出了浴缸。

“到此为止，你这个永不满足的姑娘。同事们今天说不定会说我的闲话。我们晚饭见。需要钱的话，在写字台的抽屉里。”

他已经走向了浴室房门，又转身返了回来，故作漫不经心地说：“还有一件事，你的名字。我觉得黛博拉这个名字不太适合你，所以我想马上给你改成玛利亚。”他转身离开，留下了惊愕的黛博拉，一句话也说不出来。事情来得突然，她错愕得不知如何回应。不过她随即愤怒起来，可又无处发泄，于是随手抓起浸满水的沐浴海绵向房门扔去。阿尔布莱希特还算聪明，已经随手把门带上了。很可怜，海绵只是无声无息地掉在了地上。

胡说八道！我的名字怎么了？她深吸了一口气，然后将头扎进浴缸的水里。以前，她时常和沃尔夫冈玩这个游戏，看谁憋气的时间更长。她忽然十分想念弟弟。她打定主意，今天他下课后一定给他打电话。

她忽的一下抬起头浮出水面，大口呼吸着空气。随后，她在水已经变凉的浴缸里又躺了整整一个小时，沉浸在自己的思绪中。最后，她叹了口气直起身来。尽管年轻，黛博拉却有着敏锐的感觉。她明白，这一夜，她不仅失去了童贞，还失去了自己的名字。对于党卫军上校阿尔布莱希特来说，黛博拉这个名字，听起来太像犹太人了。

黛博拉在旧约中有着特殊的含义。爸爸古斯塔夫曾经告诉过她，黛博拉的意思是法官或者先知。在希伯来语中，黛博拉还表示蜜蜂。

不过，黛博拉不会在名字的事情上纠结，因为她在阿尔布莱希特身上找到了治疗自己心灵伤痛的东西。

接下来的一段时间内，她将无须再给自己添加新的伤痕，因为阿尔布莱希特会满足她对痛楚的渴望。

第三十六章
维也纳，东部省

三天后，他们一大早就离开了苏黎世。一个睡眼惺忪的酒店行李员帮着他们装运行李。汽车开动时，黛博拉留恋地向酒店的公园望去。苏黎世湖还沉浸在沉沉的雾霭之中，空灵而宁静。她真希望能在这里多待一阵。

让黛博拉扫兴的是，阿尔布莱希特穿上了他的党卫军制服。奥地利被德国吞并后改称东部省，他们将前往首都维也纳，这需要几个小时的车程。阿尔布莱希特告诉她，在那里，他们将入住帝国饭店，这是一家和苏黎世的巴尔拉克酒店有同样悠久历史和辉煌过往的酒店。

昔日的皇城维也纳，同时也是黛博拉母亲的出生地，以阳光灿烂的春天迎接了她。

维也纳到处都是纳粹的踪迹，不过黛博拉很快就习惯了，像在慕尼黑一样不再在意。

黛博拉还记得维也纳从前的样子。在弟弟出生前，她曾随父母到过这里几次，最近那次是在一九三三年。这座城市和其中的名胜古迹还留在她的记忆里，她能回想起很多当时发生的事。尽管如此，她很乐意在第二天坐着阿尔布莱希特的车四处转转，听他讲述这个城市。现在，她每晚都和他在一起。

她的情人看来对维也纳知之甚详。黛博拉询问原因，他只提到自己在一九三八年因工作的原因在这里住了快一年。至于其他行踪，他没有提及。他转换话题的方式让黛博拉感觉，他压根儿不想谈这方面的事情，他神神秘秘的样子让黛博拉越来越恼火。她的爸爸古斯塔夫不仅不回避她的任何问题，还总是鼓励她提出问题。

当他们从维也纳美术学院门前驶过时，她记起，爸爸曾经说过，希特勒曾经两次在该学院的招生中落选。也许是因为刚刚想起了父亲，黛博拉从令人沉醉的爱情中短暂苏醒过来，现在想有意刺刺阿尔布莱希特。这也是他第一次领教黛博拉的——正如哥哥利奥波德曾经警告过他的——敏锐而勇敢的灵魂。

“真是太遗憾了。你不觉得吗，阿尔布莱希特？”

“你说什么太遗憾了，玛利亚？”阿尔布莱希特饶有兴致地问道。

“你们的元首没能得到进一步深造的机会。否则，我们现在也许就不会打仗了。谁知道呢，也许他现在会坐在一个画架前，描绘着维也纳的美景。”

“玛利亚，我的宝贝儿。首先，他也是你的元首。其次，这也许就是他的宿命：他没有成为艺术家，而是命中注定要来指引德国人民。”他的语气中没有责备，只像是一位老师在谆谆教诲少不更事的学生。他使用这种自以为是的语气已经不止一次了，现在黛博拉向他发起了挑战：“啊哈，那些拒绝了你们元首的学院委员会成员，他们的下场怎样？”此时的黛博拉无视阿尔布莱希特的教导，显得咄咄逼人。

他听出她话里有话，就没有责备她。“你这话是什么意思？”他拉长声音问道。

黛博拉暗暗高兴，自己激起了他的好奇心。新的游戏开始了，她感到有趣。“就是随便说说而已。我那么说，只是想起我爸爸曾提到一位福斯特医生。我想，他们曾经一起在前线打过仗。”

“这样啊。这位福斯特医生是谁？”他的语调提醒了黛博拉，最好别太口无遮拦。

“想知道吗？”她反问道，语气中却已经有些怯意。她没有多想就提到了这些。她明白得有些迟了，她的话会引起他对父亲的愤怒。至于对她自己有什么后果，她没有多想，她一点也不怕阿尔布莱希特。

“说吧，我是真想知道你的小脑瓜里都在琢磨些什么。”他听起来一副施舍的腔调，好像一个女人不可能和聪明智慧搭界似的。

这又一次激起了黛博拉还嘴的斗志。

“如您所愿，我的主人。”黛博拉气呼呼地说，然后讲了她从爸爸那里听来的故事，“你们的元首在一九一八年被芥子毒气弹伤了眼睛，然后住进了野战医院。我记得那个地方叫帕瑟瓦尔克。在那里，他得到了福斯特医生的治疗。这位医生可没料到他会成为日后的元首，曾在他的病历上写，‘该病人有歇斯底里症状的精神疾病，不适合领兵。’大概就是这么写的。顺便提一下，一九三四年在盖世太保的逼迫下，福斯特医生自杀了。”

黛博拉看到他的脸变了形，如同牙痛一般。他停了一会儿才回答：“啊哈，我明白了。你在想，我们的元首会报复学院录取委员会吗？你认为他是报复狂吗？我是不是该认为，你觉得我们的元首手段很下流？”阿尔布莱希特又开始说教，不过他的语气中流露出了一些东西，让黛博拉意识到，他知道的比说出来的要多。她估计自己猜得不错，击中了保龄球中间的那个球瓶，学院委员会成员的下场肯定不好。

黛博拉的情绪突然转了向，她的好斗消失得跟来时一样快。她突然觉得，为了这么一个猥琐的希特勒斗嘴真是索然无味。她敷衍地答道："也不是啦，我对这个也不怎么感兴趣，是你非要问个究竟的。我们现在能去萨赫酒店吗？那里的蛋糕特别好吃，我现在就想着这个。"

黛博拉的想法值得仔细推敲。是她的父亲古斯塔夫让她想到了这一传闻。实际上是古斯塔夫，以及他的朋友弗里茨·格里希，第一个想到了希特勒落选美术学院所产生的后果。

很少有哪个因果效应能对世界历史产生如此重大、如此灾难性的影响：因为美术学院录取委员会的几个人认为一个叫阿道夫·希特勒的年轻人缺少天赋，在一九〇七年和一九〇八年两次拒绝了他的入学申请，他不得不回到以前的生活。

年轻的希特勒勉强以画明信片和广告谋生，他的最高成就是一个为除脚汗粉画的广告。

直到有一天，他发现了自己擅长煽动演说的本领，转而从事他遗祸无穷的事业。顺便提一下，希特勒成名后曾派手下搜索和查抄他早期在维也纳的"作品"，大概是为了避免那些画作让他尴尬吧……

如果当时维也纳美术学院录取了希特勒，欧洲的命运又会怎样？会有第二次世界大战以及第一颗原子弹的爆炸吗？二战后的冷战会不会这么持久？柏林和德国还会分裂，柏林墙还会被建造出来吗？

黛博拉和阿尔布莱希特在维也纳停留了两周。他十分忙碌，不断从一个会议到另一个会议，每天很晚才回酒店。而迎接他的，是急不可耐等在酒店房间里的黛博拉不断的索取。

阿尔布莱希特真是完全没有料到这点。紧张的日间工作，令人困倦的会议，无休止的决策程序，让他太需要安静舒服地睡个好觉了。

而他同样承受着对这个尤物的肉欲的煎熬。他必须动用自己的全部精力，而身边的她，却像一朵春天的玫瑰般在绽放。

阿尔布莱希特对自己无能为力，他无法抵御她的吸引，对她的思念。他越来越频繁地发觉自己在会议中走神，周遭的声响越退越远，然后在想象里，他依偎在她的怀抱中，呼吸着她蜂蜜般的体香。他时常如此思念她，以至于不得不将公文包横挡在两腿之间，以免被人发现而尴尬……

时间长了，旁人不可能不注意到这个不同寻常的举动。好奇是人类的天性，不久就有了关于他那个公文包的各种传言。那个公文包里装着什么神秘的东西，以至于阿尔布莱希特·布鲁曼，这位帝国安全总局的特派员和局长莱因哈德·海德里希的直接下属，不仅从不让它离开自己的视线，而且在会议中还要把它紧紧压在大腿上？是最后一刻才会出示的指示？还是元首的命令？

除去鱼水之欢，黛博拉还发现了另一个能给她带来极大满足感的享受。阿尔布莱希特看起来有花不完的钱，而他对黛博拉的慷慨大方没有边界。她每天上午出去，在维也纳出名的几条繁华富丽的大街上购物，那里的时髦商店多得数不清。她的衣橱中很快就堆满了无数的衣箱。

下午，她总是来到帝国饭店的厅内，在那架昂贵的钢琴上练练手，举行一两场个人音乐会。

和阿尔布莱希特在一起的这几周时间，黛博拉就像做了一场超现实的梦。她跟随自己的愿望和欲念，所有永不能满足的欲望像大坝决堤一样喷涌而出，无休无止。她要生活，要爱，要唱歌——而且就要在此时此刻拥有这一切。

常人难以体会，这是一个纯粹灵魂的无所顾忌，是将自己完全投入生活。这一点上，黛博拉和妈妈是一样的，只不过伊丽莎白有幸在最佳的时刻遇到了古斯塔夫，而黛博拉却和魔鬼签了约。

黛博拉再也没有想到过自己的弟弟。在苏黎世，她也忘记了打电话给他。她过去的生活已经下沉到了另一个时空，连接以前和现在的唯一纽带只剩下音乐。

第三十七章
克拉科夫，波兰

离开维也纳后,两人驱车前往波兰的克拉科夫。波兰现在被称为“附属国”。

波兰自一九三九年起被德国占领，但是并没有因此并入帝国的版图。波兰作为波兰总督府，拥有五个地区：克拉科夫，卢布林，伦贝格，拉多姆以及华沙。被占领那年，波兰有一千二百万人口，而到了一九四五年，这个数字已经减少了一半。

前往克拉科夫前，阿尔布莱希特从柏林召来了自己的司机。

司机个子不高，身材微胖。他有一张温柔的圆脸，秃顶光亮得像抛过光。司机名叫奥斯曼，十分沉默，总是一言不发。

旅途中，阿尔布莱希特给黛博拉讲了奥斯曼的故事。阿尔布莱希特的母亲嫁给他父亲之前，是个颇有前途的歌手，曾经连续几个月登台演出。在那里，一个神秘的东方王子听到她的歌声后，死心塌地爱上了她。他对她热情似火，每天等待她，送给她礼物，像海外的水果，异域的动物，完美无瑕的珍珠以及闪亮的钻石。而他送给她的所有礼物中，最珍贵的就是奥斯曼。那时的奥斯曼是一个看起来很惊慌的小伙子，眼睛不停地转来转去。

阿尔布莱希特告诉玛利亚，奥斯曼是一位阉人歌者，曾经有过特别迷人的声线。

“奥斯曼会唱歌？”黛博拉激动地问，眼里闪烁着喜悦。

“以前可以，现在不行啦。”

“为什么不能唱了？我们俩可以来个二重唱，求求你了，可以吗？”她像个小姑娘般缠人。

“奥斯曼唱不了歌啦，玛利亚。他的舌头没了。”

“舌头？他怎么可能没有舌头呢？”

“我父亲把他的舌头割掉了。”

“什么？这太残忍了！”黛博拉一脸的难以置信，“可是……我的上帝啊，他为什么要做这么残忍的事情？”

“因为他歌唱得太多啦。”阿尔布莱希特轻描淡写地说道，好像这样的行为纯属正常，无须大惊小怪。

奥斯曼发出了一声叹息——实际上，声音是那么微弱，只有黛博拉敏锐的耳朵才能捕捉到。那声音里蕴含着一个受伤的灵魂全部的痛苦和渴望。

黛博拉的心飞向了奥斯曼，她为他感到难过。

“你妈妈应该和那个外国王子结婚，而不是和你爸爸这样的人。”她生气地说道。

“她还真的差点和那个王子结了婚。不过她后来发现，这位哈里发已经有三个妻子，以及数不清的小老婆。”

黛博拉明白了，这个故事阿尔布莱希特肯定不知讲了多少遍，而且效果肯定不错。他现在坐在车里，尽车内空间所能，将腿大大地伸开，毫无顾忌地打起鼾来。由于黛博拉在床上的不知节制，这几周他一直缺少睡眠。

黛博拉也感到了困倦，每次长途行车她总是如此。刚才还那么愤怒，转眼间烟消云散。她懒得再去争吵，也闭上了眼睛。

她依偎在车座上，沉沉睡去，错过了道路两旁柔美的风景和随后短暂的细雨敲打出的旋律。她醒来时，车已经开到了气势恢宏的格兰德酒店前，酒店坐落在克拉科夫老城区的中心。很多人认为这里是欧洲最美的老城。

此时的黛博拉深信自己是一个见多识广的女人，对豪华的五星级酒店已经安之若素。格兰德酒店曾是一座中世纪的宫殿，其近一米厚的围墙、老式的装饰以及无数的壁炉都让人印象深刻。

两名酒店女服务员在忙着打开黛博拉数不清的行李，而黛博拉在房间里转了一圈后，便走出房间在酒店里闲逛起来。在被称为镜子大厅的地方，她找到了自己寻找的东西：钢琴，这在每个高级酒店里都不可或缺。酒店里还有一个维也纳咖啡馆，一个施特劳斯咖啡吧，黛博拉感觉自己像回到了家里。

他们到达克拉科夫的当晚，酒店的镜子大厅里举行了一场盛大的晚宴。在这里，黛博拉第一次见识了阿尔布莱希特的同事，其中包括理查德·温德勒，阿尔布莱希特介绍他是克拉科夫的新任总督，还有高大肥胖的普拉绍夫集中营营长阿蒙·格特，他是维也纳人。至于她，阿尔布莱希特向别人介绍为歌唱演员玛利亚·马普兰。

黛博拉对他们的酒量感到惊讶，还有在场的少数几个女人，她们一会儿叽叽喳喳小声说话，一会儿又纵声大笑，在她眼中举止怪异。她只是抿了几口酒。她不擅喝酒，每次酒后总是头疼。用酒换来头疼，她觉得这不是笔划算的交易，所以宁愿少喝。

时间越来越晚，酒桌上的喧闹声也愈来愈大，她也愈发不舒服。

当阿尔布莱希特托词旅途劳顿告辞时，她才松了口气。

夜里，两人拥在一起满足彼此的饥渴。黛博拉使劲咬他的舌头，直到感觉到了他温热的、带着金属味的血。他只是笑了笑，将她的身体转过来，肆无忌惮地报复。

两天以后的晚上，他们到瓦维尔堡参加汉斯·弗兰克为他们举行的欢迎晚宴。汉斯·弗兰克是波兰总督府的总督。

这座十三世纪的城堡建在维斯瓦河边的小山丘上，被上百个火把照得灯火通明，让人印象深刻。瓦维尔堡是历代波兰国王的居住地，现在，汉斯·弗兰克和他的妻子碧姬住在这里，像一对封建君主。和地位相称的是，这对夫妻雇用了一支庞大的侍从大军，夫妻俩称其为“我的随从”。

最近很少讲什么趣闻轶事的阿尔布莱希特悄悄告诉她，圈里人将汉斯·弗兰克控制下的地盘称为“弗兰克王国”。

阿尔布莱希特接着告诉她，直到几年前，弗兰克还是巴伐利亚州的总理，曾经作为元首的私人律师代表打了四十多场官司。黛博拉讽刺地想，看来弗兰克的活儿干得不赖，否则今天也不会身体健康地坐在这个装潢华丽的城堡里。

黛博拉还没有机会看到弗兰克另一副邪恶的面孔。她觉得他是一个颇具魅力的东道主，弹一手好钢琴，喜欢歌剧和哲学，像自己的爸爸一样时不时引用尼采的话。

弗兰克夫妻乐于将歌唱家伊丽莎白富有天赋的女儿引见给自己的小圈子。夫人碧姬不忘提醒大家，两年前她曾在柏林国家歌剧院的元首包厢里，为伊丽莎白·马普兰的演出鼓掌喝彩。

锦缎覆盖的餐桌上，无数的珍馐美味被侍者们用锃光瓦亮的托盘端上来，身着礼服的优雅的人们尽情享受美味，他们纵情欢笑着，享受当下。要是有人看到这些，不知他是否会相信，此时此刻，德国已经和半个欧洲打了近三年仗？

每次不经意间遇到弗兰克的眼神，黛博拉心里总会一凛，感觉脖子后头凉飕飕的。这种感觉像等待香槟酒打开的那一刻，让她激动。她喜欢这种说不清的感觉，因为她相信，她占了上风——他喜欢她，而自己并不喜欢他。

在这个新游戏中，黛博拉是绝对的新手，所以她并不明白游戏中最重要的规则：强者为王。

“布鲁曼上校。”弗兰克故意强调着邻座的官衔，好像要特意提醒别人自己级别更高似的，“听柏林的朋友讲，您在万湖会议后的这几个月里十分忙碌。昨天，我收到了帝国安全总局的文书，指示了下一步的计划。我估计，您是亲自来查看我们的工作进展的？是谁派您来的，我们的党卫军首领还是老板？”

弗兰克和德国党卫军首领希姆莱是死对头，两人在波兰的管理问题上钩心斗角。而帝国安全总局局长莱因哈德·海德里希——阿尔布莱希特的顶头上司——对弗兰克而言威胁不大。海德里希被手下人称为老板，这就是弗兰克话中所指。

黛博拉敏感地察觉到弗兰克话中有话，可那具体是什么，她一无所知，因为她不了解弗兰克话中所指的都是谁。不过她也注意到，桌上的一些客人已经把头转向了这边。餐桌上的交谈声越来越轻，直到某一刻，大厅里完全安静下来，安静中却充满紧张。

阿尔布莱希特依然一派轻松的样子。他接过传递过来的雪茄烟盒，仔细选了一支雪茄，不慌不忙地点上，然后吸了几口，等烟头燃成黄色的亮点时，他才回答：“我是作为第四小组的负责人来这里的，只是处理一下我手头的工作，不多也不少，总督先生。”

“不过，您看来也没忘记享受，上校。”弗兰克懒散地坐在椅子上，把手放在开始发福的肚子上，眼睛却看向了黛博拉。

“这可是我们男人的特权，不是吗，总督先生？”阿尔布莱希特用眼光扫视着城堡、桌子以及众多的仆人。

“没错。您经常向我们称赞您女伴的才华，可不可以请她展示一下风采，让我们一饱耳福？”看来弗兰克已经决定，今晚没必要纠缠政治上的话题。黛博拉乐于接受弗兰克的邀请，于是走向大厅尽头一个小舞台上的钢琴。她演唱弹奏了一个多小时，成了今晚引人注目的焦点。

作为一个还不满十八岁的女孩，黛博拉正跨入成年的门槛，对她而言，眼前的这个世界完全是崭新的，是个精彩纷呈的平行世界，充满了光鲜和魅力。黛博拉将在这个世界中沉迷一段时间。

第三十八章
地狱里空空如也

在波兰总督的晚宴上，黛博拉结识了玛琳·卡尔登。她只比黛博拉大几岁，是一个高级军官的情人，自称是演员。阿尔布莱希特很高兴黛博拉有了玩伴，在他的建议下，两人相约次日上午在帝国饭店的大堂里碰头。

当玛琳通过酒店华丽的台阶进入恢宏的大堂时，黛博拉已经等在了那里。

玛琳是个任性的姑娘，长着小巧的翘鼻子，身材苗条。从传统的审美标准来看，她并不是美人儿，不过她快乐爱笑的天性弥补了这些，她的笑声像花粉般有感染力。

黛博拉立刻喜欢上了她，尤其喜欢她嘴里不时蹦出法语词的古怪做派，尽管她的法语词汇量仅限于那么几个，像什么“现在”“亲爱的”“特别时髦”之类的。

玛琳在克拉科夫已经生活了一年多，对这个城市了如指掌。当然，两人想一起去购物。随后的情况表明，玛琳对购物的痴迷程度一点不亚于小她几岁的黛博拉。

她有自己的司机。告诉司机要去的地方后，她轻快地对黛博拉说："真倒霉，现在犹太区已经没了。本来那里能买到很多特别时髦的货，尤其是首饰和裘皮大衣。"

玛琳想让黛博拉全面了解一下克拉科夫，于是她们准备先开车在城里兜一圈。黛博拉喜欢老城里连绵而建的民宅，以及鹅卵石铺就的街道。

清晨下了一阵雨，空气清新洁净，此时大部分云团已经消散了。春日的太阳不时透过云间照向街道。街上还悬着一层雾霭，朦朦胧胧，让城市沐浴在看似不真实的光线里。好像在隐藏什么秘密，黛博拉想。

也许是因为汽车单调的行驶节奏和舒适的座位，也许是因为身处一个陌生的城市，又或许是连续的睡眠不足让黛博拉体力不支，总之，玛琳的声音在黛博拉的耳畔变得越来越远，她体验到一种身心得到解脱的奇怪感觉，好像自己不再属于现在。她想跑开，也看到自己的腿在动，可是不管如何努力，就是寸步不离原地，仿佛在水下行走。突然，一阵剧烈的颠簸唤醒了她的白日梦。

对向车道的堵塞让司机不得不急打方向盘。为了不至于撞上对面的车，司机只得将车开上了窄窄的人行道。黛博拉等待着汽车外皮和墙壁之间响起刺耳的剐蹭声，但令人惊奇的是，车并没有蹭到墙壁，不过车身和墙之间的距离窄得几乎连一张纸都插不进去。

对面，从波德戈兹城区方向开来几辆敞篷的大卡车，车上挤满了人，而且只有女人和孩子。护卫卡车的是全副武装的男人们，主要是党卫军的警察部队，还有一小队波兰警察。

黛博拉马上清醒过来，心跳加快。车上那些可怜人的绝望和沮丧像一波巨浪砸向她。她看到了他们手臂上戴着的大卫之星黄色臂章，知道这意味着什么。她的母亲曾经给她讲过。

为了看得更清楚，她直起了身子。由于车紧靠着墙，她这一侧无法开门下车。“这些人会被带到哪里去？”她情绪激动地问玛琳。她马上想到：也许阿尔布莱希特能做些什么，来帮助这些可怜人。

“哦，他们啊，会被送到劳改营去。这些人都是罪犯，亲爱的。”玛琳满不在乎地回答，随手拿出了银色的化妆镜。对这些被抓走的人们，她连眼皮都懒得抬一下。她用食指沾了沾口水，顺了顺本来已经很精致的眉毛。“真讨厌，今天街上这么乱，也没人和我们打声招呼。胡戈，请找条最快的路，我们回老城那里，去赛格利亚咖啡馆。看过这么多脏兮兮的人，我现在需要来一杯香槟。”

“遵命，女士。”

赛格利亚咖啡馆在兹皮塔纳达大街上，离卡齐米日区不远，正好在一排十九世纪甚至更早时候兴建的房子中间。兹皮塔纳达曾是一条犹太人聚居的大街，那时的住户主要是各个年龄段的学生，经常约在这里的一家旧书店里交换教科书。街上还有不少像鞋匠铺一类的手工店铺。

咖啡馆在红房子的一层。红房子的名称来由和政治无关，只是因为房屋的外侧被刷成了红色。咖啡馆仅允许驻扎的德军高级官员及其盟友进入，里面像往常一样熙熙攘攘，没有一个空位。

不过，两人进来后，两个靠里面就座的德国军官主动为她们让出了座位。落座后，玛琳问也不问黛博拉，就要了两杯香槟。然后，她请旁边一位穿着灰色制服、看上去无聊透顶的家伙为自己点烟。那家伙动作夸张地点着了烟，玛琳向空气中吐出了一串烟圈。

她打扮俏皮，歪戴的帽子扣在留着刘海儿的金发上，身穿价值不菲的香奈儿最新款套装。她的出现引起了小小的轰动。她享受着周遭男人们的目光，不过马上意识到，她身边颇具异国风情的女友吸引的注意力不比她少，甚至可能还要多些。

玛琳兴致勃勃地聊开了：关于她情人恩斯特的喜好；关于克拉科夫最好的时装店——她给出了一长串名单，以及她如何着迷于无与伦比的香奈儿女士，曾有幸在巴黎亲眼见到过她；关于将来，等帝国胜利后，她要成为伟大的影星。有好一阵，黛博拉享受着周围男人对她们投来的目光。不知从什么时候起，她也开始像玛琳那样拿腔拿调地说话了。

咖啡馆的客人大多是身穿制服的军官，不过也有几位身着合体西装的男人，以及不少身穿最新款时装的女人。玛琳看来是这里的常客，很受店家的尊重。几乎在座的每位女士，玛琳都能讲上一段故事。比如邻桌的那个女人，戴着一头金色假发，刚刚让人给她点了烟。她是克拉科夫最有名的交际花，已经阅床无数，估计最近得换个城市，因为这里的军官已经全和她打过交道了。看到那边角落里穿黑西服、瘦小枯干的男人了吗？他是纺织业的大鳄，主要经营床垫用到的皮毛填充物。而坐在他对面身材矮胖、不断出汗、头发已经掉了一半的男人，被人们称为“筹备家”，因为没有什么东西是他搞不到的。

“当然啦，要有钱才行。”玛琳神秘地补充道。她一直说着这个人怎样、那个人如何等等。

玛琳浅薄的叙述滔滔不绝，黛博拉很快就感到无聊。她索然无味地呷着香槟，整了整裘皮披肩，想着是不是干脆把它脱下来，可是她的手突然僵在了半空。

她看到窗外有个女孩正从广场那边跑过来，像是在被人追赶，不断惊恐地向后看。她的衣服已经被撕开。很快，她跑出了黛博拉的视线范围。她不禁又想到了来时路上看到的场景，卡车上衣衫褴褛的妇女和孩子，他们在冷风中肯定都要冻僵了。而自己呢，却坐在这里玩弄裘皮披肩。她试着忘记那些妇女和儿童，以免联想到自己曾经的遭遇——在那个夜晚，自己最好的朋友玛格达失踪了，心爱的猎犬蜜蜂被杀死。她其实心里早就明白，她的朋友玛格达已经不在人世。

她心中压抑着痛苦的那道墙在这一刻开始坍塌。她看到了那些受苦的人，她感到的不仅是同情，还有责任。

“嘿，玛琳。”她突然打断了女演员的话，“我们来时路上看到的那些人，他们是什么人？他们不可能像你说的那样全是罪犯吧？还是说在这个城市，罪犯全家都要连坐？”

玛琳的眼睛闪过一丝亮光，脸上掠过一种奇怪的表情，像是惊恐又像是警告。这个表情一闪而过，以至于黛博拉以为自己看错了。玛琳的声音透着冷漠：“别管闲事，亲爱的。这是政治，和我们没一丁点儿关系。”

“也许吧。不过你真的一点也不会想到那些人吗？”

“凭什么？我又不认识他们。”玛琳耸了耸肩回答道，然后对黛博拉身后一个身材健硕的金发党卫军军官嫣然一笑。

“可那里面还有小孩，甚至婴儿！把他们抓走和政治又有什么关系！”黛博拉毫不放松，语气也变得尖锐。

玛琳探过身来，将自己的手放在她的手臂上试图安慰她。“这儿不是谈论政治的地方，相信我。至于我自己嘛，我是来享受这个世界的，不是为了理解它。随那些男人去吧，总有一天，他们会知道自己在干什么。”好像为了结束谈话似的，她冲着女服务员打了个响指。那是个有些羞涩的姑娘，也难为了她，既要躲开男人们不老实的手，同时还要对顾客笑脸相迎。

看到黛博拉几乎没动酒杯，玛琳摇了摇头，又要了一杯香槟。“让我们说点高兴的事儿吧，亲爱的，比如关于你的阿尔布莱希特。你真走运！他真英俊，而且十分十分有钱！要是我也会抱住他不放的，真的，”她感叹道，“最棒的是，我听人说，他还没有结婚。再想想我的恩斯特呢，唉……”玛琳停住了，难得地陷入沉默。很明显，玛琳觉得关于她的恩斯特真是没什么好说的。黛博拉沉默地赞同她的判断。她想起了恩斯特，一个小矮胖子，双下巴，面部红润，看来头部的血液流通很顺畅。他的大笑声让人感觉不太舒服，而且当其他人止住笑时，他的笑声总是依然突兀地回荡在房间里。而且，他已经结婚了。

当黛博拉抬起头时，意识到玛琳刚才在仔细地观察她，好像她是商店柜台上的一件商品，而且突然增了值。玛琳好像在心里做了什么决定：“我想给你个建议，亲爱的，最好不要再提类似刚才的问题。如果我们女人总打听他们的事，男人会不高兴的。懂吗？”

黛博拉感到胸中的怒火在升腾。她可不想听一个大不了自己几岁，而且刚刚认识没几天的人对自己说三道四。因此，她的回答比自己预想的更尖刻：“哈。你的意思是，我最好闭嘴，而且不要胡思乱想？”

“不，亲爱的，我是想说，你不要有什么危险的想法。来，我们还是离开这里吧。”她拿起提包，在桌上扔了几张钞票后，向门外走去。黛博拉也只好跟了上去。

返回路上的谈话，是玛琳在唱独角戏。黛博拉故意不搭理她，只是望着车窗外面，好像街上有什么好戏一样。

玛琳却跟没事人似的，继续自己的滔滔不绝。车停在了格兰德酒店门前，服务员急忙过来为黛博拉打开车门。这时，玛琳轻轻拍了一下黛博拉的肩膀，留住了她的脚步。刚才语气中的浅薄消失了，取而代之的是严肃的低语：“玛利亚，听我一句话！知道香奈儿女士说过的话吗？她说，大多数女人挑选睡衣时的仔细和谨慎，要超过挑选男人。换句话说，这是自作自受。永远不要忘记这个！我明天来接你，老时间。再见，宝贝儿。”

转眼间，玛琳就已经消失了，留下了有几分惊愕的黛博拉。她凝视着玛琳的背影。本来她对玛琳十分恼火，而现在那股怒气像没了风的帆般收缩了。而这一刻之前，她还以为自己了解玛琳呢。

这位饶舌女友的情绪变化意味着什么呢？又一个警告吗？

第三十九章

离阿尔布莱希特晚上回来还有几个小时，黛博拉有足够的时间好好想想。玛琳是她心中的一个谜团。她承认，玛琳的确有迷人之处，不过需要一步步去了解。不管怎么说，她比她展示给外人的样子聪明。某些方面，玛琳让黛博拉想到了玛格达，她也是比人们想的更有内涵。

此外，她想到了今天看到的卡车上的那些人。他们像牲畜一样被拉走，只因为他们是犹太人！

今天的见闻释放了她心中的一些东西。她还从未像现在这样，认同自己是一个犹太人。今天是她第一次认识到自己和爸爸一样，有着犹太民族的根，他们血肉相连。爸爸没有对她进行过宗教的熏陶，她对犹太教也所知不多。不过，爸爸让她了解到犹太人的苦难历史，还教会了她希伯来语。她属于这些人，她是他们的一员！

她猛然醒悟了，自己为什么不愿想到那些人。的确曾经有那么一瞬间，她希望自己从未看见过她们。是阿尔布莱希特在最后一刻救下了他们姐弟俩，可谁会来拯救这些可怜人呢？

她曾希望用自残来压下那个慕尼黑之夜的伤痛，用痛苦捆绑住自己的灵魂，永久地埋葬。

可是，恐惧并没有消失，它只是潜藏在那里，时刻准备着将她抛回自己的地狱，用挥之不去的记忆折磨她。又一次，黛博拉深陷在无名的恐惧和磨人的茫然无措中。她感到自己的空间被挤压，听到悲叹和诉苦，闻到恐惧的味道。

这一切让她恐慌而不知所措。她喘不上气来，以为自己快要窒息了。她三把两把扯掉衣服跳进了浴缸，抓起浴缸刷子狠命地在自己的身上刷起来，直到很多地方渗出了鲜血。

可疼痛，这个她一直以来的忠实盟友，这次也没能帮上忙。刷子无法刷掉恐惧。她精疲力竭地倒在浴缸里，让滚烫的额头靠在大理石上，不知道这样一动不动地躺了多长时间。最后她手脚并用爬出浴缸，上了床。身后的白地毯上留下了道道血迹。

她躺在床上，蜷缩着身体，像母亲腹中的胎儿。她等待着能让她释然的疼痛。可是这一次，它没有如约而至。她的思维却变得敏锐、清晰。忽然间，如同面对一面镜子，她看见了自己，如果爸爸此时走进房间，也会这样看着自己。

她坐起身来，看着身边豪华奢侈的一切：精致的房间，厚厚的地毯，装着丰盛水果的果盘，散发着薰衣草味道的被套。最后，她的目光落在了衣柜里悬挂着的银光闪烁的晚礼服上头，早上酒店洗衣房刚刚把它送回来。

一时间，黛博拉感到深深的惭愧，这羞耻的感觉现在像海浪一样荡涤着，修复着她的灵魂。与此同时，她也感到了疼痛。不过这次的疼痛没有让她释然，而只是真真切切的疼痛。

黛博拉从感官的迷雾中苏醒过来，回到了现实。

过了一会儿，她静静站起来，来到浴室清理浴缸，然后取来清水，尽可能除去地毯上的血迹。

晚上阿尔布莱希特回来时，看到黛博拉坐在写字台前。她光着脚，穿着浴衣，正在给弟弟写一封长信。这是她和阿尔布莱希特出行以来写的第一封信。

“晚上好，亲爱的。今天和玛琳玩得高兴吗？”他穿过房间来到她的身边，在她的后颈上吻了一下。他感觉到她今天有些异样，可是一时说不出是什么。

黛博拉转过身来，说第一句时就忘记了玛琳的警告：“不，今天不是美好的一天。我看到几辆卡车装满了惊恐的女人和孩子，将他们拉走。他们都是犹太人。是你的党卫军同事干的。你了解这件事吗？”阿尔布莱希特现在明白黛博拉今天异样在哪里了：她显得比平时严肃得多，也格外老成。这个姑娘身上发生了什么？早晨离开时还是个追求享受的贪欢小姑娘，晚上就成了另一个人，难道自己还需要向她辩解吗？他怀疑地看着她这身打扮，以及蓬乱未加梳理的头发。

“这是怎么回事？是那个女演员把这些怪念头灌进你脑子里的？”他生气地说。

黛博拉马上意识到了自己的失误，玛琳警告她的就是这个。让玛琳代自己受过可不公平。她急忙说道：“不是。她和这些毫不相关，阿尔布莱希特。恰恰相反，她让我少管闲事，还说那些人都是罪犯。可是，阿尔布莱希特，他们全都戴着大卫之星的臂章。孩子们怎么可能是罪犯呢？所以我想，这可能和上次党卫军带走我和沃尔夫冈一样，是一个错误。”她的声音令人动容，身体倾向他，无言地请求着。

阿尔布莱希特端详了她几秒钟，似乎要重新评估眼前的局势，然后平静地说：“别费心想这些事啦，玛利亚。这些都是政治上的东西，元首早就考虑好了。去穿上衣服，化化妆。阿蒙和他的女友一会儿就过来，他还带上了一个朋友。我们要去城里吃饭。”

“你没明白我刚才说的话吗，阿尔布莱希特？那些都是妇女和孩子。你能帮帮他们吗，就算是为了我？”

阿尔布莱希特看着她涨红的小脸和眼中孩子气的请求，他认识到，要是不说点儿她想听的话，她是不会善罢甘休的。那也只好顺着她说了。

“好吧，既然那些素不相识的人让你这么上心，我明天去问一下，然后看看我能做些什么。可是现在我不想再谈这个了，明白吗？赶紧去穿衣服吧，玛利亚。我们不能迟到太久。”他的声音不容置疑。他把她从椅子里拉起来，揽进自己的怀里，长长地吻了她，直到他确认怀里的黛博拉已经放松下来。

这个夜晚过得挺愉快。原来阿蒙·格特——如果他愿意的话——的谈吐可以十分迷人。他的小女朋友整晚都盯着他的嘴唇，看起来深陷情网。黛博拉心里暗暗觉得好笑。

她觉得阿蒙·格特带来的那个人挺有趣，他自我介绍叫奥斯卡·辛德勒。这是一个高大的男人，眼神严肃，有一股机智辛辣的幽默感，让她想起了自己的父亲。

他们兴致勃勃地谈论歌剧和音乐，后来又来了几个熟人，酒也喝得越来越多。随着瓶里的酒越来越少，他们的音量在不断升高。

最后，黛博拉又成了唯一清醒的人。那些人醉酒的程度越来越深——阿尔布莱希特还算其中最节制的——而黛博拉却愈发感到周围这些人的陌生，她的目光也越发锐利。她脑海中闪过一个念头，和这些人混在一起，自己想得到什么呢？她和他们一起又能做些什么呢？

这次旅行中，她第一次开始想家，而且心里感到内疚，因为她将自己的小弟弟扔在了家里。即使波德叔叔答应去照看他，可那是不一样的。她想念沃尔夫冈，想念他对自己无限的崇拜和热爱。在现在自己所处的环境下，她尤其想念他的天真无邪。

夜里，她照常在阿尔布莱希特那里寻求慰藉，但这一次，她并没有得到充分的满足。

次日，她用水果刀划伤了自己的手臂，终于感到了轻松。这是她离开慕尼黑之后第一次这么做。

第四十章

第二天上午近十一点的时候，酒店前台通知黛博拉，有位玛琳·卡尔登女士来访。黛博拉本来不确定玛琳今天是否会过来，不过心里承认，自己希望她能来，她也做好了外出的准备。寄给弟弟的信，她已经交给了酒店门房。

阿尔布莱希特一大早就走了。在他离开之前，黛博拉再次要他保证了解那些犹太家庭的情况。实际上，由于黛博拉的固执，两人爆发了他们之间第一次激烈的争吵，阿尔布莱希特连句告别的话都没说就离开了。

留在房间里的黛博拉感到不安，担心自己有些操之过急，最后反而可能一无所获。

玛琳一如往常地愉快，兴致颇高，叽叽喳喳地评论着现在的天气——这样柔和的四月真是少见——然后建议两人到普兰迪公园去远足。普兰迪公园像腰带一样围绕着老城区，实际上，这个公园是中世纪护城墙的遗址。

黛博拉同意了。经过了和阿尔布莱希特的小插曲，她正盼望能出去走走，呼吸下新鲜空气。玛琳指挥着司机将车开向弗洛里安门，那是瓦维尔堡仅存的一处古建筑了，现在成了公园的入口。玛琳今天穿了一身淡蓝色的套装，戴着般配的帽子，帽子上还插了一根羽毛。

“你气色不是很好，亲爱的，昨晚没睡好吗？”走进公园时，玛琳先开了口。问题听起来无关痛痒，不过是礼貌的关心而已。但如果黛博拉抬头的话，就会发现玛琳脸上紧张又期待的表情。

“嗯，是啊，昨天睡得有些晚。”黛博拉只是低声咕哝了一句。她不想告诉玛琳，自己忘记了她的提醒，而且她并不知道这会导致怎样的结果。

玛琳已经得出了结论，点了点头，这个动作黛博拉同样没有看到。她低着头，眼睛正扫过玛琳穿的鞋。那是双母亲也爱穿的有绑带和高跟的玛丽珍鞋。一股强烈的感情汹涌而来，让她也感到吃惊。此时此刻，她是那么想念妈妈，再也无法控制住自己的眼泪。

“嘿，亲爱的……你这是怎么了？”玛琳喊道，一只手搭在黛博拉的肩膀上，将她引到了附近的一张长凳旁。长凳在一棵硕大的橡树下，它垂下的枝干和绿色的树叶像一道屏风，挡住了外面的视线。

玛琳让她在长凳上坐下，从包里找出一条手帕递给黛博拉。然后她坐到黛博拉身旁，将黛博拉揽进自己怀里，像换了一个人似的，静静地等待着，直到黛博拉汹涌的泪水渐渐止住。

黛博拉不断地哭，无尽的泪水最后化成了无尽的诉说。

她告诉了玛琳一切：爸爸失踪，自己在某个晚上被抓捕，母亲去世以及曾经的继父变成了现在的情人。只有一点她没提，心里一个警惕的声音提醒她不能说：那就是她的父亲是犹太人，而自己是半个犹太人。

玛琳静静地听她诉说，将她的头靠向自己，抚慰地摩挲她的头发，只是不断地重复一句话：“可怜的小家伙。”除此之外，没有任何表示遗憾的话，没有任何关于父女恋情的评价。

黛博拉对玛琳如此的反应心存感激，她既不需要别人的同情，也不需要别人来见证自己的羞耻。只是，这种冲动的感情爆发并没有让她感到轻松。尽管如此，和玛琳沉默地坐在长凳上，听着四周小鸟啾啾的叫声，也让她心里好受一些。尽管人类已经变得一塌糊涂，大自然却始终循着自己的规律生生不息，这让她感到一丝释然。

两个姑娘又在长凳上坐了一会儿，然后继续慢慢散步。

玛琳开始讲一些她的生活片段。她心驰神往地讲述自己和香奈儿女士的邂逅，那是在香奈儿居住的巴黎丽兹酒店。“哎呀，那才是一个真正独立的人。她从未结过婚，只是选择情人，然后和他们同居。她现在和德国男爵丁克拉格在一起，他是帝国宣传部的特派员。他可比她小了整整十三岁呢。”她满心羡慕地感叹道，好像那是一个遥不可及的梦。玛琳自己还那么年轻，不可能像香奈儿女士那样和更年轻的男人交往。不过，黛博拉猜想，玛琳宁愿恩斯特是比她小十三岁的男人。

尽管黛博拉在听，却很难集中注意力。她内心十分矛盾。心中的不安让她盼着傍晚快些到来，又担心夜晚的到来。让她不安的不仅是那些被抓走的犹太妇女儿童，还有她和阿尔布莱希特的关系。她第一次失去了对他的掌控，他严厉地训斥了她，还粗鲁地抓住了她，直到现在胳膊上还留有深色的瘀痕。

黛博拉看到了阿尔布莱希特黑暗的一面，尽管四月温暖的阳光照着她，这个念头还是让她打了一个寒战。她很快控制住了自己，但恐惧已深深地震撼了她。

现在她终于亲身体会到了，自己的每个行动都会带来相应的后果。因与果，父亲曾教过自己这个道理。她忽视了这个，以为自己能一直把握阿尔布莱希特。现在她受到了教训。如果今晚阿尔布莱希特回来后告诉她，他对那些犹太人爱莫能助，自己又能怎么办？她问自己，同时也马上得到了答案：自己什么也做不了。

她没有自己的钱，而且还未成年，又在一个陌生的国家里。她今天清楚地意识到，她完全依赖着阿尔布莱希特。明确地知道自己无能为力，这沉重地打击了她，几乎让她再次落泪。她感到自己是那么孤独无助。

玛琳打断了黛博拉的胡思乱想："你没有听我的话，是不是？你因为那些被抓走的人责备了阿尔布莱希特？"

黛博拉一惊，抬起了头。她根本没意识到，两人已经这样沉默无语地并排走了好一会儿，而玛琳一直在观察她。

明摆着的事情，再掩盖还有什么意义呢？"是这样。"黛博拉不情愿地承认。

"你们肯定吵了一架。"这不是一个问题。所以黛博拉什么也没回答，勉强做了个鬼脸，用脚尖将几块小石子踢到了一边。

"怎么样？很糟糕吗？"这一次，明白无误是一个问题。

玛琳停住脚步，黛博拉也不得不站住了。黛博拉不情愿地抬起了头，视线和玛琳清澈的目光交会在一起。让她惊讶的是，玛琳的眼神里没有诸如"看，我是怎么警告你的？"一类的潜台词，她看到的是玛琳想帮助她的意愿。

一只蜜蜂被玛琳帽子上的羽毛吸引，在她的头边嗡嗡地飞来飞去，短暂地停下，又离开去寻找真正的花朵。

黛博拉感到一阵轻松，刚才的无助感消失了。她想，也许这一次找到了一个真正的好朋友，也许自己并非顾影自怜，孤单一人。她的嘴边浮现出一丝微笑，好像自己也不太敢相信这份希望。

玛琳笑了一下作为回应，不过同时向上挑了挑眉毛，意思是说，你还没有回答我的问题。黛博拉耸了耸肩，不太肯定地说："要到今天晚上才知道。"

"他打你了吗，亲爱的？"玛琳语气平静，仿佛是在打听天气，没让黛博拉感受到什么压力。她想得更多的是，是不是玛琳有过被打的遭遇。作为情人的待遇，是不是除了裘皮、服装和首饰之外还要加上挨揍?

"他没有打我。不过他变得十分粗鲁。但问题不在于这个，我的意思是……"黛博拉极力寻找合适的词汇。

"那是什么问题呢？"玛琳小心地追问，好像担心黛博拉会不再继续说下去。

"他……显得……有些异样。"黛博拉的话断断续续。她无助地扬起手臂，好像要把脑中寻觅的词汇从空气中拉下来。

不过，玛琳看来已经理解了她，点点头问道："你今年多大了，亲爱的？"

"十七岁，不过到六月就十八岁了。"

"和我差不多。"这一次，玛琳脱口而出的话没一点法国腔，而且她令人惊讶地流露出柏林口音，"我之前以为你至少二十岁了，如果不是更大一点的话，小姑娘。向你致敬，你做得不错，不过这也说明了一些事情。阿尔布莱希特是你的第一个男人，对吧？"又一次地，这不是一个问题，而是一个结论。她接着说道："我不知道你们俩关系如何,不过也能猜个八九不离十。你的阿尔布莱希特是个很有影响力的人，而且有钱，英俊。他至少比你大了二十岁。他引起你的兴趣没什么好奇怪的。谁都一样，关系的初期，每个人都戴着眼罩，玛利亚，看到的对方的样子，都是对方希望被人看到的样子，直到有一天他们露出真实面目。今天早上的事对你是个教训。你得学快点,免得哪天又重犯，你最好有所准备。”

“你说得倒是简单。”黛博拉不服气地说。她觉得自己情况特殊，玛琳的解释并不让她满意，而且她觉得玛琳并没有把自己放在眼里。

玛琳似乎没料到黛博拉会顶撞她。不过，从她的表情看来，她反而为这样的顶嘴感到高兴。她此时又变成了那个法国女士，话中不时夹杂着些法语单词：“说得有道理，亲爱的。这事还真是没那么简单。我们生活在一个糟糕的年代，正打着仗呢。而且我们不仅和外国战斗，国内也是一样。”玛琳突然停下,向四周看了看,好似在防备什么人偷听，不过周围一个人也没有，离她们最近的一个散步的人也在五十米开外，两人身后的路上一眼望去空无一人。尽管如此,她看起来还是有些犹豫，好像在做一个困难的决定。

终于，她拉住黛博拉的手臂走向另一条长凳。“过来，我们再坐一会儿。首先……你有犹太血统,是不是？”这个问题让黛博拉毫无准备。不过她脸上的表情已经充分回答了玛琳的问题。

“好，那就是有。别担心，我会保守秘密的。”

“可你是从哪里知道的？”黛博拉能提出的问题也只有这个了。阿尔布莱希特曾经让她以弟弟沃尔夫冈的生命起誓，绝不对外人透露这件事情。

“弗兰克的老婆碧姬四处在说这件事，用不了多久，全城的人都会知道的。她是一只蠢鸭子，她嫉妒你。她可没忘记弗兰克望向你的眼神。你要小心点，最好别再接受她的任何邀请，那样，也许她过一阵就把你忘记了。不过我想说的是,这年头,身为犹太人是一件危险的事。如果你是犹太人，差不多等于被判了死刑。所以要格外小心才是，别再激怒阿尔布莱希特。”

“可我从根底来说并不是犹太人。在犹太人的眼里，我母亲必须也是犹太人，我才是一个真正的犹太人。可实际上，只有我父亲是犹太人。纳粹根本对犹太人血统学一无所知。”黛博拉反驳道。两人转到的这个话题让她感到恐惧，所以她丝毫没有察觉，她无意中已经在用过去时谈论父亲，而她曾发誓绝不向别人透露这些。

“我想我们帝国的政府对这么细致的学问是不会感兴趣的。对他们来说，你就该归入半犹太人，混血儿。按照纽伦堡种族法，你会被当作纯种犹太人一样对待。在你和那部法律之间只隔着他，阿尔布莱希特是唯一能保护你的人。知道这对你意味着什么吗？”玛琳的语气越来越恳切。她停了下来。黛博拉脸上不断变换着互相矛盾的表情。这没有逃过玛琳的眼睛，那表情一会儿是不相信，一会儿是愤怒，一会儿又变成了认同。她回想起自己和阿尔布莱希特谈及犹太妇女儿童时，他变得怒气冲冲。也许玛琳的担心有道理，尤其是从那晚不欢而散的后果看来。

也许是受不了玛琳审视的目光，黛博拉转过身去，攥着拳头紧盯着身边的大树，好像要一拳打过去似的。而她的心里也的确在渴望肉体的疼痛，以转移内心的痛苦与折磨。“这就是说，我是完完全全、彻彻底底地卖给了阿尔布莱希特。”她闷声说道。虽然她也曾辗转反侧地想过这个问题，不过她总以为还有其他的选择。现在，现实摆在面前，给了她沉重的一击。从根本上说，她不比一个奴隶更有价值——他们同样没有权利，不受保护。对于阿尔布莱希特而言，她和奥斯曼没什么区别，如果阿尔布莱希特想，同样可以割掉黛博拉的舌头。

玛琳温柔地碰了碰黛博拉的下巴。“我知道，这对你很难。这是危险的时代，而我们俩都和危险的男人在一起。危险的年代也总是邪恶的年代，因为是邪恶的人在统治一切。我们必须试着活下去，能活多久活多久。我会帮助你的，你觉得呢，亲爱的？”

黛博拉点了点头，尽量勇敢地不让自己的眼泪再次流出来。她只是勉强做到了这一点。“另外，玛琳，”她说，“我的名字根本不是玛利亚，那是阿尔布莱希特给我起的名字。我的真名是黛博拉。”

玛琳注视了黛博拉好一会儿，然后说：“谢谢你的信任，黛博拉。”两个姑娘拥抱在一起。这时，忽然传来一个女孩尖声呼救的声音。

两人对视了一下。尽管她们刚刚还陶醉在新建立的相互信任之中，这时却不约而同地跳起来，想都没想便拔腿向呼救声传来的方向跑去。她们横穿过一片刚刚修剪过的草地。黛博拉的高跟鞋突然陷进地里，一下子摔倒在地上。等她爬起来，玛琳已冲在她前面近三十米的地方。

两人急急忙忙向前跑，迎面跑来一个姑娘，她哭泣着一头扎进玛琳的怀里，把玛琳也撞倒了。她一直在撕心裂肺地呼喊着：“您救救我，女士，请您一定救救我……”

玛琳抬头望去，看到了追女孩的人：两个男人拨开路边的灌木丛，正向这边跑过来，而她认识其中的一个！

她的朋友雅各布曾经将这个人指给她看，警告她离他远点，因为他是臭名昭著的波兰灭绝营的成员。他们找到藏匿的犹太人，然后进行敲诈；要是付不起钱，他们就将犹太人交到德国人手里，然后领取赏钱。不管怎么样，他们都能做成生意，都能赚到钱。

玛琳迅速估计了下眼前的局势，女孩的衣服被撕破了，她看上去还是个孩子。她注意到这个女孩十分漂亮，手臂上戴着大卫之星。两个男人脸上的表情已经不言而喻，在将这个姑娘交出去领赏之前，他们还有别的打算。玛琳马上明白了，她们救不了这个孩子，那会使她和黛博拉陷入巨大的危险。尤其是玛琳，她不能进入这群灭绝营的家伙的视线。四处都是他们的眼线，她绝不能冒这个险。

她试着尽量温柔地摆脱这个孩子，但女孩反而越发紧紧地抱住她。

恐惧激发了女孩不同寻常的力量。

两个男人和黛博拉同时跑到了她们面前，黛博拉马上站到了玛琳的身边。“出什么事了？这个女孩怎么啦？”她气喘吁吁地喊道。玛琳紧紧捏了捏她的胳膊，同时用警告的目光望向她。

“没什么事，女士们。”两人中年长的那人用磕磕巴巴的德语说。看得出来，她们的卷入让他很不高兴。“我们会处理的，她是一个逃亡的犹太崽子。”他一把抓住哇哇大哭的女孩的头发，使劲向外拖。女孩疼得尖叫起来。黛博拉气愤地抓住了男人的胳膊：“您在干什么？放开她，您把她弄疼了。”

这个家伙知道站在自己面前的是两个德国女人，他看起来有些困惑，不知如何是好。而那个年轻些的明显没有这个心理障碍。他抓住黛博拉将她拖开，然后一把将她推倒在了草地上。“您最好注意点，女士。您在妨碍我们逮捕逃犯。识相点，赶紧离开这儿！”他叽里咕噜地威胁道，岔开双腿俯视着倒在地上的黛博拉，一只手则威胁地放在枪上。

玛琳察觉到男人动武的倾向，而且注意到了他浑浊迷离的目光，闻到一股酒味。黛博拉因暴怒而涨红的脸庞同样没有逃过玛琳的眼睛。她明白，自己必须现在出手，否则一切将变得不可收拾。抢走这两个男人到嘴的肥肉是极其危险的。她费了好大劲才摆脱紧抱着自己的女孩，随即马上勇敢地投入了战斗：“嘿，先生们，干吗要弄得这样不堪呢？请原谅我年轻冲动的朋友，她被吓坏了。我们当然会让您执行公务。”她向黛博拉俯下身，像是要扶她站起来，同时对她低声说：“你他妈的动动脑子好不好？刚才我说的话全忘了？清醒点吧，你救不了她！她是犹太人。你想和她一块儿去死？你弟弟怎么办？”

只有提到她的弟弟时，黛博拉才能恢复一丝理智。玛琳用力拉起了黛博拉，拖着她一直到了弗洛里安城门才停下来。散步的人们好奇地看着他们，玛琳认识其中的两个军官。她以明确的姿态示意他们，两个姑娘这副狼狈的样子没什么大不了的。

现在玛琳最担心别人提出好奇的问题，而她的女伴还没有从刚才的事情中回过神来。黛博拉的样子已经谈不上体面：头发全乱了，丝袜裂了口子，春装已经沾染上青草的汁液，估计再也洗不掉了。

玛琳清点了下，发现自己的帽子和黛博拉左脚上的鞋已不知所踪。本来想再臭骂她一顿，不过看到黛博拉满脸的泪水，玛琳忍住了。

我的上帝，这个女孩是水做的吧，这么多的眼泪，玛琳想。“来吧，我送你回酒店。”她命令黛博拉。

玛琳发现了自己的司机，他正靠在石门上抽烟。她真想也抽上一根。

司机明白了她的眼神，递过来一支香烟，不过玛琳忍痛拒绝了。这可不是什么好东西，要是不多加注意的话，这东西会把肺腐蚀掉。让她吃惊的是，黛博拉这个唱歌的人一把拿过了烟。这真是典型的逆反的一幕，是内心的无能为力结出的果实。

玛琳了解这种情绪，她自己也深有体会。玛琳不满地挑了挑眉梢，黛博拉则以怒视回敬她，玛琳只好服软，心情烦乱地看了眼晴朗无云的天空。

司机给黛博拉把烟点着，黛博拉抽了一口，立刻大声咳嗽起来，司机做了个鬼脸。玛琳没有记仇，在黛博拉的后背上拍了几下，然后从黛博拉指间轻轻拿过香烟，递给了司机。司机小心地将烟熄灭，装回了前胸的口袋。香烟很贵，扔掉太可惜了。

玛琳将呼吸急促的黛博拉弄上了车，耐心地等待着，直到她的胸中又充满了能呼吸的新鲜空气。“怎么样，好些了？”这是车在饭店门口停下之前，玛琳说的唯一一句话。黛博拉赌气一声不吭，连句道别的话也没说就下了车。

黛博拉没想到的是，车并没有开走。玛琳让司机等一下，自己也下了车。黛博拉也不搭理她，脱掉剩下的那只鞋，只穿着袜子走进了酒店大堂。玛琳也跟了上去。

走向电梯的路上，迎接两人的是无数惊奇的目光。在套间门前，黛博拉想草草甩开玛琳，可是玛琳不管那一套，跟着她一起走进了房间。

黛博拉正处于一种奇怪的状态，尽管十分愤怒，可又感到精疲力竭，不想再跟这个固执的女友争执什么。尽管身上很脏，她还是一头倒在床上，挪到床边，故意将后背冲着玛琳。她现在只想一个人待着，希望玛琳一会儿就因为自己的不理不睬尴尬地离开。

玛琳对她的无礼举动视而不见，反而打量起这个奢侈的酒店套间来。端详完房间，她走过去将白兰地倒进一杯咖啡，然后拿起果盘里的一个桃子，舒舒服服地坐在沙发上。玛琳等待着。玛琳玩这种沉默游戏的本领和她的另一项才能不相上下，那就是根据需要连续几个小时聊些无聊的话题。黛博拉会跟我谈的，黛博拉也必须谈。

二十分钟后，黛博拉像从盒子里蹦出来的小妖怪一样，从床上一跃而起，冲着玛琳喊道："干什么？你想要我怎么样？赶快离开！让我一个人待会儿行不行？"

这次至少她没哭，玛琳用科学探究般的目光确定了这一点。这个女孩年轻、冲动，充满理想主义，可同时心中也积蓄着无尽的愤怒。这么看来，是一个危险又有爆炸性的混合体。不过，从她今天眼都不眨地冲向那两个家伙的表现看来，她至少不缺乏勇气。

玛琳心中有个计划，可没有把握它能不能成。如果不成，她的性命就攥在了黛博拉的手里。

可是同她想要的东西相比，自己的性命算不了什么，她只希望自己能活得比那个计划更长久些。不过战争不会给她这个机会，每天都有人死去。她还在犹豫。她知道一定要特别小心，首先，她想试探下黛博拉。

“我知道，今天的事情对你来说太可怕了。相信我，我理解你，甚至十分理解。可是我们救不了那个女孩，不管怎样，那个可怜的女孩已经没法挽救了。那两个男人一定会带走她。”

黛博拉轻蔑地哼了一声，作为回答。

“那个女孩是他们的猎物。跟你明说吧，亲爱的，永远不要站在猎物和猎人之间，否则你也会成为牺牲品。我们没有任何办法帮助她。那个男人的手已经放在了枪上，而且，他喝过很多酒。”

“我们当然可以帮她！事在人为！另外，你能不能别再一口一个亲爱的，我听够了！”黛博拉咆哮道。

玛琳明白，她不是在反驳，这些话只是反映了她内心的无助。“那好吧。”她优雅地跷起了二郎腿，“那你倒是说说，照你的意见，我们该如何做呢？大声求救，好招来他们的同伙？或者我们俩冲上去，缴了他们的枪，控制住他们，让那个女孩跑掉？或者做得更绝点，我们开枪干掉那两个家伙，和那个女孩一起跑掉？跑去哪里呢？”

作为回答，黛博拉将手叉在腰间，怒视着她。两人就这样僵持了近一分钟，最后还是黛博拉喘着粗气放弃了。她转过身，用最后的一口怒气哼了一声，冲进浴室，将身后的门重重地摔上。

浴室里马上响起了放水的声音。玛琳觉得泡澡的主意真不错，她也脱掉衣服，包括内衣，漫不经心地扔在地上，又给自己倒了一大杯白兰地一饮而尽。然后她光着身子，大大咧咧地进了浴室，在浴缸里的人愕然的目光下，也迈了进去。该进行一次亲密的交谈了。

“无与伦比啊，你的浴缸。”玛琳舒舒服服地躺在热水里感叹道。

“你能喜欢，我太荣幸了。”黛博拉话中带刺地说道，很明显，玛琳的厚颜无耻让她感到愤怒。

“这么多的泡沫。”玛琳咯咯笑着，将一大团泡沫吹向黛博拉的方向。黛博拉闪开了，不过恼怒的表情已经变成了谨慎的好奇，玛琳怪异的举止让她惊奇。

玛琳感觉到了她情绪上的变化，于是放出了第一个试探性的问题：“你刚才说到事在人为。我很好奇，你能说具体点吗？”

黛博拉沉默不语，反而专注于池中的泡沫。她的注意力十分集中，好像世界上再没有比这更有趣的事情了。她端详着手中的泡沫，直到它们一个接一个在手中爆裂。最后，她轻声说：“至少应该尝试去帮助犹太人，对不对？”所有纠结的表情都从她的脸上消失了，她看起来那么年轻，那么天真无邪。不过，玛琳不想这么轻易放过她。“想法很好，说起来也容易，可是这太幼稚了。而且你还没有回答我的问题。你具体想怎么做？就这么大摇大摆地走进集中营，将食物和衣服分发给犹太人吗？”

“什么集中营？”黛博拉疑惑地问道，视线从泡沫上抬起来。

玛琳难以置信地摇了摇头。“主啊，赐给我们知识吧。”她仰头冲着天花板喊道，“这怎么可能，你是从哪个星球来的？”看来黛博拉的情况比她想象的还要糟糕，这个姑娘和木偶剧中的格莱特[①]一样不食人间烟火。和那些男人一起坐在酒桌边时，她带了耳朵吗？他们吃饭中一半的时间在聊些什么，她不知道吗？

玛琳再次怀疑起自己的计划。尽管如此，她不愿也不能放弃自己的计划，这个姑娘对她的事业有十分重要的价值。玛琳知道，自己需要的是用正确的方式一步步循序渐进。

---

①出自格林童话《汉塞尔和格莱特》。

“你对周围发生的事情真是一无所知，对吗？这可真让人吃惊，尤其是你自己家里已经发生了那么多事。我们正在打仗，这个想必你也意识到了，到处都是穿军服的人啊。你的阿尔布莱希特也穿了那么一身，黑色的，还绣了个骷髅头。告诉我，亲爱的，你知道他到底在做些什么吗？他可没有在前线打仗。那么，他在这场战争中究竟做了些什么？他的任务是什么？他来波兰干什么？”玛琳展开了进攻，她必须现在就了解这个。

黛博拉的回应是用两手拢起浴缸中的泡沫，玩弄着。突然，她身子向下一滑，将脑袋完全浸入水中。玛琳不为所动，等待着并开始计时。数到六十秒，黛博拉的头才猛地冒出水面，大口地吸着气。玛琳什么也没说。从黛博拉双眼紧闭的样子看，她的脑瓜在潜入水下的时候也没闲着。

没错，黛博拉开始回击了：“你的恩斯特也是个穿军服的，他在这场战争中是个什么角色？”玛琳的腔调，她模仿得惟妙惟肖，而且问题恰恰击中了要害。

好家伙，不错，玛琳想。她对黛博拉刺耳的话照单全收，赞许地点了点头。黛博拉主动发起反击，这点让玛琳很欣赏。她试图激怒黛博拉，这个小姑娘不仅保持了头脑的冷静，而且开始反击，指出玛琳也在同一条船上。骰子落地，结果出来了。为了她的计划，她会招募黛博拉。阿尔布莱希特·布鲁曼在这场战争中扮演着重要角色，她一定要借这个天赐良机接近他。

她几乎要笑出来。“好啦，你说得没错，一语中的。如果你刚才的话当真，你想帮助犹太人，那么我告诉你恩斯特在做些什么，而你则要告诉我关于阿尔布莱希特的事情。可以吗？”

“可以。”黛博拉表示同意，马上又诚实地补充道，“不过这恐怕会成为一场单方面的交易，对于阿尔布莱希特，除了他没完没了的旅行外，我真的所知不多。我们也从来没有谈过这方面的事情。唯有一次他对我说过，打赢仗靠的是后勤保障。也许他是负责组织和联络的角色。不过具体内容是什么，我真的一无所知。”黛博拉解释的方式几乎让玛琳笑出来。黛博拉惊讶的样子十分可爱，好像她从未想到过这个问题，而且对自己的一无所知感到吃惊。

“没关系，这个能补救。你可以和他聊下他的工作，不过要小心，不要质疑他，而是要逢迎他，表示你感兴趣。男人喜欢自己的工作受到别人的赞赏，正因如此，我的恩斯特简直成了我无尽的信息源。”

“阿尔布莱希特……我担心，他们恐怕不太一样……至少我感觉是这样。”黛博拉回答。她努力回想，曾经有几次，阿尔布莱希特本来有机会谈到他的工作，可是最后都避而不谈。实际上，他总是给黛博拉一种感觉，那就是他不喜欢谈论他的工作。而她自己呢，也从未坚持要问出个什么。

“他有一个从不离身的公文包，你为什么不找个机会看下，里面有什么？”玛琳貌似漫不经心地说——实际上，她的小组对包里的内容充满了期待。

“不可能。每次回来，他马上就会取出里面的文件，放进房间内的保险箱。”

“这个套间里有保险箱？”玛琳的心跳加快了。

“有啊，好大一个。在睡房镜子的后面。”

“指给我看下。”玛琳要求道，从浴缸中直起身来。

“等一下。”黛博拉制止了她。玛琳的脚已经踩在了浴缸边缘，身子就僵在那里。她努力不让黛博拉察觉自己的担忧。自己是不是操之过急了？

黛博拉观察着玛琳。刚才玛琳的不安没有逃过黛博拉灵敏的触角，虽然玛琳很快控制住自己，格外缓慢地重新回到浴缸里。这次是她开始玩起了泡沫，等待黛博拉进一步的反应。

随后黛博拉的问题虽然没有让玛琳大吃一惊，不过这个问题来得这么早，还是出乎玛琳的意料。她内心暗暗得意，因为她对这个姑娘的素质评估看来没错。

“告诉我，玛琳。”黛博拉噘起嘴将一些泡沫吹到空气中，“你是不是有些太好奇了。要不是我了解你，简直要怀疑你是间谍那样的角色呢。”尽管黛博拉对酒桌上的谈话几乎充耳不闻，但从她听到的那些男人的对话中，她能感觉到，他们最担心的就是间谍和破坏行动。黛博拉尽量不动声色，不过，玛琳训练有素的耳朵不会错过她声音中紧张的期待。

玛琳大声吐了一口气，她甚至没有察觉，自己刚才屏住了呼吸。“个人而言，我更喜欢‘抵抗战士’这个名字，而不是间谍，亲爱的。”她故意用了个昵称，以化解两人之间突然变得沉重的空气。

黛博拉斜眼看了她一下，随后没完没了地在自己的下嘴唇上咬来咬去。两人都不说话，慢慢地，沉默又扩散开来，玛琳按捺着一个念头：她恨不得也去咬黛博拉的下嘴唇。

没有任何先兆，黛博拉突然喊了一声：“来吧。”说着，她不管不顾地跳出浴缸，溅出了很多水。

黛博拉孩子气的热情让原本情绪高涨的玛琳心里一沉。一直被抑制的感觉浮上心头，那是内疚。她不得不面对这样一个现实，自己真的十分喜爱面前这个女孩，而这让她并不开心。虽然是几分钟前才开始的，但自己在利用这个女孩天真无邪的信任。黛博拉不了解这有多危险。一切对她而言将是一场崭新而紧张的游戏。不过这个游戏却是真刀真枪，需要你押上性命的。

玛琳在这种游戏中可谓经验老到，她知道，必须先教会黛博拉建立起对危险的敬畏。间谍最重要的能力是生存的艺术。

黛博拉全裸着身子，浑身滴水，已经跑进了隔壁的卧室，玛琳跟在后面。黛博拉站在一人高的镜子前，伸手将两个暗藏的合页向旁边拨开，露出了下面的一个小密室，里面放着一个大约一米四高、抛过光的桃木柜子，看起来像个写字台。打开它的门，才显现出隐藏在内的钢制保险箱，铭牌上写着“皇家御用供应商J·奥斯特博格，保险箱制造厂，阿伦地区”。

玛琳凑近仔细看了看这个战前款式的保险箱，还是德国的名牌产品，可真够讽刺的。她不是保险柜专家，要打开它，肯定得花上几个小时的时间。用炸药或者撬开根本不在考虑之列，因为都会留下痕迹。玛琳想起了雅各布说过的话，间谍工作的成功在于没人觉察到你曾经下过手。

你里面藏着什么秘密呢，保险箱？玛琳自言自语道。他在干些什么勾当？是什么样的事情，要让安全局里如此得力的布鲁曼亲自来波兰处理？他可是海德里希和希姆莱的直属下属。她听到过上次汉斯·弗兰克和布鲁曼在城堡中的对话。她印象中，弗兰克满心不悦。是害怕布鲁曼抢了他在波兰的位置？布鲁曼带来了元首关于波兰下一步行动的命令？清理犹太人聚居区只是一个开始？

玛琳轻轻将手搭在保险箱上，好像要触摸它的心跳，可是马上停住了：套间外面的走廊中，有人在转动房门钥匙。玛琳和黛博拉惊呆了，惊恐地交换了下眼神。

酒店服务员？还是阿尔布莱希特·布鲁曼？玛琳没有时间去弄个明白了，她飞快做出了决定。她利索地关上了柜门，把镜子恢复到原来的位置，然后抓住僵在那里的黛博拉的臂膀，把她从镜子旁拉开，推到了几米外的床边。她抱住黛博拉，将她赤裸的身体紧紧抱在怀里，像一对恋人一样，然后吻上她柔软的嘴唇。

当阿尔布莱希特推开门，眼前的场景是两个全裸的女人紧紧拥抱在一起，潮湿的头发闪着亮光。阿尔布莱希特目瞪口呆地站在那里，一动不动，有那么一刻，他被弄糊涂了。

玛琳正半睁着眼睛观察着他，脑海中闪过一个念头，此情此景是她们送给布鲁曼的一张快照——这张照片估计将在他的记忆中停留一生了。

玛琳给了这个男人几秒时间，好让他回过神来，不过也是为了黛博拉，让她能适应眼下的情形。黛博拉刚刚在她的怀里迟疑了下，急转直下的变化让她震惊，不过她也没有再反抗玛琳的拥抱。

现在，玛琳慢慢松开黛博拉，向她投去探寻的一瞥。猛然间，地面上一点小小的反光刺激了她，她身上的血液仿佛在瞬间凝住了：镜子的下面有一摊水渍，是刚才从她们湿漉漉的身体上流下来的水。布鲁曼应该没看见，否则他很可能马上就会明白是怎么一回事了。

玛琳知道，能分散阿尔布莱希特注意力的办法只有一个，她必须尝试诱惑他。让她痛苦的是，此举将使她受制于两个不知会有何反应的人：布鲁曼会对她的引诱作何反应？黛博拉呢，她会不会因嫉妒揭穿一切？

玛琳做出了决定，她必须孤注一掷。她相信自己的经验，而且知道自己的裸体看起来是多么的夺人心魄。大部分人打扮起来光彩夺目，而脱掉衣服的裸体往往让人失望，玛琳则正相反。

她的裸体惊人地完美，而她的步态，身体各部分和谐的摆动曾让有些男人难以自持。她慢慢地向阿尔布莱希特走过去。他看来也不能免俗，玛琳看到了他血脉贲张的隆起。

阿尔布莱希特有些迟疑。他的目光越过了赤条条站在自己面前的玛琳，投向黛博拉，饶有兴致地追寻着黛博拉的目光。而他看到的情形，好似是在鼓励他继续。黛博拉的嘴唇微张，脸颊罩上了一层红晕，瞳孔略微放大。她整个身体表达着令人惊讶的期待。

阿尔布莱希特转向了玛琳，欣赏地打量着她的裸体，然后牵起她的手，带她向床走去。他上了床，玛琳则在他面前等待着，她感觉到，阿尔布莱希特可能更乐意做那个掌控局面、采取主动的角色。她猜得没错。

他示意她们到跟前来，不容置疑地晃了晃闪亮的皮靴——意思是让两人给他脱靴子。她们脱掉了他的靴子和身上的衣服。玛琳去浴室拿来一碗热水和一块海绵，两人诱惑地摆动着身体，慢慢地给他擦洗全身。阿尔布莱希特亲吻着面前每一片裸露的肌肤，他的爱抚变得越来越热烈。

很快，三人像一团海草，呻吟着缠绕在一起。不同于享受撕咬和粗鲁做爱方式的黛博拉与阿尔布莱希特，玛琳根本不喜欢这样，可一点也没少被波及。阿尔布莱希特认为充满激情的举动，玛琳却不得不集中起全部的控制力，克服自己的厌恶和憎恨。

第四十一章

玛琳躺在靠近床边的地方，一脸的苦相，刚才的事让她恶心。她上一次做这种事还是两年前。她当时是为了自己的爱情，为了雅各布才答应的。也是为了雅各布，她才加入了波兰地下抵抗组织，而雅各布正是该组织的首脑之一。两人曾是恋人，不过那是很久以前的事了，远在战争开始前。雅各布曾经向玛琳表白过他的爱，可终究还是离开了她。

他曾经说过，战争中，感情只会坏事，所以从那以后他们只是断断续续地见面。雅各布享用玛琳和她的身体，就像享用美味的食品。而玛琳依旧一往情深地爱着他，从未对此抱怨。战争不会没完没了，总有结束的一天，玛琳下定决心要活到那一天。

刚刚加入组织的时候，雅各布问过玛琳，为了将纳粹赶出祖国，她愿意做出何等的努力。玛琳毫不犹豫地说："我会一直战斗到底。"瞧，我现在这个样子难道不是最有力的明证吗？她恼怒地想道。她现在只想赶紧去泡个澡，洗掉身上恶心的纳粹味儿。想到这里，她强忍住没打寒战。

阿尔布莱希特在半梦半醒中慢慢向她转过身来，搂住她的腰，将她拉向自己。他一脸心满意足，让玛琳想到小时候自己家里的肥猫。有一天那只猫无意中又捉住一只老鼠时，脸上就是这个表情。

尽管感到恶心，想马上冲去浴室洗澡，玛琳还是强迫自己安静地躺在床上。她恨恨地盯着天花板，而那个邪恶的男人就躺在自己身边锦缎做的被子里。她无法理解，欧洲已经烽烟四起，而主导战争的那些人却可以舒舒服服地睡觉。

她仔细地听着阿尔布莱希特有节奏的呼吸，估计着什么时候可以溜下床去。她已经习惯了先仔细思考行动的细节和可能的后果，然后再确定具体的行动计划。

不过，今天事发突然，她必须凭借自己的灵感采取行动。现在，成败关键完全取决于黛博拉。玛琳能感觉到，躺在床上的黛博拉同样没有睡着。她在想些什么呢？让她参与到自己的计划中来，是不是一个失误？

房间里的寂静在延续，玛琳的心跳也在不断加快。她对这个姑娘的估计有误吗？今天黛博拉在做爱中原始而激烈的表现让玛琳万万没想到，这姑娘活脱脱像一个老练而毫无下限的妓女。那些撕咬又是怎么一回事呢？玛琳知道，不少男人都享受在床上施虐和受虐的乐子，可是黛博拉的表现让她困惑。她早就感觉到了黛博拉对生活的饥饿感，不过今天她展现出的本能与原始的一面，让玛琳吃惊不浅。她还从未在一个如此年轻的人身上看到过类似的东西。

此外，玛琳还注意到黛博拉另一个重要的品质：这个姑娘有一个能独立思考的脑瓜，而且知道在什么时候如何使用这个武器。比如大家聚众饮酒时，不管其他人如何，这个姑娘有着严格的自律，从不喝到让自己难受的地步，她清楚自己的底线。她就像一颗有众多刻面的耀眼钻石，只是还需要精心地打磨抛光。

“你没睡着吧？”黛博拉轻声问道，打破了沉默。

“没有，”玛琳悄声应答，“在想什么呢？”

“用我们巴伐利亚的话讲，你可真是‘够害羞的’。”黛博拉咻咻地笑着说，像一只窗台上的猫，舒服地伸展了下身子，带着一脸激情过后的满足。

“啊哈，你什么意思？”玛琳低声说，听出她话里有话。

“没什么，说你一点也不胆小。”

“哦，这样啊，谢谢你的夸奖。你觉得要是我现在起身去浴室，不会惊醒他吧？”

“吵醒了又怎样，我们又不是他的。”黛博拉回答道，语气里有一股苏醒的自信。对于刚刚发生的一切，她以不以为然的口气轻描淡写地带过，几乎给人冷漠的感觉。玛琳问自己，一个不到十八岁的女孩会如此老练吗？她悄悄溜下了床，阿尔布莱希特轻轻咕哝了一声，但是并没有醒来。

玛琳捡起散落在房间地板上的衣服。走过镜子前时，她好像不小心将蓝上衣掉在了地上。猫腰捡起衣服时，她趁机将地上残留的水迹擦掉，同时斜眼瞟向床上的阿尔布莱希特，看到他并没有醒来，发现自己的举动。不过，黛博拉倒是在观察她，赞许地点了点头，然后也滑下床，踮着脚尖跟在玛琳的后面进了浴室。

“哎，”黛博拉看见玛琳胳膊上搭着已经扯坏了的衣服，“你那件衣服已经惨不忍睹啦，我给你去拿些我的衣服。”她转身回了卧室，一会儿就拿来一件灰上衣和相配的外套。“给你这个，你应该能穿。”

“谢谢。”玛琳已经敏捷地进了浴缸，她不想浪费这些纯净的水。温水流到她发烫的身体上，几乎让她感到了凉意。

黛博拉站在浴缸边上，好像还没拿定主意是不是也进去。不过玛琳没让她多费思忖，已从浴缸里站起身来，感激地接过依然全身赤裸的黛博拉递过来的浴巾。

玛琳擦拭着身子，第一次可以充分地欣赏黛博拉的裸体。她不得不承认，这个姑娘的胴体是那么完美：青春高耸的胸脯上点缀着粉色乳头，温柔的腰肢，发育完美的修长双腿。她平滑的皮肤润泽光亮，像新鲜的奶油。怪不得这个布鲁曼对她如此着迷！尽管黛博拉年轻的身体还未发育成熟，却天生有着魅惑男人的高超本领。黛博拉察觉到了她的目光，没有感到一丝羞愧，她抬起头，好像在问：喜欢我吗？

玛琳近乎温柔地笑了。“你要么赶紧洗个澡，否则就赶紧穿上外套。你都快冻僵啦。”她轻轻拍了下黛博拉的胳膊，她的皮肤上已经满是鸡皮疙瘩。但她突然皱起眉头，抓住黛博拉的胳膊抬起来。“这是怎么回事？”她严厉地问道。同此前的阿尔布莱希特一样，她看到了黛博拉手臂上数不清的横竖交错的灰色疤痕。黛博拉身上有擦伤和青色瘀血，玛琳知道那是粗鲁性爱的结果。而这是一些旧伤疤，和那些看起来不同。她几乎肯定这是刀子的划伤。这让她警觉起来，因为她在另外一些女孩那里看到过类似的东西，是她们心理创伤的结果。

“没什么。”黛博拉突然有些羞愧，抽回了自己的手臂。

玛琳觉得最好现在不要勉强黛博拉，也许下次有机会时再询问缘由吧，现在有更紧急的事情要办。比如，如何得到布鲁曼放在保险箱里的文件，以及确定黛博拉是否还愿意帮助她。

对于玛琳来说，现在重要的是，黛博拉要将自己的意愿表白出来，这个动力必须来自黛博拉本人。否则，玛琳今天就放弃进一步努力，等下一次两人见面时再做小心的尝试。为了拖延时间，玛琳故意慢吞吞地穿上黛博拉拿来的衣服。衣服十分合身，只是肩膀和腰稍稍有些紧。

这时，黛博拉已经穿上了绣着酒店字母的浴衣，坐在浴缸边沿上，手在水中划来划去。玛琳穿好了衣服，光着脚穿上鞋，猫下腰扣上了鞋扣。然后她起身走到镜子面前，用手梳理头发。黛博拉突然开口，并没有压低声音："我想加入你们的抵抗组织。"

"嘘。"玛琳脱口而出警告道，同时急忙转头向浴室门看去。酒店浴室的门十分厚重，而且是关着的，尽管如此…… 一句不经意的话都可能引起怀疑，一个小小的差错往往会招致杀身之祸。

玛琳走过去，也在浴缸边沿上坐下，恳切而严肃地说道："我们在这儿不能谈。明天上午我来接你，和今天一样的时间。然后我们会谈所有的事情。不过，有些话需要先交代下：我理解你心里很难过，不过千万不要再和阿尔布莱希特提起那些犹太人的事情了，听到了吗？任何情况下，你都不要显示出对犹太人和波兰的同情。行为一定要像往常一样，永远不要问他公文包里有什么，更别提那个保险箱。你还从来没有这样做过，今后也永远不要尝试，那会马上引起他的怀疑。我们两人现在仰赖于他对我们的信任，否则很快就会被干掉，就像我说句'亲爱的'的那么简单。明白了吗？"

"当然啦。"黛博拉眨了眨眼睛，不过看起来没有一点害怕的意思，"能向你提个问题吗？"

玛琳已经打扮好了，正对着镜子最后一次审视自己的妆容。"当然可以。"她对着镜子说道，用食指将一些口红抹到两腮和嘴唇上。

"你为什么加入地下抵抗组织？我以为你是个演员呢。"

玛琳慢慢转过身来，她的眼睛眨了眨，调整好自己的位置，然后低声吟诵道："地狱已经空空如也。魔鬼全都在此地。"然后又用正常的声音说道："这是莎士比亚《暴风雨》中的台词，亲爱的。我现在的舞台就是这个世界。"

第四十二章

第二天，玛琳准时来到酒店。两位年轻姑娘开车到了普兰迪公园，找到了路边一张僻静的长凳。两人脑瓜凑在一起，足足坐了两个小时。黛博拉上了自己关于间谍工作的第一堂课。

谈到自己所属的地下小组时，玛琳十分谨慎，既没有提及小组的规模，也没有告诉她小组的成员，甚至没有说出小组的领导人雅各布的真名，玛琳称他为帕威尔。

黛博拉明白了，自己今后要留心周围人说的每一句话。她经常有机会见到重要人物，他们提及的哪怕最小的细节都可能有极其重要的意义，即使那些事在她看来无关痛痒。不过，她不能让人察觉到她在认真听，做记录更是绝对禁止。她只能尽量在脑子里将那些事记下来，然后和玛琳见面时，复述给玛琳听。

不过，两人并不总是能按照这个计划行事，因为有时恩斯特会要求玛琳陪他一同去外地出差。他是后备部队的军官，负责军队的后勤给养，因此需要经常出差。这样，黛博拉就不得不等待玛琳回来，才能汇报情报。不久前阿尔布莱希特告诉黛博拉，因为工作需要，他们得在波兰多停留几个星期。也就是说，六月前他们是不会返回慕尼黑了。

雅各布要求，任何小组的外围人员只能和组里的一个上线联系，绝对不能有另外的联系人。这样，即使黛博拉出了事，也只会牵连到玛琳。玛琳也只知道组里的几个人，而且还只知道他们的化名。她唯一确定认识的人其实只有雅各布。

黛博拉专注地听着，提了几个问题。玛琳精心作答，没有违反地下工作的规定，说出任何不该说的情况。这令她不禁佩服自己。而黛博拉则证明了自己是个孺子可教的好学生，理解快，而且问题也提到了点儿上。不过，黛博拉的下一个问题让玛琳毫无准备，而且马上引起了玛琳的反感："你是不是爱上这个帕威尔啦？"

还没等玛琳回答，黛博拉就接着说："啊哈，说吧。我注意到你谈到他时是怎样的了。你可从来没这样说过恩斯特。"她得意扬扬。

玛琳勉强地微笑了下，心里却骂了句粗话，这个机灵鬼的确拥有不同寻常的观察力。她决定告诉黛博拉一半实情："曾经是你说的那样，不过那已经是很久以前的事了。现在我们只是不错的朋友。"雅各布——为了他，她和纳粹狗睡觉，翻他们的公文包和行李，偷听他们的谈话。做这些，她都是为了他。有时候，玛琳恨雅各布，因为他允许她做这些事。

而黛博拉的下一句话打断了玛琳的沉思："我也想认识一下这个帕威尔，他是怎样的人，长得英俊吗？"

"你是怎么回事，刚才我说的没听明白吗？"玛琳恼怒地说道，"谁，无论是谁，都不能和组里的其他人接触。我是你的单线联系人，这对谁都好。别想着那个帕威尔了，还当他是个浪漫的英雄。我理解，你只有十七岁，不过现在可不是做梦的时候。想好了，你是不是真的愿意加入我们，一件小事都会让你脑袋搬家的。他们会把你关起来，殴打你，长时间地折磨你，直到你说出知道的一切。你现在退出还来得及，毕竟你还什么都没有干过。我可以马上从你的生活里消失。”说着，玛琳半抬起身，像要马上实践自己刚刚说过的话似的。

“干吗这么激动，我只是问问而已。还有，我再有几个星期就十八岁了。”黛博拉赌气绷着脸，像只小猫。她看起来突然显得那么幼小，以至于玛琳再一次质疑自己，招募她是不是正确的决定，风险看起来太大了。这个姑娘的确有很好的潜质，但是太不稳定，太善变了。

她内心叹息了一下，还是放弃了，现在说什么都晚了。她能做的，只有争取牢牢地控制住这个姑娘，别的听天由命，但愿有个好结果。战争已经到了决定性的时刻，玛琳知道没有多少这么好的机会了。

战前，波兰已经出现了反犹运动。而现在，部分波兰人和德国人合作密切，容忍他们迫害犹太人。少有的理智声音已不能再发声。克拉科夫的知识分子精英阶层要么早已逃亡在外，要么已经被纳粹杀害。建于十四世纪的雅盖隆大学是欧洲最古老的大学之一。一九三九年，该大学的教授们被驱赶到一处，全部遭到杀害。

地下抵抗组织的规模很小，没得到什么支持，尤其缺钱。没有钱就意味着没有武器。所以了解敌人的每个信息变得十分重要，比玛琳和黛博拉的生命都重要。当然，这些话玛琳不能讲出来。她仍然担心黛博拉真的会甩手不干。雅各布说过，布鲁曼是这场战争中的重要人物。他从其他渠道搜集到了关于布鲁曼的信息。哪怕这些信息中只有一小部分是准确的，也已经足以说明布鲁曼在二战中举足轻重的地位：他负责灭绝欧洲的犹太民族和犹太文化。

这也是玛琳加入犹太人抵抗组织（简称ZOB）的原因。她有一半犹太血统，本名是安娜·冯·杜克海姆。

安娜的母亲是克拉科夫本地的加利西亚犹太人，父亲则是德国贵族。他们在那个时代是典型的门不当户不对的结合：她是一个斯拉夫裔女佣，而他则是豪门公子。老伯爵认为安娜的父亲有辱家风，一怒之下剥夺了儿子的财产。安娜的父亲是一战时的军官，在一九一八年战争进入尾声时战死在了法国，去世时并不知道自己有了孩子。而几个月后，安娜的母亲也死于西班牙流感。

老伯爵失去了唯一的儿子，最终接纳了安娜。在柏林，她在祖父母的照看下长大。纳粹开始送犹太人进集中营时，安娜刚刚通过高中毕业考试。她马上加入了帮助犹太人逃离德国的学生组织。一九三九年初，安娜被盖世太保抓住，落入了暴虐的胡伯图斯·冯·格莱夫的手中。她的祖父动用了所有关系来拯救自己的孙女，为此欠下了不少人情，也花掉了家里一半的资产。

落入盖世太保手中的一个月里，安娜并没有屈服。恰恰相反，这次遭遇坚定了她为犹太人奋斗的决心。一九三九年初，她违背祖父母的意愿，前往克拉科夫寻根，寻找母亲的家庭成员。结果还真让她找到了，两个年长的姐姐和她们的丈夫张开怀抱迎接了她。

纳粹最终还是到了波兰，到了克拉科夫。同雅各布一样，她也加入了犹太反抗组织ZOB。她改变了自己的外形，化名玛琳·卡尔登，两年来，她过着拥有双重身份的危险生活。

事实证明，玛琳的担心是多余的。

黛博拉一如既往地信心坚定，决意投入这场激动人心的崭新冒险。这让她感到更自由，尤其让她感到自己长大了。让黛博拉由衷高兴的是，她觉得自己成了一种伟大的、有意义的生活的一部分，而阿尔布莱希特对此一无所知，也和她的这种新生活毫不相关。

玛琳又一次谈到了阿尔布莱希特公文包里面的文件。“要是我们把它们偷走，阿尔布莱希特马上就会知道的，对不对？”黛博拉插嘴道。

“我们当然不能拿走那些东西，你这个小傻瓜。我只是看一下，然后拍照，那样他就不会察觉到有人动过它们。不过第一步，我们要好好想想，如何接近那些文件呢？”

“我可以试着拿到保险箱的密码。”黛博拉充满了新人特有的热情，自告奋勇。

“可你要怎么做到呢？站在阿尔布莱希特身后，看他怎么开箱吗？不行，那太明显了。”玛琳摇了摇头，“阿尔布莱希特·布鲁曼疑心很重，他会怀疑的，你没必要冒这样的险。我们几乎不能指望他会粗心到忘记将文件放入保险柜。那样就简单了。他为什么不能让咱俩省点事呢。”玛琳闷闷不乐地说道。

玛琳最后的话提醒了黛博拉。

“恰恰相反！他忘记把文件放进保险柜这种事还真发生过几次，只不过到了克拉科夫之后还从来没有过。对不起，玛琳，我从来没仔细注意过。”

因为自己忽视了这么重要的细节，黛博拉有些怏怏不乐。

她努力回忆着，阿尔布莱希特在什么情况下会先把公文包放在桌上，随后才放入保险箱。实际上，这只会发生在她急不可耐地在门口迎接他，然后将他拉到床上的时候，因为那时他根本无暇顾及其他。

她有了一个设想：试着转移阿尔布莱希特的注意力，引诱他忘乎所以，以至于暂时忘掉自己的公文包。黛博拉随后会劝说他一起去饭店的酒吧。黛博拉有两把房间的钥匙，可以留下其中一把给玛琳。阿尔布莱希特总是随身带着自己的房间钥匙。走廊上紧靠着他们套间的是酒店的工具间，玛琳可以事先藏在那里。一旦玛琳拍完照片，可以在离开时将房门锁上，把钥匙放到工具间里的某个地方，黛博拉会找机会取回。黛博拉将自己的想法一股脑儿说了出来。

玛琳对此不置可否。“一次就得成功，我们可真得走运才行。酒店住的几乎都是德国的军官和官员，要不就是和纳粹做生意的人。我在工具间里藏几个小时可够呛，要是被人发现了，我有口难辩啊。”

她有一个听起来更大胆的建议：等阿尔布莱希特和黛博拉离开房间，她用黛博拉的钥匙打开房门，带着一个开锁的人进入房间，然后打开保险箱。这个计划的问题是：她不知道小组里有没有精通保险箱的人。如果没有，雅各布就要去找一个这样的能工巧匠——这就意味着又多了一个知情人。另外，这样肯定会在保险箱上留下蛛丝马迹。而她们一直想避免让阿尔布莱希特产生任何疑心。

最简单的，玛琳想，就是用安眠药。可这个很难搞到，雅各布已经试了几次都失败了。而且服药后，第二天清晨身体会有反应。布鲁曼这样警觉的人肯定会意识到发生了什么。两个姑娘讨论了好一会儿，权衡着各种方案。

经过了几个回合的讨论，玛琳最终采纳了黛博拉的意见。不过，想到自己即将一夜又一夜在工具间里焦急而无可奈何地等着，还要始终提防着被酒店工作人员发现，她就感到头疼。她躲在那里，要避免发出任何声响，直到听到黛博拉发出可以行动的暗号。如果黛博拉在去酒吧的路上说：“现在我很想来一杯香槟，阿尔布莱希特。”这就暗示着他已经将公文包放入了保险箱，玛琳要取消一切行动计划。如果黛博拉说：“这会是一个美好的夜晚。”那就意味着公文包就在房间里，可以行动了。

下一步，她将溜进房间，给文件拍照，然后尽可能无声无息地离开酒店。玛琳必须避免有人认出她来，或是甚至邀她到酒吧喝一杯，在那里，她必将碰上阿尔布莱希特和黛博拉。酒店的某个客人很可能认出她是恩斯特的情人。

接下来的九天里，两人只尝试了四次，因为在此期间玛琳曾陪着恩斯特出差，而且阿尔布莱希特有几次因为神秘兮兮的任务深夜才回来。这样的日日夜夜，黛博拉都是在提心吊胆中度过，连唱歌都不能减轻她心里的压力。

这是黛博拉第一次体验到，有些事情不再是兴趣与喜好，而成了令人心烦意乱的责任与任务。就在玛琳潜伏在隔壁的第一个夜晚，黛博拉十分紧张，和阿尔布莱希特做爱也是草草了事。这甚至引起了阿尔布莱希特的注意，她只得推托自己突然头疼。

第四十三章

连续的紧张不安自然有代价。两个姑娘之间的气氛一天比一天紧张,两人为了鸡毛蒜皮的事也能吵得不可开交。而她们担心被别人听到,又不敢提高声音。

不过两人总是会很快和好，大部分情况下，都是一直注意维持两人和睦的玛琳先妥协。而黛博拉的不拘小节总是让玛琳又激动起来。

"你干什么来着？"玛琳又吃惊地叫道，不过马上压低了嗓门。一天下午晚些时候，两人坐在套间的沙发上。黛博拉刚刚告诉玛琳，她昨天晚上责备了阿尔布莱希特，说他把公文包看得比她还重要。

黛博拉感到沮丧的是，不管她如何打扮，如何诱惑，现在的阿尔布莱希特都已经和两人关系刚开始时不同。他总是保持着清醒的头脑，笑着挡住她的攻势，先把那些文件放进保险箱里。

"见鬼，我跟你说过，你必须假装那个公文包压根儿不存在！"由于不能大声，玛琳气得一拳捣向沙发上的靠垫。这个可恶的孩子早晚会坏事！

下午晚些时候，玛琳见到了雅各布，和他谈及此事。他只是耸了耸宽阔的肩膀："这有什么？这不过是她这个年纪的女孩的正常反应。她嫉妒那个公文包。她这样做也许没错，反而显得更自然。你们俩需要重新谋划下，时间正从我们的手上溜走。屠杀波兰的犹太人已经是板上钉钉的事情，越来越多的人被他们关进了犹太聚居区。今天从华沙那里得到了令人紧张不安的消息，我们正在计划对纳粹实施一次重大打击。要是成功了，我们的处境会更加险恶，德国人会连一块小石子儿都要翻过来看看。所以我们一定要提前从布鲁曼那里搞到情报。你好好想想吧，玛琳，不过要快。"

两天的徒劳无功和随后与玛琳的争吵让黛博拉陷入深深的沮丧。公文包方面她毫无进展。而且，她开始对自己卷入的间谍勾当产生怀疑。她想象的要比现在做的多得多，她想参与到重大的紧要事件中，做出自己的贡献。而到目前为止，除了听听餐桌上的谈话然后向玛琳汇报外，她的间谍工作乏善可陈。她也不清楚自己提供的那些情报对抵抗运动是否有用。如果到此为止她还只是个不能施展拳脚的间谍，那么她更想体验扮成普通当地人去外面走走是什么感觉。尽管黛博拉很喜欢穿上时髦的衣服散步，享受人们的目光，可是现在，她想体验下融入人群中，丝毫不引人注目的感觉。也就是潜入人海中，没人知道你是谁。而且，扮演另外一个身份本来就是她受的职业训练的一部分。很小的时候，她就观察和模仿过妈妈在家中的歌剧排练。

她不再多想，从衣橱中拿出一件大褂和一条头巾，这两样东西都是她不久前在集市上买到的。克拉科夫大多数妇女都是这一身不引人注目的打扮。她在镜子前排练了很久，试验不同的体态，把肩膀稍稍耸起一些。没问题，黛博拉对着镜子点点头。这身装束将她的头发掩藏在了头巾下面，再加上宽大的外衣，让她完全成了另外一个人。即使玛琳也无法认出她来！为了不引起酒店里的人的注意，她将衣服卷起，到了酒店外的一条侧街才穿上。

克拉科夫的中央市场，波兰语称为瑞内克戈隆尼，和慕尼黑的玛丽恩广场以及谷物市场很多地方都不同，但追根究底好像又没什么两样。个中原因黛博拉自己也说不清楚，但她在中央广场从未感到过舒适惬意。这广场是个两百米见方的正方形，在中世纪曾是欧洲最大的广场。许多两层高的住宅围成了这个广场，这些住宅大多有窄窄的前庭和深深的后院。世世代代不同风格的建筑师在这里留下了自己的灵感，房屋充满了巴洛克以及文艺复兴时期的韵味。

广场一边是著名的宽达一百米的纺织会馆，这也是克拉科夫最大的建筑。意大利建筑家桑蒂·古奇在十六世纪中叶建造了这座文艺复兴风格的建筑。老市政厅则只遗存下了钟楼。

在这斑斓绚丽的广场上，唯一让黛博拉失望的是这里的人们显得不那么生动有趣。她小时候的慕尼黑谷物市场绚烂多彩，人潮拥挤，鼎沸的人声和叫卖声不绝于耳。即使近几年货物不再丰富，慕尼黑人做买卖讨价还价时的兴致勃勃却依然如故。

而在这里买卖货品的波兰人却显得拘谨、勉强，好像承受着什么压力似的。很多买东西的人匆匆忙忙地从一个摊位掠到另一个摊位，像是急着买完东西就赶紧回家。玛琳的教诲让她的观察力更敏锐了，她刚才得出的印象就是结果之一。黛博拉改变了一下体态，模仿前面一个一手拿着篮子，一手将头巾按在下巴下面的农妇。她也一定要弄到这么一个篮子！

像以往一样，黛博拉的双眼搜寻到了亚当·密茨凯维奇[①]的雕像，它的周围总是围着一群鸽子。玛琳曾经告诉她，传说中，那些鸽子是

①波兰著名诗人。

被诅咒的骑士。不过黛博拉最喜欢的是有两个宏伟钟楼的玛利亚教堂，她已经去过很多次了。她自己也说不清是怎么回事，不过奇怪的是，在教堂里仿佛能更近地感觉到对家的爱，好像教堂和慕尼黑的家有直接联系似的。是由于寥寥可数的黑衣老妇人坐在长凳上轻声祷告，让自己对上帝的希望和香火的味道混合在一起了吗？不管怎么说，进了教堂，她的乡愁就轻了一些。现在，她正迈步向那里走去。

突然，她听见附近有人大声喊叫，不由自主地转向了喊声传来的方向。“站住！”她看到一个男人急速向她跑来。

她急忙向右边躲去，遗憾的是，那个男人也做出了同样的选择，整个人撞到了黛博拉的身上，将她带倒在地。黛博拉重重摔在了石板路面上，下意识地以手撑地。她从地上坐起，看到自己的手掌被扎破了，鲜血从伤口流了出来。她寻找自己的手提包，才想起压根儿就没有带出来。那个优雅的鳄鱼皮包肯定与这身打扮不搭。没有带包，也就没有纸巾了。

这时，她听到身边那个撞倒她的人发出呻吟。那个人看起来有些上了年纪，穿了一件磨损得露线的西装，一副摔坏的眼镜落在离他不远的地方。他看起来摔得比黛博拉更重，抱着双肩像个婴儿一样蜷缩在地上。“嘿，您听得见我说话么？”那个男人还没来得及回答，已经有两个男人赶了过来，很明显，就是他们在追赶这个人。两人都穿着党卫军的制服。黛博拉从玛琳那里得知，就是这群人在看管波兰的集中营，也就是他们，要对屠杀和其他暴行负责。其中一个人用靴子粗鲁地踢了黛博拉一下，让她翻了个身，倒在自己的臂肘上。两个人一人一边抓住了那人的胳膊，将他拖起来跪在地上。他疼得呻吟起来。

“您怎么能这样！”黛博拉愤怒地喊道，一来由于自己还从未受过这样粗暴的对待，二来是由于受伤的疼痛。那个摔倒的男人长得挺像她就读的音乐学院里的一位教授，她对他深感同情。

“闭嘴，贱货！犹太猪关你屁事！”其中一个人对她吼道，一股酒臭扑面而来，黛博拉恶心地捂住了嘴。这是个魁梧的男人，面色苍白，眼神恶狠狠的。

“来吧，阿迪，”这个人在喊他的同事，“把这家伙的裤子脱下来。”

这时，他们身边聚集了一些看热闹的人。黛博拉简直不敢相信自己的耳朵和眼睛：另外一个党卫军真的在众目睽睽之下，一把扯下了那个人的裤子，露出了下体！然后，他抓住那个男人的阴茎，一边使劲拉扯，一边嘶吼着：“我就知道是这样。做过割礼！”他抽出枪，对准那个男人的太阳穴。此时，那个男人由于羞愧和惊吓完全呆住了。那个党卫军号叫道：“去死吧，犹太猪！”

黛博拉从刚才的目瞪口呆中回过神来，心中燃烧着怒火。她早已将玛琳的警告——永远不要站在猎人和猎物之间——忘到了九霄云外。她娇小的身躯挡在了他们之间：“住手！这个男人没干什么，他不过……”她的话还没有说完，那个脸色苍白的党卫军一把抓住她，将她重重摔在地上。“你这个犹太贱货没有权利对我说话！”他扯住黛博拉失去围巾遮掩的头发，拽着她跪在了地上。黛博拉嘶喊着，向周围乱挥着拳头。那个党卫军足足高出了她两个头，因为肌肉用力，连肩膀处的制服都绷紧了。这时他抬起右拳，近乎轻松地打向了黛博拉的腹部。

黛博拉感觉自己仿佛裂成了两半。她呻吟着瘫在了石子路上，眼前飘过红色的迷雾，几秒钟内都没有喘过气来。她挣扎着不失去知觉，同时听到有人想过来扶她，同样被狠狠打倒在地。脸色苍白的党卫军俯视着那个想帮她的人，唾沫星子四溅地咆哮道：“什么？又一个犹太猪？看来这里是他们的老巢啊。来，站起来，脱掉裤子。”

黛博拉现在终于喘过一点气来，可还是说不出话。她一眼认出帮她的那人是奥斯曼。他没有穿制服，只是一身波兰农民的打扮。奥斯曼怎么来了？为什么他没穿制服，而是像自己一样乔装打扮，黛博拉一头雾水。看到奥斯曼没有起身的迹象，那个党卫军拔出手枪对准了跪在地上的黛博拉。“我现在数到三，要是到时我还看不到你的脏屁股，我就在这个贱货的身上开个洞！一……二……”

奥斯曼艰难地爬起来，无声地望向黛博拉。他们交换了一个长长的眼神，他的眼中充满了这个世界上所有的苦难。然后，他慢慢松开了皮带，让裤子落下，然后脱掉了内裤。黛博拉转过了头，痛苦与同情的泪水夺眶而出。苍白面孔的党卫军愣住了，摸了摸额头，眯起眼睛走近奥斯曼。

很快，他爆发出一阵刺耳的笑声，指着奥斯曼裸露的下体。“瞧瞧吧，阿迪！这货不仅被阉了，他连蛋都没有！这肯定是个怪胎。你说我们是不是该瞧一下，他是长着脚呢还是蹄子？你说怎么样？”他笑得弯了腰。

周围的人越聚越多，其中还有几个德国军队的士兵。两个党卫军刺耳的笑声，只获得了几下零星的、有些尴尬的笑声作为回应。说不清为什么，是因为恐惧？还是因为憎恶？抑或是因为在这个城市里，这样的场景已经让人习以为常？

另一名党卫军也凑上前来，不过并没有松开手里那个上了年纪的人，而是将他一道拖了过来。他也大笑道：“你说得没错，鲁迪。我想我没看过比这更恶心的了。你叫什么名字，犹太猪？”他对着奥斯曼吼道。

当他觉得奥斯曼的回答不够快时，马上一拳打在他的脸上。

“这是怎么回事？”这时响起了一个威严的声音。出声的是一个党卫军军官，众人马上给他让出了一条道。

两名党卫军给他敬了个礼。“我们抓住了两个犹太猪和他们的贱货，少校。”那个叫阿迪的面庞苍白的党卫军回答道，伸直了下巴。

少校轻蔑地看了眼赤裸的奥斯曼，目光停在了仍然跪在地上的黛博拉身上。他惊呆了，疾步走过去，小心翼翼地扶黛博拉站起来。她摇摇晃晃地倚在他的身上。

“我的上帝啊，马普兰小姐。”他吃惊地喊道，“是您啊！您怎么样，要不要我叫医生来？”他转过身望着周边的人群：“这里有谁是医生吗？”两个党卫军鲁迪和阿迪迷惑地交换了下眼神。奥斯曼飞快穿上了衣服，跑到黛博拉的另一侧。军官本想制止奥斯曼，但是黛博拉轻声说道：“没关系……这是奥斯曼……司机……上校的。”

一个满头白发的小个子波兰老人用磕磕绊绊的德语说道：“我医生，请您吧，跟我来，诊所附近就在。”他在人群中分出一条道，后面跟着那位军官以及扶着黛博拉的奥斯曼。

离去前，军官转过身面向两位党卫军说：“你们马上回营地等候命令。事情没有结束，我保证！”他威胁道。

黛博拉在一间简陋诊室的硬板床上坐了下来，药柜里空空如也。这地方和父亲那氛围温馨、药品丰富的诊所真是有天壤之别。那里什么也不缺，舒适的气氛让每个病人都相信自己很快就会康复。

医生的手轻盈灵巧，话里透着一股机灵的幽默：“年轻的女士，没事儿，肚子上有些美丽的颜色，像鲜花，对吗？”他说道，对她笑了笑。他给黛博拉涂上了一种浑浊的药水：“喝水多。不严重，不坏，明白吗？”他提醒她要多休息下，还补充道，“要是还疼得厉害，或者红血有马桶里，去找医生，一定，明白吗？”

现在她可以离开了。这位少校经常在格兰德酒店和阿尔布莱希特一起喝酒，所以认出了黛博拉。在陪黛博拉回酒店的路上，他不停地为刚才的意外向黛博拉道歉。不过对奥斯曼，他一句道歉的话也没有。在酒店门前，他向他们告别，然后飞快地消失了。

黛博拉这才想起，那个军官没有告诉自己他的姓名。奥斯曼正准备悄无声息地回到自己的房间，黛博拉轻轻拉着他的手留住了他："奥斯曼，就一句话。我想向你表示感谢，而且我必须为今天的事情向你道歉。今天发生的事太可怕了。人真是太可怕了。你接受我的道歉吗？"

奥斯曼的回答是单膝跪了下来。黛博拉迷惑地望向他。奥斯曼低下头，用双手握住她的右手，将自己的额头贴在上面，就这样停留了几秒。然后他站起身，迅速离开了。本来黛博拉还想问他，他不穿军服在中央市场干什么。这个念头让她吃惊。作为阿尔布莱希特的司机，奥斯曼也是党卫军，难道穿制服不是必须遵守的规定吗？不过，没舌头的奥斯曼也无法回答她的问题。

她准备下次找机会一定要问清此事。她对这个谜团感兴趣，也是因为不清楚奥斯曼是否会将今天的事情告诉阿尔布莱希特。要不还是自己亲口告诉他？不告诉他了，黛博拉做出决定。她宁可等一阵，看阿尔布莱希特是否会谈及此事，她到时再想法应付。今天的事情真蹊跷，她想。她和奥斯曼两人都化了妆，然后马上就遭遇了险情。她明白了，对于外国人模样的奥斯曼，党卫军制服的确是一重很好的保护，就像她时髦的衣服一样，能证明她德国女士的身份。人靠衣装，一点不假，而且衣服还能保护一个人呢！中央市场上，人们的行为举止都尽可能表现得毫不起眼，这一点也不奇怪，谁愿意引起德国人和他们的帮凶的注意呢。

第四十四章

这一天恶心的冒险经历后，黛博拉回到酒店，在浴缸里泡了很长时间。阿尔布莱希特不久前送了她一把匕首。她用它在手臂上划了很多伤口，看着血一滴滴流出来，将水染成玫红色。然后，像那位老医生建议的那样，她好好睡了一觉。年轻强健的身体恢复得很快，当玛琳下午五点过来时，黛博拉几乎已经完好如初。

玛琳停留了十分钟就要离开，说是要和恩斯特见面，不过，她看起来还在为两人愚蠢的争执而不悦。黛博拉觉得玛琳轻视自己，没有拿她当回事，所以心血来潮做了一个决定：跟踪玛琳！她快速抓起大衣、帽子和手套，来到了走廊上。而玛琳已经不见了。

玛琳像往常一样没有坐电梯，而是从楼梯步行下楼，电梯内窄小封闭的空间让她不舒服。可想而知，前些天玛琳潜伏在酒店的工具间需要付出多大努力。

黛博拉选择了舒适的电梯。电梯正好停在她套间的这一层，而开电梯的小伙子也是一如既往地不见踪影。黛博拉上了电梯，希望自己能赶在玛琳前面到达一层。

走出电梯后，黛博拉仔细看了看周边，很快躲到了电梯旁边的冬青树后。不能太早了。不到两秒钟，玛琳的身影便出现在了最后一级楼梯上，她随后穿过酒店的大堂。黛博拉跟了上去。

此时正是下午稍晚的时候，街道广场开始变得熙熙攘攘，所以跟踪不被发现也不是难事。玛琳在向中央市场的方向行走，走得很快。黛博拉跟着她穿过了广场，有两次几乎跟丢了目标，不过现在她知道玛琳要去哪里了：玛利亚教堂后面的小集市广场。

这地方有几家不错的服装店、裁缝店、餐厅和咖啡厅。猜得不错，玛琳走向了当地最好的一家服装店，这个店的专长是定做晚礼服。玛琳站在橱窗前，开始饶有兴致地观赏里面展示的服装。

黛博拉及时想起了玛琳教给她的招儿，藏在了一处房屋拐角处。玛琳不是在看展品，而是在通过橱窗玻璃观察是否有人跟踪。然后，玛琳才进了店门。

黛博拉穿过了窄窄的街道，犹豫地站在商店门前。她机械地将目光投向橱窗，可是对里面那件装饰精美的黑色晚礼服却视而不见。她迟疑着该不该进去。见面后该如何应付呢？难道要问玛琳，她明明说和恩斯特有约会，为什么却独自上街购物？还是假装自己也是来购物的，这只是偶遇？她随后放弃了这两种说辞，玛琳会马上意识到她在跟踪自己。

两个上了年纪的男人陪着两名打扮入时的年轻女人逛了过来，同样停留在橱窗前。两个女人喋喋不休地对橱窗里的礼服评头论足，而两位先生的评论则集中在了黛博拉的身上。

两个人毫不掩饰的目光让黛博拉感到不快。她突然感到自己这样做很不得体，自己是多么幼稚，就这样跟在了玛琳的后面。

不过她也不想返回酒店。她拿不定主意，于是四下张望，想起这个裁缝铺后面的小巷拐角处有一家小咖啡馆，她曾经和玛琳去过几次。这家咖啡馆由一对性情开朗的姊妹经营，做的点心远近闻名。黛博拉刚转过拐角，就看到了自己没有想到的一幕：玛琳正离开裁缝铺的后门，急急向左一转，钻进了最近的一条小巷。

黛博拉没有多想便蹑手蹑脚地跟了上去，刚好看见玛琳进入一户人家。从远处望去，狭窄小巷里的房子纵横交错，在视线尽头又好似连成一片。房屋的窗户都很小，门框很低。当黛博拉来到她看见玛琳进入的那座房屋门前时，发现有三级台阶向下通向屋门。一块生锈的搪瓷招牌挂在门边的铁棍上，随风晃动，发出轻微的声音。招牌上面是波兰文，不过牌子下面依稀可见一只皮靴的图样。

鞋匠铺吗？黛博拉有些难为情。她不知道自己会发现什么，不过，如果自己的好朋友只是来做一双新鞋子呢？

黛博拉承认，自己原本盼望的是骗过玛琳，让她将自己带到那个神秘的帕威尔那里。

她试着透过已经脏得不再透明的玻璃向屋内看去，可是什么也看不到，里面也没有传出任何声响。

随后的事情发生得如闪电般迅速，黛博拉甚至都没来得及喊一声。她被人从后面抓住，一只带有浓重烟草味的手捂住了她的嘴，另一只手抱住她的腰，没费什么力气就把她拖进了门里。这人拽着她进了一个房间，里面半明半暗，所有的摆设只能依稀看到轮廓。空气中是皮革和鞣酸的气味。

这个男人用脚将另一扇门蹬开，紧紧地箍住黛博拉，将她拖进了一条黑暗狭长的通道。黛博拉被他牢牢箍住，觉得几乎要窒息了。然后他们又经过了第三道门，进入了一个没有窗户的小房间。房间里摆着一张桌子和四把椅子，除此之外空空荡荡别无一物。唯一的光线来自一根蜡烛。有两个人坐在桌旁，在昏暗的光线中紧盯着来人。

“这人在外面鬼鬼祟祟的。”这个彪悍的男人瓮声瓮气地说道，手上对黛博拉一点也没有放松。黛博拉正在张牙舞爪地激烈反抗，四下挥舞着拳头——不过效果几近于踢打一块石头。有一点不得不佩服玛琳，她面不改色。“是你啊。”她只是说了这么一句，然后转向化名帕威尔的雅各布：“请允许我介绍下，这位是黛博拉，布鲁曼的小情人。”

“你疯了吗，怎么能信任一个纳粹的娘们儿？”雅各布大声吼道，狠狠地一拳砸在桌子上，激起桌上的尘土，蜡烛的火苗也飘摇了几下。

玛琳甜甜地对他笑道：“这样啊。我不也是一样吗，亲爱的？”她挑了一下眉头，其中蕴含的深意让雅各布立刻像泄了气的皮球、没了风的帆船。他点了下头，那男人立刻松开了黛博拉，以至于她摇晃了下，赶紧扶住桌子以免摔倒。

雅各布大大咧咧地坐在椅子上，岔开两条长腿。他的脚上穿着一双黑靴子，两手在胸前交叉，眯起眼睛仔细打量黛博拉。而她抬起头，以倔强的目光迎接他的目光。玛琳则一言不发。

“请原谅我的粗鲁。”雅各布首先打破了沉默，随便地对黛博拉以“你”相称，“我失礼了。请坐下吧。你想喝点儿什么吗？我这里有水、葡萄酒，甚至还有来自德国的咖啡。”还没等黛博拉回答，他已经起身和那个男人一起走了出去。

黛博拉看着雅各布的背影。

“你喜欢上他了。”玛琳安静地说道，“我劝你最好还是离他远点儿，他很危险。”

“那又怎样？阿尔布莱希特也是一样啊。”

“我说的不是那种危险。这个男人会烧掉你的心，连灰都不会留下。”

黛博拉不想听这些，而且这个警告为时已晚。像其他初见雅各布的人一样，他像块磁铁般吸引住了她。雅各布身上有一种强悍的、压迫性的力量——黛博拉觉得他甚至能召唤整个世界。

雅各布就是有这种能力，他可以将信念灌输给每一个遇到的人，他是天生的领袖。黛博拉对他一见钟情。对她而言，雅各布就像歌剧里的英雄人物，他是特里斯坦[1]，是齐格弗里德[2]，是罗密欧。她在苏黎世和维也纳时对阿尔布莱希特的感觉，或者说她相信自己曾经对他存在的感觉，与此时此刻她对雅各布的情感比起来已经变得微不足道。雅各布是她生命中的男人，她一直在等待着他。

“你的好奇心迟早有一天会要了你的命。”玛琳突然说道，随后好像把注意力都放在了被拍坏的桌面上。黛博拉则将蜡烛拿过来，玩弄着上面软软的蜡。直到雅各布回来，两人谁也没再说一句话。

他身后跟来一个穿着黑长裙、身材矮小的老妈妈，手里托着一只放有三个酒杯和一陶罐葡萄酒的盘子。她把盘子放在桌上，张开没牙的嘴对黛博拉笑了笑，然后像个影子般消失了。

雅各布坐下，好像对空气中满溢的敌意毫无察觉似的。

“你为什么跟踪玛琳？”他随意地问道。

如此开门见山的问题，黛博拉一时找不到恰当的应对。她怎么能承认，她是在生玛琳的气，想报复玛琳一下呢？现在她为自己感到羞愧，知道自己的行为将所有人置于危险的境地了。

雅各布看来要么已经从黛博拉的脸上读出了答案，要么只是想试探下她对这个问题的反应，总之，他挥了挥手，转到了另一个话题。“我听说，你们两人的计划遇到了问题？”他紧盯着黛博拉，她的脸马上红了。雅各布当然知道，这个计划的实施需要她付出自己的身体。

---

①瓦格纳歌剧《特里斯坦与伊索尔德》中的男主角。

②瓦格纳同名歌剧的主角。

“也许你们俩应该修改一下计划？”他像一头狼似的笑了下。

“要是你有什么好主意，我洗耳恭听。”玛琳气呼呼地插入了他们的对话。她在生雅各布的气，自打黛博拉进来后，雅各布的注意力完全集中在了黛博拉身上。

“你们何不再来一次三人狂欢，将他引进甜蜜的陷阱，然后在他的饮料里下点药，让他睡上几个小时。他睡觉的时候，我们的人偷偷潜入房间打开那个保险箱，拍下里面文件的内容。等那个纳粹早晨醒来时，一切都已经恢复原状。他看到的只是一地的酒瓶和床上的两个姑娘，感觉自己头痛得厉害。但愿这些足够填补他记忆中的空白。”

“你说得倒是容易，应该自己去试试。”玛琳不耐烦地说道，同时不禁想，要是这样能成功就太好了。她已经受够了一天天躲在工具间里，不得不闻着消毒水的味道。“你有麻醉药吗？”她满怀希望地问。市面上的所有药品都预留给了德国人，他们对药店看得很紧。

“我今天已经告诉你了。我还真搞到了一些，是巴比妥类药物，一种很强的安眠药。今天帕尼克维茨从犹太人居住区的药房弄来的。你们觉得我的主意如何？干吗？”雅各布又一次把注意力集中在了黛博拉身上。

这一次玛琳没表示任何反对。她和雅各布都清楚，计划能否施行取决于黛博拉是否同意玛琳再一次和她分享阿尔布莱希特。如果她起了嫉妒心，计划也就泡了汤。黛博拉和阿尔布莱希特之间的关系错综复杂，很多事玛琳还没有看透：一方面，黛博拉支持她的计划，另一方面，她已经几次为阿尔布莱希特辩解了。

有一次，玛琳小心翼翼地暗示，也许阿尔布莱希特和黛博拉父亲的失踪有关，而黛博拉泼妇般的反应让她吃惊。很长时间以来，玛琳已经在怀疑，黛博拉对阿尔布莱希特已经有些难舍难分。两人是不是对彼此都是这样，她无从判断。布鲁曼是个很难捉摸的人，但事实是两人都喜欢痛苦，而痛苦和爱一样，都有助于建立密切的关系。一方面，黛博拉看起来完全信任阿尔布莱希特，另一方面，她又在欺骗他。这姑娘是个矛盾体，玛琳永远猜不到她下一步反应是什么。此外，玛琳并不十分热衷于雅各布的计划。

倒不是雅各布的计划有什么不妥，而是他毫不犹豫地要将她再次送上阿尔布莱希特的床。再次和这个纳粹上床，玛琳还真要好好克服下自己的心理障碍。可笑的是相比之下，和恩斯特上床倒是容易得多。

也许这是因为恩斯特并不是真正的纳粹。一九三三年前，恩斯特就已经是职业军人，待在预备役部队。他只是在完成自己的工作。从根本上来讲，他不是一个坏人。而且他的确爱着玛琳。她突然对雅各布满腔怒火，是他将她变成了一个纳粹婊子。你会遭报应的，玛琳恨恨地想。同时她也清楚，他们俩的争吵总是以疯狂的做爱告终——雅各布总是能满足自己的愿望。

计划中上床的部分对玛琳来说只是例行公事，对黛博拉却不是。她必须真的愿意这样才行。上一次是在突如其来的情况下，黛博拉天生的激情和对即兴表演的喜好占了上风。而下一次将再也没有突如其来的场景。如果一切都是按计划进行，结果与目的都很明确，黛博拉又会作何反应？

黛博拉没有马上回答。她将帽子拿在手里，一根根拔掉上面的羽毛。玛琳试着悄悄审视她的表情，和以往不同的是，这一次她一无所获。黛博拉看起来陷入了沉思。

又过去一分钟，黛博拉才抬起头说：“今天我去城里散步了。一切都那么怪异，你们明白吗，我是说整个城的气氛和情绪。玛琳，自从你教会我睁开眼睛去观察，我就突然看到了以前没有意识到的东西。

散步的时候，我碰到了无数的人，可是几乎没有一个人敢看我，当然，除了那些德国军官和他们的女伴。每个波兰人都低着头走路，好像总在提防着什么。只要看到对面有党卫军，他们就不动声色地改变前行的方向。他们都心怀恐惧。我爸爸会说，这样的行为是不健康的。阿尔布莱希特这样的人应该对此负责。好，我同意这个计划，不过，越快越好。”

雅各布赞许地点了下头。

玛琳松了口气。尽管两人今天因为一个男人成了情敌，黛博拉最终还是在正确的方向上迈出了重要的一步。而且，她了解雅各布，这个男人不会拜倒在任何一个女人的石榴裙下。她几乎开始同情黛博拉了，因为不久后，这个姑娘就会受到爱情毒刺的折磨。这个想法让她彻底释然了。她站起身吻了下黛博拉的嘴唇。这是一个姐妹般温柔的吻，一切尽在不言中。

事情就这么定下了，明天晚上，她们二人将共同实施诱惑阿尔布莱希特的计划。

“我想，具体细节，还是你们两人自己决定吧。”雅各布干巴巴地说道，“我现在给你们讲一下怎么掌握安眠药的剂量，过少和过多都同样危险，一定要小心。”

讨论的最后，雅各布未加解释就对黛博拉说：“来，现在让我量一下你的尺寸。脱下来。”

这句话彻底把黛博拉搞糊涂了。“什么……”她求救般地望向玛琳。而这时，雅各布已经在她面前蹲下，把她右脚上的鞋子脱了下来。

他惊奇地停住了，瞪着她的光脚。“你没穿袜子？”他怪笑着问道，享受着她温暖的皮肤。

“呃……天气太热了。”黛博拉结结巴巴地说。现在室外温度大约是十五度。为了跟踪玛琳，她慌慌张张，根本忘了穿袜子。雅各布出乎意料的伸手接触刺激了她，她的脸颊一下变得绯红。

玛琳将这一切看在了眼里，屋内突然弥漫起来的欲望的味道让她难以忍受。她有些恶心地向外走去。“不要拘束，你们两位。我在外面等着。”她拿起自己的提包和手套向门口走去。

“玛琳！”雅各布的喊声尖锐得像口哨。玛琳停住了脚步，不过并没有转过身来。她现在无法直视雅各布的眼睛。

“希望你没有忘记你的誓言。”

“只要你没忘就成。”玛琳尖锐地回答，随手将身后的门关上。

现在，雅各布全部的注意力都集中在了黛博拉身上。慢慢地，他将自己的手从她细腻的小腿滑到膝盖。让黛博拉感到失望的是，他马上又收回了手。“现在不是时候。我得给你量尺寸。你需要一双新鞋，对吧？是什么将你吸引到这儿来的呢？肯定是我作为克拉科夫第一鞋匠的鼎鼎大名吧？”他又发出了那让人失去抵抗力的坏笑。

他将黛博拉的另一只鞋子也脱了下来，然后看也不看，就从身后拽过来一个伤痕累累的木箱。他在里面摸索了几下，找出尺子和两个木制鞋楦。

接下来发生的事，黛博拉有生以来还从未体验过。她已经习惯了性爱的粗野和无所顾忌，疼痛与痛苦能让她兴奋。但异性的体贴温柔，她在年轻的生命中还从未感受过。

雅各布将她的脚轻柔地放在自己的大腿上。她能清楚感受到他冲动时身体发硬的部位，他看起来对这一点却不在意。

他用食指慢慢地，顺着她几乎透明的皮肤上的蓝色血管，从她的脚背滑过。他仿佛在聆听皮肤的话语，在感觉每块骨骼和肌腱。他用手同样仔细地继续在脚跟和脚踝上滑动，估测着它们。他的触碰所过之处，黛博拉感到皮肤在发烫。

“脚是人最敏感的部位了。”雅各布冷静地解释道，“所有的神经都在这里汇总。人体的每个器官都会在这里找到一个对应的反射点，比如这里。”雅各布用力按住了她脚掌下面的一个部位，黛博拉感到一阵疼痛，一直传导到自己的大腿。“这是肝脏的对应点。按摩这里能刺激到你的肝脏，古代的中国人就懂这个了。”他开始用双手按摩她的脚，顿时疼痛夹杂着冲动涌遍她的全身，她呻吟了下，伸手紧紧抓住他的头发，坐在椅子上的身体向他迎去。

即使身经百战如雅各布，也对这个姑娘的肆无忌惮感到吃惊。玛琳对他说过，黛博拉在这方面十分出格且放肆无度，他当时还觉得玛琳未免夸张。实际上，当时玛琳和他打赌，说他们俩在一起的话，用不了十分钟就会想上床。现在，说实话，他必须承认已经输掉了这个赌：两人单独在一起不过两分钟。

他有些遗憾地放下了黛博拉的脚。他知道，玛琳就在门外，他甚至能感觉到玛琳近在眼前。将他和黛博拉单独留下，玛琳做得真是巧妙。这就是玛琳，聪明而狡猾。要是他现在把持不住的话，他会觉得自己在玛琳面前就像一头猪。

他喜欢玛琳，欣赏她的勇敢与无畏。战前，他曾相信自己是爱她的。他也正是因此放弃了她。他要把自己全部的注意力留给敌人。情感会孕育危险，一个人必须小心谨慎，关键时刻稍有犹豫就会送命。所以他做了自己必须做的事情。现在是战争时期，而战争让雅各布成了另一个人。

要是两人在这场战争中幸存下来，也许还能重新来过……不过，他从未奢望过这点。他冒了很大风险，而他不可能永远走运。他能感到追逐自己的纳粹正在一步步靠近。虽然缓慢，套在自己脖子上的绞索却在一点点收紧。他领导的地下反抗组织在逐渐衰弱，合适的新成员越来越少。不是每个人都能干这份活儿，抵抗德国人需要的不仅仅是愿望和勇气。

恰恰在今天，他失去了一名最能干的女战士尤斯缇娜，这是个让人郁闷的消息。他不知道她被带去了哪里，兴许是蒙特鲁皮赫监狱吧。在那里，她会受尽折磨。他对此感同身受。到目前为止，还没有一个被捕的女战士出卖同志。他想到了许许多多的女战士，她们每天冒着生命危险穿梭在国内。她们偷运武器，在不同小组间传递情报，其中最年轻的塞尔玛只是一个刚刚十四岁的小姑娘。

不久前，他的两个信使哈弗卡和福伦姆卡，成功完成了“华沙－赫鲁别舒夫”任务，顺利返回。另一位信使将任务的相关情报带到了克拉科夫。两位女信使亲身的所见所闻第一次揭开了贝乌热茨灭绝营的一角。克拉科夫犹太长老会获悉了灭绝营内正在进行集体屠杀的情报，却不愿相信。是啊，相信德国人的说法要容易得多，他们说只是将犹太人移到了东部地区。可实际上，犹太人却被送上了死亡之路，被押送到了贝乌热茨、奥斯维辛和特雷布林卡的灭绝营。

战前，这些女战士只是普通的家庭主妇、工厂里的女工。也有几个女大学生加入地下抵抗组织。几乎所有的女兵都年轻美丽，说一口流利的德语。她们学会了打枪、战斗，知道如何操作遥控器引爆炸弹。她们利用自己的另一重身份——德国人，对遇到的每一个敌人甜甜地微笑。

和男性成员相比，地下抵抗组织的女战士有一个特别的优势：对于男性成员，起了疑心的德国人可以简单地要求他们脱下裤子，查看是否执行过犹太传统的割礼。很多抵抗战士因此露出了马脚，被德国人抓住并当场处决。而这还是他们能盼望的最好下场，总强过落入纳粹的手里。

他自己是波兰人，信奉天主教。他的犹太血统仅仅能追溯到一位太祖母。此刻，他的内心翻江倒海，交杂着那么多的任务，那么多的担心……要研究出一个帮助尤斯缇娜逃跑的计划，组织袭击德国运输给养的车队，将今天从华沙得到的情报传递给大家，还要将偷运来的武器和食品送入犹太人聚居区。还有，要赶紧找到供两位波兰战士依安和约瑟夫藏匿的住处。由贝奈斯领导的捷克斯洛伐克流亡政府地处伦敦，计划在克拉科夫或者布拉格行刺一个纳粹中的重要目标。雅各布能猜到刺杀对象是谁。这两位波兰战士主动请缨，于一九四一年被空投到了波希米亚，两人最终联系上了雅各布。

晚上，他还要和波兰地下游击队的代表碰头，这也是一桩棘手活儿。几个月来，他努力协调波兰游击队和犹太抵抗组织的行动，以提高打击敌人的力度。可双方彼此对立，难以调和。如何才能让双方明白，他们只有齐心协力打击共同的敌人才可能成功？

事情都是成群结队地一起来，他想。他强迫自己将注意力集中到眼前。他感觉到了黛博拉的失望，勉强说道："今天不行，你明天来。还是这个时间，你一个人，小心别被人跟踪。现在走吧。"

他望着她的背影，立刻又感到后悔，不该让她明天再来。这样做是不对的。所以他决定明天找个地方躲起来，不在这里待着。

玛琳正等在前屋。她审视着黛博拉，发现自己最担心的事并没有发生，雅各布没有和黛博拉上床。和她的情绪相反，黛博拉看起来不开心。两人一言不发地离开了鞋匠铺，又一同沉默地走回了酒店。玛琳没法不和她一起回来，因为两人还要商量针对阿尔布莱希特的行动计划。本来她希望马上回到位于华沙老城边缘的小公寓，让自己受伤的心平静下来。

她的情人恩斯特不像阿尔布莱希特那样出手阔绰，在最好的酒店为她包房，所以只能为她找一个长租的小公寓。不过公寓十分舒适。

在酒店，黛博拉收到了阿尔布莱希特的手写便条，是奥斯曼带来的。他要外出视察五天，不过留下了奥斯曼供她调遣。黛博拉告诉奥斯曼，如果需要的话，她会叫他，不过今天肯定没什么事需要他了。奥斯曼松了口气，离开了。他像以往一样，回避和黛博拉目光接触。

尽管现在有足足五天的准备时间，她们却只谈了不到半小时。两人之间小心翼翼，避免谈到雅各布。玛琳想掩饰自己的嫉妒之情，而黛博拉则是要抑制住自己迫不及待的心情。明天她会再次见到雅各布，直到现在，她还以为他的名字是帕威尔。

玛琳向她道别，告诉黛博拉自己会在约定的时间来找她。

第四十五章

第二天，当黛博拉离开酒店前去和雅各布会面时，心跳得很快。本来和煦的春日变成了雨天，下个不停。黛博拉忘了带伞，而她甚至没有察觉到这一点。

她采用了和昨天一样的路线，先是像玛琳一样进了服装店，随后穿过后门离开。她观察着自己是否被跟踪，最后来到了雅各布的鞋匠铺门前。她的腿在发软。她确信没有人在跟踪，正要敲门时，门自己开了，一只有力的手抓住她，将她拉进屋内。那双有力的手将她抱起来，穿过几个黑暗的走廊，又上了几级台阶，进入一个小房间。房间里只有一张床、一张桌子和一把椅子，从打烊的店铺里传来一线微弱的灯光。男人一声不吭地将黛博拉放在床上，先是脱掉了自己的衣服，然后是黛博拉的。

他点亮了桌上烛台里的几支蜡烛，然后注视着黛博拉的身体。黛博拉没有一丝羞怯，迎向他的目光。雅各布向自己屈服了。他在生死之间游走了太长时间，现在，他要再一次享受天堂的滋味，生的快乐。

随后的五天里，他们忘记了世界的存在，不在意时间的流逝，一切是那么不真实，又令人如醉如痴。他们在一起的几个小时，感觉如同几分钟般一晃而过，却在他们的心中留下了永久的印记。

雅各布从一开始就了然于心，自己的举动是疯狂的，黛博拉对他而言只是昙花一现，未来也不会有什么结果。他因此愈发纵情于这几日浮生，投身于这场爱情，一场在战争与危险这样极端的条件下的爱情。它远离正常的生活。

其他的恋人在一起会卿卿我我，躺在一起喁喁私语，享受彼此身体的温暖。黛博拉和他在热恋中的举止则迥然不同，他们之间没有必须回答的问题，没有必须要做的决定，他们只是活在当下，享受此时此刻。他们互相品味着，尝试着，沉醉于彼此。两人紧紧相拥，没有一秒钟分离，皮肤贴着皮肤，手拉着手，嘴唇吻在一起——像两个落水的人紧紧地缠绕在一起。因为他们心里清楚，留给自己的时间不多了。

黛博拉对雅各布的爱确凿无疑，她全身心地爱着他，猛烈而投入。对她而言，雅各布是她的心，是她的灵魂，是她的呼吸——她渴望的爱情就是这样，她得到了满足。黛博拉投身到这种崭新的、从未体验过的痛苦，这就是坠入情网后甜蜜的痛苦。

黛博拉现在知道了帕威尔的真名是雅各布，他希望她在高潮时呼喊的是他真正的名字。

这几天，不管是在黛博拉这边还是在雅各布那里，玛琳都没露过面。直到阿尔布莱希特预计回来的前一天，她才来到了黛博拉的酒店房间。虽然她知道了雅各布和黛博拉两人之间的事，却装作什么也没发生。

“你好，亲爱的。”她用强装出的喜悦和黛博拉打招呼，在她脸颊上吻了下。“到时候了，今晚的演出开始。”她拔出帽子上的别针，将饰物一股脑儿扔在桌子上，然后一屁股坐进了沙发。她做了一个新发型，头发更加金黄，不过剪得很短，看上去和她很相配。

“我不是很肯定……我已经好几天没听到阿尔布莱希特的消息了。”黛博拉回避着这个话题，“也许他今天根本不会回来。”她刚刚在浴缸里消磨了两个小时，抚摸着自己的全身，回忆雅各布留给她的每一点温柔。

“你不会是想临阵退缩吧。”玛琳回答。看到黛博拉的犹豫退缩，玛琳在内心深处感到一丝满足。*尝到滋味了吧，小姑娘，*她想。*欢迎体验我的感受！从现在起，做爱不再是享受了，而是义务。*

“今天他当然会回来，这几天他的工作十分紧张，根本没碰女人。不要问我是怎么知道的，我有我的渠道。这是最好的时机，他肯定想你想得不行。我们把整个计划再过一遍，你坐下。”

事后两人惊奇不已，因为事情进行得异常顺利，她们选用了最简单、最自然的那个行事计划。

阿尔布莱希特进门时，迎接他的是房间里温馨的烛光，是玛琳在房间四处布置的。他的面前是两位相拥在一起的裸体女人，在烛光的映衬下，她们的皮肤散发着朦胧暧昧的光芒。桌上的银制餐罩下是简单而精致的晚餐，冰酒器里的香槟酒瓶里，香槟酒珍珠一样的泡沫在不断上涌。

玛琳和黛博拉充满期盼的目光停留在他的身上，等待唤起他的反应。然后两人像小猫一样慢慢地站起身。她们年轻的身体和诱人的步态让阿尔布莱希特一时有些恍惚。两人为他脱掉了衣服，引他进了浴缸。她们亲吻他，为他倒上香槟，一起轻柔地清洗他的全身。不到半小时，阿尔布莱希特就沉沉睡去。

“真是难以置信。”玛琳看着浴缸中沉睡的阿尔布莱希特，摇着头说道。她刚刚确认过，他的确进入了深度睡眠。她的指甲用力地在他的胸前划过，留下了血印，而阿尔布莱希特毫无反应。“他这次真的忘记把那个该死的公文包里的东西存起来了。这下省事了，不需要让人来开保险箱了。”玛琳从手提包里翻出了相机和白手套。

“这个用来干什么？”黛博拉感到奇怪，指了指那副手套。

“因为现在有人搞出了新方法，可以通过指纹识别人。”玛琳想起了自己曾经被关押时那个饶舌的看守，他自豪地给她讲了不少类似的试验。据说帝国安全局有个部门，里面满是年轻的科学家，专门研究最新的刑侦技术。

在拿起公文包之前，玛琳给包的位置做了准确的标记。她小心翼翼地将公文包放在低矮的沙发桌上，然后打开了它，里面露出一个厚厚的、磨损得很厉害的皮质文件夹。玛琳克制住自己想要阅读其中内容的冲动，拿起了相机。这是一个阿克发牌最新的卡拉特款相机，和此前款式不同的是，这一款的胶卷盒比较特别，上胶卷十分方便。

能拿到这个相机可谓十分走运。它是玛琳的小组在最近一次袭击德军后勤给养车队时得到的，而这次袭击所依据的情报，正是她从恩斯特那里套来的。

玛琳熟练地调好焦距，开始一页一页地拍摄。中途她换了一次胶卷，最后总算全部拍完了。玛琳小心翼翼地将文件重新放进公文包，确定了公文包的位置和此前一模一样，尽管阿尔布莱希特醒来后，几乎不可能记得它原来的位置。

在这期间，为了预防阿尔布莱希特醒来，黛博拉一直待在浴缸里。其实，阿尔布莱希特一直睡得沉沉的，像一块石头。

“好，现在要做的是最难的一步。”玛琳对黛博拉说，“咱俩要把他弄上床去。你抬他的脑袋，我搬他的腿。”两人一齐用力，将阿尔布莱希特抬出了浴缸。在这之前，黛博拉没敢将浴缸中的水放掉，所以两人只能将他抬起来，拖着他湿淋淋、软塌塌的身体进了卧室。

黛博拉感到恐惧，感觉自己仿佛正抱着一具死尸。两人刚走了一半，就响起敲门声。两人惊慌地交换了下眼神。敲门声又以固定的节奏响起，玛琳这才松了口气。“他妈的，”她脱口而出一句脏话，“是那个开保险箱的。我把他全忘了。”

她赶紧披上黛博拉的浴袍，跑到门边开了门。轻声交谈几句后，她又重新把房门关上。

“你为什么不让他把照相机一起带走？”黛博拉打听道。

“因为除了我自己，我谁也不信任。来吧，我们把他弄上床去。”

阿尔布莱希特一大早醒来时，感到脑袋疼得厉害。不仅如此，全身也感觉像散了架。自己左右两边依偎着黛博拉和玛琳，两个人睡得正香。

至少两人装作如此。她们早将房间布置得像是疯狂派对后的场景：脏污的酒杯，盛着剩余饭菜的盘子，几个空香槟酒瓶或立或躺地散布在房间各处，其间还夹杂着阿尔布莱希特的制服。他的身上满是抓咬的伤痕，后背上还有几道醒目的鞭痕，而床边桌上就放着鞭痕的源头：一根皮鞭。玛琳很享受使用这个工具。当时，不管她们做什么，阿尔布莱希特都全然没有反应。这还真让玛琳不安起来。她问自己，要是阿尔布莱希特再也醒不过来该怎么办？安眠药剂量过大了吗？现在，阿尔布莱希特有了动静，玛琳悬着的心终于放下，险些长吁了一口气。

按照事先的计划，两个姑娘也行动起来。为了避免他起疑，玛琳坐起来，用手捂住了头：“哎哟，渴死我了。”她轻轻呻吟道，顺手拿过床边桌上的半瓶香槟酒，一饮而尽。酒放了一夜，已经走了味儿。尽管如此，她还是说：“嗯，不错。”她重新躺下，开始用手摩挲阿尔布莱希特的胸脯，随后手向下滑到了他的两腿之间。那里没有任何反应。太好了，她想，倒是省掉了最恶心的一步。她又闭上眼睛，像是想再享受一会儿朦朦胧胧的睡意，实际上她脑子里对潜在的危险愈发清醒。下面一步，最重要也是最危险的一步，就是如何将相机带出酒店，交给雅各布。

“现在几点了？”阿尔布莱希特打起精神，瓮声瓮气地问道。

“刚过六点钟。再睡一会儿吧。”玛琳回答道，然后做出又要和他亲热的样子。玛琳拿捏得十分到位，十足像个心满意足的情人。

阿尔布莱希特不满地嘟囔了句，费力地翻身下床，玛琳赶紧给他让开。他没有关上厕所的门，里面传来他上厕所的声音，让玛琳觉得恶心。

阿尔布莱希特冲澡时，玛琳向酒店订了特浓咖啡和丰盛的早餐，让人送到房间里。

两个姑娘穿着性感的睡衣跑前跑后，像体贴的家庭主妇一样照料着身体不适的阿尔布莱希特。不过，两人也没忘记扮演一夜疯狂后宿醉的角色。他一从浴室里出来，黛博拉就递上了热咖啡和蜂蜜面包。面包被饿坏了的阿尔布莱希特三两口吞了下去。像昨晚脱掉衣服时一样，现在两人又帮他穿上了制服。

为他系上制服的纽扣时，玛琳的手有些发抖。他衣领上那个骷髅徽章好像在嘲笑她。玛琳赶走了脑子里的念头。她费了很大力气才在这个党卫军面前不露声色，但愿布鲁曼赶快离开！

不过阿尔布莱希特离开前，还是出了一个小险情。即使身体和精神再感到不适，他也不会蠢到没有意识到自己的失误——他那个公文包就那么整夜无人看守地躺在沙发上！他用犀利的目光探寻地看向黛博拉和玛琳。两个女孩无邪地回望着他，好像完全不明白他目光里的含义。阿尔布莱希特有些恼怒地哼了一声，拿起公文包，大步走了出去。

玛琳飞快地穿好了衣服，在他走后不到一刻钟就离开了房间。她想尽快知道，在那些胶片上到底有些什么内容。

第四十六章

离开不到五分钟，玛琳就回来了，脸色如死一样惨白。她一脸见了鬼的神色让黛博拉警觉起来。

“出什么事了？”她吃惊地问道。

“我的克星就在楼下，又来了。他妈的！该死的格莱夫偏偏这个时候冒了出来。”

像以往一样，玛琳没有坐电梯，而是从楼梯步行下楼。快到一楼时，楼梯变成了几级大台阶，通向酒店大堂。玛琳走到最后一级台阶，马上就要踏上红地毯时，一群男人通过旋转门走进了酒店。这些人有的穿着制服，有的一身便装，中间是一个高大的男人，穿着一件黑色皮大衣，一只眼上戴着眼罩。

玛琳一眼认了出来，是胡伯图斯·冯·格莱夫！这个恶棍！他来这里干什么？玛琳无声地咕哝道。她的下一个念头是赶紧离开。逃跑的欲望是如此强烈，她费了好大劲才压下这个念头。

格莱夫绰号“独眼”，人们都这么叫他，无论朋友还是敌人。此刻，他的身边围着一群漂亮的年轻男人，都是他的手下，一伙嗜血成性的家伙。其中几个人马上在酒店的大堂里散开，有两人懒散地坐到了壁炉前的沙发里。他们那副大大咧咧的样子完全是假象，实际上，他们的首要目的是观察周围的环境。

关于格莱夫，柏林流传着不少关于他性取向的传闻，但看来丝毫没有影响他的仕途。

他是党卫军成员，盖世太保的第二号人物。对玛琳而言，他可是老熟人了，当然是负面意义上的。他野心勃勃，比野心更甚的则是他的残暴。这一点，玛琳已经亲身领教过。

她下意识地躲到了酒店里冬青树的后面。此前，黛博拉就曾躲在同一棵树的后面。现在离开酒店已经完全不可能。酒店倒是有一个后门，不过她得走出来乘坐电梯到地下一层。和以前相比，玛琳已经改变了容貌，体重也增加了几磅。以前的一头深色长发，现在已经变成金色短发，眉毛也染成了金色，描得更细长了，嘴唇上涂着口红。尽管如此，她相信格莱夫肯定还是能认出她。她不能冒哪怕一丝风险，要赶紧将相机和两枚珍贵的胶卷脱手。

而且，她也不能总是藏在树后，仅凭这一点就会引起别人的疑心。下一个从电梯里出来的人就会注意到她。这时，一位上了年纪、肩上披着狐狸皮披肩的夫人向这里走来，身后紧跟着一名穿着制服的司机，怀里抱着的几个盒子一直顶到了他的下巴。

她一时想不出别的主意，只好把相机和胶卷扔到冬青树下的泥土上。但愿这些东西不会被弄坏，好在树下的泥土干燥松软。

上帝，求求你，千万别让人浇树，玛琳祈祷着。为了唤起心中的勇气，她深深吸了一口气，起身，抹平裙子上的皱褶，迈开了脚步。当她转过身背对着酒店大堂，刚刚迈上楼梯第二级台阶时，身后传来了一个声音："对不起，女士。我想，这是您的东西吧。"

玛琳沉住气，没有流露吃惊，而是淑女般地慢慢转过身。台阶下站着格莱夫的一名手下，将她雪白的手套递了过来。肯定是她刚才拿相机和胶卷的时候从手提包里掉出来的。“十分感谢，小伙子。”她彬彬有礼地道谢，转过身来，再次准备迈上台阶，这时，身后又传来了一个声音。

那语气中的寒意，瞬间像一场大雨般浇了玛琳一个透心凉。“对不起，女士，我们也许在哪里见过？”

她闪电般地算计了下自己有多大机会。自从上次和他在柏林打交道，到现在已经四年了。那时的她满身血污地赤身躺在牢房里。而现在，她看上去就是一个正常的德国女人。尽管如此，难道他还是认出了自己？

“我想我不曾有过这样的荣幸，您是……”玛琳的话得体而带着些许不满，因为格莱夫的言语中欠缺对一位德国女士应有的礼貌。

他微微鞠了一躬，算是勉强尽了义务：“鄙人胡伯图斯·冯·格莱夫，愿意为您效劳。”随后，他毫无顾忌地上下打量着玛琳，似乎要将她的细节特征记入脑中。他估量了下她脚上优雅的法国皮鞋，丝袜，蓝色套装以及上面的胸针，帽子，还有相配的饰品。他肯定对它们的价格一清二楚。最后，他将目光停在了玛琳的脸上。他的那只独眼仿佛要在玛琳的脸上开一个洞，然后钻进玛琳的脑子里，看看里面究竟装了些什么。

玛琳沉住气，语气中完美地夹杂着惊讶和疏远：“我不得不请您原谅，冯·格莱夫先生，”她语气中显示的勇气甚至多于她的想象，“我要离开了。”她故意慢慢走上楼，用手扶着楼梯扶手，似乎一点也不着急。她能感到背后的那只眼睛一直紧紧盯着她，如芒在背。

“我们没有多少时间了，”玛琳言语急促，“我不知道格莱夫是否认出了我。如果是的话，他很快就会开始找我，也许现在已经在行动了。我准备从酒店送货的后门离开。黛博拉，听清楚我下面的话。刚才我不得不将相机和胶卷丢掉了，就在电梯门右边的冬青树下。你要去把它们找回来，别让人看到。然后我们在赛格纳尼亚咖啡馆见面，我今天会一直等在那里，你要把东西带到咖啡馆。如果我没去，就代表我出事了。你需要把东西交给帕威尔。听明白了吗？”

“明白了，没问题。可是你为什么觉得我能行呢？”

“因为格莱夫不会拦住阿尔布莱希特·布鲁曼的女友。”

“可他并不认识我啊！”

“哦，他肯定认识你。相信我，他了解这些大人物的每一个情人，那就是他的工作，每份信息对他都有用。你的照片早就在他的抽屉里了。我得走了，一个小时后你再走。祝你好运。”玛琳在她的脸颊上吻了吻作为告别，然后慢慢打开房门。走廊上静悄悄的，一个人都没有。她无声地溜出了房间。

黛博拉紧张地听着外面是不是有皮靴跑来跑去或者大声呼叫的声音，不过酒店里一切如常，看来玛琳已经安全地离开了酒店。

黛博拉仔细地穿上衣服。她选择了一件比较紧身的黑上衣，衣领处绣了一朵白色的花。她心情有些紧张，拿起一双丝袜，但又马上放弃了。她感到一丝燥热。清晨的阳光透过拱形窗照射进来，房间里已变得十分温暖。

黛博拉一边穿上半高跟皮鞋，一边想着下一步行动。如何不引人注意地在冬青树那里猫下腰，捡起花盆里的相机呢？这个念头刚冒出来，她就甩掉脚上的鞋子，从衣柜里取出了一双系带鞋。松开的鞋带倒是在树旁弯下腰不错的理由。她还带上了黑色的大折叠包。坐电梯还是走楼梯下楼呢？这是她的下一个念头。她决定走下去，从楼梯上可以更好地观察酒店大堂的情况。

一个钟头已经过去，黛博拉走出了房门。

五分钟后，黛博拉已经坐在了出租车松软的座位上，长长舒了一口气。有时候，好运来得就是这么容易，她想。

一切都顺利得很。刚才的酒店大堂里，除了接待台前填写信息的两名新客人外空空如也，也没有任何人注意到她。她很快拿到了相机和胶卷，毫不引人注目地将它们放进了自己的提包。

她来到赛格纳尼亚咖啡馆，扫视了一圈，并未找到玛琳的影子，心里暗暗吃惊。像以往一样，咖啡馆里坐满了人。对于黛博拉敏锐的听觉而言，这里乱哄哄的声音让她难以承受，再加上香烟、雪茄和人们的体味混合在一起，简直快把她熏晕了。她从来不喜欢这个地方。不过，玛琳说，狮子的老巢恰恰是最安全的地方。

黛博拉一进咖啡馆，就引起了几张桌子旁军官的注意，他们招手请她加入他们。她对他们微笑着摇了摇头，请服务员给她安排了最近的一张双人桌。她在咖啡馆左后侧的座位上落座才几分钟，就见玛琳走了进来。

黛博拉心里的石头落了地，高兴得差点从座位上跳起来跑向玛琳。不过这样既不得体，又不够谨慎，所以她只是冲玛琳微微点了下头。

玛琳穿过咖啡馆向她走来，途中回应了几个人的问候，对一群男人中的某个家伙开的玩笑哈哈大笑。到了黛博拉的桌边，她吻了下黛博拉的面颊，立刻点了两杯香槟和一杯摩卡。黛博拉刚刚已经喝完了一杯咖啡。两人的脑袋凑在一起，叽叽喳喳的，像是在说着女人间的闲话："东西在我这儿。什么时候给你？"

"这里不行，耳目太多。我们随后到洗手间。有人跟踪你吗？"

“没有，我特意让出租车兜了一圈。”

玛琳咯咯笑了起来，好像黛博拉刚刚讲了一个让人乐不可支的笑话。香槟上来了，两人举起酒杯碰了下。一个不明就里的局外人会以为，这不过是两个年轻姑娘在找乐子而已。

“你怎么来得这么晚啊？”黛博拉问道，抿了一口酒。

“我被人跟上了。那个家伙活儿不错，很难甩掉。”

“那你最后是怎么甩掉他的？”

“我没甩掉他。我把他干掉了。”

黛博拉手中的酒杯差点掉了下来，她震惊地盯着自己的朋友。

“所以我得赶紧离开，今天是我们俩的最后一面。别那么瞧着我。打起精神来，恩斯特的一个朋友正朝这边看呢。”玛琳笑着举起酒杯，黛博拉也机械地跟着举了起来。

忽然，玛琳脸上的表情瞬间起了变化，脸上的微笑像是一下子被人一扫而空。她慢慢站起来，眼睛里充满了震惊。黛博拉惊恐地抬头望着玛琳。玛琳突然从桌子那边扑过来，一把将她拉倒，将自己的整个身子压在黛博拉身上，而这一切只发生在短短的几秒钟里。黛博拉还没来得及想明白玛琳怪异的举动，一阵剧烈的爆炸便开始摇晃咖啡馆。她觉得自己的身体被疼痛撕碎了，瞬间失去知觉。

第四十七章

宇宙静止了。黛博拉感到一种奇怪的解脱感，好像呼吸发生在自己的身体之外，游离于另一个世界。

她再次苏醒时，不知道究竟过去了多长时间。她听到号叫声和呻吟声，可所有的声音听来都是钝钝的，好像裹在棉花里。空气中是烟味和烧焦的肉体的味道，让她一阵阵恶心。

黛博拉感到窒息，觉得自己马上就会吐出来。她几乎喘不过气，因为有什么东西沉沉地压在她的胸上。她一下子想不起那是什么。她现在根本无法清晰地思考。

一个硬硬的东西垫在她的腰下，顶得她生疼。她试着活动自己的身体。不可能。身上那个沉沉的东西像是把她钉在了地上。然后她感到有什么软软的东西拂在了脸上，有些发痒，既让她感到熟悉，又觉得此时此刻出现这个感觉有些不可思议。空气中满是刺鼻的气味，而一股几乎难以察觉的熟悉的气息进入了她的鼻腔。

一丝惊恐划过她的脑海，她惶恐地叫道："玛琳！"

如同一台点火后有些失灵的发动机，她的思绪重新断断续续地开动起来。问题接踵而至：自己怎么来到这里的？发生了什么？

“这里还真有两个女人！那里，在桌子后面。你们来帮帮我。”一个离她很近的声音喊道。黛博拉又一次陷入了无边的黑暗。

光线折磨着她，她甚至不用睁眼就能看到它。她不想睁开眼睛，可那个讨厌的声音非得吵醒她不可。为什么不能让自己安安静静地多睡一小会儿呢？她渴望着平静与安宁。有人握住她的手，测了测脉搏。“她醒过来了。”另外一个声音说道。

没有，黛博拉想。我没有醒呢，别管我。我不想上学。我生病了。

“玛利亚？听得到我说话吗？醒一醒。”又是那个令人讨厌的声音。

她不情愿地睁开眼睛，周围的影像模模糊糊的，一切像是沉浸在雾里。连声音听起来都怪怪的，是不是因为自己耳朵里嗡嗡蜂鸣的缘故？她问自己。反正这些人不太对劲，他们发出的声音像是在水底下说话。她的耳朵在疼，耳朵怎么啦？她下意识地把手伸向脑袋。

她的手在半途中被人握住了。

“不要紧。”第二个声音说道，是一个女人的声音，带着很重的波兰口音，“会好起来的。由于爆炸产生的冲击波，您的耳膜受了些伤害，不过您已经十分走运了，除了脑震荡和几处肋骨挫伤外，您没受什么伤。不久就可以下地了。”

黛博拉并没有专注于这个声音。我现在可以接着睡觉了吗？她想问，又重新闭上眼睛。她觉得自己漂浮着，真想多享受一会儿这种感觉。不过，她的理智最终赶走了思维上的迟钝，脑海中冒出一个词：“爆炸”。回忆的片段一下子冲击了她。“玛琳？”她沙哑着嗓子问道，呼吸也变得急促，感觉喉咙火烧火燎的。

“这是烟熏引起的。”那个女声说道，并把一杯清凉的水递到了她的唇边。黛博拉喝了几口，感激地向那人点了点头。这是一个上了些年纪的高大妇人，下巴上有一颗大大的黑痣，凑近时明晃晃地悬在黛博拉脸的上方。黛博拉能清楚地看到黑痣上长出的三根毛发。

“玛琳……我的朋友，她怎么样了？”黛博拉低声说道。床的另一边传来阿尔布莱希特的声音：“她就在旁边的病房里。她在咖啡馆爆炸中受的伤比你严重。人们发现你们时，玛琳整个身体都扑在你的身上，估计是因为她，你才没受太大的伤害。她后背有一块很大的玻璃碎片。医生们无法肯定她今后还能不能走路，很抱歉告诉你这些。你再睡一会儿吧，我今天晚上再过来。”阿尔布莱希特站起身，将她脸上的一绺黑发拨到了一边，然后离开了。

“我在这里有多久了？”黛博拉声音粗哑，根本不像是她的声音。

“从昨天晚上开始。”

“我能看看我的朋友吗？”

“当然可以，不过得明天了，您现在睡一觉吧。”有人又给她喝了几口水。水是苦的。护士快速将她被子两边掖实后离开了。

黛博拉的眼里充满了泪水。可怜的玛琳。她再一次感到铅一般沉重的疲惫，护士应该在水中加入了安眠药。

黛博拉无梦地沉睡了几个小时，直到晚上，阿尔布莱希特又来到了她的床前。他带来了一篮水果和夹心巧克力，以及一个好消息：医生已经允许她在明天出院——前提条件是她回去后要好好休养一段时间。阿尔布莱希特很快就离开了，说医院和疾病让他感到不自在。他告诉黛博拉，明天中午会来接她出院。

那个长着大黑痣的女护士走进了病房。她看到水果和巧克力时艳羡的表情，没有逃过黛博拉的眼睛。

“您要是能现在带我去看下我的朋友，那些东西您可以全部拿走。”黛博拉说。护士立刻一脸欢喜与感谢，好像拿到了一袋金子似的。她忙不迭地扶着黛博拉下了铁床。

她感到腿发软，头晕，不过训练有素的护士紧紧扶住了她。适应了一会儿，她觉得脚下的地板不再晃动了。在护士的搀扶下，她走进了玛琳的病房，更确切地说是一个大厅。呕吐物，尿骚味和其他更难闻的气味扑面而来。

黛博拉这才明白，自己因为阿尔布莱希特的地位享受了怎样的优待。玛琳的房间里至少有二十个女病人，有些床上甚至躺了两个人，头脚相对，看起来不那么干净的脚就放在另一个人薄薄的枕头上。不管怎么样，玛琳至少得到了最好的一张床，在房间最里面靠窗户的地方。黛博拉忍住了自己的冲动，她恨不得马上过去打开窗户，让新鲜空气涌进来。

而玛琳的样子让这一切在黛博拉的眼里显得微不足道了。她惊呆了，以前活蹦乱跳的玛琳，现在像受难的马利亚一样，躺在一张破旧的床垫上一动不动。她的脖子整个儿被石膏箍住，身体的其余部分被固定在床上。她的脸变尖了，下陷得脱了形。当黛博拉进入她的视线时，玛琳难过地微笑了下。

“唉。”她用和黛博拉一样沙哑的声音说道，“估计我是再也玩不了床上的杂技啦。这下我可惨了。”

“别瞎说。”黛博拉不知所措地回答道，用目光寻找能坐下的椅子。但是哪里有什么椅子。于是她向玛琳弯下腰，握住了玛琳的手。玛琳马上低声说道：“相机怎么样了，在你那儿吗？”

黛博拉惊讶地睁大了眼睛。相机！她完全把它忘记了。

玛琳的脸变得更苍白了。“回到病房去！别担心我。询问他们你物品的下落。如果提包找不到，我们只能指望它没有落到敌人手里。查清了再到我这里来。”

黛博拉尽自己虚弱的身体所能，快速回到了房间。桌上的水果篮已经不见了。她找遍了整个房间，既没有发现自己的衣服，也没有找到手提包。

她唤来了护士询问，可护士只知道，那位带水果来的优雅先生交代过，将她脏污的衣服全部烧掉。而除了这些衣服之外，她什么也没有了。说完，护士就离开了，留下冥思苦想手提包下落的黛博拉。或许在爆炸现场被人偷走了，或许是在医院里——前者比较起来还算不错的结局，因为那样的话，小偷只会关心包里值钱的东西，不会劳神去冲洗胶卷。

也可能是阿尔布莱希特拿走了包，或者医院把包作为她的财物交给他代管。不过要是那样的话，他之前探视时肯定就会问她，相机是哪里来的。或者这些假设都是错的？也许咖啡馆爆炸现场的所有物品都被统一封存了？会进行调查吗？最有利的结果当然是相机在爆炸中炸毁了，或者因为爆炸的热浪，胶片已经无法冲洗。相机和胶卷能经受住多高的温度？黛博拉对此一无所知。

她忽然想起了当时腰下那个硌得自己生疼的东西。她几乎可以确定，那就是她的手提包。不管相机和胶卷在哪里，如果它们没损坏，并且落入敌人之手的话，她的把戏很快就要露馅。

不管怎么说，自己的所有努力全付之东流了。一切又要从头开始，而玛琳可能要在床上度过余下的一生。黛博拉想到了雅各布。她无论如何要和他取得联系，他肯定知道该怎么办。

她回到了正在焦急等待回信的玛琳床边，告诉了对方这个令人沮丧的消息。其实，玛琳早就预料到了这个结局。

“那我们也只能等，看事情如何发展。”她说，声音轻得只有黛博拉能听到，“要是阿尔布莱希特或者盖世太保拿到了你的包，我们很快就会知道的。听着！要是有人问起你此事，一定要装作十分惊讶，告诉他们你对此一无所知。和他们装傻充愣，让他们觉得你只是个年轻幼稚的小姑娘。纳粹认为女人是愚蠢的，那么你就在他们面前做一次傻瓜。听明白了吗？不能两人都暴露。我是无所谓了，他们很可能还会相信你。记住我刚才说的话，一定要小心。你能否活下去在此一举。如果出现最坏的情况，我会对他们说，是我昨天在你和阿尔布莱希特的酒里下了药，然后翻出他公文包里的东西拍了照。因为格莱夫突然出现，我不得不在离开酒店时，将相机和胶卷偷偷放进了你的手提包。随后我安排了人去咖啡馆偷你的手提包。只是由于爆炸，事情没成。这也许说得通，为什么相机在你的包里。你千万要装作一无所知，并十分气愤，黛博拉，因为你被所谓的朋友利用和欺骗了。你的性命取决于此。能做到吗？”

“可是……这是怯懦。我怎么能把所有事情推到你的身上？”黛博拉有些激动地回答道。

“嘘。”玛琳警告她小声点，“别那么大声。这和怯懦没有一点关系，亲爱的。”她温柔地说，“恰恰相反，这需要你拿出巨大的勇气。有一点十分重要，面对阿尔布莱希特时，你一定要举止如常；不过一定要警惕！等事态平静下来，你要再次试着搞到文件。去找帕威尔，”她继续低声说，“他会给你搞到新相机的。”玛琳筋疲力尽地停下了。

黛博拉惊讶于玛琳不可摧毁的意志力。她受了重伤躺在床上，不知道自己将来还能不能走路，却已经开始策划下一个行动。

“你真是令人难以置信，你知道吗？”

“你的赞扬帮不了我什么忙。尽管如此，还是谢谢你。现在回你的房间吧，明天一早再来。我要睡了。”

第四十八章

半夜时分，黛博拉从烦乱的半梦半醒中醒来。有什么声音吵醒了她。有人开了门又关上。屋里漆黑一片，没有一点光亮。傍晚时护士拉上了窗帘，连月光也透不进来。黛博拉什么也看不到，不过，她清楚地感觉到房间里有人。

“谁在那儿？”她喊道。

一双大手捂住了她的嘴，她闻到了熟悉的皮革味道。“雅各布。”她如释重负地喃喃道，“你终于来了。”他拿起她的手，温柔地吻着。“你怎么样，我的小姑娘？”

“还行，只是玛琳……太可怕了，她……”她声音哽咽，强忍着快要涌出的泪水。她不想在雅各布面前哭泣，尽管黑暗中他看不到。

“我知道了。”他一边说，一边将她脸上的一绺长发拢到了一边。和早晨阿尔布莱希特同样的举动相比，雅各布举手投足间充满了无限的温柔。

“我们本来办成了，雅各布，玛琳把所有东西都拍了下来。胶卷在我的手提包里。可是随后咖啡馆发生了爆炸，我现在找不到手提包了。”

她一口气说完。

“我知道了。”雅各布又一次这样回答。

“什么都白干了，而且玛琳……”她忽然停住不说了。自己没有听错吗？“什么……你都知道了？你见过玛琳了吗？”

“还没有，这里耳目太多。是奥斯曼告诉我的。”

“奥斯曼？”黛博拉以为自己听错了，因而追问道，“阿尔布莱希特的奥斯曼？”

“没错，正是他。他把相机和两个胶卷给我送来了，你别再担心了。”雅各布平静地说。其实他此刻的内心并不平静，而是升腾起积压了一肚子的怒气。这个他妈的齐拉克！犹太人抵抗组织的爆炸袭击本来定在明天。所以，他也通知了玛琳，这样她明天就会远离咖啡馆。可是齐拉克却失去理智自作主张，让玛琳和黛博拉遭了殃。

“怎么……我不明白。”黛博拉有些结结巴巴地说道。

“奥斯曼跟踪你到了咖啡馆，是布鲁曼命令他监视你的。这样他也成了爆炸后第一批参加救援的人。是他找到了你和玛琳，也是他趁乱从你的手提包里拿出了相机和胶卷，然后交给了我。”

“可是他是怎么知道去哪里找你的呢？”

“我不是刚刚告诉过你嘛，布鲁曼命令他监视你。很明显，他痛恨这个上司，对你却一往情深。我们的事，他一点也没有和布鲁曼讲。而且，上次他们错把他当成了犹太人，而他却是穆斯林。被当众脱掉衣服对他来说是奇耻大辱。所以，是纳粹亲手给自己打造了一个死敌。”

这可真是神奇，黛博拉想。奥斯曼？她试着回想自己为何会引起他的好感。实际上，自己从未真正注意过他。有那么一两次，她发现奥斯曼以一种奇怪的表情望着她的眼睛。她不明所以，很快也就丢在了脑后。现在，她的脑海中划过了一道亮光，豁然开朗：奥斯曼和她同病相怜！这再自然不过了！

两人的性命都捏在阿尔布莱希特的手里。她是一个无父无母，身无分文，有一半犹太血统的女孩。而奥斯曼被阿尔布莱希特的父亲割掉了舌头，正慢慢老去，没有祖国，没有未来。她不禁再一次想到爸爸关于因果的教诲：人的每一个行为，或好或坏，总会带来相应的后果与报应。奥斯曼是在为自己被割掉的舌头复仇。

“听我说，黛博拉，我没有多少时间。德国人正在城里折腾得翻天覆地，我必须离开。关于……”

“什么……你要走？去哪里？我还能再见到你吗？”黛博拉不安地打断了他，抱住了他的胳膊。

“肯定会的。”他回答道，特意加强了语气中的信心。但他自己其实并没有这个信心。“现在听我说。你们拍下的那些文件……看来，今年一月二十日，纳粹在柏林万湖开了一次重要会议。会议记录就在阿尔布莱希特的公文包里。这是能证明纳粹计划在欧洲灭绝犹太民族的第一个书面证据。我说的可是几百万人的性命！他们甚至把英国的犹太人也计算在内了！纳粹称之为‘最终解决方案’，而且这些计划早已开始实施！他们四处兴建并扩建集中营；他们用毒气杀死犹太人，然后将尸体全部烧掉。我读过相关报道，集中营周边的居民抱怨，他们总是能闻到烧焦的肉的味道。所以，我们一定要搞到布鲁曼那份会议记录的原稿，把它交到位于伦敦的波兰流亡政府的手里。否则，国际社会永远不会相信我们。奥斯曼自告奋勇去偷布鲁曼的公文包，不过，他需要你的协助，你愿意吗？”

“当然。我该做些什么？”

他快速地给黛博拉讲了他的计划。随后，他长长地吻着她，将她紧紧抱进怀里。

随后的一切发生得如电闪雷鸣般迅速：病房的门被一下子撞开，瞬间灯火通明，几个实枪荷弹的男人冲进房间，后面紧跟着一个戴眼罩的高大男人。

这个男人一声断喝：“抓活的！”就在刚才灯亮的一瞬间，雅各布扑向黛博拉，用双手紧紧掐住她的脖子，仿佛试图要扼死她。他只来得及低声说出下面的话：“你一定要搞到那个记录，向我保证。拯救你的人民，拯救你自己。这个高于一切，忘了我。”这时，那几个人已经一拥而上，将他从黛博拉身边扯开，拖向门外。雅各布，她无声地在心里绝望地喊道。

那个戴眼罩的人踱过来，直直地站在她床前。他穿皮大衣的身躯让黛博拉联想到一座恐怖的巨塔。他的独眼紧紧地盯着她的脸，好像要钻进她的脑子。他唤起了黛博拉的某段回忆，不过她不愿去细想，只是让这个念头像一片蝉翼般轻轻地滑落。

她只能感觉到，尽管以前从未谋面，这个人却能给她带来巨大的恐惧。她受不了他直勾勾的眼神，向旁边一歪，将自己的脸埋入枕头。她咬住枕头，以免自己忍不住嘶喊起来，脑海里回荡着雅各布最后那句话，像一句不祥的咒语：忘了我……

好像从遥远的地方传来声音，她听到那个陌生的男人在下达命令：“去叫一个医生。还有，马上把布鲁曼带来。”

医生很快来了，是一个矮胖的男人，一脸惊恐，戴着一副镜片厚厚的眼镜，让他的眼睛显得格外大。他敏捷地摸了摸黛博拉的脖子，又测了下她的脉搏。

“哎，小姐，您这次又是十分走运。”他说，试着挤出一丝笑意，但明显没有成功。黛博拉能感到医生的战战兢兢，看来他迫不及待地想离开这个房间。她也有同感。站在眼前的独眼男人散发出一股阴冷狠毒的气息，让她浑身发冷，恨不得马上逃离，躲到别处去。

“我给您打一针，这样您可以舒服地睡一觉，小姐。”他拿出了一个针管。黛博拉可不想睡觉，她要等这群男人走后，马上去玛琳那里报信。她要告诉玛琳发生了什么，提醒她留心。她刚要开口反对，戴眼罩的男人便抢先命令医生：“等一下！”他向黛博拉的床边又走近了一步，同时向医生威严地轻点了一下头，让他出去。医生急忙逃跑似的离开了。

黛博拉心里盼望他能让自己一个人清静会儿。独眼男人什么时候离开？她恨他，是他抢走了她的雅各布。她想碰碰自己的嘴唇，那里还留有雅各布亲吻的味道。他们会把他带到哪儿去？会把他怎么样？她中断了自己的思绪，因为她需要集中全部的注意力来对付面前的男人，她感到他残忍的目光黏在了自己的身上。

这个男人看也不看，就将身上的皮大衣一抖，让它顺着自己的肩膀滑下。一个年轻的随从马上灵敏地接住了大衣，另一个则赶紧拿来了一把椅子。折叠椅在他沉重的身体下呻吟了一声，让这个看起来驾轻就熟的三人戏法减了点分。

他是谁？这个问题，黛博拉问了自己不止一遍。他带给她的不仅仅是害怕，恐惧几乎让她不能自持。他在等什么？为什么不说话，只是直勾勾地瞪着她，好像已经知道了她的一切？振作起来，她提醒自己。装成一个傻瓜，像玛琳教你的那样，这是你唯一的机会。她开始了第一个尝试。

“谢谢。”她喃喃地说，甚至不必装出格外难受的样子，因为她的感觉本来就是这样。

他的眉毛难以察觉地向上挑了一下。除此之外，他惨白的脸上没有任何表情。

长时间的沉默。该你了，黛博拉想，向那个男人投去一个胆怯的微笑。从她的角度来说，她应该将他看作救命恩人，所以应当相应地有所表示。

“雅各布·万达想从您这里得到什么？”他终于抛出了第一个问题。所幸受过舞台表演训练，她才掩饰住了自己的惊愕：他竟然知道雅各布的姓名。

“什么？”她一脸困惑地问道，“他要杀我，可没费心做自我介绍。您是警察吗？”她摸了摸自己的脖子，以提醒对方自己刚才逃过一劫。她的喉咙正火烧火燎。

“那么您承认知道他的名字？”

“没有，我不是刚刚说了嘛！我根本不认识这个男人，是您叫出了他的名字。”

“您是说，您此前从未见过他？”

为什么他对待我像对待一个凶手，而不是受害者？黛博拉问自己。心头的不安让她感到恐惧。猛然间，她仿佛听到了玛琳的提醒：绝不能百分之百承认一件事情！

所以她回答道：“我想，我以前应该没有见过他。您出现之前屋里一片漆黑，而您的手下又马上带走了他。”她又摸了下脖子，脸疼得扭曲了，“我能喝点水吗？”

独眼男人难以察觉地点了下头，那个拿椅子过来的年轻人马上端来了一杯水。为了显示自己的无助，她示意那个年轻人帮忙托住自己的头，请他将水送到了自己的唇边。黛博拉用沙哑的声音道了声谢，又躺回了枕头上。她故意让被子轻轻滑下，露出自己漂亮的肩膀。那个年轻人不为所动地收回水杯，面无表情地退到了一边。

不过，他不小心用皮靴蹬倒了床边的便壶，刺耳的响声传遍了深夜里寂静的医院，吓得黛博拉浑身发抖。而这几个男人没有任何反应。

这些男人肯定哪里不对劲，黛博拉想。她发出了女性的信号，可是好像发射到了错误的频段上。这些男人根本不理这个茬，甚至好像压根儿没察觉到似的。

又一个穿着大衣的男人进了房间。他急匆匆地走到那人身边，低声说了几句。黛博拉相信，自己看到独眼男人脸上难得地露出了满意的表情。她有些懊恼，要不是自己的耳朵在爆炸中受了伤，肯定能听到他们刚才在说些什么。

独眼男人向前探了探身子，现在他的脸直直地悬在了黛博拉脸的上方。他近乎温和地说道："医院里的工作人员看到，那个万达溜进了您的房间。据他们讲，他在您的房间里逗留了至少十五分钟。要是像您说的，您不认识他，我十分好奇和他在一起的这么长时间里，您究竟干了些什么，嗯？现在告诉我！"

黛博拉的心脏有一瞬间停止了跳动。她飞快地搜寻着合理的解释。最后，她用小姑娘的口吻说道："可是……我怎么能知道一个杀手在想些什么呢？我只知道，他要杀了我，是您及时赶到救下了我。我应该为此向您道谢。请您原谅，我现在不舒服，需要休息。"她示威般将被子一下拉到了下巴下面，转过身去，避开了独眼男人灼热的眼神。快些滚开吧，她想。

不过，那个男人看来并不想遂她的愿。他一把卡住她的下巴，扭过来，强迫她看向他的眼睛。"这可不行，年轻的女士。我看穿你的把戏了。您在隐瞒什么，而您现在就要把这些都说出来。要不，我会把您从温暖的被窝里拎出来，那样，下半夜您就得在一个寒冷潮湿的牢房里度过了。说吧，我听着呢！"

"您立刻放开她，格莱夫少校！"阿尔布莱希特这时岔开双腿站在门口，手里拿着一条马鞭。

黛博拉承认自己快被吓死了，此时如释重负，眼泪几乎涌出眼眶。

格莱夫不慌不忙地站起来，慢慢转过了身。“啊哈，上校您终于来了。我看来得正好，这个犹太婊子正要跟我坦白她的秘密呢。”

“要是您能别把我的继女称为婊子的话，我将十分感谢。我能知道这里发生了什么吗？”

他一边说，一边走进房间，眼睛一刻也没有离开格莱夫，好像时刻提防着他似的。两人现在像决斗一般面对面站在一起，眼神交织，好像立刻就要扑向对方。他们的身量差不多，彼此间明显的敌意让黛博拉意识到，这两人已经打了很长时间的交道。两人之间的仇恨就像一堵墙，横在他们中间。

黛博拉迷惑地从一人看向另一人。这是要干什么？

“您的继女，哦，这样啊。我听到的怎么好像不是这么回事呢？”格莱夫声音里的自负呼之欲出。

“您听到了什么，我不感兴趣。我警告您，少校。需要提醒您一下我的官阶吗？为什么审讯我的继女？”阿尔布莱希特边说边把玩手里的鞭子，用它啪啪拍打着自己的皮靴，脸上的表情表明，他很想让对手尝尝那是什么滋味。

格莱夫对这个威胁的小动作，以及对方暗示自己官阶较低的话丝毫不以为意。

“这个婊子。”格莱夫蔑视地说，用手指着黛博拉，“刚刚被捉到和一个最危险的波兰人在一起，那个人是德意志帝国的敌人。我正要从她嘴里撬出来，他们刚才说了些什么。我的调查首要针对的，是昨天布拉格发生的针对海德里希将军的刺杀行动，而不是咖啡馆的爆炸。雅各布·万达是躲在幕后的主使者。根据我得到的可靠情报，他曾经藏匿过那两个刺客，约瑟夫·卡布齐克和依安·库比思。而那个人，万达，刚才就在这个房间里。要么，他是来拜访您的继女；要么，他是来杀她的。不论是哪种情况，我都得问个为什么。这个女孩知道些什么。所以，上校，请您不要妨碍我执行公务。”

关于刺杀海德里希的事，黛博拉还是第一次听到。她希望这个人被干掉了。不过，她不得不承认，格莱夫的话句句射中靶心。她知道自己必须马上采取行动，以免陷入被动。

她发现这些话已经起了作用，阿尔布莱希特的眉头皱了起来。她发起进攻：“我不知道这个人在说什么，阿尔布莱希特。事实是，有人潜进了我的房间要掐死我。然后这些人来了，救下了我。可现在他们忽然说我和那个闯入者有关系。阿尔布莱希特，我吓坏了，脖子疼得要命，现在恶心得想吐。”她伸出手迎向他，泪汪汪的眼睛里满是乞求。阿尔布莱希特看到了她苍白的面孔和脖子上的青色瘀痕。

他用挑衅的目光最后打量了格莱夫一眼，然后便走向黛博拉。他抱住她的双肩，将她揽到怀里。黛博拉哀怨地紧紧缠住了他。

格莱夫轻蔑地看着这一幕，用力啐了口唾沫。“真是太感人啦。”他阴阳怪气地说。“要是您能管住您的鸡巴，脑子会清醒得多，上校。”他阴毒地说道。

阿尔布莱希特半转过身，说：“太有趣了。您对着一个犹太小伙子的屁股时，好像并没有想到这些。人们都这么说。”

“我可真没想到，您连这么恶心的谣言都相信。”

“除非这些谣言是真的，少校。您可以走了，格莱夫。别再重复您的污言秽语，也别再碰马普兰小姐。我警告您，不要太过分。”

黛博拉用眼角观察着，看到格莱夫的脸扭曲了几秒钟，愤恨让它变成了一副古怪的面具。然后他突然放松下来，好像有了个新主意。

一丝诡异的微笑浮现在他的脸上，剩下的那只独眼像一团黑色的火焰般闪闪发亮。不祥的预感让黛博拉打了个寒战。

她痛苦地明白了，他要做什么：他会到下一个猎物那里去。他会去折磨雅各布。格莱夫傲慢地向手下示意，再没说一句话。一行人离开了房间。

他们刚刚离开，那个医生就在病房门外探头探脑，可没敢进来。阿尔布莱希特发现了他，命他进来。

当他看到黛博拉哆嗦着抱着阿尔布莱希特时，悲叹道：“哎呀，可怜的小姐，太可怕了。现在您终于可以好好休息下了。”他拿出已经注好药水的针管，不过仍在等待阿尔布莱希特的许可。他对这位医生的态度和格莱夫并无二致，根本没有把医生放在眼里。阿尔布莱希特令人难以察觉地点了下头，黛博拉还未反对，医生已经敏捷地给她注射了一针。

医生的一片好意，却让黛博拉的计划泡了汤，她本想在夜里去找玛琳。

片刻后，黛博拉就放松下来，陷入沉沉的睡眠。阿尔布莱希特又停留了几分钟，观察她睡梦中的脸，仔细检查了她脖子上青色的伤痕。随后，他急忙赶回酒店，把公文包内的机要文件放进了保险箱。

第四十九章

清晨，黛博拉从晦暗而杂乱无章的梦境中醒来，全身处处都痛。她花了几分钟想理出头绪，可是都是徒劳，好像一切都在和自己安静思考的努力作对。

她无法摆脱已经发生的事情的纠缠。她越是回避，记忆的力量就越是强大。雅各布，她毫无顾忌地抽噎着，沉湎在自己的愁苦中。他被穿黑衣的党卫军抓走的画面浮现在脑海里，让她绝望得喉咙发紧。

复仇的想法慢慢在她心中成了形。她坐起身，擦干了眼泪。虽然帮不了雅各布，可是她感到内心强大了许多。她站起来，没有在意虚弱的身体发出的信号。她要去找玛琳。从不低头屈服的玛琳肯定有办法，她们能一起研究出下一步计划。

医院已经从夜晚的沉睡中醒来，走廊上一片忙碌。这里四处是加出来的病床，有的上面躺着两个病人，有的则坐着好几个。去玛琳那里的路上，两边的呻吟和抱怨声不绝于耳。

病人们或者表情空洞，或者被病痛扭曲了面孔。黛博拉绕过他们，心里只想着雅各布，想着如何救他。她走进病房大厅，愣在了那里：昨天玛琳所躺的病床上，如今躺着两个陌生的女人，好像都处于昏迷之中，没有人回应她关于金发的德国女人玛琳的问题。她迷惑地用目光四处搜寻着玛琳。

“他们在夜里把她抓走了，小姐。”她背后的一个声音说道。黛博拉转过身，一位头发灰白的老妇人正费力地坐起身来。她脸上有一颗硕大的紫色瘤子，眼睛因为发烧而闪闪发亮。

黛博拉指望从她的嘴里打听到玛琳的消息，于是向她凑了过去：“您刚才说什么？抓走？谁把她抓走了？”

那个老妇人用鹰爪一样扭曲的双手抓住了黛博拉的手臂。“是一个穿黑衣服的男人，就是那个只有一只眼的黑衣人！”她咯咯笑着，像个疯子。

黛博拉满心恐惧，急忙回到了自己的房间。她恍然大悟，为什么第一次见到那个戴眼罩的家伙时，就感到了莫名的恐惧：当然是他！阿尔布莱希特叫他格莱夫。就是他，胡伯图斯·冯·格莱夫，玛琳的死敌！而现在，他再一次抓到了她。

她在房间里像只没头苍蝇一样转来转去。想，必须想出一个办法！她双手抱住头，好像这样就能加速头脑运转似的。然后，她突然停下了，斗志高昂地抬起下巴。阿尔布莱希特！她必须和他谈谈。他和格莱夫是对头，也许自己能利用他们之间的矛盾。她急不可耐地呼唤着护士，想让她为自己叫辆出租车。

房门开了。来的不是护士，而是奥斯曼，他站在门边，手里拿着黛博拉的一个旅行包。她张开双臂向他迎去：“奥斯曼，你不知道我见到你有多高兴。”

他单膝跪下，握住她的右手按在自己的额头上，态度无比顺从。黛博拉拉着他的肩膀，将他扶了起来。“别这样，奥斯曼，你都让我感到难为情了。来，咱俩聊聊。”

她示意了下仅有的一把椅子，让他坐下，她自己则坐到了床上。“奥斯曼，我……”

奥斯曼打断了她，将自己的食指放在嘴唇上向她示意，然后飞快地走向门边。他确信门已经锁好，才回来坐下。他面部表情丰富，再加上比比画画，黛博拉终于明白了，奥斯曼是在询问她感觉怎么样。“谢谢你，奥斯曼，我没事。只是有几处瘀伤，咽喉有些痛，不严重。”黛博拉向他探过身去，低声说道：“我首先要感谢你，是你救下了相机，还把它带去了安全的地方。遗憾的是，昨晚发生了不幸的事情，我们的朋友，”黛博拉刻意回避了雅各布的名字，“被抓起来了，还有玛琳。如果有什么事会把你和他们两个牵连到一起，那么你必须马上离开，以免送命。”奥斯曼摇着头拒绝了。

黛博拉不明白，他摇头是表示格莱夫没有什么证据能追踪到他呢，还是不愿抛下她一个人逃走。不管怎样，黛博拉松了口气，不再在这个问题上继续追问。

“我们的朋友给我讲了你们要偷出会议记录的计划。我会帮你的，但我会自己去做，而你的任务是将文件带到指定地点。随后，你必须藏起来。我会尽力给你搞到钱。”

奥斯曼比画着表示反对。黛博拉明白了，他认为自己的计划太危险。“让我来处理此事吧，奥斯曼。你尽量待在离我不远的地方。我拿到文件后会马上告诉你。这可能需要几天的时间。好了，现在送我回酒店吧，我要赶紧离开这里，否则就真要生病了。”

她起身想拿装着换洗衣服的旅行袋，奥斯曼却拦住了她。他从制服口袋中拿出一封信，一脸难过地交给黛博拉。信是阿尔布莱希特写的，他告诉黛博拉，他必须出两天差。不过他已经通知酒店和奥斯曼，他们会满足她的一切需求。

“真该死。”黛博拉脱口而出。她努力控制自己失望的情绪。阿尔布莱希特偏偏现在出差，将她一个人留在酒店里。除了他，还有谁能帮自己打听玛琳的下落？她不可能这样悬着心等待两天。

她在心里飞快地盘算着。也许她可以找玛琳的男友，军官恩斯特，让他帮忙？她确信，恩斯特爱着玛琳，至少会对她的不幸遭遇感到同情。他甚至可能知道玛琳被带去了什么地方。也许他能安排自己探访玛琳？她马上意识到，那样她就会再次遇上可怕的格莱夫。想到这里，她感到双腿一阵发软。

可恶，每当她想到什么主意，就会立刻走进死胡同，前方充斥着危险。没有阿尔布莱希特，在玛琳的事情上她什么也干不成。看来除了等待，的确没有别的办法，在他回来之前，她无处施展拳脚。黛博拉也没有幼稚到相信阿尔布莱希特会把玛琳放在心上，会依着她去把玛琳救出来。不过，他至少可以为她打听下玛琳的情况。

她和奥斯曼一起回到了酒店。等待阿尔布莱希特的两天漫长难熬。对于天性冲动、缺乏耐心的黛博拉而言，这种等待无异于折磨。她以前从未感觉过时间如此漫长。

为了消磨时间，她做了各种计划和方案，筹划针对格莱夫的复仇。她很快明白了，自己根本不可能拯救雅各布。她注定对此毫无办法。她甚至不知道雅各布是否还活着！最后，她将全部精力集中到了偷文件的计划上。这些文件是她复仇的关键。没有它，受害者的惨死就不会被承认。她围着保险箱一小时一小时地转悠，思量各种行动计划。一个不知情的旁观者会以为，她在试着和保险箱说话，想用咒语打开它。此刻，她在它面前沉思着。

无所事事的等待让黛博拉感到内心空虚，她觉得自己又蠢又没用，一无是处。一股怒气涌上心头，她一脚踢过去，将带有穿衣镜的门啪地合上。镜子中有什么东西闪了一下。她屏住了呼吸，拉开门，又慢慢将它重新关上，直到她再一次发现那奇怪的闪光：原来是橱柜上的香槟冰酒器在镜子里的反光。这让黛博拉有了一个主意。

她拿出化妆包，将冰酒器挪到了一边。化妆包的盖子里有一面小化妆镜，是不到十五厘米见方的正方形镜子。几分钟里，她不断地试验，从保险箱前走到橱柜边，又回到床上，不断调整化妆包的摆放位置。终于，她找到了一个合适的位置。现在，她在床上能看到镜子里照出的保险箱密码锁，并且能清楚地看到密码数字。由于箱子只有半人来高，所以每次阿尔布莱希特都要跪在那里输入密码。现在，她要做的只是等下一次开锁时，记住他输入的密码。

接下来的下午和傍晚，黛博拉不断练习从镜子中辨认数字，直到掌握得滚瓜烂熟为止。随后，她将练习时用的纸条撕得粉碎，扔进马桶里冲掉。她满意地笑了，看来愤怒这种情绪也并不是一无是处。

第三天半夜，阿尔布莱希特终于回来了。黛博拉一直认为自己勇气十足，可事到临头，她还是感到害怕，变得神经质起来。不过为了雅各布和玛琳，她鼓起勇气，开始扮演自己的角色。她光着身子跳下床向他跑去，一下扑到他的怀抱里。他终于回来了，自己不再孤零零的，她感到了一些欣慰，几乎如释重负地哭出来。

她克制住自己，没有问他关于玛琳的事情。阿尔布莱希特用手揽住她，将她送回床上。他的身上满是酒和雪茄的味道，不过还有一种气味，也说不清是难闻还是不难闻。黛博拉对这种气味很熟悉，可是一时说不出来是什么。

“我看你恢复得不错嘛。我需要马上洗个澡。”阿尔布莱希特说，“你接着睡吧。”

他脱下军服，随意扔在公文包上。那个包，他一进屋就随手放在了椅子上。

一会儿，她听到了浴室中的水声。包就在那里，黛博拉内心很矛盾：要不要冒险打开包看看？犹豫中，她下床先摸到了他的军服夹克，是湿的。她用手揉了揉，然后看向自己的手指。手指变成了红色。她闻了闻，是血！这就是刚才那股自己说不清是什么的气味！阿尔布莱希特身上有血腥味！黛博拉感到恶心。

“你在那儿干什么？”阿尔布莱希特光着身子站在浴室门口。

“噢，我想把你的军服挂起来，”她镇静地回答，“不过，看来要送到洗衣房了。上面有血迹，是吧？”

“这件事我们明天再说。回床上睡觉吧，玛利亚。”他说着，光着身子走过来，用锐利的目光望着她。他拿到那个公文包，取出其中的文件锁进了保险箱。

可惜，阿尔布莱希特进门后没有开顶灯，黛博拉也只打开了床边桌上的夜灯，昏暗的光线中无法辨认他输入的密码。她懊恼自己没想到这些。不过，她又庆幸自己运气不错，阿尔布莱希特险些就发现她翻腾他的公文包了。“要我陪你一起泡澡吗？”她强迫自己笑着问道。

“不用了，我得抓紧睡几个小时。回头再说吧。”

这时，黛博拉心中的迫不及待战胜了理智，忘记了保持小心谨慎。“你知道玛琳出了什么事吗，阿尔布莱希特？那个独眼的盖世太保半夜将她抓走了。这是怎么回事？他为什么那么做？玛琳已经身受重伤了。”

“你怎么知道他是盖世太保的人？”阿尔布莱希特的话里有陷阱。

“是医院的医生告诉我的。你怎么认识他的？他想从我这里得到什么？他吓坏我了。”黛博拉说道。这次，她的恐惧发自内心，不需要表演。

“我说过，我们明天再谈。现在让我安静下，你睡吧。我一会儿就来。”

第五十章

转天早上，阿尔布莱希特还是闭口不提此事。他压到黛博拉身上，毫无顾忌地发泄了自己的欲望。

黛博拉意识到，他是故意用拖延来折磨她。他们从酒店订了丰盛的早餐送到房间，用完早餐后，阿尔布莱希特才谈起了玛琳："她是一个犹太间谍，真名叫安娜·冯·杜克海姆。她的母亲是犹太人，曾在冯·杜克海姆家做女佣人，诱惑了那家的儿子。因为她从事反国家的活动，格莱夫曾经在柏林逮捕过她。她参与了藏匿和偷运犹太人。这次，格莱夫认出了她。可怜的恩斯特，我估摸他此时此刻正在进行不那么愉快的谈话呢，格莱夫抓到了他的把柄。"

"玛琳，犹太间谍？这简直太疯狂了，阿尔布莱希特。她几乎死在了爆炸袭击中！这就能证明,她和爆炸没有丝毫的关系！"黛博拉喊道。

"不，这顶多证明了波兰地下组织的协调工作是多么差劲。这组织是怎样一个乱七八糟的大杂烩，连自己人都杀。"他轻蔑地说。

"尽管如此，你们还是弄错了。相信我，这个格莱夫是疯子，你知道他是怎么对待我的！他看谁都像间谍。"黛博拉的愤愤之情完全不是表演，"你得马上做些什么，为了玛琳。和格莱夫谈谈，告诉他他弄错了。玛琳现在到底在哪儿，你知道吗，她怎么样？我能见见她吗？"

"她去了该去的地方，蒙特鲁皮赫监狱。至于她怎么样？因为她一直没有招认，没说出格莱夫想要的情报，我想，她现在好不到哪儿去。不过，她进监狱之前就已经不太好了吧？"阿尔布莱希特残忍地咧嘴笑了，"我看，格莱夫可能会在她身上白费劲。这女人可不是傻瓜。一来她的脊椎已经骨折，二来她也预料得到，格莱夫不管怎样都会杀了她。你信以为真的这个朋友离死期不远啦。不过，你也许能帮她，格莱夫有个主意。"

"格莱夫？他想要干什么？"黛博拉怀疑地问。仅仅想到这个人，就让她打了一个寒战。

"你去她那儿打探些事情。要是她能说出刺杀海德里希的凶手藏匿在哪里，格莱夫就会派医生去给她治病。"

"这就是说，你觉得玛琳和刺杀你顶头上司的袭击有关联？"黛博拉问道，同时脑子飞快地思索着，阿尔布莱希特会不会已经怀疑上她，而这是他设的圈套。现在她才知道，海德里希虽然在五月二十七日遇刺身受重伤，不过据主治医生讲，他保住了一条命。

"没有证据之前，我什么也不相信。格莱夫也许不算我的朋友，不过工作做得不错。他和我一样，都属于党卫军的中坚力量。要是有谁能找出事情的真相，那非他莫属。我也想知道是谁躲在袭击事件的幕后。和玛琳谈谈吧，看她都知道些什么。"

黛博拉探寻地望着他的面孔。他相信格莱夫对自己的指控吗？阿尔布莱希特面无表情地望着她。不管怎么说，自己可以见到玛琳，和她谈谈雅各布被捕的事情了。也许玛琳能告诉她该去联系小组里的其他什么人。这是最重要的，其他的都无关紧要。"好吧，"她说，"我和她谈谈。”

“好姑娘。”阿尔布莱希特将餐巾扔到桌上，站起身，“去穿衣服吧，我们马上出发。”

前往克拉科夫北部蒙特鲁皮赫监狱的路很不好走。车停在管理大楼前时，阿尔布莱希特没有要下去的意思。黛博拉不安地问：“怎么，你不一起去吗？”

“不，我还有事情要处理。我会派奥斯曼开车来接你，他一个小时后在这里等你。”

“你竟然让我和那个格莱夫单独相处？”黛博拉尽量控制自己的语调。

阿尔布莱希特自信地笑了笑。“你不必怕他，玛利亚。他不能把你怎么样，他不敢。我给他下了严格的命令，他既不敢找我麻烦，也不敢得罪海德里希。现在去吧，尽量把事情办好。事成之后，我有奖励。”

奥斯曼为她打开了车门。黛博拉别无他法，只好下车。

“对了，另外提醒你下。”他冲着她的背影喊道。黛博拉疑惑地转过身来。“玛琳可没有以前那么优雅了。”他笑着对她说。

黛博拉感到了对他的愤恨。

看守走在她的前面带路。他既不和黛博拉讲话，也从不回头看她是否跟上了，只管大步流星地向前走。先是下了一段窄窄的台阶，然后是无休无止的黑暗通道。通道中有的地方很低矮，她只能缩着脖子通过。空气里满是烂泥和下水道的气味。看守沉默地打开了一扇沉重的门，让黛博拉进去。

“我在这里等您。需要的话，您可以叫我。”

黛博拉尽量友好地点了下头，而门已经被用力关上了，外面传来钥匙转动的声音。

“我还在问自己呢，你什么时候会来。谁派你来的，格莱夫还是布鲁曼？”玛琳直挺挺地躺在一块木板上。

尽管阿尔布莱希特事先提醒过她，眼前的一幕还是让黛博拉深深震惊了。玛琳躺在自己排出的秽物中。她不能动，所以根本够不到角落里那个铁便盆。

黛博拉茫然地环顾四周。没有水，没有纸，没有毛巾，什么也没有。有的只是肮脏、恶臭和爬虫。

“这里可不是柏林的阿德隆酒店。”黛博拉凑近时，玛琳轻声说道。

“把你的头低下来。这里的墙很厚，不过我不想冒任何风险。听着，黛博拉，我不知道咱俩还有多少时间。我不可能从这里活着出去了，你要单独执行任务，从布鲁曼那里将文件偷出来。否则前功尽弃。一定要搞到会议记录的原文，把它交给奥斯曼，他知道该怎么做。向我保证，你会完成这个任务。”黛博拉说不出话来，只能无言地看着她。她懂了，玛琳的身体已经被摧毁，但她的意志还没有。

“你向我保证。说啊！”

“我保证。”黛博拉勉强说道。

“好。还有件事，你一定要帮我。我没能带出氰化钾胶囊，原因显而易见，”玛琳试着笑了下，“格莱夫将它拿走了。不过我在你的浴室里还藏了一枚，就粘在毛巾柜的下面。你把它给我送来，并且放到我的嘴里。”她加重语气补充道。

“什么？”

“你没理解错我的意思。看看我现在的样子！脖子以下一点知觉都没有。一点都没有！甚至连那个独眼都没兴趣折磨我了。把胶囊带给我，听明白了吗？”

“你让我给你带东西，好杀掉你自己？”黛博拉声音微弱地问。

“真是个聪明的孩子，你听懂啦。”

“可是……”

“没什么可是！照我说的做。我不想这么活下去，躺在自己的屎尿里。把它拿给我，越快越好。如果你还是我的朋友的话，就一定要做这件事。为了我。”

黛博拉紧盯着她，一句话也说不出来，心里既悲伤又愤怒。

“来，向我保证。求你啦……”玛琳的语气里有一种前所未有的、被深深伤害的情绪，仿佛将黛博拉的心撕成了两半。她明白了，自己即将失去这位唯一的女友。不管她说什么，做什么，都不会改变事情的结局，改变玛琳的打算。即使玛琳没有自杀，纳粹也会杀了她。“好，我答应你。”“那我再告诉你几件有关我们抵抗小组的信息，都不怎么重要。为了让他们再放你进来一次，你要告诉他们，我暗示过还有其他情报要提供。”玛琳低声告诉了她几个假情报，以防黛博拉万一被捕，还可以凭此抵挡一阵。纳粹可能会在旧工厂那里找到些什么，比如几套党卫军制服，不过那些都是专门准备好的。“怎么了？为什么那样看着我？”黛博拉忽然感到了犹豫，不知道该不该把雅各布被捕的消息告诉玛琳，看来，她对此还毫不知情。玛琳爱过雅各布，而他却是在自己的怀中被捕的。她鼓起勇气，低声说道：“雅各布被捕了。”“我知道。不过我们什么也帮不了他。”玛琳的脸突然像石头一样僵住了。

“可是你认识他的战友啊，他们也许可以解救他。”

“别幼稚了。他们自己的麻烦还扯不清呢。”

“可是……”

“没什么可是，雅各布知道他冒的风险。重要的不是我们的生命，而是我们的事业。你必须马上替代我和他的位置，黛博拉。要是雅各布在这里，他也会这么说。你做的事也是为了他。现在离开吧，去搞到那份记录。我们相信你。别忘了，你可是向我做了保证的。两件事。明天见，朋友。”

黛博拉走后，玛琳脸上决绝的面具滑落了，她陷入了彻底的绝望。格莱夫赢了，她却输得精光，甚至包括她的骄傲与自尊。她只能寄希望于黛博拉履行她的承诺，将氰化钾胶囊拿来——如果纳粹还允许她再次进来的话。玛琳渴望着死亡。她什么都试过了，可全盘皆输：她出卖了雅各布，满心希望能借此拯救他，让他免于进一步的酷刑。格莱夫让她亲眼观看了他们对雅各布的审讯——他们把她绑在一把高高的椅子上，好让她看着雅各布如何受折磨，一小时接着一小时，整整一夜。

雅各布马上就看穿了他们安排玛琳在场的用意。他向她大声呼喊，让她闭嘴。他无足轻重，重要的是他们的事业，这是他的原话，她刚刚又对黛博拉重复了一遍。凌晨时分，玛琳顶不住了。格莱夫刚刚挖出了雅各布的一只眼睛。雅各布呻吟着，但是没有叫喊，一声也没叫。玛琳大声嘶喊着，直到嗓子哑了，几乎发不出一点点声音。当雅各布第一次被折磨得失去知觉后，她轻轻说道:“停了吧，格莱夫。我告诉你我知道的一切。不过你要安排一个医生来给他治疗。”

格莱夫摆了下头，几分钟后医生就到了。格莱夫凑近玛琳的脸，说道:“好吧，我听着呢。”玛琳告诉了他自己所知的关于下一个行动的所有信息。

瞧瞧自己都做了什么！她背叛了一切，自己，雅各布，他们的事业，却什么也没有得到。最后，格莱夫审视着她，说:“谢谢你，安娜，至少你没有对我撒谎。你告诉我的，昨天一个线人已经告诉我了。太遗憾了，因为你没有告诉我什么新东西，我也就没必要遵守我们的协议。”他近乎和蔼地笑了笑，然后打发走了医生，继续残酷地折磨雅各布。

牢房的门又开了。玛琳知道，又是那个看守，他昨天就来骚扰过。她无法反抗他那双手。没错，就是他。“嘿，你这个婊子臭得像个猪圈。”

“你也是。早知道你来，我会先去洗个澡。”

“闭嘴。”他挥手一拳打到玛琳的脸上，她尝到了唇边鲜血的味道。疼痛让她兴奋。她不禁想到了黛博拉的自残。她的朋友没错，疼痛的确能让人释然，她突然大笑起来。

“怎么了？她笑什么？”另一个男人问道，第三个人也随着他进了牢房。他们位于玛琳的视野之外，她看不到他们。

“不知道，也许是疯了吧。您二位有什么事？”玛琳的看守问道。

“我们奉命将她带回医院。格莱夫少校希望她尽可能活得长一点。”

“真有意思，”看守说，“新指示总是跟旧指示相反。”

玛琳明白了。多么恶毒的打算！格莱夫想让她长久地活着，雅各布受尽折磨的情景就会一直伴随着她，这是她将要承受的酷刑。她真心希望，如果不能死的话，那就让自己疯了吧。

黛博拉怒气冲冲地跟在监狱看守的身后。她感到头晕，主要倒不是因为污浊的气味——这气味就像浓重的云雾般环绕在她身边。不是，是因为这个世界的丑恶让她恶心。她看到了真实世界的扭曲，看到了外面世界的真实面孔，那个世界光鲜的外表过去一直蒙蔽着她的眼睛。在真实的世界里，没有人在听咏叹调，品味香槟酒。在真实的世界里，人们在受苦受难，人们在死去——要么在战争里倒下，要么被发起战争的人杀掉。

如雅各布所言，柏林万湖会议的记录显示，纳粹计划灭绝犹太人。数以百万计的犹太人。原因呢？只因统治者认为他们是劣等人类，不配活在这世界上。玛琳是半个犹太人，所以她除了一死之外，无法逃脱他们的魔掌。

她会为玛琳报仇！玛琳不能就这么白白死去。她会偷来阿尔布莱希特的文件，将纳粹骇人听闻的灭绝计划公之于世。希特勒和他的帮凶们是披着人皮的魔鬼，是恐怖的化身。

黛博拉一步跨入了监狱的场院。走出了监狱内部的黑暗，她被明亮的阳光晃得眨了眨眼睛。

她看到了格莱夫。他站在场院的中央,身边是两个金发的年轻手下。他身穿一件黑色皮大衣，在黛博拉心里，他就是活生生的恶魔。尽管温暖的阳光照耀着，他恶毒的微笑仍然让黛博拉的心变得冰凉。他一言不发，向旁边歪了歪头。

黛博拉循着他的示意望去，看到了角落里的一具绞刑架。她的心几乎停止了跳动。

一个高大男人的尸体吊在那里，肢体已经残缺不全。扭曲的脸上，被挖掉的眼睛空洞地望着远方。尽管如此，黛博拉在看到他的第一秒就认出了他——雅各布。

黛博拉内心的某个地方轰然崩塌。她瘫跪在地上，大声地嘶喊着，嘶喊着……

第五十一章

1943 年 3 月，克拉科夫医院

玛琳醒了过来。其实不是真正意义上的醒来，她只是睁开了眼睛而已。过去的九个月里，她就这么迷迷糊糊，在半梦半醒中度过。对她来说，没有白天和黑夜的区别。

只有时间，无穷无尽的时间。她一动不动地躺在那里，看到自己的身体摔在了地上，能活动的只有她的思想。她既没有疯掉也没有死去，她的精神和肉体剥夺了她的意志。有时候，她变得自暴自弃，陷入深深的忧郁，不停哭泣，直到再也流不出眼泪，脑海里循环浮现出雅各布被折磨至死的画面。随后，她仿佛又看到了雅各布仅存的眼睛向自己投来最后的一瞥，看到了他目光中沉默的请求，请她不要向格莱夫招供。

有的日子里，仇恨和束手无策的愤怒占据了她，她满脑子只想着如何杀掉格莱夫。可一切都是枉然，她什么也做不了，甚至连死都做不到。格莱夫的胜利是完完全全，彻彻底底的。

她只有一个人，完全和其他的病人隔离。她的房间以前是一个杂物间，没有窗户，面积还不到四平方米，玛琳称之为棺材。她唯一的

慰藉是一位年长的医生，他一有时间就会来看她。他故意用一种欢快的语气和她讲话，好像她是一个小孩子；有时，他会给她读书。据他说，玛琳让他想起了自己死去的女儿。刚开始的几个星期，玛琳没有搭理他，她只想安静地死去。他却不以为意，毫不放弃，无视玛琳的沉默和其中要求他快些离开、还她清静的含义。他关照她，让她得到良好的护理，定时翻身以免压到伤口，还给她又找来一个枕头，让她能够躺得高一些。他尤其注重让玛琳得到充足的食物，有时候，他会亲自来喂她吃饭。

刚开始的几天，玛琳拒绝进食，希望能早点儿结束自己的生命。可是她被强制进食，医生悄悄告诉她，那个“盖世太保的格莱夫”要求定期看到玛琳的病情报告，并威胁说如果玛琳死了，医院的人会受到严厉惩罚。于是玛琳放弃了绝食的念头，何必白白让医生们为了自己担惊受怕呢。

今天早上医生刚刚给她翻了身，现在她平躺在床上。她的房门总是敞着，这也是那位医生的安排，以便能透进些走廊里的阳光。格莱夫禁止在房间内提供任何照明，说她活该在黑暗中苟延残喘。玛琳用目光搜寻着天花板，它在那儿！几个星期以来，有一只蜘蛛总是吊在病床的上空。有时它会消失几个小时，甚至几天，不过到目前为止，最终都会回来。偶尔，它会爬下来，在玛琳的床上散散步，昨天甚至爬到了玛琳的脸上，让她感到有些痒。这个感觉挺不错的，至少说明还有一部分身体没有失去知觉。

这是一只棕色的蜘蛛，胖胖的，腿上长满了毛。玛琳觉得它很漂亮，和它结下了友谊。当玛琳平躺在床上时，就能看到它，和它说话。现在，蜘蛛正坐在蛛网的中央，旁边是它抓到的猎物——一只苍蝇。“嘿，小胖子？又抓到什么了吧？”蜘蛛一动不动。玛琳继续跟它说话，给它讲自己在学校剧团里扮演过的角色，吟诵《罗密欧与朱丽叶》中的对话，她仍能记得全部台词。要是不能疯掉的话，那最好还是别荒废了自己的头脑。要是没有希特勒和他的纳粹主义，玛琳如今肯定已经是个演员了。她很久没有想过自己从前的梦想了，那些东西仿佛来自遥远的年代，来自另一个世界。而那个世界，她已经永远失去了。

过去的几天里，她的活力的确苏醒了些许，也就是说，她又开始关注外面的世界。她慢慢地不再沉湎于过去，不再沉醉于自己那不切实际的复仇计划。

这倒不是因为她的那位新朋友蜘蛛，而是因为洪德尔医生。他打定主意，不顾格莱夫的禁令，给玛琳讲了些外面发生的事情。此前玛琳与世隔绝，外面发生的事情哪怕再微不足道，都很难进入她的小房间。

尽管这些事情已经过去了一段时间，玛琳听到后还是很兴奋。纳粹政权第一次露出了走下坡路的迹象。犹太抵抗组织在布拉格成功袭击了帝国的第三号人物海德里希，他也是希特勒灭绝犹太人计划的执行者。他受伤几天后死掉了。一九四二年十一月，美国加入了战争，在北非击溃了德军及其同盟意大利军队，英国人不再是孤军奋战。

一九四三年初，德国人在斯大林格勒又遭受了苏联的沉重打击。头一次，德国人输掉这场他们一手挑起的战争的前景不再遥不可及。玛琳觉得自己还没有变得麻木不仁，因为她为此感到了欣喜。

她的目光落在了对面的墙上，那里挂着一本手撕日历。这个小小的奢侈也是洪德尔医生不久前安排的。一九四三年四月十九日，是犹太人的传统节日逾越节。她看到自己的大脚趾露在了被子外面，它像一把标尺，瞄准了日历。护士没有将她的脚盖上，其实，被子对自己有什么用呢？反正自己既感觉不到冷，也感觉不到热，不过被子倒是可以遮住她瘦骨嶙峋的身体和萎缩的肌肉。

忽然，玛琳听到走廊上有急速的脚步声，正向这里走来。是皮靴发出的声音！一个党卫军士兵走进了房间，进入她的视线，站在挂历的前面。玛琳只有一个念头：但愿他没留意到那本挂历，别把它拿走！

那个士兵手里拿着一封信。“你是安娜·冯·杜克海姆？”

她本来想刻薄地回应一句，可话到嘴边又收了回去，只是闭了闭眼睛表示肯定。经验告诉她，现在这种情况，最好不要激怒对方。刚来一个月时，有次一个党卫军士兵来巡查，她取笑了他，希望他一怒之下开枪将自己打死。结果那个士兵拿起便壶，将里面的秽物一股脑地倒在了她的头上。而且，医院的护士也遭到了斥责。

士兵摇了摇手里的信。“来自柏林的消息，你的祖父死在了监狱里。”

“我祖父，死在监狱里？”玛琳震惊地重复了一遍，更像是自言自语。她不愿相信。

“我刚刚说过了。这就是你阴谋反对国家的后果。你的祖父被剥夺了全部财产，为此，他攻击了一位公务员。”

“那我的祖母怎么样了？”玛琳问道。

“你的祖母关我什么事？”那个士兵吼道。他将信封扔到床上，走出房间，随手关上了门。现在玛琳又完全处在了黑暗之中。

接下来的几个小时，玛琳独自一人，心灵陷入了深深的黑暗。那封信就在被子上的什么地方。她觉得自己的身体仿佛有千斤重。祖父的死给了她沉重的一击。那祖母怎么样了？信是她写来的吗？如果祖父被剥夺了全部的财产，祖母肯定不得不离开她在菩提树下大街的宅子。

这么多不确定的想法简直让玛琳发狂，还有由此滋生的负疚感。格莱夫肯定知道这个。不过，她脑中又冒出了一个新的念头：会不会这并不是真的，不过是格莱夫想再给她一次打击？通过伪造的死讯给自己兜头一盆凉水，打消她的斗志？也许格莱夫想到，她可能知道了一些纳粹德国糟糕的战况，于是做出此事来斩断她的希望，以防她认为祖父会来帮助她。这么阴毒的招，格莱夫完全想得出来。他是对付人的行家里手，他知道不仅要在肉体上，更要在心理上摧毁对手。而他播下的这颗邪恶的种子的确正在玛琳的心中发芽：翻来覆去的思量折磨着她，千回百转却毫无结果，直到她的头疼得像要炸裂。

不知道过了多长时间，她感到有些痒。过了一会儿，她才回过神来，想起肯定是那只蜘蛛的缘故。又过了一阵，她意识到，发痒的不是脸，而是她的脚。我的脚？我的脚怎么会感觉得到痒？她只能想，也许是自己在做梦。或者，自己真的开始丧失理智了……

这时，门开了，医生带着一束光亮走了进来。玛琳望了下自己脚的方向，那只蜘蛛就趴在大脚趾上，好似在专注地盯着她。

医生走近了些。"晚上好，玛琳！一切都好吗？我刚听说，今天有人来过这里？"

"您可来了，洪德尔医生。快，床上放着一封信，您给我读下。"

他伸手去拿信，同时看到了那只蜘蛛，"哎，好丑的小东西！"说着伸手要去捉蜘蛛。这时玛琳喊道："不要碰它，您别管它了。我喜欢这只蜘蛛，它一直在陪着我。"

洪德尔医生短暂地看了看玛琳，然后笑了，什么也没说。他拿出床下自己预备的一只凳子，坐在了床脚的位置，以便玛琳能看到他。

然后，他从信封中抽出了信。"您先让我看一下笔迹。"玛琳要求道。医生将信拿到了她的眼前。玛琳感到全身涌过了一股热流，她认出了祖母的手迹。"您读吧……"她虚弱地说。

信中的确提到了祖父的死讯。那就是真的了，祖父去世了。祖母现在搬到了亲戚家，对于财产被没收的事，祖母只字未提，她是一个有着世家贵族之风的女人。

"我为你感到难过。"医生说，抚慰地摸了摸她的脸颊。这么久以来，玛琳第一次哭了。

洪德尔医生踌躇了下，看来好像拿定了主意。“要是您需要的话，我可以代您写封信。”玛琳曾向他请求过几次，不过由于顾虑格莱夫，医生都没有答应。

玛琳看着他。自己生命中所有重要的人，不是被格莱夫杀了就是被他毁了，剩下的只有祖母。除了她，自己还能给谁写信呢？

她母系的亲戚都已经在一九四〇年四月被抓，并被运出了克拉科夫。即使通过雅各布的关系，也没能打听出他们被带去了什么地方，所有人就这么毫无痕迹地消失了。玛琳估计，格莱夫那时就参与了此事。玛琳还想到了黛博拉。她怎么样了？她和奥斯曼成功了吗，是否偷到了布鲁曼的文件，并偷运到了伦敦？忽然间，她对此事的关注再度苏醒。离雅各布被杀已经过去了九个月，布鲁曼为执行任务多次来过波兰，但不会一直于此地停留。自己能不能请医生向格兰德酒店打听下，看布鲁曼是否还住在那里？

“我的确有一个请求。你还记得我那位年轻的朋友吗，那次爆炸后她和我被一起送到了这里？布鲁曼上校的女朋友？”

医生微微点了下头。

“我想知道，她是否还在克拉科夫。如果在的话，她肯定会住在斯洛廓斯卡的格兰德大酒店。您能否到那里悄悄打听下她？”

看着医生的表情，她知道自己的要求有些过于为难他了。偷偷写封信发出去是一回事，而到一家显赫的酒店打听一位党卫军高级官员的女友，可就是另一回事了。玛琳想着该如何说服医生，很快又有了一个新主意：“我有个更好的主意。您到那里找一个叫奥斯曼的人，他是布鲁曼的司机。您可以自称汽车修理工，这样应该不会引起别人注意。您不要感到奇怪，因为奥斯曼无法讲话。您要是见了他，只需告诉他，黛博拉在哪里能找到我就行了。您愿意为我做这件事吗？”

“好吧，我去做。不过最早也要几天之后了。”

“没关系，我有的是时间。而且，我也不会跑掉的。”玛琳不好意思地对医生笑了笑，“还有，要是能给我祖母写封信就太好了。”

“当然。我回头带着信纸过来。我现在要去看其他病人了。”他拍了拍她的手，离开了。

奇怪，玛琳想，他触碰她的手时，她好像感觉到了。她愈发感到了极大的不自在，自己的感觉出了什么问题吗？她想现在就弄清楚。她用目光寻找着那只蜘蛛，它仍一动不动地趴在她的大脚趾上。“来，动一动，小胖子，给我挠挠痒。”

随后几天的情况证明，玛琳的感觉没有错。她身体的不同部位越来越频繁地出现发痒的感觉。现在，她确信自己身体的知觉在恢复！虽然很慢，但的确在发生。她本不相信奇迹，可是几天后，她发现右手的食指可以轻微地活动了。也许幅度本来还可以再大些，只是萎缩的肌肉不能提供足够的力量。

洪德尔医生也带来了一个好消息。他向酒店的行李员询问奥斯曼，他们告诉医生，奥斯曼虽然没在酒店，但是，布鲁曼上校几天后会再次赏光住进他们的酒店，所以奥斯曼肯定会和他的上司一起来。关于黛博拉，医生没得到任何消息，也没敢问酒店的人。不过，他向玛琳保证，一周后他会再去酒店，打探黛博拉的消息。

在此期间，玛琳已经开始锻炼自己的肌肉。只要身体哪个部位有了感觉，她就试着长时间绷紧那里的肌肉，直到额头上渗出汗水。她顽强地训练，到第三周时，已经能抬起右手和左手的几只手指。脚上也起了变化，总是感到发痒，脚趾已经可以微微活动了。要是医生能帮忙的话，她相信自己身体会恢复得更快。只是她还在犹豫，要不要把这件事透露给洪德尔医生。

一天中午，奥斯曼出现在了病房里，洪德尔医生没有吭声。奥斯曼没有多少时间，两个小时后他就要去接布鲁曼。玛琳从他那里得知，看到雅各布的尸体后，就在监狱的场院里，黛博拉曾经试图用刀子刺杀格莱夫。奥斯曼用不连贯的德语在他随身带着的小本子上写道："我阻止她，因为同去，看出黛博拉的意图。我到两人中间，感谢真主，没人看见，只有我。格莱夫觉得有趣。我带黛博拉回车上。她病了，很长时间。布鲁曼命令，带她回慕尼黑。"

"真是个勇敢的姑娘！可惜没杀了格莱夫。不过真杀了的话，她的命早就没了。她现在怎么样？"

奥斯曼的表情变得愤怒起来。他写道："不好。被监视，不能出房子。必须做布鲁曼要求的，否则，送弟弟进集中营。"

"狼改不了吃人的本性。"玛琳愤愤地说，"这就是说，你们没能再试着偷出那份会议记录？"

奥斯曼摇了摇头，写道："要是我偷，抓住，黛博拉就一个人。我保护黛博拉。她像我女儿。"奥斯曼激动地在纸上划着，强调着最后一句话。

"我懂了。布鲁曼和你准备在克拉科夫停留多长时间？"

"七天，然后华沙。犹太聚居区起义。布鲁曼说，五月中回慕尼黑。"

"华沙的犹太聚居区起义了？你还知道些什么？"

"太惨了。德国人扔炸弹，聚居区。但是，战争德国人很糟糕。"

"还有呢？能给我搞一份捷克的报纸吗？"玛琳意识到，自己现在是多么渴望得到外界的信息。

"奥斯曼，试一下。再来。明天。"

可是，奥斯曼转天没有来。她再次请求洪德尔医生去格兰德酒店打探，可是这一次医生觉得风险太大了。

就这样，玛琳再度陷入了一无所知的状态。她能做的只有加强对身体的训练。八月初，她已经可以抬起双臂，弯曲左腿。九月的时候，有一次护士换床单时对她说："奇怪啊，您看起来好多了。更有力气了。"玛琳屏住了呼吸。护士离开后，她继续锻炼自己的身体。

第五十二章

十月底的一天，凌晨五点钟左右，黛博拉突然出现在了玛琳的床前。她穿了一条羊毛裤子，上身套着夹克，头戴一顶鸭舌帽。

玛琳简直不敢相信自己的眼睛。“是你？”她难以置信地问道。黛博拉立刻扑到了她的身上，抽噎着：“哦，玛琳！”随后的几分钟里，她都在毫无顾忌地哭泣。

玛琳看到她十分高兴，比自己预想的还要兴奋。她控制着自己，没有抬起手摩挲黛博拉的后背安慰她。她很小心，不想让人发现自己身体的变化。不过，她令人难以察觉地偏了偏脑袋：奥斯曼站在门口那里，他看起来不是很高兴。

黛博拉终于安静下来，她用被单擦干眼泪，坐直了身子。“瞧瞧你，可怜的家伙。”

“你是怎么来的，黛博拉？”

“当然是和奥斯曼一起来的啊。”黛博拉脱下夹克，扔在了玛琳的床上。

“这我知道。可奥斯曼上次说，布鲁曼把你关在了慕尼黑的家里？”

“我受够了这种幽禁。自从奥斯曼告诉我，你还活着，而且就在克拉科夫的医院里，我就打定了主意要来看你。于是，这几个月我都装作悔过自新的样子。如果不能活学活用，我学表演和戏剧干什么呢？阿尔布莱希特相信了，所以这次带着我一起出来了。”

“不管怎么说，我有些不太相信。他可是很精明的。”

“没错，本来他不允许我离开酒店。阿尔布莱希特和那个波兰总督，叫奥托什么的，正一起外出旅行。他安排了一个傻大兵站在套间的外面。我是跳窗户跑出来的。”看来黛博拉对自己的小计谋很得意。

“你们住在酒店一层吗？”玛琳难以置信。

“不是，二层。不过我仔细观察了酒店的外墙，城堡上有很多墙垛子，对我来说是小菜一碟。我提前试过两次，能轻易地爬回去。我把今天的计划透露给了奥斯曼，他在下面等着我，然后开车来了这里。现在跟我说说吧，你怎么样？”

“我能有什么可说的，整天躺在这里，只盼着早点死掉或者疯掉。我唯一的朋友是一只蜘蛛，不过有一段时间没看到它了。奥斯曼？”她冲着他叫道，“你能把门关上，为我们在外面把把风吗？”

奥斯曼点点头。等他一关上门，玛琳说：“快点过来，黛博拉，帮帮我，我想试着站起来。”

“什么？”黛博拉以为自己听错了。

“这是今年年初的事情，有一次我突然感到脚趾发痒。就是那只蜘蛛，它正在我的脚上爬来爬去。就这样开始了。现在我身体恢复知觉的部分越来越多，只是肌肉还太虚弱。不管它了，我就想感受下脚踩在地上的感觉。已经多长时间啦！来，帮我下！”玛琳咬紧嘴唇，费力地将双腿移过床沿。

“这可太棒了！你也许不久就能走路了！”黛博拉十分兴奋。她将一只手放在玛琳的肩窝下支撑住她。玛琳小心翼翼地顺着床沿滑下，十八个月来，她的脚第一次触到了地面。这种感觉和她预想的不一样，是一种压倒一切的感觉。此刻，她试着将身体的重量放到腿上，部分地脱开了黛博拉的支撑。可她的双腿实在太虚弱了，还无法支撑身体的重量。在身体瘫倒前，她顺势躺到了床上。这只是个开始。要是能有人帮着自己训练就好了！

“你还要练习！”这时黛博拉说道。

“是啊，可是一个人不行。也许一副拐杖能帮不少忙。”

“我去给你搞。这可是一家医院，不是吗？”

“可我把它们藏在哪里呢，大能人？”

“我会买通护士的，我有不少钱和首饰呢。”

玛琳并不认为这是个牢靠的主意。她想到了洪德尔医生，是否应该将自己的身体状况透露给他？现在，两人的关系比以前更亲密了。就像奥斯曼将黛博拉当成女儿一样，洪德尔医生也是这么对待她的。他已经代她给祖母写了两封信，都已经投递出去了。收信地址写的是祖母信上提及的勃兰登堡的一个地方。祖母是否收到了信，她无从得知，也没有收到任何回信。也许格莱夫中途将信件截住了。如果那样，格莱夫要么不知道是洪德尔医生帮了她的忙，要么是在等其他信件，好从中得到他认为有价值的情报。

“外面的战事如何了？”玛琳问道。

“利奥波德说，看不到德国战胜的希望了。”黛博拉耸了耸肩，“现在英国人的空袭越来越频繁，慕尼黑能看到很多难民。利奥波德说，很快美国人也会加入，轰炸我们，那可就有好戏看了。”

“谁是利奥波德？”

“阿尔布莱希特的哥哥。他隔三岔五地去看我们。不过他们兄弟俩并不和睦。我猜，利奥波德在偷偷运送犹太人，这符合他的人品。利奥波德看不惯弟弟做的事，反过来也是一样。当然，这些事利奥波德从未说过，只是我的猜测，因为阿尔布莱希特有过几句暗示，话中有话。”

“这位哥哥听起来蛮有趣。看起来，你在兄弟俩中挑错了人。”

“利奥波德是个神父，没什么挑不挑的。不过我十分喜欢他。”

“嘿，你袭击格莱夫那事可真够勇敢的，是奥斯曼告诉我的。”

黛博拉脸色突然严峻起来，眼里透着悲伤。“我看到雅各布被吊在监狱的场院里，已经被肢解了，而格莱夫却在笑。他在笑！这个魔鬼！他就是特意在那里等我，好让我看到雅各布那副模样。那时我才起意要杀了他。是奥斯曼阻止了我。那之后我实在支撑不住，想自杀。你看……”黛博拉挽起毛衣的衣袖，给玛琳看手臂静脉处的伤疤。“是奥斯曼救下了我。他把一张纸条塞进了我的手里，上面写着：你必须活下去，为了复仇。他说得没错，我活下去就是为了复仇。早晚有一天我会杀了阿尔布莱希特和格莱夫，我发誓！”

“不行。”玛琳坚决地说，“格莱夫要留给我！”

两人之间的对话暂停了片刻。玛琳看到，黛博拉本已要张嘴反驳，可又把话咽了回去。不过，黛博拉沉默之中的含义，和玛琳在她眼中读到的内容是一样的：你做得到吗？你甚至都站不稳啊！

黛博拉有些不自在地摩挲着手臂，玛琳的眼神跟随着她的动作。她看到的，让她吓了一跳。倒不是手腕上的疤痕，而是无数的新伤口，那差不多是在对自己千刀万剐，甚至手指甲也被咬得见了肉。在玛琳看来，这个姑娘是在摧毁自己，好像只有这样，她才能忍耐着活下去。因此玛琳觉得，黛博拉的欢快都是强装出来的。当然，她看到自己时表现出的快乐除外，但其余的就难说了。黛博拉仍然在扮演着某个角色。在布鲁曼面前佯装悔恨的她，在自己面前才有点年轻姑娘该有的样子。

她可真是个好演员。不过，玛琳也发现了她眼里的绝望。“你的手臂看起来很吓人，”玛琳说，“非要这样不可吗？”

黛博拉一个激灵将毛衣袖子褪了下去。“是啊，这样能让我感觉好些。有的人酗酒，而我呢，用刀割自己。不过，伤口总会痊愈。利奥波德想让我去看医生，我不愿意。我不明白，干吗都把这个看得那么严重，甚至我弟弟也骂我，还告诉了利奥波德。这个小告密鬼。我伤害谁了？”她抵触地说道。为什么总揪着这几个伤疤不放呢？

“你伤害的是你自己，黛博拉。”

“别为我担心，我过得不错。告诉我，你究竟是怎么到这里的？”

玛琳哑然失笑。“你其实是想知道，我为什么没有像雅各布一样死去吧？答案很简单：格莱夫想要我这样，像这样一直活下去。他知道，这才是对我最重的惩罚。所以，我在这里被照顾得不错。相信我，我曾经千百次希望自己死掉。”

“十分抱歉，上次我没能再次回去找你。”黛博拉急忙说道，“我回去后，阿尔布莱希特马上派奥斯曼把我带回了慕尼黑，甚至还另外派了一个人监视我们。”

“不用解释了，我只是……”

“我把它带来了，那个胶囊。”黛博拉插话进来，“你可能不会相信，这个胶囊竟然一直粘在毛巾柜的下面。”黛博拉伸手在裤子口袋中摸索，将找到的胶囊递了过来。

玛琳惊奇地看着它。它就在那里，能结束生活对自己的折磨。可是，她连一秒钟也没有犹豫，而是摇了摇头。“不用了，你替我保管好它吧。”

“好的。”黛博拉回答道，将胶囊放回了包里，“我们得想个主意，怎么将你从这里弄出去。”

玛琳又一次摇了摇头。“不行，你不要给自己找更多的麻烦了，黛博拉。最好在被人看到你来这里之前，你和奥斯曼赶快离开，回酒店去。”

“可我想帮你啊！还有，拐杖怎么办呢，我能帮你搞到。”

“这事算了吧，黛博拉。这里有一个医生，他经常帮助我。我会和他讲的，如果我想练习走路的话，他是我唯一的机会。”

黛博拉看似还是不太相信，不过已经穿上了夹克。“我明天再来。阿尔布莱希特至少会有两天在外面不回来。还需要我做些什么吗？比如给谁捎个信？”

这一次玛琳无法拒绝，她甚至笑了起来。“瞧，当了一天间谍，一生一世都是间谍。没什么消息可捎的。不过你明天要是真能来的话，请给我带份报纸。”

黛博拉从窗户爬进了套间。

“瞧瞧谁回来了，真是和我想的一模一样，猫怎么能不捉老鼠呢。你们女人太容易被看穿啦。”阿尔布莱希特跷着腿坐在沙发上，脸上没有任何表情。黛博拉不知所措地看着他，几乎要瘫倒在地。她迈着僵硬的步伐走向他。“阿尔布莱希特，我……”

“住嘴！我对你很失望，玛利亚。我带你出来，可你一有机会就骗我。我的怀疑是对的。我还没走，你就跑去找那个玛琳，那个犹太间谍！我明明禁止你这么做的。你说，我该怎么办？”

黛博拉在他面前一下子跪下来，趴在他的膝盖上。“可是，阿尔布莱希特，她是我的朋友啊。我无法相信她是间谍。”

“我们谈过此事，证据确凿。不过，她是不是间谍并不重要。我在意的是你违背了我的意愿。而且你还捎上了奥斯曼，他为我们家服务了快五十年，而我现在不得不将他赶出去。都是因为你！这次我真的很生气，玛利亚。”

黛博拉惊恐起来。“奥斯曼和这些没有任何关系，我……”她想为奥斯曼辩护，但被阿尔布莱希特打断了：“闭嘴，我不想听。他当然与此有关。他对我的违抗与你相比，一点儿也不少。奥斯曼很清楚，他应该做的是把你送回酒店，而不是开车带你去医院。我会把他送到东部前线去，我不再需要他的服务了。”

“求求你，阿尔布莱希特，别让奥斯曼替我受过。他只是为了照顾我才和我同去的。”

“安静。我已经决定了，他已经在去前线的路上了。脱掉衣服，躺到床上，玛利亚。我现在要惩罚你。”

直到此刻，黛博拉才看到他手里玩弄着马鞭。

“不，阿尔布莱希特，我不想！”黛博拉离开他，挪向了窗边。

“你以为我会在意你想不想吗？我也可以叫来门边的卫兵，让他按住你。”阿尔布莱希特站起身，向房门走去。黛博拉马上爬上了窗台，可立即发现，窗户下面已经站着一个党卫军士兵，逃跑的路被阻断了。

她听到身后响起阿尔布莱希特的笑声。这个笑声，几乎让她想马上从窗户跳出去。可是她的脑海中闪过了弟弟的身影。他才只有十岁！她怎么能把沃尔夫冈单独留在这世界上——她向父母保证过，会保护好他！

她从窗台上滑下来，慢慢转过身。阿尔布莱希特的手已经放在了门把手上。他什么也不说，只是看着她。黛博拉开始脱衣服。她恐惧的不是即将来临的疼痛，而是羞辱。

第五十三章

1944 年 7 月，柏林

海德里希的继任者，帝国安全局局长恩斯特·卡尔滕布鲁纳恼怒地抬起了头，因为他的副官阿瑟·施特勒没有敲门就进了他的办公室。“报告，胡伯图斯·冯·格莱夫少校死了。夜里他在自己的公寓被人暗杀了，还有一名和他在一起的……呃……手下。”他结结巴巴地说。他肯定是一路跑过来的，现在还上气不接下气。

卡尔滕布鲁纳从椅子上跳了起来。“这他妈的是怎么回事？”

施特勒立正站好。“我们已经开始全面调查，部长先生。”

卡尔滕布鲁纳看着施特勒，他担任自己的助手时间并不长。海德里希在克拉科夫被暗杀前，阿瑟·施特勒一直是海德里希的副官，人很年轻，还不到三十岁。他之所以留用施特勒，是因为施特勒谙熟海德里希一手创建的安全局的组织架构。

卡尔滕布鲁纳将这个信息在脑子里过了一遍。他知道，那些关于格莱夫令人恶心的性取向的传闻是真的。在接收前任的办公室时，他看到了相关的记录。尽管如此，海德里希一直称格莱夫是手下最得力的干将，处处袒护他。的确，就办事成功率而言，没人赶得上这个格莱夫。不过，格莱夫残暴过度也是尽人皆知，而且这家伙从来不介意亲自动手。现在他死了，和他前任上司的下场一模一样。

卡尔滕布鲁纳强压下火气。他估计嫌疑人的名单会厚得像柏林的电话本。真他妈是件烂事儿！尽管自己和元首关系密切，还是少数几名可以和他以“你”相称的近臣之一，可如果元首知道了这件丑事，肯定会大发雷霆。好像嫌自己的烦心事还不够多似的。他刚才仔细研究过一份报告，通篇都是官腔，绕着圈子说“最终解决方案”资源不足，他的部门要解决这个问题。也就是说，他要解决这个问题……

“此事你还了解些什么？是不是……”继续说下去之前，他清了清嗓子，“和性关系方面有关？”他希望如此。这样的话，这案子就能快点了结，否则他就要被缠住了。

“这方面我们了解得不多，初步调查还很难确定什么。”副官停顿了一下，咽了口唾沫，继续说道，“根据法医的鉴定，另一个被杀的人被干净地切断了喉管，而格莱夫遭到了数小时的折磨。”

“折磨，格莱夫？怎么回事？”卡尔滕布鲁纳的眉头又皱了起来。这真是刽子手被人斩了头。

“他剩下的那只眼睛被挖掉了，阴茎和睾丸被切下并塞进了他的嘴里。”施特勒继续说道，“另外，法医估计，格莱夫是被塞到嘴里的东西噎死的。其他的还要等待进一步调查。”

卡尔滕布鲁纳坐回了椅子上。“你去安排下，施特勒，关于此次谋杀什么也不要传出去。我命令，此事要采取绝对保密措施。”

“这已经安排妥当了，部长先生。”

“好，及时向我通报。今天晚上，在我和元首吃饭前，务必将详细的报告放到我的办公桌上。”

现在是施特勒离开的时候了。他立正，敬礼，然后离开了办公室。

他匆匆从部长办公室外间的一群女工作人员中穿过，连句问候都没有。这些女人爱慕地看着他的背影。他回到自己的办公室，对着外间的秘书命令道，自己不希望被任何人打扰，然后就一屁股坐到了办公桌前。

他摸了摸胸前，心跳得很快。他还摸到了上衣口袋里的信封，那是一个送件人在他向部长汇报前交给他的。信来自他的情人格丽塔，里面有一张照片。照片上，格丽塔赤身裸体，只戴着他的军帽，正在向他敬礼。而他同样光着身子，在床上举着一杯香槟向格丽塔敬酒。他隐约记起，那时候他已经醉得相当厉害了。

照片背面是她提出的条件。格丽塔要求他提供两本护照——是两个女人的名字，以及一个十岁男孩的身份文件。这些人当然是犹太人。这个条件让他为难，同时，他绞尽脑汁想着，是谁拍的照片？而且这说明除格丽塔之外还有一名知情者！自己成了被拴在线上的蚂蚱。这个人当时肯定就藏在酒店的房间里，根据照片拍摄角度判断，应该是藏在衣柜里。

他尤其懊恼自己的愚蠢。和这种女人勾搭上，他真是疯了。他回忆了一下，当时周围是不是还有什么人。可是，什么人也没有，是格丽塔自己和他搭讪的。当时，他在威廉姆斯大街上，刚刚给自己点了一根香烟，这里离他工作的帝国安全局不远。

她穿着昂贵的衣服，人很漂亮，魅力十足。她问他能否给她一根香烟。女人在公开场合吸烟是有失体统的行为，而她这样冒冒失失地向一名党卫军高级官员索要香烟，令他感觉很新奇。事情就这样开始了。他后来才琢磨明白，一切都是格丽塔策划好的，他一步步落进了她的陷阱。而她看起来没有一点犹太血统！

她要求施特勒于晚上七点钟在动物园门口将身份文件交给她。他看了看表，还有六个小时。他深深吸了口气。要是他被发现，或者这女人出卖他，他的脑袋就该搬家了。

留给自己的时间不多了，要赶快把脑袋从绞索里抽出来，他想。该怎么办呢？

第五十四章

1944 年 7 月，慕尼黑

对摄政王广场上的这所房子，玛琳已经观察了好一阵。没有人进出过。尽管穿了一双舒适的低帮鞋，她还是感到脚有些疼。她凭借钢铁般的意志和九个月的艰苦锻炼，将自己的身体状况恢复到了从前的样子，不过，长时间站立对她依然是份苦差事，她已经无数次交换支撑重心的腿了。直到现在，玛琳仍觉得自己能再次行走是个奇迹。洪德尔医生也说不出个究竟，只是估计她的脊柱仅是被压伤了，而压迫的肿块已随着时间慢慢消失。

勇敢的洪德尔医生帮助她逃出医院后，她藏匿在了一处地下室里。这间地下室是以前她为出事时暂时躲避而准备的。这个地方还真没被发现。她已经提前在里面准备好了身份文件，衣服，尤其是一些现金。随后，她和地下组织的老同事接上了头，在他们的帮助下，她来到了德国。多亏了好人洪德尔医生！他帮她锻炼，让她重新恢复了力量，同时承担着遭受格莱夫报复的风险。不过，他对玛琳说，格莱夫办公室针对玛琳的问询在逐月减少。看来，和玛琳对他咬牙切齿念念不忘相反，格莱夫已经渐渐忘记了玛琳。

一名从广场另一边走来的神父引起了玛琳的注意。他提着自己的法衣，以便能迈开大步走路。他离玛琳还有大约五十米时，她已经惊呆了。要是她不知情的话，会完全把他认作阿尔布莱希特·布鲁曼。他干吗化装成神父？她问自己这个问题时，马上就意识到了这人是谁：他是利奥波德，阿尔布莱希特的哥哥！

接下来发生的一切迅速得令人目不暇接。神父刚刚来到门前，他身后便冲来一辆深色的小轿车，停车时带起一阵刺耳的轮胎摩擦声，两个男人立刻从车里跳了出来。

恐惧传遍了玛琳的全身。盖世太保！神父向四周扫视了一眼，意识到危险，马上撒腿就跑。他正好跑向玛琳的方向，后面跟着两个盖世太保，大喊着让他停住。两人都掏出了枪。玛琳的心狂跳着，人紧贴着墙站住。同时，神父就从她眼前不到几米的地方跑过。

这时响了一枪！摄政王广场上有不少人，玛琳听到几个人发出恐惧的尖叫，一个被妈妈牵着的小姑娘大哭起来。神父突然停下了，举起手臂，毫不反抗地让那两人带向轿车。玛琳看到，那辆车开走了。

玛琳正在思忖，现在是不是最好离开，等明天再来。这时，十号的房门开了，出来一位约莫五十岁的身材丰满的女人。她手里拿着一个篮子，离开了房子。

玛琳端详着她。她是奥德丽吗？黛博拉给她讲过这位善良的女仆，她已经在这个家里服务了二十多年。她是可以信赖的，玛琳决定将她纳入自己的计划。否则没有办法联系上黛博拉，至少不如这样来得快。玛琳希望自己在慕尼黑停留的时间越短越好。

玛琳曾经长时间地思考过，从布鲁曼的牢笼里救出黛博拉和她的弟弟，这个风险值不值得承担？她愿意冒这风险吗？她最终做出了冒险的决定。不知为什么，她就是喜欢这个疯狂的姑娘。

而且，她们都曾经爱过同一个男人。雅各布。

玛琳跟着那女人，认定她就是奥德丽。到市场有一段长长的路。市场上已经看不到多少东西在售卖了，不过，这个女人看来知道该找谁。而且，她看似有的是钱。布鲁曼的钱，从犹太人那里偷来的钱！玛琳愤怒地想。她看到，人们为奥德丽拿出了藏起来的商品，生意达成，钱物易主。

玛琳假装闲逛，凑上前去，好像要看看货架上的蔬菜货色如何，这样，她就能听到卖菜的和那个女人的交谈："嘿，奥德丽，今天要些什么啊？"奥德丽！玛琳舒了口气，果然是她！

奥德丽将菜装进篮子后继续向前走。这时，玛琳追上来，和她并肩前行。"对不起，您是奥德丽女士吗？"

"什么事？"她怀疑地后退了一步，从头到脚地打量着身穿简单夏装的玛琳。

"我是黛博拉的一个朋友，在克拉科夫认识的。"

"老天啊，您是玛琳，没错！"让玛琳惊讶不已的是，奥德丽放下菜篮子，一把搂住她的脖子，哭了起来。

玛琳僵硬地站在那儿，心里只有一个念头：他妈的，我现在最不需要的就是引人注目！"来，您镇静一下，我们向前走一段。"玛琳越过奥德丽的肩头，不安地向四周望去。卖菜的和另外几个人正好奇地看着她们。玛琳推开奥德丽，提起她的菜篮子，拉着她急忙走到一栋房子的入口。"上帝啊，别说名字！"玛琳小声说道。

"请您原谅我，我知道，您是间谍。可我真是太高兴了。"

玛琳翻了个白眼，也许搭讪奥德丽并不是个好主意。"您听我说，不要说出我的名字，而且，我不是间谍。您不想让盖世太保把我们俩都扔进监狱吧？"

一提盖世太保马上产生了效果——从来都是如此。奥德丽的脸立刻白了。“哎，您说得对。刚才是太高兴了。黛博拉总是说您这好那好的。您有什么打算吗？”至少现在奥德丽直奔了主题。

“也许吧。黛博拉怎么样了？”

“不太好，她被禁闭在了家里，可怜的姑娘。不过她一直坚持着，为了小沃尔夫冈。这个布鲁曼先生可真不是好东西。瞧他都强迫黛博拉干了些什么……”她的声音哽咽了。

玛琳担心马上又会有一次眼泪的大爆发。“好了好了，奥德丽。听我说，我这儿有一封给黛博拉的信，明天将回信捎给我。明天同一时间，我在这里等你，就是这个地方。可以吗？”

奥德丽马上同意了。

第二天。奥德丽迟到了一个多钟头。玛琳渐渐感到不安，正当她决定亲自去摄政王广场那边走一趟时，奥德丽上气不接下气地跑了过来。“对不起，我正要出门时，布鲁曼先生回来了。他本来说下周才回来的！这么晚了，那个厨娘，一个纳粹货，派我去面包房买东西，要不就什么都没有了。所以我没有多少时间，要赶快回去。这么热的天，蛋糕一会儿就要化了。”她说着，从兜里掏出一张纸交给了玛琳。

亲爱的朋友：

真没想到，你到了这里！沃尔夫冈和我被关在了我们的房间里。我出不去了，不过也许你能把我弟弟救出去？有时候，我能贿赂布鲁曼派来的那个佣人，让她带着弟弟散步半个小时。我明天下午会试一下。明天下午两点前在我们家附近等着，谢谢！不要生我的气，可是我必须留下。记得我在克拉科夫发过的誓吗？

早晚我会等到机会。不过这要等我弟弟到了安全的地方以后。

别了。

你的黛博拉

玛琳垂下了手中的信。她回想起，那天黛博拉突然出现在克拉科夫的医院里，并且发誓，总有一天要亲手杀了布鲁曼和格莱夫。而自己当时回答道：“不行，格莱夫要交给我！”

这个姑娘真是有些疯了。有的人只是想想而已，有的人却一定会真刀实枪去做。

玛琳思索着，自己能否救出黛博拉十一岁的弟弟，然后带着他逃离这个城市。沃尔夫冈不认识自己，而且他可能不想丢下姐姐，独自逃走。她想起了犹太法典中的一段话，以前克拉科夫的外祖母经常读给她听：“当你救了一个人，就等于救了整个世界。”玛琳马上又想到了雅各布。他对她说过：“在你想拯救世界之前，要先学会如何去做。”就在讲完这些后，他教了玛琳如何制造炸药，操作引爆装置。

她最近经常想到雅各布，在心里和他说话。她渐渐重新找回了内心的平静。她记忆中雅各布被折磨的场景，逐渐被他们最初相爱时幸福的画面替代。那是在一九三九年初，战争爆发之前。现在雅各布离开了人世，而她在克拉科夫获得了第二次生命，她要好好利用这份上天的馈赠。是的，她会救出沃尔夫冈。她要把他带到勃兰登堡，祖母就在那里的亲戚家中借住。祖母会好好照料他，把他安全地藏起来。

而她不会再回到克拉科夫，在那里，她很容易被人认出来。她将前往法国，加入那里的抵抗组织。她做出这个决定得益于哈丽娜·斯曼斯卡。哈丽娜是一名抵抗运动战士，最后一任波兰驻柏林使馆参赞。

德军反间谍组织的负责人卡纳里斯上将很早就开始秘密从事反对

纳粹政府的工作。他在一九三九年安排哈丽娜逃到了瑞士。哈丽娜是卡纳里斯和英国情报机关 SIS[①]的联系人，同时和法国情报组织关系密切。玛琳很早就认识哈丽娜了。

这时玛琳感觉到了身旁奥德丽的不安，她停留的时间有些长了。

她对奥德丽安慰地笑了笑。“黛博拉请我先把她弟弟带到安全的地方。她明天会试着贿赂一个佣人，让她带着沃尔夫冈去散步。告诉她，我会做的。她要提前和沃尔夫冈打好招呼，免得他到时害怕。”

“哎，真是个好姑娘，总是先想到自己的弟弟。明天是十三号，但愿这是个好兆头。”有些迷信的奥德丽说道。

“好吧,就这么定了。我会……”她话还没有说完,警报便响了起来。

“老天啊，空袭警报！又来了！我得回家了。”奥德丽抓起篮子，急匆匆地走了。

玛琳随着人流找到了最近的防空洞。偏偏在这个时候空袭!

这是迄今为止美国人最猛烈的一次空袭，连续几天轰炸着慕尼黑的内城，从未间断。直到七月二十日，空袭慢慢减弱，人们才敢从防空洞里钻出来，玛琳也随着人们走了出来。

她震惊地看着周围的一切，慕尼黑内城的景象如同世界末日一般。街道全部消失了，焚毁的房屋只剩下残垣断壁，像一根根警告的手指指向空中。玛琳投宿的地方是一位寡妇在内城的房子，现在已经被夷为平地。好在玛琳把所有值钱的东西都带在了身上，只损失了一个装衣服的箱子。可是有很多人死于密集的爆炸，更多的人无家可归。

玛琳穿过城中的街道，到处都是绝望的人在废墟中寻找和挖掘亲人。空气中飘荡着烧焦的肉体的气味。

①即英国军情六局，又称秘密情报局。

最后，玛琳终于来到摄政王广场十号的位置，这里只剩下了残垣断壁。看来一枚炸弹直接击中了这所房子，眼前只剩一堆冒着烟的石头。尽管如此，玛琳并不死心，开始四处寻找这个街区的空袭协警。经过不断地询问，她第二天才找到他，当时她又渴又饿，筋疲力尽，几乎都要放弃了。因为当天晚上她不得不又躲进防空洞待了一整夜，挤在无数逃难的人中间。

“对不起，女士。”那个空袭协警对她说，“那里没有人幸存下来。”他仔细端详着玛琳，“我在这里从没见过您啊。”

“我是来这里看望奥德丽的，她是，”玛琳把没说出的话咽了回去，“她是我的姑姑。”她镇静地说道。

“哦，奥德丽啊。那可真是个好女人，跟谁都能聊到一块儿。节哀顺变吧。”他转过身，去回答另一个人的问题了。

玛琳最后一次来到了摄政王广场十号的位置。不可能了，这里不会有人生还，她已经尽了最大的努力。

她转身离开，前往下一个目的地：法国边境。

第五十五章

1945 年 10 月，罗马

将欧洲拖入深渊的战争已经结束了四个月。潮水退去，沙滩上留下的是难以言说的悲惨和痛苦：男人、女人和孩子们背着少得可怜的财产，拖着沉重的身躯，心底深深刻着死亡与恐怖的记忆。这是一群被从生活中连根拔起的人，他们精疲力竭，试图收拢生活的残砖碎瓦，重新整理它们。只有忘记才能带来慰藉和宽恕，所以他们转过身，背离了过去，沿着永恒的希望之路走下去。他们抓住了如今生命中仅存的真实：未来。

不管怎样，这群人心中充满了有些胆怯的兴奋：他们知道自己很走运，撑过了世界末日。

不过，这个在街上踽踽独行的年轻女人，并没有感到任何对新生活的信念，感受不到崭新开始的兴奋。未来对她什么也不是。那份被称为希望的战争债券，在她这里从来没有兑现过。她依然深陷在自己的战争里，携带着它。它不祥的种子就在她的体内生长。

她失去了一切，所有对她的生活曾有过特殊意义的东西。她甚至连自己的弟弟都没能救下，尽管她为他付出了一切。她总是失败。一次又一次，命运总是站在布鲁曼一边。

玛琳计划营救沃尔夫冈的前一天，阿尔布莱希特突然返回了家中，并且带上她马上离开了。次日房子就遭到轰炸，成了一片废墟。为了继续将沃尔夫冈作为控制黛博拉的筹码，直到战争的最后，阿尔布莱希特才告诉她，弟弟死在了空袭中。此外，他也承认和她父亲的失踪有关。而且，是他将哥哥利奥波德送进了监狱，因为哥哥干的事已经开始影响他的前程。他，阿尔布莱希特，负责组织对犹太人的“最终解决方案”，而他的哥哥却在藏匿和偷运犹太人！他和同伙们输掉了这场战争，但他取得了对黛博拉的全面胜利。随后，他将黛博拉幽禁起来，自己离开了。

不知什么时候，黛博拉发现监视自己的看守消失了。她逃了出来。几天后，一队美国侦察兵在加米施[①]发现了已经饿晕的她。她惊讶地得知，玛琳正在找她！

战争结束没几天，玛琳就出现在了慕尼黑的一支美国部队里，帮助美国人鉴定纳粹罪犯。其中，阿尔布莱希特·布鲁曼就在追捕名单的前列。玛琳亲自赶到加米施接走了黛博拉。从玛琳那里，她得知利奥波德就是在自己的家门前被盖世太保抓走的。

而且，玛琳还告诉她，追踪阿尔布莱希特的线索指向了意大利。不过，玛琳也只告诉了她这些，不再多说。相反，她努力说服黛博拉放弃疯狂的复仇计划，说阿尔布莱希特会得到应有的惩罚。玛琳听到传言，美国人计划在纽伦堡设立战争法庭，将在全世界面前对重要纳粹战犯进行审判。公开审判带给他的羞辱，将远远大于让他痛快地死掉，玛琳解释道。

---

①德国南部阿尔卑斯山脚下的一个小镇。

玛琳说的一切都成了耳旁风，黛博拉并不想改变自己的计划。她相信，是玛琳杀掉了格莱夫。阿尔布莱希特在格莱夫被干掉后，曾这么猜测过。黛博拉问起玛琳此事，可玛琳不置可否，只是脸上闪过一丝令人难以察觉的微笑。黛博拉因此十分愤怒：玛琳报了自己的仇，现在却来阻止她实行同样的计划！两人因此不欢而散。第二天一早，黛博拉就离开了。

人流穿过特拉斯特维莱的小巷。这里是罗马的一部分，因台伯河而得名。有些人忙碌而欢快地从她身边挤过，庆幸终于摆脱了战争的阴影，另一些人则步履沉重。刚刚逃到这座城市的人们，比如她，一个个骨瘦如柴面带菜色，为不确定而渺茫的未来担惊受怕。

这个年轻女人知道自己要去哪里。她只需要不停地将一只脚迈到另一只前面。过去三个月里，她就是这样一天天机械地走过来的。只不过，她可能不像旅途刚开始时那么信心十足了。她的脚疼得厉害，一只鞋不知什么时候丢了。大概是鞋子越来越松，后来干脆从脚上滑落了。

愁苦的人们都没注意到她。在战后新生的日子里，每个人所想的只有自己和自己未来的计划，而且只在自己的心里。

像其他人一样，她只是低头盯着碎石铺成的街道。这些街道是在遥远的帝国时代，由世世代代的奴隶们铺就的。

像任何一场战争一样，这场战争也将战前的文明以荒谬的规律打回了原形：劫后余生的人们将自己的需求降低到了人性所需的最低水平——一间挡风遮雨的房间，热的饭食，以及一份工作。而后者仅仅是为了满足前两个需求而已。

人们的视野仅限于看到自己，人们的注意力也只在自己身上。只有随着时间流逝，随着可怕的经历越来越遥远，人们才可能看得更远。

恢复以前的生活模式还需要一点时间。直到满足基本需求之后，人们才会滋生新的愿望。

这个年轻女人到达了目的地：协和大街。这里人潮汹涌，主要是朝圣者和教士们。她融进了人流。这两个人群也正好代表了战争留下的痕迹，反映了不同人的境遇：从面容憔悴衣衫褴褛的，到营养良好穿着体面的，各色人等应有尽有。

她用被激情烧亮的眼睛注视着面前的圣彼得大教堂。广场四周引人注目的圆柱走廊，甚至是在午后阳光下伸向苍白天空的大教堂穹顶，都不是她目光的焦点。

她眼中只有梵蒂冈的城墙。他就藏在那里，那个男人。他是她此行的原因和目的。他夺走了她的一切：她的家庭，她的爱人，她的尊严。他是她腹中孩子的父亲。她多么恨这个孩子。一个种族屠杀者的孩子。他的孩子，不是她的。

她无数次将细瘦的手伸到露出线头的大衣下面，用干枯的手指抚摸胸下的位置，那里珍藏着她的宝贝。每当她摸到手枪熟悉的轮廓时，都会感到一阵轻松，信心又充盈在心间。这支枪，以及他藏匿在这里的情报，是她用最后一件珍贵之物换来的：妈妈给她的红宝石戒指。

沉甸甸的手枪陪伴了她充满千辛万苦的旅途，让她感到欣慰。它对她而言是一个承诺：复仇的承诺。复仇——为所有活着的，以及被他摧毁的生命；为她的生活；为她遭到的羞辱和折磨；为她身体中孕育的那个生命。

她来到这里，是为了杀死他。

第五部

—

费丽丝蒂和玛塔

现在

第五十六章

2012 年 5 月，罗马

费丽丝蒂合上了笔记本电脑。读完日记花掉了她半天加上一整夜的时间。她对母亲解释说，自己在写一篇研究论文。

其实母亲一直在专心地分拣和粘贴那些报纸碎片，并没有关注费丽丝蒂在做什么。早餐后，她告诉母亲要出去透透气，然后在酒店大堂里拨通了西蒙尼神父的电话。她没能立即联系上神父，只好在他的电话留言机上留了消息。然后她走上协和大街，街上的喧嚣和大都市晨间的忙碌气息扑面而来。

费丽丝蒂沿着大街向圣伯多禄广场走去。没走多远，手机就响了起来，是西蒙尼神父。“早上好，费丽丝蒂小姐，是我。您和您母亲怎么样了？”

“我还好，谢谢。我读完了，您说得没错，神父。这个故事太惊人了，令人难以置信。还好，外婆是以小说的形式写成的。如果这是她的日记，我真不知道自己的神经能不能支撑我读完。阅读时我反复对自己说，这是一本小说。我的脑子有些乱，心里受到不小的冲击，但是也感到十分愤怒。我有点担心母亲读到了会怎么样。如果连我都这么激动……我妈妈有点……我该怎么说呢，她心理不是很稳定。”费丽丝蒂停住了话头，好像感觉自己说得太多了。

“我想，我懂您想表达的意思。作为神职人员，我对受伤的心灵已经司空见惯了。我注意到，您的母亲……好像不太善于表达作为母亲的感情。我们现在知道了，她是在没有母爱的环境下长大的，费丽丝蒂小姐。孩子能感觉到母亲不爱她。所以她在接受和给予爱时都表现得很笨拙，因为她没体验过这种爱。您的外婆黛博拉将自己所有的情感都深深埋藏了起来。这可以理解，因为她经受了难以想象的痛苦，而且落入了邪恶之人的手中。有谁的心灵在这种情形下能不受摧残呢？这就是邪恶的运作方式，直到今天它还在起作用，还在影响着下一代人，就像您和您的母亲。我相信，您的母亲直到今天仍觉得自己不值得被爱，她又把这种感觉传给了您。您瞧，我又开始‘布道’了，我的朋友彼得·卢卡斯总这么说我。我今天已经有了安排，不过傍晚时会去您那里。我们一起和您的母亲谈，费丽丝蒂小姐。在此之前您不必想太多。您会看到，命运会眷顾您的。再见！”

费丽丝蒂返回了酒店。“西蒙尼神父刚才来过电话。他说今天傍晚会过来。”

“也就是说，他已经翻译完了？”母亲有些激动地问。

“是，可以这么说。不过……”

“不过什么？”

“他提醒我，这会是一个伤感的故事。他说，我们应该在心理上有所准备。”费丽丝蒂想，自己是不是应该说得更具体些，但还是放弃了。

“说真的，费丽丝蒂。”她的母亲撕下一段胶带，将两片纸粘好，“我算看透你的外婆了，她的一生是个地地道道的谎言。我有时甚至会自问，我究竟是不是她亲生的女儿。她可从没让我觉得自己是亲生的。她总是充满迷茫又变化无常，几乎从不着家。如果碰巧在家，她总是急着出去。她宁可在夜总会或者酒吧弹钢琴，过着不健康的生活，也不愿和家人在一起。

“尽管如此，我还是爱她，不过她不想让我爱她。不知什么时候，我明白了这一切，可能是从那时起，爱对我来说就总是和痛苦联系在一起。宗教给了我慰藉和依靠。所以我成了一名修女。我在修道院里找到了自己在生活中的位置，我属于一个集体。这是我一直想要的。直到遇到了你爸爸，我才知道，爱不一定非要和痛苦纠缠在一起。是他让我看到，生活还有那么多的可能性。我不知道你能不能理解，费丽丝蒂，我一生的大部分时间里，总是感到自己的内心支离破碎。”

费丽丝蒂惊讶地听着母亲的表白。这还是母亲头一次同她这么坦白地讲话。她们的目光交织在一起,同时发现了对方眼中的惊讶。不过，她们的眼神里不仅仅有惊讶，还有彼此之间在一瞬间产生的认可，以及更深层次的相互理解。几天前小心翼翼又脆弱不堪的彼此接近，现在变得牢固，一步步削减了母女两人多年以来的隔阂。

费丽丝蒂想到了西蒙尼神父在电话中讲的话——关于爱，关于邪恶的运作方式。他的话正中要害，和母亲表达的很相似。母亲刚才忽然说出的一席话，是不是那个答案，自己一直在下意识寻找的答案？为什么她总是感觉，妈妈总和自己保持着一定的距离？好像对玛塔而言，展示自己的爱就是虚弱的表现？

她尽了一个母亲应尽的所有义务，让她吃好，打扮得体，辅导她完成家庭作业，督促她清理房间。直到青春反叛期之前，母亲一周带她去教堂几次，至少每月做一次忏悔，甚至连白斯卡多神父都觉得有些过分了。可是，不管费丽丝蒂如何努力回忆，也想不起母亲曾经拥抱过她。

她年满十五岁时，开始强烈抗拒再陪着母亲去教堂——这一行动得到了父亲的支持，她为此深深感谢父亲。

如果说母亲没有给予母爱和温暖，只是尽了本分的话，那么，费丽丝蒂可是拥有世界上最好的父亲。

母亲实际上是被外婆遗弃了。生平第一次，她理解了妈妈，心中涌起想拥抱她的愿望。她有足够的勇气承认，自己也有做错的地方。自己太疏于思考，不，更糟，是太懒散了，那么容易地接受了和母亲疏远的关系，选择了沉默而非对话。是的，自己有责任，她长时间地将自己封闭起来，实际上明知故犯地伤害了理查德。她从未把自己看得如此清晰。她迎向母亲，可是此时母亲又沉浸在了自己的世界中，忙着寻找一张被撕碎的照片的另一半。一个彼此接近的时刻就这么消失了。

第五十七章
慕尼黑

“教授？”葛丽特犹豫地将头探进书房，虽然她知道，教授不希望在上午工作时被打扰。妈妈已经和她交代过。几周前她才接替母亲到教授家工作。她外婆就曾经在教授当时的家里做仆人，到葛丽特已是第三代了。

“什么事，葛丽特？”

“有位西蒙尼神父想和您讲话。”

教授皱了一下眉，他想不起自己认识一位叫西蒙尼的神父。“他说有什么事了吗？”

“他说，事关您的姐姐。”

“我的……姐姐？”教授有些吃惊地望着她，抓了抓浓密的白发。他看起来总是像刚刚指挥完贝多芬交响乐的指挥家。“可是……”他没有说下去，从椅子上站了起来，“好吧，请他进来，葛丽特。”

“对不起，教授先生。我忘了跟您讲，他在电话上。”葛丽特这时才走进屋，小心翼翼地将无绳电话递过来。

教授忍住没有摇头，他明白，葛丽特还需要一段时间才能像她母亲和外婆那样能干。他接过了无绳电话。“我是贝尔辛格。”他对着话筒说。

“请问，您是不是沃尔夫冈·贝尔辛格教授，黛博拉·贝尔辛格的弟弟？”

“什么？”教授感到心跳骤然加快。这可不好，他有高血压，每次激动都会让他离中风更近一步。几十年来，他一直在打探姐姐的消息，可她在战后就像钻进地下一样消失了。他本来已经放弃，可现在这个电话……

“我是西蒙尼·奥利维里，从罗马给您打来电话……”他没能接着说下去，因为教授马上打断了他。“我姐姐在罗马吗？”他对着电话激动地喊道。

“啊，不是的。”瞧，西蒙尼神父想，自己可要好好解释一番了，他看来一无所知。现在该西蒙尼讲话了。他清了清嗓子：“我不得不告诉您一个悲伤的消息，您的姐姐黛博拉不久前去世了。我向您致以深深的哀悼。”

“怎么，在罗马吗？”

“不是，在西雅图。”

“美国？我姐姐一直在美国生活？”教授一直拿着电话在房间里走来走去，现在一屁股坐进了书房的沙发里。他突然间显得苍老了许多。

这么说，黛博拉一直活着？

“您是怎么找到我的？”他疲惫地问道。

“通过您的外甥女玛塔和她的女儿费丽丝蒂。据我了解，您是您外甥女唯一的长辈了。”

接着，西蒙尼神父向他详细解释了自己来电的缘由。

第五十八章
罗马

大约晚上七点半的时候，响起了敲门声。

“肯定是西蒙尼神父。”玛塔说。

门外的西蒙尼神父满面微笑。“晚上好，本尼迪克特夫人。我们来了。”

“您请进，神父。”玛塔对他说的“我们”多少感到有些奇怪。

西蒙尼走进房间，说道：“我还给您带来了一个人。”他冲着门的方向半转过身。

西蒙尼神父身躯高大，所以刚才玛塔没有留意到他身后那位身材矮小的老人。他向玛塔走了过来，她注意到他的腿有些瘸。“请允许我介绍下，”西蒙尼说，“这位是贝尔辛格教授。”他故意停顿了下，接着说，“您的舅舅沃尔夫冈。”

“舅舅？我有舅舅？可母亲从未对我讲过，她还有一个兄弟！”玛塔惊讶地望着这位白发的老先生。她的下唇有些颤抖。

费丽丝蒂走到母亲的身边，向教授伸出了手。“晚上好，我是费丽丝蒂·本尼迪克特。请您不要见怪，我妈妈一时没能反应过来。如果您是我妈妈的舅舅的话，那我就是您的外甥孙女了。”

“见到您二位，我真是太高兴了。”教授握着费丽丝蒂的手不愿松开。他端详着费丽丝蒂的面孔，几乎不敢相信自己的眼睛。尘封的记忆打开了，有那么一瞬间，他以为姐姐又站在了面前，就像她离开那天的样子，一模一样。黛博拉，他永远失去了的姐姐。

费丽丝蒂和黛博拉的相貌几乎一模一样。她只比那时的黛博拉稍稍年长一些，看起来没有姐姐那么柔弱。但总的来说，两人简直像双胞胎。他的眼睛湿润了。接到西蒙尼神父的电话后，他的心就在喜悦与担忧之间游移：喜的是自己即将见到姐姐的后代，终于可以了解姐姐后来的命运了；忧的是见面后的结果会不会令人失望。真是那样的话，他不知道自己有没有力量化解这份失望。他突然感到痛苦，会不会是西蒙尼神父搞错了。打完电话后，他乘坐能订到的第一班飞机到了罗马。现在，他早已不再奢望找到的东西出现在了他的眼前——这个属于他的家庭。

教授动情的样子打动了费丽丝蒂。能见到自己的舅公，对她而言也十分激动人心。直到昨天，她还对他一无所知。不过，读了祖母对沃尔夫冈的描写，她感觉自己早已对这个舅公十分熟稔了。

酒店的房间对于四个人来说有些过于狭小，西蒙尼神父于是建议大家一起到吉诺的饭馆去坐坐，他已经和老板打好了招呼。吉诺特意为他们安排了一间单间，他们马上就能尝到他独特的手艺。

说走就走，一行人去了饭馆。这个家庭又重聚在了一起，在饭馆一直坐到了深夜。西蒙尼神父将翻译好的稿件交给了玛塔，并扼要地讲述了其中的内容。在此期间，他还对拉法埃尔·瓦雷里阿尼的经历做了一番调查，拉法埃尔曾是玛塔的继父，在她十四岁时去世了。

“您的继父是在战后的罗马认识您母亲的，他当时是一位年轻的神父。本尼迪克特夫人，您母亲的遭遇十分悲惨。阿尔布莱希特·布鲁曼彻底毁了她的生活。当您外婆的母亲，伊丽莎白·马普兰－贝尔辛格去世后，他诱惑了十七岁的继女。您会在译稿里读到这些内容。”他对玛塔说道，“您的母亲在一九四五年十月到了罗马，因为她打听到，阿尔布莱希特·布鲁曼在战争的最后阶段逃到了这里。当时罗马有一位主教，名叫阿洛伊斯·胡达尔。他在通过某个组织帮助纳粹的重要官员逃亡到阿根廷。这条逃亡路线后来被人们称为‘鼠道’。你母亲来这里的目的就是要杀死阿尔布莱希特·布鲁曼。她没能杀掉他，只是重伤了他。

“我做了一些调查，发现了当时的记录。里面记载，黛博拉·贝尔辛格在一九四五年十月因预谋杀人被捕。她当时成功潜入了梵蒂冈的花园，想要枪杀和胡达尔主教在一起的阿尔布莱希特·布鲁曼。她开了几枪，只有一枪击中了布鲁曼的肩部，随后她被扑倒，瑞士卫兵抓住了她。因为当时有孕在身，她被移交给了意大利司法当局。拉法埃尔·瓦雷里阿尼是当时监狱的神父，您母亲的遭遇深深打动了他。

“您，亲爱的玛塔，是在罗马出生的。他为您、您的母亲以及他自己搞到了新的身份文件。他让您的母亲相信，她已经杀死了布鲁曼。这的确是一个谎言，但也是必要的，否则您的母亲不会善罢甘休随他去美国。

“因此，贝尔辛格教授多方寻找都无果而终。从此，那个名叫黛博拉·贝尔辛格的人不存在了。您看，本尼迪克特夫人，您的母亲和您没有任何理由为自己感到羞愧！恰恰相反，您的母亲十分勇敢。她和其他许多人一样，是纳粹统治的受害者。此外，一九六〇年，阿尔布莱希特·布鲁曼被以色列特工从阿根廷劫持到了以色列。在那里，他受到了审判，并在一九六二年被绞死。我还发现，您的母亲出席了当时的庭审并出庭作证。”

沃尔夫冈·贝尔辛格补充了其他一些细节。大家这时才得知，直到战争结束前，阿尔布莱希特都像对待犯人一样将黛博拉控制在手里，为他“提供服务”。“她这么做完全是为了我。布鲁曼威胁她，如果她不从命的话，他就不会继续保护我，而我会被送进集中营。战后我一直在寻找黛博拉，可她消失得无影无踪，就像从前我们的父亲失踪时一样。是我们家的仆人奥德丽救下了我。我最后一次见到黛博拉的那天，盟军进行了大轰炸。布鲁曼在空袭前带着黛博拉离开了。空袭警报响起时，那两个看守我们的家伙自顾不暇，我趁机跑到了街上。正好奥德丽迎面跑来，拉着我进了附近的防空洞，而不是自己家的地下室。这救了我们的命。奥德丽随后带着我去了她家在斯特拉斯拉赫的农庄。那是一户正直敦厚的人家，我在他们家里过得很好。我想给你看样东西，亲爱的玛塔，是我父亲给我的，就在他离开我们的那天晚上。那也是我最后一次见他。是一首诗。”他从钱包里抽出一张发黄的纸条，正要交给玛塔，却突然拍了一下自己的额头：“对不起，我都忘了问。你们懂德语吗？”费丽丝蒂和母亲都摇了摇头，于是他替他们将内容翻译成了英语。

无论是人，或动物，
两条腿，或是四条腿，
无论是树墩、石块，
还是种子、思想，
在上帝珍贵的收藏中，都有自己的位置。
而上帝最慷慨的礼物是爱！
找到它，握紧它，收好它，
只有爱才能治愈一切。

西蒙尼神父大声感叹道："是啊，要是人类能有这样简明的睿智该多好啊，世界会是一个多么宁静祥和的地方。万能的主对我们的要求并不多。可人类天性如此，就是不喜欢简单朴实的东西，非要把所有的事情搞得很复杂。人类才是自身的束缚。"

桌上一下子沉默下来。每个人都在回想诗中的句子，回味其中的含义。过了一会儿，玛塔抬起头望着费丽丝蒂，眼中满是泪水。

她有些难为情地对费丽丝蒂说："请宽恕我。"同时微笑地望着女儿。她还从未这么由衷地笑过，那笑意发自心底，洋溢在眼睛里。

费丽丝蒂看着母亲，脸上掠过惊讶的表情。玛塔抬起手，长久地温柔地摩挲女儿的面颊。她的举动中充满了爱意和肯定，仿佛她对此渴望已久。她温柔的抚摸，让本不该存在于母女之间的隔阂一瞬间土崩瓦解。

"你觉得怎样，费丽丝蒂，我们是不是在这里多停留几天，游览一下罗马？就是现在，反正我们已经在这里了。"

"好主意，妈妈！"费丽丝蒂同样发自内心地笑了。

玛塔把女儿揽进了怀里，紧紧地抱着她，好像永远不会再松开。

尾声

我，费丽丝蒂

我曾说过，真相自有其特性，早晚会浮出水面，谴责和纠缠我们。不过，这只是真相的一面。另一方面，它也会让我们自由，会治疗我们的伤口，带来内心的平静。

这一晚，在吉诺的饭馆里，我们——西蒙尼神父，沃尔夫冈，我的母亲和我，又了解了很多关于我们家的事情。我了解了曾外祖父母的生活，他们幸福的爱情。他们的不幸在于生不逢时。他们是扭曲畸形的意识形态的牺牲品，这个邪恶的产物迷惑了一个民族，也几乎灭绝了另一个民族。这是如何发生的？这个问题，要等到人类终有一天学会和平相处后才能回答。

一个念头闪过我的脑海，我问舅公沃尔夫冈，外婆的好朋友玛琳后来怎样了？在阅读外婆故事的过程中，我已对她十分熟悉。一个多么勇敢而又意志坚定的女人！他狡黠地笑了笑，问我熟不熟悉格丽塔·雅各布这个名字。那还用说，我告诉舅舅，谁会不认识格丽塔·雅各布呢，她是那个时代最著名的影星之一。

然后沃尔夫冈告诉我，玛琳实现了自己年轻时的梦想，成了一名演员。他和玛琳很熟悉，战后两人成了好朋友，多年来在一起寻找黛博拉。“看来我姐姐不想被人找到，也许她觉得自己的过去是份沉重的负担。”他哀伤地说，“她本来有很多机会能联系上玛琳。格丽塔曾在采访中多次提及，她在寻找自己的好朋友黛博拉，可是……”他没有再说下去，我能感到他内心的痛苦。

格丽塔·雅各布现在已经九十多岁了，舅公接着告诉我，不过就她的年龄来说健康状况还不错，思维依然敏锐。她二十年前退出了舞台，现在生活在克拉科夫。

最后，舅公将曾外公给他的诗送给了我，对我说：“这首诗是爸爸留给我的唯一遗物，也是我最珍贵的东西。我想把它留给你，费丽丝蒂，让你记住我的父母这两个美好的人。我父亲不仅用他的双手给人治病，还有他的话语。他教给了我很多东西。不过，我最常想起的是他的那句话——只有爱，才能拯救世界。”舅公用睿智的眼睛看着我，好像他已经知道，我的生活中还有一个重要问题没有给出答案。

今年妈妈和我会到慕尼黑看望舅公沃尔夫冈。摄政王广场十号的房子已经在战争中被彻底摧毁了。不过，舅公会带我们去曾外婆的墓地，而我曾外公的墓地里面是空的。像无数人一样，他的遭遇永远成了不解之谜。我们还会一起前往克拉科夫看望玛琳。妈妈和我都是那么渴望认识她。舅公和她联系后告诉我们，玛琳很高兴，她期待着我们的到访。

在黎明的晨光中，西蒙尼神父和我们告别离开了。我又读了一遍那首诗，然后再读了一遍。舅公将诗的译文也写在了上面。我的耳边再一次回响起舅公的声音：“只有爱，才能拯救世界。”

我审视着自己家族中的女人们：曾外婆伊丽莎白，外婆黛博拉，还有我的妈妈。每个人都是家族链条中的一环。每个人都经历了不同的爱，而爱也决定了她们的命运。爱于她们是迷醉和伤心欲绝，是享受与纵情挥洒。不过爱也毁了她们，她们的心被爱的火焰灼烧，只剩下一堆冷冷的灰烬。爱就这样成了痛。可是，爱是永恒的，在历经数十年后依然能打动人的心灵，治疗心灵的创伤，就如同它打动了我的心灵。

突然之间，犹豫不决消失了，我拿起了电话。

理查德的声音立刻传来，好像一直在等待我的电话似的。“费丽丝蒂，接到你的电话太高兴了。已经起床了？罗马那边应该还很早啊。你爸爸告诉我，说你找到你妈妈了。你怎么样，我亲……”我想象得到，理查德肯定咬住了自己的舌头，才没让亲昵的称呼脱口而出。也许，他此刻正在想，要逐渐习惯我已经不是他的未婚妻了……

“我好得不能再好了。”我回答道，“我和妈妈决定在罗马一直待到星期日，然后我们一起回家。我想告诉你的事情太多了。另外，爸爸跟我说，你已经去探望他两次了。谢谢你，理查德。”

“不必道谢。你知道的，我十分尊重你爸爸。”

短暂的沉默，然后我小心地问道：“你的提议还算数吗？”

“哪个提议？在儿童医院里当医生，还是嫁给我？”

即使在电话里，我也能感觉到理查德的心跳在加速。

我在回答前，又一次犹豫了片刻：“这样好吗，两个都让我考虑下？”

“那么喀布尔和无国界医生那边怎么办呢？”

“我不去了，先让别人拯救世界吧。我现在要待在自己家里，在你身边。”这次，我语气坚定，没有一丝犹疑。

又是沉默。短短的几秒沉默，对我而言好像隔断我们的大洋一样广阔无边。一丝恐惧溜进了我的心里，理查德会不会已经改了主意？偏偏是现在，我是那么想要和他在一起。他的回答终于让我如释重负。

“哈，亲爱的，我已经迫不及待了，我等你回家。我爱你。”

“我也爱你。”

我们又聊了好一会儿，根本不想停下。我们谈未来的计划，我给他讲了我的家族和德国——我的根源所在。最后，我们告别。我挂上了电话，忽然感到一身轻松，像是卸掉了一个沉重的负担。理查德是一个多好的男人啊。

我第一次感觉到了什么是幸福。

它就是我的名字，费丽丝蒂[1]，好运气！

①费丽丝蒂的英文为 Felicity，意为幸福、快乐。

后记

小说中的阿尔布莱希特·布鲁曼(Albrecht Brumann)是虚构的人物，他的原型并不是历史上的纳粹战犯阿道夫·艾希曼（Adolf Eichmann)。艾希曼最亲密的同事，也是最得力的助手，名叫阿洛伊斯·布鲁奈尔(Alois Brunner)。所以，主人公之一布鲁曼的姓氏来自上述二人名字的组合。同样，卡尔滕布鲁纳（Kaltenbrunner）的副官的名字也是这样取的。历史上，他的副官本来叫阿瑟·赛德勒（Arthur Scheidler)，我在书中将其改成了施特勒（Schitler)，我可不愿错过这个机会。[①]

人们认为艾希曼是纳粹屠杀犹太人计划的设计师。他负责计算需要运输的犹太人的数量，通过调度发挥火车的最大运送能力。他也是纳粹柏林万湖会议的书记员。就是在那次会议上，纳粹决定灭绝生活在欧洲大陆上的六百万犹太人。

艾希曼和他的助手毫不犹豫，同时也毫无心理障碍地接受了这项疯狂的任务。他们冷静而不动声色地向自己提出了毫无人性的问题：

①应指 Schitler 的前半部分音同 Shit 一词。

如何杀掉六百万人？哪种屠杀方式最经济？子弹太贵了！事后如何处理尸体？由谁负责掩埋？是不是可以对被害人身体的某一部分加以利用？众所周知，头发可以作为床垫的填充物。有关这些我就不多讲了，大家都能猜到此事最终是以什么方式解决的。

此外，艾希曼是唯一在以色列经历法庭审判的纳粹战犯，也是唯一被以色列司法当局执行死刑的纳粹战犯。他于一九六〇年被摩萨德特工在阿根廷抓获，一九六二年被执行死刑。

弗里茨·格里希是真实的历史人物。他是那些每天和疯狂的独裁统治者进行斗争的英勇记者的代表，而独裁统治者想要做的，就是让他这样的人沉默——独裁者最怕的东西莫过于真相。弗里茨·格里希曾是《慕尼黑快报》的编辑，该报是如今《南德意志报》的前身。一九三二年一月三日，格里希创建了报纸《正道》。

格里希的确是毫不畏惧地走在自己的正道上，直到死亡。为了自己的信仰，他被严刑拷打了十六个月。他为真相而死。

书中提到的希特勒的教子埃贡·普钦格尔确有其人，真名是埃贡·翰夫斯坦格尔。他的父亲恩斯特·普奇·赛的维克·翰夫斯坦格尔，曾作为希特勒的新闻官一直为他工作到一九三七年。那时，他被人谐谑地称为“希特勒的钢琴师”或者“希特勒的前台女秘书”。

恩斯特·普奇·翰夫斯坦格尔的确在哈佛大学念过书，而且在那里的哈佛校友会中结识了年轻的美国参议员富兰克林·罗斯福——二十年后，普奇聪明地利用了这一关系。他经瑞士逃到了伦敦。在那里，一九三九年战争开始时，他被英国人列为敌对国成员。不过，得益于已经成为美国总统的罗斯福的安排，他被接到了美国华盛顿。

自此，他成为罗斯福总统二战期间针对纳粹德国的顾问。这真是一条让令人称奇的仕途发展轨迹，一个曾是希特勒顾问的人变成了美国总统罗斯福的顾问。因此，他给自己的回忆录取名为《在白宫和褐宫之间》。

书中的布比就是我们在此提到的普奇。同时，我也更改了几个涉及普钦格尔（即翰夫斯坦格尔）的事件的地点。

我还想澄清几处细节问题。为了情节发展的需要，我改动了帝国总理府的落成时间。在书中，伊丽莎白·马普兰在一九三八年六月来过这里，实际上，该总理府在一九三九年一月九日才举行剪彩仪式。

二十世纪九十年代中期，我在慕尼黑的提弗兰别墅中认识了普奇的儿子，埃贡·翰夫斯坦格尔。后来得知，希特勒一九二四年出狱后，就是在这所别墅里和翰夫斯坦格尔一家共度了圣诞节。

这次会面多亏了我姑姑的一位朋友伊尔娜从中介绍。为了和埃贡一起生活，伊尔娜在九十年代中期从西雅图搬到了慕尼黑，她曾经是埃贡年轻时的恋人。现在，两个人在共同生活了四十年后决定分手，各自寻找新的开始。不过，这是另外一个故事了。

当我和伊尔娜一起迈进那所别墅时，我不知道等待我的会是什么。不过我当时肯定没有预料到，我会遇见一个人，而他的父亲曾是希特勒的亲密助手。希特勒曾经用糖果哄他玩，让他坐在自己的膝盖上。

这栋别墅是埃贡的父亲普奇留给他的。我们四周都是普奇留给儿子的遗物：大量的信件，希特勒的演讲稿和笔记及其画像。埃贡正对其进行分类研究，因为他那时计划写一本关于希特勒的书。他甚至给我看了一些希特勒的亲笔文字。

那天下午我和埃贡聊了几个小时。他是一个古怪的家伙，同时也是一名重要的时代见证者，而且他的讲述引人入胜。他也觉得我是一位有趣的听众。伊尔娜后来还告诉我，埃贡的母亲海伦娜·翰夫斯坦格尔，也就是书中海尔格·普钦格尔的原型，曾在一九五九年对已经和埃贡订婚的她说：“我犯过的最大错误，就是当时夺过了希特勒的手枪。我真该让他杀了自己。”众所周知，啤酒馆暴动失败后，希特勒曾经跑到翰夫斯坦格尔的农庄躲藏起来，随后在那里被捕。

也就是在提弗兰别墅的那天，写《蜜蜂之死》的想法第一次在我心中成熟起来。

有人问我，我是如何给小说起名为“蜜蜂之死”的。经过深思熟虑，我选定它，是因为传说中诸神的饮料是蜂蜜酒。而“蜂蜜酒”一词在希伯来语中是死亡的意思。此外，蜜蜂的命运又和人类的命运息息相关。“当蜜蜂灭绝了，人类只能再活四年。”这句话出自一位聪明睿智的人——阿尔伯特·爱因斯坦。

鸣谢

这本书是我献给小西蒙的。他的笑声和快乐的天性，我们永远不会忘记。他热爱生活和人类。小说中关于蚂蚁的那个预言是专门写给他的，只可惜我再也不能读给他听了，因为他在六个月大的时候就离开了这个世界。稍稍能慰藉我们的是，他出生在一个爱他的家庭。假如他没有离开我们，他的人生肯定十分精彩。

遗憾的是，有太多的孩子自出生之日起，就注定不会拥有这样的机会。他们成了贫穷、疾病以及战争的牺牲品，而源头则是那些蔑视人类的思想与宗教。为了孩子，我们要竭尽所能将世界变成一座和平的绿洲。在这点没有实现前，我们所有人都是失败者。

我当然要提到我那像天使一般耐心的丈夫。为了报答他的支持，我却要安排他去为我处理最可怕的事情：会计。

谢谢，我的宝贝，是你让我后顾无忧。如果没有你的爱，我不能想象我会怎样。吻你。

谢谢我那些忠诚而执着的第一批读者：我的妈妈，克里斯汀，洛欧，拉莫纳，卡洛琳娜，爱娃，路德维希，施内福洛克辛，尤里安娜，劳拉和达芙妮。你们的支持和批评对我意味着一切。

当然还有两位：米瑞安和海克。米瑞安指引我顺利穿过错别字的迷宫，向我指出诗意的想象力在文字上有其边界。而海克对文字的苛求几乎像女王一样不容置疑，她在我草稿上的批注完全值得单独出版一本书。

我的朋友约翰内斯·温克尔一直忠实地支持着我。谢谢，约翰内斯！你是我见过的最正直的人。

我要感谢我的代理人丽阿娜·科尔弗，她博大的心胸和贴心的关切丝毫不逊于我的丈夫。

还有皮泊尔出版社迷人的茱莉亚·艾斯勒，我们相识恨晚。你丰富了我的生活！茱莉亚，谢谢你发现了我，并允许我向你学习。在这里对皮泊尔出版社精干的团队一并表示感谢。

对所有读完这本书的读者，我当然要表示我衷心的感谢。欢迎您写信给我，告诉我这本书里哪些地方您喜欢或者不喜欢。我的邮箱是mail@hannimünzer.de。对您的任何批评、指正或建议，我都表示衷心的谢意——因为没有你们，亲爱的读者，我什么也不是。你们是我的一切，我为你们而写！

你们的汉妮·明策尔

2015年1月

图书在版编目(CIP)数据

蜜蜂之死 / (德) 汉妮·明策尔著 ; 梅毅民译. --
海口 : 南海出版公司, 2019.6
ISBN 978-7-5442-9540-6

Ⅰ. ①蜜… Ⅱ. ①汉… ②梅… Ⅲ. ①长篇小说-德
国-现代 Ⅳ. ①I516.45

中国版本图书馆CIP数据核字(2019)第033660号

著作权合同登记号 图字: 30-2017-176

蜜蜂之死
〔德〕汉妮·明策尔 著
梅毅民 译

出　　版　南海出版公司　(0898)66568511
　　　　　海口市海秀中路51号星华大厦五楼　邮编 570206
发　　行　新经典文化有限公司
　　　　　电话(010)68423599　邮箱 editor@readinglife.com
经　　销　新华书店

责任编辑　翟明明
特邀编辑　敬雁飞
装帧设计　朱　琳
内文制作　杨兴艳

印　　刷　北京盛通印刷股份有限公司
开　　本　880毫米×1230毫米　1/32
印　　张　12.5
字　　数　320千
版　　次　2019年6月第1版
印　　次　2019年6月第1次印刷
书　　号　ISBN 978-7-5442-9540-6
定　　价　68.00元